AGNES MORGENTHALER

Die Patronin

Eine Frau greift nach den Sternen

AGNES MORGENTHALER

DIE PATRONIN

Eine Frau greift nach den Sternen

Roman

List

List ist ein Verlag
der Ullstein Buchverlage GmbH

ISBN 978-3-471-36012-5

Gesetzt aus der Sabon bei
Pinkuin Satz und Datentechnik, Berlin
Druck und Bindearbeiten: GGP Media GmbH, Pößneck

Inhalt

Prolog

1924

»Schnell, schnell«, rief eines der Serviermädchen aufgeregt der Wirtin zu. »Die ersten Gäste kommen!«

War das wirklich zu glauben? Edda konnte ihr Glück kaum fassen und wirbelte hin und her. Nun durfte auf keinen Fall etwas schiefgehen … Sie wollte mit ihrem neuen Lokal den besten Eindruck aller Zeiten hinterlassen. Fehlte noch etwas? Glänzte und blitzte alles? Hatten sie auch wirklich an alle Feinheiten gedacht? Natürlich hatten sie das. Hin und wieder lief Otto an ihr vorbei, dann legte er Edda kurz einen Arm um die Schulter oder tätschelte ihre Hand.

»Alles wird gut«, schien er damit zu sagen, »alles wird schöner, als wir es uns jemals ausgemalt haben.«

Diese kleine Geste bedeutete viel für Edda. Er war der Mann an ihrer Seite, mit dem sie gemeinsam voller Elan auf die Eröffnung hingearbeitet hatte und dem dieses Lokal nun zusammen mit ihr gehörte. Sie hatten schwierige Zeiten gehabt, aber an einem Tag wie heute mochte sie daran nicht denken. Feiern wollte sie und ihren Erfolg in vollen Zügen genießen …

Das *Juwel* füllte sich, erstaunte Gesichter ließen ihre Blicke durch den Raum wandern, und ein sanftes Gemurmel erfüllte das Lokal. Edda kniff sich in den Arm.

Das Glück, das in diesem Moment von den Fußspitzen bis zum Scheitel zog, war unglaublich. Es prickelte und bitzelte.

Das ist der schönste Tag aller Zeiten, dachte Edda und ließ ihren Blick durch das Lokal schweifen. Gläser klirrten beim Zuprosten, Korken knallten. Sie roch die Rösti und die würzigen Soßen, den schweren Wein und den fruchtigen Sekt. Darunter mischten sich die süßlichen Parfüms der Gäste, und ja, auch der Schweiß ihrer Angestellten, die an Edda vorbeieilten und emsig bemüht waren, dass jeder Gast so schnell wie möglich seine Getränke bekam und dass keine Bestellung im großen Eröffnungstrubel unterging.

»Wir haben keine Servierwägen mehr«, raunte ihr auf einmal Lina zu. Ihre liebe Freundin, die sie schon so lange kannte und die nun auch im *Juwel* als Serviermädchen den Betrieb aufrechterhielt. »Alle Gäste sind ungefähr zur gleichen Zeit gekommen, und nun essen sie natürlich auch gleichzeitig! Das haben wir nicht bedacht.«

»Mir fällt sicher eine Lösung ein!«

Edda eilte mit beherzten Schritten in die Küche und sah sich hektisch um. Womit konnten sie sich behelfen? Da fiel ihr Blick auf die alten Silbertabletts, die sie noch hatte putzen wollen. Und sie wusste: Auch sie musste Kompromisse machen. Im Eifer des Gefechts würden die Gäste darauf nicht achten, hoffte sie. Lina war ihr gefolgt und griff gleich nach den Tabletts.

»Hervorragende Idee, Frau Wirtin!«, entfuhr es ihr.

Edda lachte. »Hör mal, nicht so förmlich! Für dich bin und bleibe ich natürlich Edda.«

»Und für die anderen?«, fragte Josefine, die zusammen mit Lina und den anderen beiden Serviermädchen Sophie und

Helena an diesem Abend dafür sorgen wollte, dass alle Gäste rundum glücklich waren und schön satt wurden.

»Auch für euch will ich keine unnahbare Vorgesetzte sein. Wo kommen wir denn da hin. Sagt alle einfach Edda zu mir. Ich will schließlich wie eine Mutter für euch sein. Ihr könnt immer zu mir kommen, wenn euch der Schuh irgendwo drückt.«

»Wunderbar!«, rief Josefine. »So machen wir das. Aber jetzt muss ich zu den Gästen ... Wir sehen uns später ... und stoßen an ... auf dieses *Juwel* hier und natürlich auf dich!«

Edda schmunzelte. Sie verließ die Küche wieder, stellte sich an den Tresen und ließ ihren Blick erneut umherwandern. An diesem Anblick konnte sie sich gar nicht sattsehen!

Aber wo steckte eigentlich der Wirt gerade? Zuletzt hatte sie ihn beim Händeschütteln gesehen, denn er hatte zahlreiche wichtige Persönlichkeiten der Stadt eingeladen. Er kannte sie aus der Zeit im Gasthof *Linde* und wollte sie etwas umgarnen, damit sie auch im neuen Lokal zu treuen Stammgästen werden würden.

Auf einmal stand er hinter ihr, in der einen Hand eine Flasche Champagner, in der anderen zwei Gläser.

»Ich erkenne dieses Lokal kaum wieder«, wunderte er sich. »Durch den Umbau strahlt es in neuem Glanz. Ist es nicht magisch, diesen Ort auf einmal mit Gästen zu sehen?«

»Es ist schöner, als ich es mir jemals erträumt hätte!«

»Lass uns anstoßen«, sagte er und schenkte ihnen ein.

»Wirklich?«, hakte Edda überrascht nach. »Hast du nicht immer betont, dass es ein unnötiger Luxus sei, solch teure Getränke zu sich zu nehmen?«

Otto grinste. »Ich habe von meiner Frau schon ein paar wichtige Lektionen gelernt. Und eine davon ist: Du musst dich für die Entbehrungen auch belohnen!«

Dann reichte er ihr ein Glas und prostete ihr zu. Dabei

sah er sie so stolz an, dass sie sich wieder daran erinnerte, warum sie zusammengekommen waren. Sie hatten die gleichen Träume. Und den gleichen aberwitzigen Ehrgeiz, diesen Zielen alles andere unterzuordnen.

»Auf uns!«, sagte er.

»Und auf das *Juwel*!«, ergänzte Edda.

Dann sahen sie sich schweigend um und genossen den Anblick der glücklichen Menschen an ihren festlich gedeckten Tischen. Dass sie hier und heute hier stand – das war ein kleines Wunder.

»Hast du mal nach draußen geschaut?«, fragte Otto.

Edda sah ihn überrascht an.

»Warum sollte ich?«

»Tu's einfach …«

Sie ging zu den edlen neuen Vorhängen, die sanft hin und her schwangen, und warf einen Blick auf die Rämistraße.

»Oh!«, entfuhr es ihr. Vor der Tür standen Gäste, die keinen Platz mehr gefunden hatten. Trotz der Kälte machten sie keine Anstalten zu verschwinden. Im Gegenteil: Sie rauchten und lachten, als hätte alles so seine Richtigkeit. Als wäre es ganz normal, darauf zu warten, dass die ersten Gäste ihre Mahlzeiten beendet hatten und Platz frei machten für die nächste Runde.

Edda schloss die Augen und lächelte. Die Musik wurde immer leiser, die Gespräche der Gäste zogen an ihr vorbei. War sie jemals so glücklich gewesen? Hatte sie jemals so sicher gewusst, dass jede ihrer Entscheidungen richtig gewesen war, weil sie sonst nicht hier stehen würde? Im Nachhinein ergab alles seinen Sinn. Auch die härtesten Zeiten waren notwendig gewesen. Sie waren die Abhärtung, die sie weiter getrieben hatte. Und es hatte sich gelohnt, niemals aufzugeben. Niemand hatte zunächst an sie geglaubt: nur sie selbst. Und später auch Otto und Lina. Niemand hatte ihr zugetraut, so eine Perle wie dieses Lokal ihr Eigen zu nennen. Natürlich hatte auch sie gezweifelt, natürlich hatte auch sie ans Aufgeben gedacht. Aber tief innen … da hatte sie immer gewusst, dass es sich lohnte zu kämpfen. Dass sie eines Tages die Belohnung für die harte Arbeit ernten würde. Dass auch ihr Sohn Oskar eines Tages verstehen würde, warum sie in seiner Kindheit so wenig Zeit für ihn gehabt hatte, und dass sie auch für seine Zukunft so viel gearbeitet hatte. Sie lehnte sich an den Tresen und wollte sich gerade aus alter Gewohnheit fortträumen … Aber das war ja Quatsch! Sie brauchte ihr altes Ritual gar nicht mehr. Denn was sie sich vorstellte und was sie erlebte, das stimmte endlich überein. Das Leben war ein Fest. Nein – das Leben war ein *Juwel*!

Große Liebe

1914

Edda versuchte, sich einen Bierfleck von der weißen Bluse zu wischen. Konnten die Gäste nicht besser aufpassen? Es reichte doch schon, dass sich ständig irgendein zudringlicher Mann beim Aufgeben der Bestellung viel zu eng an sie schmiegte. Ihr Unterrock kratzte, die Füße schmerzten, und außerdem lag ein ganz abscheulicher Geruch in der Luft, den sie nicht recht zuordnen konnte. Irgendwo musste etwas Verdorbenes liegen, nur wo? Den Boden unter den Tischen hatte sie schon abgesucht, aber sie konnte den Übeltäter bisher nicht finden.

»Muss ich dir Beine machen, Edda?«

Die unwirsche Stimme von Urs riss sie jäh aus ihren Gedanken. Er stand in der Hierarchie der Bediensteten über ihr und hatte ein besonderes Auge darauf, dass im Gasthof *Röschen* alles wie am Schnürchen lief und niemand einen Grund zur Klage hatte. Er war mit Alice Ender verlobt, der Tochter der Wirtin. Darauf bildete er sich mächtig viel ein. Edda konnte nur den Kopf schütteln, wenn sie ihn aus dem Augenwinkel beobachtete. Ständig strich er sich die Haare glatt, ständig überprüfte er im Spiegel an der Wand sein Lächeln. Nichts an ihm schien echt zu sein, jede Bewegung wirkte endlose Male einstudiert, um den besten Eindruck zu hinterlassen. Hinzu kam noch, dass Urs unendlich faul war. Statt selbst einen Finger zu rühren, nutzte er seinen Status oft dazu, eine Zigarette nach der anderen zu rauchen, die er von den Stammgästen geschenkt bekam. Er sonnte sich darin, dass seine wichtigste Aufgabe darin bestand, das restliche Personal zu beaufsichtigen. Für ihn hieß das in erster Linie: Edda und die anderen herumzuscheuchen und sie zur Eile anzuhalten, wenn sie sich auch nur für einen kurzen Moment die schweren Beine ausruhen wollten. Edda hatte keine Wahl, als ihm zu gehorchen. Lina hatte ihr von Lokalen erzählt, wo man außer etwas Essen und einem Bett in einer Kammer gar nichts bekam und vollkommen von der Großzügigkeit der Gäste beim Bezahlen abhängig war. Ganz so schlecht hatten sie es im *Röschen* nicht. Edda bekam drei Franken im Monat als Entgelt gezahlt, davon konnte sie selbstverständlich nicht leben. Daher war es umso wichtiger für sie, dass ein ordentliches Trinkgeld hinzukam. Es hieß also: lächeln, lächeln, lächeln. Immer freundlich sein, auch wenn sich ein Gast danebenbenahm. Immer weitermachen, auch wenn Urs einen länger arbeiten ließ, als es ausgemacht war. Siebzehn Stunden am Tag waren die Regel, und das sieben Tage die Woche. Es war ihr zwar versprochen worden, dass sie auch einmal frei hatte – aber davon träumte Edda noch immer. Urs stellte es ausgesprochen geschickt an, und kurz vor dem Ferientag war bisher immer jemand krank geworden, oder das Lokal war so voll, dass jede Arbeitskraft gebraucht wurde.

»Du musst deine Mußestunden verschieben, du wirst gebraucht«, sagte er dann und lachte laut, als hätte er einen lustigen Schwank erzählt.

Edda war zwar enttäuscht, aber so war es eben ... Zum Erholen war sie nicht in die große Stadt gekommen, erinnerte sie sich in solchen Momenten und zupfte sich die Frisur zurecht. Wer Großes vorhatte, musste die harten Zeiten mit aufrechtem Rücken durchstehen – das sagte sie sich immer wieder, wenn sie drohte, den Mut zu verlieren. Und immerhin musste sie nicht hungern! Sie bekam zwar keine üppigen Gerichte aufgetischt, sondern nur kleine Portionen, aber das reichte ihr. Oft waren es Reste, die übrig blieben. Doch für Edda war es dennoch etwas Besonderes, denn im *Röschen* sah es zumindest etwas abwechslungsreicher auf den Tellern aus. Zu Hause bei ihrem Vater hatte es fast immer Kartoffeln gegeben, dazu etwas Gemüse, am Sonntag ein winziges Stück Fleisch. Die Stelle war ein erster wichtiger Schritt, fand Edda. Stück für Stück wollte sie sich ihrem großen Traum nähern und alles aufsaugen, was sie noch nicht kannte. Es gab noch so viel zu lernen! Alice war zwar keine besonders zuvorkommende Person und schimpfte wie ein Rohrspatz, wenn ihr etwas nicht passte, aber sie war eine vorzügliche Köchin, das musste man ihr lassen. Sie hatte mit viel Liebe die Speisekarte für den Gasthof zusammengestellt und bereitete die Gerichte zusammen mit dem Kochgehilfen Beat zu. Die Rangfolge war klar: Alice hatte ein Auge auf jeden Teller, der die Küche verließ. Beat befolgte jeden ihrer Befehle, leistete den Großteil der Arbeit und stand ihr zur Seite, wenn sie Hilfe brauchte. Er tat das alles, ohne jemals schlechte Laune zu bekommen. Im Gegenteil: Er schien immer ein Lächeln auf den Lippen zu haben, summte Lieder vor sich hin, und Edda musste sich zwingen, ihn nicht zu lange zu beobachten. Sein ganzer Körper sprühte vor Energie, und die dunklen Locken wippten bei jedem Schritt.

»Aufgewacht, aber schnell!«, riss sie die herrische Stimme von Alice aus den Gedanken. »Ja, ist das denn die Möglichkeit? Bezahlen wir dich nun schon für das Schlafen?«

Edda strich sich die Schürze glatt und eilte herbei. Aus

dem Augenwinkel sah sie, dass Beat ihr verschwörerisch zuzwinkerte. Seine dunklen Augen gefielen ihr außerordentlich gut. Wie gerne hätte sie einfach eine Weile in seiner Nähe gestanden, sich in den Arm nehmen und fünfe gerade sein lassen … Er hatte so eine ungeheuer beruhigende Ausstrahlung und vermittelte ihr das Gefühl, dass er sie vor allen Übeltätern dieser Welt beschützen konnte.

»Wir schaffen das schon«, schien er zu sagen. »Lass dich nicht allzu sehr ärgern.«

Sein Blick gab Edda neue Energie. Sie fühlte sich nicht mehr ganz so alleine und lächelte still vor sich hin. Ja, Beat war auf ihrer Seite, das durfte sie nicht vergessen. An die Arbeit, sagte sie sich, es kommen bessere Zeiten. Da stand auch schon die andere Serviertochter Lina hinter ihr, mit der sie die Teller mit den duftenden Mahlzeiten und die Getränke zu den Gästen brachte.

»Nicht schon wieder fallen lassen!«, ermahnte Urs sie, obwohl weder Lina noch ihr jemals auch nur ein einziges Glas zu Bruch gegangen war. Aber Widerspruch war natürlich zwecklos, denn im Zweifelsfall hatte immer er recht. Alice und Urs kommandierten Edda und Lina herum, wie es ihnen gefiel. Die Mädchen konnten ihre Arbeit noch so gut erledigen, ein Wort des Lobs hatten sie von den beiden noch nie gehört.

Doch es war nicht alles schlecht. Alices Mutter war ganz anders als ihre Tochter. Frau Ender hatte eine weiche Stimme, war geduldig und stets guter Dinge. Von Anfang an hatte sie Edda das Gefühl gegeben, im *Röschen* zur Familie zu gehören. Noch nie hatte sie ihre Stimme erhoben, und statt zu schimpfen, lobte sie ihre Angestellten, sooft sie konnte. Wenn die Wirtin wie an diesem Tag frei hatte, benahm Urs sich allerdings besonders unwirsch und frech.

Als die Gäste zu später Stunde alle gegangen waren, blieb

Urs ganz nahe neben ihr stehen. Edda rückte ein Stück zur Seite, aber er folgte ihr gleich wieder. Er trug ein fleckiges Hemd, auf dem das Tagwerk seine Spuren hinterlassen hatte. Edda meinte Bierflecken und Tomatensoßenspritzer darauf zu erkennen, außerdem hatte er sich die dreckigen Hände zu oft an der ausgebeulten Hose abgewischt. Seine Nase lief schon seit Tagen, und er wischte sich den Rotz mit dem Handrücken ab. Genau diese Hand legte er nun auf Eddas Schulter und hielt sie für einen Moment fest.

»Wo sind wir denn immer mit unseren Gedanken?«, fragte er. »Ich habe dich beobachtet, Schätzchen. Ständig starrst du die Wände an und lächelst selig. Denkst du mal wieder, du bist etwas Besseres und gehörst nicht hierher? Glaubst am Ende noch, dass dich ein Traumprinz erwartet und mit einem Ross hier abholt?«

Urs lachte grunzend und schlug sich auf die Schenkel, als würde er sich selbst applaudieren. Gab es irgendwo einen widerwärtigeren Kerl? Aber eines Tages würde sie … Ja, was eigentlich? Sie wusste gar nicht, wie sie es ihm genau heimzahlen konnte. Doch bereits der Gedanke an eine Zukunft, in der sie nicht mehr alles mit sich machen lassen musste, war ungeheuer beruhigend. Die Anstellung in dem Gasthof war nur eine kurze Etappe, die sie überstehen musste, um einen Schritt weiterzukommen. Als Tochter eines einfachen Schuhmachers lag ihr die Welt nun mal nicht zu Füßen, sie musste sich langsam nach oben arbeiten. Eines Tages war so jemand wie Urs eine kleine Schmeißfliege, die durch den Raum schwirrte, und sie würde ihn nicht einmal bemerken, so beschäftigt würde sie sein.

»Ich muss noch den Raum ausfegen«, stellte Edda fest. »Und die Tische abwaschen, damit sie morgen wieder so schön weiß sind, wie es Alice am liebsten mag.«

Ohne weiter auf ihn zu achten, wandte sie sich ab und

ging einen Besen holen. Während Lina die Küche reinigte, musste Edda sich noch den Boden im Gastraum vornehmen, der immer besonders dreckig war. Sie begann an der Fensterseite zu kehren und arbeitete sich nach und nach an den Tischen vorbei, bis sie an der Küche ankam. Dabei versuchte sie, sich auf keinen Fall zu tief nach unten zu beugen, denn sie vermutete, dass sich hinter ihrem Rücken bohrende Blicke auf sie richteten. Schneller, Edda, schneller, trieb sie sich selbst an. Sie wollte zurück in ihr Zimmerchen, das sie bei einer älteren Witwe für wenig Geld gemietet hatte. In ihren Träumen hatte sich Edda das Leben in der Großstadt anders vorgestellt, aber es half ja nichts. Sie knetete ihre müden Hände. Für diesen Tag hatte sie es fast geschafft!

Beim Putzen dachte Edda zurück an die Tage in Winterthur. An den kleinen Laden des Vaters mit der angeschlossenen Werkstatt, in der es nach Leder und Politur roch, an die zwei kleinen Zimmer und die Küche im Stock darüber, wo sie auf engstem Raum gelebt hatten. Ihre Mutter war früh gestorben, und mit jedem Jahr wurde die Erinnerung an sie blasser. Von ihren Besitztümern hatte Edda sich eine Schürze gesichert, die sie unter der Matratze versteckte. Sie schnupperte an dem Stoff, wenn sie nicht schlafen konnte. Ein Hauch Veilchenduft war geblieben, oder bildete sie sich das nur ein? Eines Tages würde sie darin die Gäste in ihrem wundervollen Lokal bedienen, sagte sie sich schon damals und träumte sich fort. Raus aus dem Städtchen, das sie nicht mochte, da sie an jeder Ecke von einer Erinnerung an die Mutter eingeholt wurde. Raus aus der Wohnung, die sie verabscheute, weil sie zu eng und dunkel war.

»Du bist meine Stütze«, hatte der Vater oft zu Edda gesagt. »Ohne dich würde ich das alles nicht schaffen.«

Als die Mutter gestorben war, hatte er über Nacht graue Haare bekommen, erzählte er. Doch schon ein Jahr darauf hatte er Ottilie geheiratet. Warum nur? Edda hatte es nie verstanden. Die Stiefmutter hatte ein eckiges Gesicht und lächelte wenig. Sicher, ihre schulterlangen blonden Locken machten etwas her, und der Vater konnte seinen Blick nicht von ihren vollen Lippen abwenden, wenn er mit ihr sprach. Doch sobald Ottilie mit den zwei Kindern alleine war, zeigte sie eine andere Seite: Sie scheuchte die Kleinen hin und her, ließ sie die Arbeit machen und mäkelte an ihnen herum. Als Ernst auf die Welt kam, wurde es noch schlimmer. Edda musste den Kleinen in den Schlaf wiegen und ihm Brei füttern. Wenn er schrie, war sie schuld daran, und wenn er nicht still sitzen wollte, musste sie mit ihm spielen. Die Stiefmutter hatte ein Tag-Gesicht, das streng und unnachgiebig war, und ein viel liebevolleres Abend-Gesicht, das sie anknipsen konnte wie eine Lampe, wenn Eddas Vater aus der Werkstatt nach oben kam und sich auf eine warme Suppe freute. So vergingen die Jahre ohne viel Abwechslung, aber auch an Ottilie ging die materielle Not nicht spurlos vorüber. Sie wurde immer wortkarger, und nach zwei Jahren reichte es ihr. Einen Tag vor Eddas 16. Geburtstag verschwand sie ohne Erklärung, sie ging zum Einkaufen aus dem Haus und kam nicht zurück. War ihr irgendwo im Ort ein vielversprechender Mann begegnet, der ihr einen Neuanfang versprochen hatte? Eddas Vater hörte sich eine Weile um, ob jemand etwas von Ottilie gehört hatte oder ob Gerüchte durch den Ort zogen, aber er fand nichts heraus. Also versank er in eine tiefe Schwermut und überließ es Edda, sich um den Haushalt und die Kinder zu kümmern.

Sie versuchten, den Kopf, so gut es ging, über Wasser zu halten. Nach und nach gewöhnten sie sich an die neue Situation, und manchmal sagte ihre Schwester Erika aus Versehen Mutti zu Edda. Wenn das Abendessen fertig war, ging Edda nach unten in die Werkstatt, um den Vater zu holen.

Er klopfte sich die staubigen Hände an der Latzhose ab, wenn er sie sah, auf seiner Stirn perlte der Schweiß. Vor ihm auf der Werkbank lagen die Schuhe, die im Laufe des Tages abgegeben worden waren. Daneben die Fußeinlagen, die er noch fertigstellen musste.

Ich biete Ihnen: meisterhafte Ausführung aller Schuhreparaturen nach neuestem Verfahren und Schnellbesohlung. Anfertigung von Maß- und orthopädischen Schuhen nach Abdruck oder Gipsbild.

So stand es auf dem vergilbten Plakat, das er bei der Geschäftseröffnung ins Schaufenster gehängt und seitdem nicht mehr abgenommen hatte.

Mein Grundsatz ist: fachmännische Bedienung, angemessene Preise, einwandfreie Lieferung. Ich bitte Sie um Ihr geschätztes Vertrauen in meine Arbeit und versichere Ihnen, Sie in jeder Hinsicht zufriedenzustellen.

Mittlerweile kannte ihn jeder im Ort. Aber das Schild war geblieben, als würde er Tag für Tag auf Neuankömmlinge von außerhalb warten, denen er seine Dienste noch erklären musste. Irgendein reicher Herr, der ihm für eine Maßanfertigung so viele Franken auf den Tisch legen würde, dass er der ganzen Familie neue Kleidung kaufen und sie einmal zum Essen ausführen konnte.

Edda strich über ein Paar Stiefel, das fast fertig war.

»Wie schön sie geworden sind.«

»Für dich mache ich auch ein Paar«, versprach er ihr. »Das bekommst du, wenn du ausziehst.« Sein Blick ruhte kurz auf ihr, er sah auf einen Schlag ganz nachdenklich aus.

»Was hast du?«, wunderte sich Edda.

»Nichts, nichts. Ich habe mir nur vorgestellt, wie du in einigen Jahren aussehen wirst.«

»Und?«

»Du wirst es weit bringen.«

»Aber nicht in Winterthur.«

»Alleine kannst du nicht fortgehen. Da brauchst du einen Mann.«

»Wer sagt das?«

Der Vater schüttelte den Kopf. »Mein kleiner Dickkopf ...«

»Noch ein Jahr, dann bin ich 18. Ich brauche von dir nur das Geld für die Fahrt nach Züri.«

»Hast du dir das auch gut überlegt?«

»Sicher. Die ersten zwei Jahre werde ich als Haushaltshilfe arbeiten. Und sobald ich 20 bin und das Mindestalter für die Arbeit in der Gastwirtschaft erreicht habe, werde ich endlich in einem Lokal anfangen.«

»Du könntest doch auch ein Geschäft eröffnen so wie ich. Warum wirst du nicht Schneiderin, und dann räumen wir dir eine Ecke in meinem Laden frei und du kannst hier deine eigenen Kunden bedienen?«

»Das ist nichts für mich«, entfuhr es Edda so laut und bestimmt, dass der Vater zusammenzuckte. Sie war selbst überrascht, dass die Gefühle so aus ihr herausplatzten.

»Aber warum denn nur? Was ist so schlecht daran?«

»Für dich ist es gut. Aber ich bin eben anders.«

Der Vater war immer noch nicht überzeugt und sah sie missmutig an. »Wie kannst du das wissen, wo du es doch nie probiert hast?«, hakte er nach.

»Warte ... ich versuche es dir zu erklären.«

Edda ließ sich auf einen Stuhl sinken und überlegte. Wie sollte sie dem Vater ihren großen Traum beschreiben, sodass er es wirklich verstand und sie mit gutem Gewissen ziehen lassen konnte? Was war das genau, das sie mit einer ungeheuren Wucht fortzog?

»Ich denke, dass jeder eine besondere Begabung hat. Dass es etwas gibt, was einen so begeistert, dass man harte Zeiten besser übersteht, weil man sich an dem Ziel festhalten kann. Das ist doch bei dir auch so, oder?«

Der Vater nickte. »Natürlich. Als deine Mutter gestorben ist, hat es mich immer über Wasser gehalten, dass ich den Laden habe. Wenn ich eine Maßanfertigung herstelle, bin ich auf eine seltsame Art und Weise zufrieden. Für die meisten ist es wahrscheinlich nur ein Gegenstand, den man eben braucht, aber ich könnte Ewigkeiten mit Überlegungen verbringen, wie die Schuhe noch bequemer werden und was ich bei der Herstellung verbessern kann, damit sie noch länger halten und perfekt zum Besitzer passen.«

»Siehst du? Genau das meine ich.«

»Und dieses Gefühl wirst du nur in einem Lokal haben?«, hakte der Vater nach. »Bist du ganz sicher? In unserer Familie sind wir alle Handwerker. In die große Stadt ist niemand gegangen.«

»Das ist mir bewusst«, gab Edda zu. »Es ist einfach so, dass ich mir nichts Schöneres vorstellen kann, als andere Menschen mit gutem Essen glücklich zu machen. Ich kann nicht genau erklären, woher der Wunsch kommt. Aber immer, wenn ich in Gedanken in diese Welt eintauche, fühle ich mich gleich viel besser.«

Der Vater schien sie so langsam etwas besser zu verstehen. Sein mürrischer Gesichtsausdruck war verschwunden, und bei ihren letzten Worten hatte er sogar gelächelt. »Du bist mir schon so eine Träumerin!«, erklärte er. »Aber leicht wird das nicht. Das weißt du?«

»Ich muss es einfach versuchen. Alles andere könnte ich mir niemals verzeihen! Und außerdem: Wenn man sich etwas ganz fest wünscht und alles dafür gibt, dann schafft man es auch. Das habe ich von dir gelernt!«

Da musste der Vater schmunzeln. »Nun gut, dann wünsche ich dir alles Gute. Ich kann dir deinen Traum nicht ausreden, das merke ich schon. Dann probier das alles aus. Aber gib immer gut auf dich acht – und nicht vergessen: In schweren Zeiten kannst du jederzeit zurück zu uns kommen.«

»Danke, Vater. Du wirst schon sehen. Ich werde einmal ein Lokal haben, und dann kannst du in deinen besten Schuhen zum Essen kommen, und ich reserviere dir den schönsten Tisch in der Mitte des Saals.«

Er sah sie skeptisch an, aber Edda war nicht zu beirren. Sie strahlte übers ganze Gesicht und malte dem Vater aus, wie die Mistkratzerli schmecken würden, die sie ihm mit Knoblauch und Rosmarin gewürzt auf feinem Porzellan servieren würde.

»Versuch dein Glück, Mädchen. Aber ich glaube nach wie vor: Dafür sind wir nicht gemacht. Wir sind nun mal keine feinen Leute.«

Das laute Lachen von Urs riss Edda aus den Gedanken an ihren Vater. Dafür bist du nicht gemacht – der Satz von damals hätte auch von Urs kommen können.

»Wie lange brauchst du noch?«, rief er ihr zu. »Ich will nach Hause!«

Na schön, dachte Edda. Dann reicht es eben. Sie dachte wehmütig daran, wie lange sie den Vater nicht gesehen hatte, und zog sich den Mantel über. Er hatte mehrere Löcher, die sie notdürftig gestopft hatte, und war zu dünn für die kalten Tage. Aber was sollte sie machen? Der Frühling kommt sicher schneller als erwartet, versuchte sie sich zu beruhigen. Zäh war sie schon immer gewesen, also schob sie sich so schnell wie möglich an Urs vorbei und lief mit schnellen Schritten davon. Die Straßen waren wie leer gefegt, und auch wenn ihr die Füße schmerzten, trieb sie sich zur Eile an. In ihren ersten Wochen in der großen Stadt hatte ihr dieser Weg ziemlich Angst gemacht, da hatte sie sich noch alle paar Schritte umgedreht und überprüft, ob ihr womöglich jemand folgte. In Winterthur war alles anders gewesen, da ging sie nach Einbruch der Dunkelheit nicht mehr aus dem Haus, und überhaupt kannte sie dort jeden einzelnen Einwohner und wusste genau, vor wem sie sich in Acht nehmen musste. Doch je länger sie ihr Heimatdorf hinter sich gelassen hatte, desto weniger wurde auch ihr Misstrauen. Um diese Zeit war es so still, dass Edda das leise Rauschen der Limmat hören konnte. Sie lief über den Unteren Mühlesteg, und obwohl sie müde war, blieb sie kurz stehen. Der Fluss rauschte, und sie rieb sich die kalten Hände. Von dieser Stelle war die Frauenbadeanstalt zu sehen, und sie seufzte. Würde sie eines Tages Zeit zum Schwimmen haben? Und an einem freien Tag mit einer Freundin durch die Stadt flanieren und es sich gut gehen lassen? Die Arbeitstage waren lang, und jeder einzelne Knochen schien zu schmerzen, wenn sie sich abends auf die dünne Matratze bettete. Auf, auf, trieb Edda sich selbst an. Es ging noch ein ganzes Stück unweit der Gleise durch die dunklen Straßen. Edda hatte sich angewöhnt, dabei die Hausnummern aufzusagen, an denen sie vorbeikam. Es war ein einfaches Spiel, aber so war sie abgelenkt, und die Zeit verging schneller. Auch die Kälte spürte sie weniger, zumindest bildete sie sich das ein. Ihre Gedanken wanderten zu Beat, und sofort schlich sich ein Lächeln in ihr Gesicht.

Beat mit den schwarzen Locken.

Der stets gut gelaunte Kochgehilfe aus dem Gasthof *Röschen*.

Der immer zwinkerte, wenn sich ihre Blicke zufällig trafen.

Der immer italienische Lieder vor sich hin summte.

Der auf sie achtgab, wenn Urs sich danebenbenahm.

Und diese ungeheure Ruhe ausstrahlte.

Er gefiel ihr seit ihrem ersten Arbeitstag. Niemand konnte

die Zwiebeln so schnell zerkleinern wie er, das Messer ratterte über das Brett, und kurz darauf lagen winzige Würfel darauf. Auch sonst schien ihm alles leichtzufallen. Mit Alice und Urs verstand er sich gut, gemeinsam verfeinerten sie alle paar Monate die Speisekarte und dachten sich neue Köstlichkeiten aus. In kürzester Zeit hatte er so viel gelernt, dass er nicht mehr den ganzen Tag Gemüse schneiden und das Fleisch vorbereiten musste, sondern auch ein paar eigene Gerichte kochen durfte. Selbst ein einfaches Omelette schmeckte bei ihm so unvergleichlich, dass die Leute es kaum glauben konnten. Bevor eine Mahlzeit die Küche verließ, würzte Beat sie mit einem ganz ernsthaften Gesichtsausdruck, als würde sich in diesen wenigen Sekunden entscheiden, ob es dem Gast schmeckte. 23 Jahre war er alt, und niemand wusste genau, woher er kam. Aus Zürich war er nicht, so viel stand fest. Er schien italienische Vorfahren zu haben. Doch sein Schwyzerdütsch war makellos, und er kannte mehr Rezepte aus der Region als die erfahrensten Köche. Lange hatte eine junge Frau immer nach Dienstschluss auf Beat gewartet, hatte sich bei ihm eingehakt und war mit ihm in der Nacht verschwunden. War das seine Verlobte? Doch in letzter Zeit war sie nicht mehr aufgetaucht, und Edda witterte ihre Chance. Nachts träumte sie von ihm, und tagsüber schwärmte sie heimlich für ihn. Sie fragte sich, wie sie ihm näherkommen könnte, ohne dass die anderen etwas davon mitbekamen? Wenn sie nicht aufpasste, wartete bald die nächste Frau nach Dienstschluss auf ihn – und das musste sie unbedingt verhindern.

Am nächsten Tag schienen die Sterne gut für sie zu stehen. Es begann damit, dass Urs krank war. Dann mussten Frau Ender und Alice auch noch früher als sonst gehen. Sie baten Beat, Edda und Lina darum, sich ausnahmsweise alleine um die Gaststube zu kümmern. Die drei hatten mehr zu tun als sonst, aber die Freiheit beflügelte sie. Als nur noch ein Tisch besetzt war, schickte Beat die schwächer als sonst wirkende Lina nach Hause.

»Du bist ganz blass«, sagte er zu ihr. »Leg dich lieber hin, und hol dir eine Mütze Schlaf.«

Lina nahm dankend an und verabschiedete sich von den beiden. Hatte das etwas zu bedeuten, dass er Lina vor ihr nach Hause gehen ließ? Nur die Ruhe, beruhigte Edda sich selbst, denn ihr Herz klopfte lauter als sonst. Noch nie hatte sie das Ende der Arbeit so sehnlich erwartet wie an diesem Tag. Auch Beat klatschte erfreut in die Hände, als die Letzten gegangen waren.

»Nun haben wir es geschafft!«, verkündete er.

»Ich müsste noch Staub wischen«, wandte Edda ein.

Doch Beat drückte ihr ihren Mantel in die Hand und hielt die schwere Holztür auf, damit sie nach draußen schlüpfen konnte.

»Du musst nur eins: das Tagwerk ruhen lassen«, sagte er schmunzelnd, als sie auf der schummrig beleuchteten Straße standen.

»Das stimmt!«, antwortete sie. Seine Unbekümmertheit war ansteckend: Wie lange hatte sie darauf gewartet, sich einfach treiben zu lassen? Sie hatte sich das immer so vorgestellt, als ob sie sich dann ganz mächtig fühlen würde: Wenn die blauen Trambahnen am Platz Central ruhten und das emsige Treiben erstarrt war, wenn niemand mehr über das Gedeckte Brüggli lief, das den Unteren Mühlesteg mit dem Bahnhofsquai verband. Sie könnte dann stehen bleiben und darauf warten, von ihrem Begleiter geküsst zu werden, oder weiter durch die Gassen flanieren, bis sie ein noch schöneres und lauschigeres Plätzchen finden würden. Oder etwa nicht?

Es gab nur einen Haken, Edda stand Beat nach wie vor gegenüber, ohne dass sie auch nur einen Schritt gegangen wären. Denn obwohl sie so lange auf diesen Moment gewartet hatte, fiel ihr nichts Schlaues ein, das sie zu ihm hätte sagen können. Sie hätte Lina fragen müssen, wie sie bei ihren Bekanntschaften vorging.

»Du musst nur deinen roten Kussmund spitzen – und schon möchte die halbe Stadt dich heiraten!«, hatte Edda letztens bewundernd zu der Freundin gesagt, mit der sie nun schon mehrere Monate Seite an Seite im *Röschen* arbeitete und die ihr ans Herz gewachsen war.

»Ach, das ist eine Frage der Übung«, hatte Lina abgewunken. »Wenn du erst einmal länger in der Stadt bist und einige Verabredungen hattest, wickelst du die Männer genauso wie ich um die Finger.«

Doch Edda ging es nur um den Kochgehilfen. Beat hatte sich eine Zigarette angezündet und musterte sie belustigt.

»Warum schmunzelst du?«, fragte sie verwundert.

»Einen Franken für deine Gedanken.«

Edda streckte ihm eine offene Handfläche hin, und er lachte.

»So, so«, neckte er sie. »Darum verbringst du also Zeit mit mir ... du willst einzig und alleine dein Entgelt verbessern.«

»Selbstverständlich«, antwortete Edda keck. »Hattest du etwa anderes im Sinn?«

Sie strahlten sich an. Endlich war das Eis zwischen ihnen gebrochen, und die Unsicherheit war verflogen!

»Und nun?«, fragte sie.

»Ehrlich gesagt habe ich den ganzen Tag nur überlegt, wie ich etwas Zeit mit dir allein verbringen kann. Weiter bin ich nicht gekommen ...«

Edda war ganz gerührt, dass nicht nur sie Gefühle für ihn

hegte, sondern dass auch sie einen Platz in seinen Gedanken hatte.

»Ich wollte einmal durch deine schönen kastanienbraunen Haare fahren«, sagte er.

Sie kam ein Stück näher, und er strich ihr eine Strähne aus dem Gesicht. Dabei fasste er sie so vorsichtig an, als wäre sie aus Porzellan. Eddas Herz hüpfte wie wild hin und her. Gleich würde es ihr aus der Brust springen! Sie nahm seine Hand, und dann sahen sie sich einfach nur eine Weile in die Augen.

»Brennst du mit mir durch?«, fragte Beat plötzlich.

»Wohin denn?«

»Hmmm … ans Ende der Welt? Oder zumindest in meine winzige Wohnung, die den Namen Wohnung eigentlich nicht verdient hat? Man sollte sie nur noch Speisekammer nennen.«

Edda lachte.

»Ist das ein Ja?«

Sie nickte, denn eine höhere Macht schien ihren Körper zu leiten. Zu Widerspruch war sie nicht mehr in der Lage, so sehr zog er sie in seinen Bann.

Beat nahm ihre Hand und zog sie einfach hinter sich her. Sie wunderte sich, wie bestimmt er seine Füße auf den Weg setzte und mit welcher Selbstverständlichkeit er von Gasse zu Gasse lief. Es ging mal nach links, mal nach rechts. Schließlich erreichten sie ein schmales Haus mit kleinen Fenstern. Unten war eine Butter-Käse-Handlung, und er wohnte weiter oben, im dritten Stock. In dieser Ecke der Stadt war Edda nie zuvor gewesen. Schnell steckte er seinen Schlüssel ins Schloss und schob sie vor sich in den Hausflur, wo er sie zum ersten Mal küsste. Etwas hektisch und noch mit Schweißtropfen auf der Stirn, aber das störte Edda kein bisschen.

»Warum hast du dir ausgerechnet mich ausgesucht?«,

fragte Edda ihn, als sich ihre Lippen kurz voneinander lösten. Er konnte doch sicher jede haben und war nicht auf eine einfache Servierdame angewiesen.

Er lachte. »Lass uns hochgehen«, war seine einzige Antwort.

»Aber …« Edda wusste selbst nicht genau, welchen Einwand sie vorbringen wollte. Sollte sie ihm wirklich einfach folgen? Den Kopf ausschalten? Was in aller Welt würde Lina an ihrer Stelle tun? Mitgehen und nicht zu viel grübeln, vermutete Edda. Während sie noch hin und her überlegte, hatte Beat sie schon zur Treppe gezogen. Oben angekommen, zeigte er ihr das kleine Zimmer. Es war düster und nur spärlich eingerichtet. Da stand nichts außer einem Bett, einem kleinen Tisch und einem Stuhl.

»Schau dich mal im Spiegel an!«, sagte er. »Du bist die Schönste der ganzen Stadt.«

Wo sollte der stehen? Edda sah sich um, aber sie fand nichts. Beat stellte sich vor die leere Wand, von der die Tapete abblätterte. Er grinste schelmisch und tat so, als ob er dort sein Spiegelbild sehen konnte. Dann zog er Edda zu sich.

»Diese Augen!«, sagte er bewundernd. »Diese dunklen Locken! Und dieser samtrote Mund!«

Eine Sekunde später küsste er sie nochmals und nochmals und nochmals. Mittlerweile war er nicht mehr so ungestüm, ließ sich mehr Zeit, und mit einer Hand streichelte er ihr über den Rücken.

»Das geht etwas schnell«, raunte Edda, und als er sich an ihren Blusenknöpfen zu schaffen machte, versuchte sie ihn aufzuhalten. »Ich muss nach Hause, Beat.«

Doch seine Reaktion fiel ganz anders aus, als sie es erwartet hatte.

»Heirate mich!«, sagte er und zog sie noch enger zu sich.

Edda stockte der Atem. Hatte er das wirklich gesagt? Und

konnte sie ihm glauben, oder war das nur eine Masche, um ihr Stelldichein zu verlängern? Sie versuchte, mehr Widerstand zu leisten, aber es gelang ihr einfach nicht. Ihre Gedanken schienen Karussell zu fahren, und sie hatte zu lange von so einem Moment mit Beat geträumt, als dass sie nun einfach gehen konnte. Es ging alles ziemlich schnell, das stimmte. Aber musste sich die ganz, ganz große Liebe nicht so anfühlen?

»Für die Vernunft ist morgen wieder Zeit«, beruhigte sie sich selbst und gab nach. Beat löschte das Licht, und kurz darauf trug sie keine Kleidung mehr.

Erst am nächsten Morgen, als Edda zur Arbeit lief, kamen ihre Zweifel zurück. Sie war hin- und hergerissen: Sie konnte es kaum erwarten, Beat wiederzusehen, aber immer wieder sah sie Resi vor sich. Eine 30-jährige Frau, die in Winterthur mit ihren vier Töchtern etwas abseits von allen gelebt hatte. Die Dorfbewohner sprachen nur das Nötigste mit ihr, als ob sie eine ansteckende Krankheit hätte. Lange Zeit hatte Edda nicht verstanden, warum sie so behandelt wurde. Sie sah nett aus, was hatte sie den anderen bloß getan? Erst als sie älter war, erklärte ihr Vater, dass Resi keinen Ring trüge wie alle anderen Dorfbewohner in ihrem Alter und dass sie ihr Herz an zu viele Männer verschenkt hätte.

»Niemals darfst du dich so verhalten!«, bläute er ihr ein. »Hörst du? Niemals.«

Damals fand sie das einleuchtend. Erst das Versprechen, dann die Kinder. Was konnte da schon schiefgehen?

Doch als Serviertochter war das leichter gesagt als getan. Kein feiner Herr wartete nach getaner Arbeit auf sie und wollte um ihre Hand anhalten. Für die meisten Gäste war sie keine Gleichgesinnte, die nahmen sie kaum wahr. Niemand hatte Augen für sie, niemand hatte Interesse an Versprechungen und Ringen. Wer schlaue Reden schwang und mit der Moral kam, sollte sich das einfach mal vorstellen: mit schmerzendem Rücken, Schwielen an den Händen und Blasen an den Füßen den ganzen Tag im Gastraum zu stehen. Und dann schmiegte sich jemand an einen und ließ die Welt für einen Moment stillstehen. Vergessen waren die löchrigen Strümpfe und die kratzige Bluse. Vergessen waren ihre wortkarge Vermieterin Bettina und der schreckliche Urs. In den Armen eines Mannes, egal wie er hieß und woher er kam und wie er roch, war die Welt für eine Weile in Ordnung. Ja, diese Leute, die ihren Apfelstrudel schon zum Frühstück aßen, konnten sich das natürlich nicht vorstellen! Was verstanden diese reichen Leute schon vom Leben! Die saßen vermutlich auf einem der Hügel, von denen man den schönsten Blick auf die Stadt hatte, in ihrer Villa, und während sie an ihrem teuren Tee nippten, konnten sie gut reden und die Nase rümpfen. Auch der Vater konnte das nicht verstehen. Er war der Meinung, dass man als Frau nicht zu viele kostbare Jahre verstreichen lassen und lieber früher als später einen Mann ehelichen sollte. Es ging ihm da wohl eher darum, abgesichert zu sein, als um die großen Gefühle.

Edda stampfte bei jedem Schritt fester auf als sonst, auch wenn das mit den ohnehin dünnen Sohlen etwas riskant war. Diese Sache mit der Liebe hatte sie sich anders vorgestellt. Und dann waren da noch die Gepflogenheiten im Städtchen. So vieles lief anders als im Dorf, und es galt unzählige aufdringliche Gäste abzuwehren, die ein Bier zu viel gehabt hatten. Edda ließ sich allerdings von niemandem auch nur den Zipfel ihrer Schürze heben und war bald als harter Knochen bekannt. Sie traute keinem Kompliment mehr, keinem Versprechen. Alles kam ihr ganz verlogen und schal vor. Und nun? Mit Beat fühlte sich zum ersten Mal seit langer Zeit alles ganz anders an. Bei seinem Anblick wurden ihre Beine weich wie Butter, und sie dachte nicht mehr an ihre Vorsätze. Es ging einfach nicht. Mit Beat konnte es etwas werden, fand sie. Nein, musste es. Er war der Richtige.

Am nächsten Abend wartete Beat wieder nach der Arbeit am Straßenrand auf sie. Und am übernächsten auch. Edda nahm sich tagsüber fest vor, ihn wegzuschicken. Aber wenn er dann vor ihr stand und sie lange ansah, war es um sie geschehen.

»Wir heiraten so bald wie möglich«, versicherte Beat ihr. »Und vorher vergnügen wir uns ein wenig. Was könnte daran verboten sein?«

So wie er es sagte, klang es gut. Sie traute ihm. Er war ein guter Mensch, das konnte sie selbst aus vielen Metern Entfernung sehen. Sein Herz hatte er am rechten Fleck, und gleichzeitig war er so wie sie am Boden geblieben.

»Wir brauchen nur uns!«, stellte Beat fest, und Edda schmiegte sich eng an ihn. Wenn er an ihrer Seite war, dann konnte ihr nichts mehr geschehen. Auf einmal sah er sie ganz verschmitzt an. Dann zog er einen Ring hervor, den er aus Stanniolpapier gebastelt hatte. Er schob in ihr feierlich auf den Finger, als wäre es der kostbarste Diamant der Welt.

»Nicht mehr lange«, sagte er stolz. »Dann sind wir Mann und Frau!«

Schwere Zeiten

1915

Für Edda gab es eine neue Zeitrechnung: vor Beat oder mit Beat. Sie war noch nie so glücklich gewesen, und alles drehte sich um ihn, auch wenn sie gerne noch viel mehr alleine mit ihm gewesen wäre. Aber dafür mussten sie beide zu viel arbeiten. Im Lokal bemühten sie sich sehr, sich überhaupt nichts anmerken zu lassen. Am Ende würde Edda dann sogar die Stelle verlieren. Das Gute war, dass es ihr so gut ging, dass ihr nicht einmal die täglichen Schikanen während der Schicht noch etwas anhaben konnten. Sie schien ein Stück über dem Boden zu schweben, und zum ersten Mal hielt sie nicht nur der große Traum vom eigenen Lokal am Leben, sondern auch dieser gelockte und fröhliche Kerl in der Küche. Hatte der Vater doch recht gehabt, und es brauchte nur den richtigen Mann im Leben, um glücklich zu sein? Nein, nein, dachte sie. Das konnte nicht sein. So verliebt sie auch war, niemals gab sie sich der Illusion hin, dass sie außer Beat nichts mehr brauchte. Sie versuchte, ihn im Lokal nur ganz unauffällig zu beobachten. Lina war nach wie vor die Einzige, die eingeweiht war. Ihr vertraute Edda blind – und die Freundin hatte sie schon oft genug vor Urs in Schutz genommen. Es war auch bitter notwendig, zumindest eine Mitwisserin an ihrer Seite zu haben. Die Stimmung im *Röschen* sank mit jeder Woche, und immer wenn Edda dachte, nun sei der Tiefpunkt erreicht, wurde es noch schlimmer. Auslöser war diesmal ausnahmsweise nicht die strenge Regentschaft von Alice und Urs, sondern die Lage im Land. Wie sollte man auch ein Lokal vernünftig führen, wenn die Versorgungsprobleme zunahmen? Den Großteil des Getreides hatte man vor dem Krieg immer importiert, die Schweizer Bauern hatten beim Ackerbau verstärkt auf die Milchwirtschaft gesetzt. Doch die Einfuhr aus Deutschland, Frankreich und Russland wurde nun immer schwieriger, und die Preise stiegen ins Unermessliche. Das Land war also gezwungen, die Grundnahrungsmittel selbst anzubauen, aber es fehlte an Arbeitskräften und an der nötigen Infrastruktur sowie an profanen Dingen wie genügend Saatgut und Dünger. So war die Ernte weit unter den Erwartungen geblieben, und da es an passenden Futtermitteln für die Tiere mangelte, war die Milchproduktion gesunken.

Selbst wenn Not bekanntlich erfinderisch machte, machte es nicht sonderlich viel Spaß, mit einem mickrigen Vorrat die Gäste zu bekochen. Beat war einer der wenigen, der sich nicht beschwerte und immer bemüht war, etwas Positives zu sehen.

»So ein Krieg dauert nicht ewig, und danach kann uns nichts mehr schocken«, sagte er beispielsweise. Oder er sang einfach seine Lieder noch lauter als sonst, betont fröhlich. Wenn Urs ihn anblaffte, stellte er seine Ohren auf Durchzug. Und wenn niemand in der Nähe war, berührte er Edda im Vorbeigehen so unauffällig wie möglich. Sie liebte diese kleinen und kurzen Momente, die nur ihnen beiden gehörten, und rief sie sich noch Stunden später in Erinnerung, um sich besser zu fühlen.

Als sie ihn wieder einmal am Abend in der winzigen Wohnung besuchte, fragte sie ihn vorsichtig nach einem Zeitpunkt für ihre Hochzeit.

»Bald ist es so weit«, sagte Beat strahlend und hob sie beim Umarmen ein Stück in die Luft.

Er malte ihr aus, wie schön dieser Tag werden würde. Und vor allem wie sehr er sich darauf freute, sie immer an seiner Seite zu wissen. Vorher wollte er noch mehr von seinem Gehalt sparen, damit er ihr ein kleines, aber feines Fest ermöglichen konnte. Das überzeugte Edda, denn sie selbst würde dafür nicht aufkommen können, und von ihrer Familie war auch nichts zu erwarten. Und wie die armen Leute sollten sie an ihrem großen Tag natürlich nicht wirken! Ob dann auch der Vater aus Winterthur kommen und mächtig stolz auf sie sein würde? Eine Hochzeit würde ihn sicher besänftigen.

So verging die Zeit, und Edda war froh, dass sie an Beats Gefühlen keinerlei Zweifel hegen musste. Es schien ihn nämlich ganz schön erwischt zu haben. Er legte ihr oft heimlich etwas Essen zurück. Seine Küsse schmeckten nach Schokolade, und er machte ihr die schönsten Komplimente. Es war nur jammerschade, dass sie nicht mehr Zeit hatten. Wenn sie sich heimlich bei ihm trafen, genoss Edda jede Sekunde und jede Berührung. Aber nach ein bis zwei gemeinsamen Stunden musste sie sich jedes Mal verabschieden, um das Glück nicht zu sehr zu strapazieren und den Schein zu wahren. Edda eilte dann, so schnell sie konnte, in ihr kleines Zimmer zurück. Ihre Vermieterin Bettina bemerkte zum Glück nichts. Edda hatte bereits viel Erfahrung darin gesammelt, wie sie sich hineinschleichen konnte, ohne Bettina aus dem Schlaf zu holen.

Doch auf einmal ging es Edda zunehmend schlechter. Sie war so viel müder als sonst und fühlte sich elend. Das wird schon wieder, ermahnte sie sich, du darfst auf keinen Fall krank werden. Sogar Bettina warf ihr hin und wieder seltsame Blicke zu und bezeichnete sie als äußerst blass. Ein paar Wochen ignorierte Edda die heftige Übelkeit am Morgen. Sie wollte auf gar keinen Fall darüber nachdenken, warum ihre Regel ausgeblieben war. Aufgrund der anstrengenden Arbeit war das auch in der Zeit vor Beat schon einmal vorgekommen, musste also nichts weiter bedeuten. »Bitte lass mich bald wieder die Alte sein«, sagte sie und schickte endlos lange Stoßgebete in den Himmel. Doch es wurde nicht besser, eher schlimmer. Bei der Arbeit musste sie ganz schön aufpassen, dass es nicht auffiel. In ihrer Not weihte sie Lina ein, die ihr so gut sie konnte beistand, einen großen Teil von Eddas Arbeit übernahm und wie eine Weltmeisterin Ausreden erfand, warum Edda kurz vor die Tür musste.

»Du weißt genau, woran das liegt«, flüsterte Lina ihr zu. »Du bist ganz sicher nicht krank.«

Edda wollte es sich dennoch nicht eingestehen. Doch je mehr Tage vergingen, desto deutlicher wurde es, und schließlich konnte sie die Zeichen nicht mehr länger leugnen und gestand sich ein, dass sie ein Kind erwartete. Zwar vom richtigen Mann, wie sie fand, aber viel zu früh. Lina sah das weniger eng und versuchte sie aufzuheitern.

»Hast du Beat die frohe Botschaft schon verkündet?«

»Vielleicht ist es nichts Frohes für ihn.«

»Warum denn das?«

Edda streckte der Freundin die ringlose Hand entgegen. »Schau mal, da fehlt etwas …«

»Ach, was!«, fand Lina. »Dann beeilt ihr euch eben und heiratet schnell. Den meisten wird es nicht auffallen, die können doch alle nicht rechnen.«

Edda schmunzelte. »Du sollst nicht immer von dir auf andere schließen …«

Lina kniff sie leicht in den Arm und lachte. »Ihr werdet das schon schaukeln«, sagte sie. »Du bist eine der stärksten Frauen, die ich kenne. Ich wüsste gar nicht, was du NICHT schaffen solltest.«

Dann steckte sie Edda noch ein Würstchen zu, das sie in der Küche ergattert hatte. »Stärkung für dich und das kleine Würmchen«, flüsterte Lina, bevor sie mit ihrem Serviertablett um die Ecke verschwand.

Edda fühlte sich nach dem kurzen Gespräch tatsächlich um einiges besser. Na schön, dachte sie, dann weihe ich den Vater des Kindes eben ein. Nach ihrer Schicht ließ sie eine Flasche Wein mitgehen und legte das abgezählte Geld dafür in die Kasse.

»Hast du zwei Gläser für uns?«, fragte sie abends Beat, als sie gemeinsam auf seinem Bett saßen. »Wir müssen feiern.«

»Wieso? Hast du heute etwa mehr Trinkgeld als sonst bekommen?«, wollte er neugierig wissen. »Komm, wir trinken direkt aus der Flasche!«

Edda lächelte, und anstatt große Worte zu verlieren, zeigte sie einfach auf ihren Bauch.

Beat fiel vor Überraschung die Flasche aus der Hand, und um seine Füße herum bildete sich eine rote Pfütze. Schnell griff er nach einem Tuch und wischte alles auf, während er immer wieder »Es tut mir leid – der teure Wein!« sagte. Und dann strahlte er sie an. »Wir bekommen ein Kind?«

»Wenn wir nächsten Monat die Ringe tauschen, fällt er keinem auf!«, versicherte sie ihm.

»Nächsten Monat? Nichts da, das erledigen wir gleich nächste Woche.«

Er strahlte weiter und hob sie hoch in die Luft. Dann sah er sich um. »Reicht uns das kleine Zimmer hier? Ziehst du bei mir ein?«

»Nichts lieber als das!«

»Zumindest, bis der Nachwuchs da ist. Danach müssen wir uns natürlich etwas anderes suchen.«

»Und wie soll uns das gelingen? Wir haben doch kaum Erspartes.«

»Dann müssen wir uns eben noch viel mehr anstrengen und nur das Allernötigste auszugeben, damit wir uns bald ein paar schöne Möbel leisten können ...«

Sie verabschiedeten sich mit einem Reigen aus Küssen, und Edda stellte sich vor, wie sie mit Beat nach Winterthur fahren würde, um ihm den Ort ihrer Kindheit zu zeigen. Dann könnte er ihren Vater kennenlernen und ihre jüngere Schwester Erika. Sie konnte es kaum erwarten, bei Bettina auszuziehen und sich etwas Eigenes einzurichten, bevor ihr Kind kam.

Nach dieser Begegnung ging Edda die Arbeit viel beschwingter als zuvor von der Hand, und auch die Übelkeit war verschwunden. Hurra, dachte sie, alles würde gut werden. Und Lina hatte schon recht: Sie war so stark wie ein Gewichtheber. Ihr konnte niemand etwas anhaben! Also würde sie auch mit einer unerwarteten Schwangerschaft zurecht kommen und sich nicht von irgendwelchen Konventionen verrückt machen lassen. Endlich konnte sie sich von Herzen auf den neuen Lebensabschnitt freuen und war ganz beseelt, dass Beat schon Wiegenlieder zu singen übte.

Aber das Schicksal hatte andere Pläne. Ganz andere. Denn wenige Wochen später erschien Beat nicht bei der Arbeit. Er sei krank, hieß es im Gasthof. Als Alice und Urs beschäftigt waren, ging Edda am frühen Nachmittag zu Frau Ender und bat sie um Erlaubnis, Beat etwas Essen vorbeizubringen und ihn etwas aufzupäppeln.

»Dann fällt er hier nicht so lange aus«, sagte Edda, wohl wissend, dass die Wirtin ihren Wunsch nun nicht mehr ausschlagen konnte. Frau Ender stimmte zu und füllte ihr eine große Portion Suppe in einen Topf und gab ihr ein halbes Brot und eine Wurst. Zum Glück bekam Urs davon nichts mit, dem hätte dies mit Sicherheit nicht gefallen. Dann schlüpfte Edda schnell nach draußen und machte sich auf den Weg zu ihrem Liebsten. Als sie das Haus erreichte, wo Beat wohnte, erschrak sie schon im Treppenhaus. Wer hustete da so laut und röchelnd? Sie klopfte und rief nach ihm, doch es kam zunächst keine Antwort.

»Ich hör dich doch«, flehte Edda ihn an. »Bitte mach mir auf, ich habe köstliche Suppe dabei. Mit der wirst du sicher in Windeseile wieder gesund.« Sie versuchte, möglichst fröhlich zu klingen, auch wenn sie sich vollkommen elend fühlte.

»Geh wieder nach Hause«, krächzte Beat auf der anderen Seite der Tür.

»Aber wieso denn nur?«

»Du darfst es nicht auch bekommen. Du musst um jeden Preis gesund bleiben …«

Edda war beunruhigt. Er hörte sich wie ein ganz anderer Mensch an. Wie hatte das so schnell geschehen können?

»Kann ich dich denn zumindest kurz sehen?«, fragte sie besorgt und drückte ihren Kopf eng an die Tür, um auch vom Flur aus so viel wie möglich mitzubekommen. »Bei meinem Anblick wird es dir gleich besser gehen, oder etwa nicht?«

Sie versuchte, dem Gespräch etwas die Schwere zu nehmen. Und tatsächlich – Beat lachte. Zwar nur kurz, aber er lachte. Danach wurde er allerdings gleich wieder von einem besonders schlimmen Hustenanfall geschüttelt, der Edda das Blut in den Adern gefrieren ließ.

»Lieber Gott«, flüsterte sie, »ich habe dich nicht sonderlich oft um Hilfe gebeten, aber jetzt brauche ich dich. Dringend. Könntest du bitte, bitte, bitte meinen Beat wieder gesund machen?« Die Tränen liefen ihre Wangen herunter, und zum ersten Mal in ihrem Leben fühlte sie sich vollkommen alleine und hilflos. »Kann ich dich kurz sehen?«, schniefte sie. »Ich halte das nicht aus.«

»Na, gut«, lenkte Beat ein. »Aber wir müssen ganz vorsichtig sein. Du gehst ein paar Meter zurück und stellst dich auf die oberste Treppenstufe. Versprochen?«

Edda tat, wie ihr geheißen wurde. Hauptsache, sie konnte einen kurzen Blick auf ihren Liebsten erhaschen. »Erledigt!«, rief sie erwartungsvoll.

Langsam öffnete er die Tür. »Wenn du zu nahe kommst, erwischt dich diese Krankheit vielleicht auch«, flüsterte er.

Auch wenn sie sich vorgenommen hatte, ganz stark zu sein, brach Edda erneut in Tränen aus. Beat war blass wie ein Betttuch. Er konnte aus eigener Kraft nicht mehr stehen und lehnte sich gegen den Türrahmen. Seine Hände zitterten, sein Blick war glasig.

»Hast du Fieber?«, fragte sie erschrocken.

»Sehr hohes sogar, ja. Aber mach dir keine Sorgen. Einen Beat bekommt man so schnell nicht zu Fall. Ich muss nur schlafen. Ganz viel schlafen. Dann wird das wieder.«

Edda ahnte schon, dass er sie nur beruhigen wollte. Er hörte sich nicht so an, als würde er auch nur ein einziges seiner Wörter selbst glauben. Hatte ihn etwa auch die Schwindsucht erwischt? In letzter Zeit hatten einige in der Stadt die Krankheit bekommen, und das Wort war wie ein Schreckgespenst durch die Gespräche im Gasthof gezogen. Es hieß, dass die Kranken im wahrsten Sinne des Wortes dahingerafft wurden. Und wenn Edda sich ihren Beat so ansah, passte dies zu den Beschreibungen, die sie bei den Gästen aufgeschnappt hatte.

Beat bekam erneut einen Hustenanfall und konnte sich kaum noch auf den Beinen halten.

»Du musst schnell wieder ins Bett zurück«, wies Edda

ihn an und bemühte sich um einen beherrschten Tonfall. Sie durfte nicht zu weinerlich sein, wenn er in ihrer Nähe war, schließlich musste sie ihm Kraft geben. »Ich komme morgen wieder. Und den Korb stelle ich neben der Treppe ab. Dann kannst du ihn dir später nach drinnen holen.«

»Leb wohl«, flüsterte er noch. »Leb wohl, meine wunderschöne Edda.«

»Was redest du denn da?«, fragte sie erschrocken. »Wir sehen uns doch morgen. Du wirst gesund, heiratest mich bald, und wir bekommen ein Kind.«

Doch Beat sah sie nur tieftraurig an und ließ die Tür hustend ins Schloss fallen.

Wie betäubt machte Edda sich auf den Rückweg. Ihre Füße setzte sie ganz mechanisch voreinander, immer wieder rempelte sie jemanden an, der ihr entgegenkam, weil sie nicht aufsah. Es grenzte an ein Wunder, dass sie überhaupt den Weg zum Gasthof zurückfand. Sie machte schweren Herzens weiter, auch wenn ihre Gedanken nur bei Beat waren, und bediente die Gäste, als wäre sie nicht weg gewesen. Die Bestellungen brachte sie alle durcheinander, aber niemand schimpfte mit ihr. Ihr Körper war noch da, aber der Kopf? Der konnte sich auf nichts mehr konzentrieren. Lina bat sie mehrmals, nach Hause zu gehen, da sie in diesem fürchterlichen Zustand nur den Ärger von Alice und Urs auf sich ziehen würde. Erst weigerte sich Edda, aber als sie ein Tablett mit leeren Gläsern fallen ließ, wurde auch ihr klar, dass es so nicht weitergehen konnte. Da sie schrecklich aussah und kaum noch einen ganzen Satz zusammenbekam, reagierte die Wirtin äußerst verständnisvoll und ließ sie früher gehen. Edda bekam sogar den nächsten Tag noch frei, aber vor lauter Sorge konnte sie sich gar nicht darüber freuen.

Sie machte sich auf den Weg zu Beat, rannte die Straßen

entlang und wäre mehrmals fast auf den Boden gefallen, so schnell setzte sie ihre Füße voreinander. Als sie außer Atem an seiner Tür klopfte, öffnete er jedoch nicht.

»Mach auf, Beat«, rief sie immer und immer wieder. »Ich bin's doch, Edda.«

Aber es kam keine Antwort mehr. Sie hämmerte gegen die Tür, bis ihre Hände rot wurden und schmerzten. Auch das half nicht. Angsterfüllt schlich sie nach unten und bat in der Butter-Käse-Handlung darum, dass ein Arzt gerufen wurde. Dann lehnte sie sich draußen gegen die Hauswand. Keinen Schritt konnte sie mehr gehen, ihre Beine waren schwer wie Zementklötze. Alles, was danach geschah, nahm sie nur durch einen Schleier wahr. Das aufgeregte Gerede der Leute, die Nachfragen des Arztes, der sie mit nach oben nahm. Doch dann bat er sie, draußen zu warten, und trotz langen Flehens durfte sie zunächst nicht mit ans Krankenbett. Edda wartete darauf, ein Gespräch aus der Wohnung zu hören. Doch sie hörte nur, wie eine Tasche aufgeklappt wurde, und dann gar nichts mehr. Ein mulmiges Gefühl beschlich sie und ihr Atem stockte. War es wirklich so schlimm? Trotz des Verbots lief sie nach innen und erstarrte, als sie den leblosen Beat im Bett sah. Blass und ernst lag er da. Ohne sein gewohntes Lächeln auf den Lippen erkannte sie ihn kaum wieder.

»Ich habe Ihnen doch gesagt …«, setzte der Arzt noch an. Aber dann gab er schulterzuckend klein bei, als er Eddas schmerzerfülltes Gesicht sah. »Es tut mir unendlich leid«, fügte er leise hinzu. »Ich bin zu spät gekommen, er hat es nicht geschafft.«

Edda wollte laut schreien, und doch wurde sie in diesem Moment nur ganz still. Er war einfach von ihr gegangen, still und ohne langen Kampf. Sie dachte an all die Dinge, die sie nun nicht mehr gemeinsam erleben würden, und eine grenzenlose Traurigkeit erfasste sie.

»Wir hatten nur so wenig Zeit zusammen«, flüsterte sie. »Aber jede einzige Minute mit dir war es wert. Ich werde dich niemals vergessen! Und dein Sohn oder deine Tochter kommt hoffentlich nach dir.«

Der Arzt räusperte sich. »Brauchen Sie noch Hilfe?«

Edda schüttelte den Kopf.

»Dann lasse ich den jungen Mann nun abholen …«

Der Arzt ging nach draußen und ließ sie alleine am Bett zurück. Vor Wut hätte sie am liebsten die ganze Einrichtung in der Wohnung zerstört. Aber was brachte das schon? Es war ja doch nicht mehr zu ändern. Missmutig und verloren stand sie da, unschlüssig, was sie nun tun sollte. Doch als Edda Schritte die Treppe nach oben kommen hörte, riss sie sich widerwillig los. Sie wollte von niemandem mehr gesehen werden! Sie beugte sich noch ein letztes Mal zu ihrer großen Liebe hinunter.

»Leb wohl«, flüsterte sie. »Leb wohl, mein herzallerliebster Beat.«

In den folgenden Nächten machte Edda kaum noch ein Auge zu. Zum ersten Mal, seit sie in der Stadt arbeitete, musste sie mehrere Tage zu Hause bleiben. Nie wieder würde sie als Serviertochter im Lokal stehen, dachte sie, nie wieder. Apathisch blieb sie im Bett liegen und wollte niemanden sehen. Welchen Sinn ergab das Leben denn, wenn sie keinen Beat mehr hatte? Erst versuchte es Lina, sie wieder zurück ins *Röschen* zu locken.

»Wir brauchen dich«, flehte sie. »Komm bald zurück.«

Als das nichts half, kam sogar Frau Ender vorbei und redete auf Edda ein.

»Ich bin auch eine Mutter. Und ich sage Ihnen: Dieses Kind wird Sie brauchen, also geben Sie sich einen Ruck. Sie müssen dem Leben noch eine zweite Chance geben!«

Diese Worte wirkten. Edda kehrte ins *Röschen* zurück, nahm die Arbeit wieder auf, und nach und nach kam auch ihre Energie wieder zurück. Selbst wenn Beat gestorben war – sie wollte für ihr Kleines da sein. Und ihren großen Traum vom eigenen Lokal gab es ja auch noch!

So vergingen die Monate, ihr Bauch wuchs und wuchs – und schließlich kam ihr Oskar zur Welt. Das war glücklicherweise der Moment, wo Edda aller Trauer zum Trotz wieder lachen konnte. Denn der Kleine war ein Wonneproppen, der voll und ganz nach seinen Vater zu kommen schien. Er freute sich, wenn er aufwachte. Er freute sich, wenn er seine Milch bekam. Er freute sich, wenn er Edda sah. Bettina hatte sich erst etwas geziert, aber schließlich hatte sie Edda auch mit dem Kleinen bei sich wohnen lassen. Edda vermutete, dass es nicht nur an ihrem guten Herzen, sondern auch an den zusätzlichen Franken lag, die sie für die Betreuung verlangen konnte.

Lina kam als Erste vorbei, um zur Geburt zu gratulieren. Sie wiegte Eddas Sohn im Arm und strahlte ihn ganz verliebt an.

»Der ist zu jung für dich«, neckte Edda sie. »Du musst dir einen anderen Mann suchen.«

»Du bist gut. Ich überlege gerade, ob so ein Mutterglück nicht doch etwas für mich ist.«

»Ich kann es nur empfehlen. Etwas Schöneres kann es gar nicht geben! Aber meintest du nicht letztens, du wärst nicht für eine feste Partnerschaft gemacht und brauchst die Abwechslung?«

»Tja, das ist es ja. Jetzt wo ich diese kleinen Speckfüßchen so sehe, kommt mein ganzes System ins Wanken …«

Edda lachte. »Du hast ja noch Zeit, es dir zu überlegen. Und Oskar freut sich ganz bestimmt, wenn du zwischendurch Tante für ihn spielst.«

»Tante Lina«, sagte die Freundin ehrfürchtig vor sich hin. »Das klingt aber schön.« Sie streckte Edda eine Hand entgegen. »Versprichst du mir, dass ich mich zwischendurch um diese süße kleine Zuckerschnute kümmern darf?«

»Nichts lieber als das«, entgegnete Edda und schlug ein.

Als die Freundin gegangen war, brachte Edda den Kleinen ins Bett. Sie beobachtete ihn lange und hielt seine winzige Hand fest umschlossen.

»Für dich lohnt sich jede Anstrengung«, flüsterte sie ihm zu. »Und wenn du groß bist, dann werde ich keine Serviertochter mehr sein. Ich werde Wirtin sein, und mein Kleid ist dann aus Seide. Wer zu mir kommt, wird das beste Essen der Stadt serviert bekommen. Und meine Gäste werde ich fürstlich umsorgen und ihnen die Wünsche von den Lippen lesen.«

Edda lächelte selig. Dann deckte sie ihren Kleinen im Babybettchen zu, ging ebenfalls zu Bett und schlief gleich ein.

Lange Geduldsprobe

1917

Wenn Edda die Augen schloss, verschwand nach und nach ihre Umgebung. Sie sah sich in einem eleganten schwarzen Kleid durch eine Drehtür schreiten. Der Saal war mit edlem Holz getäfelt, und die Kronleuchter sorgten für ein helles, aber stimmungsvolles Licht. In diesem Schein saßen die Gäste an ihren Tischen und unterhielten sich angeregt. Gläser klirrten, und Besteck klapperte. Und wenn einer der Bediensteten mit dem Servierwagen vorfuhr und am Tisch feierlich die silberne Cloche lupfte, ertönte ein entzücktes »Ahhh!« und »Ohhh!«. Sie ließen sich das zarte Lammfleisch schmecken, genossen den Blauburgunder und schlossen das Festmahl dann mit einem cremigen Nachtisch ab.

Edda hatte nie in einem derart feinen Lokal gegessen, aber dieser Traum begleitete sie schon seit Jahren … Immer wenn sie zu verzagen drohte, musste sie nur die Augen schließen und sich fortträumen. Dann konnte sie sich an diesen wundervollen Ort versetzen und alles vergessen. Wie es duftete! Wie das Porzellan glänzte! Und wie angeregt sich alle unterhielten! Es war viel Fantasie notwendig, damit Edda sich alles so genau vorstellen konnte, was sie nie selbst erlebt hatte. Hin und wieder hatte sie Erzählungen aufgeschnappt, wenn etwa eine Kundin in der Werkstatt ihres Vaters ganz stolz berichtete, dass jemand um ihre Hand anhielt, der sie mit köstlichem Essen in eleganten Lokalen verwöhnte. Sie malte diese Anekdoten in Gedanken so lange aus, bis sich alles stimmig anfühlte und sie in die Atmosphäre eintauchen konnte, als würde sie tatsächlich dort stehen.

Der Traum war erst nur eine Spielerei, aber schon bald konnte sie nicht mehr darauf verzichten. Sie genoss es, wie sie sich merklich entspannte und wie alles wieder Sinn ergab, sobald sie in ihrem Lokal stehen konnte und zusah, wie das Essen serviert wurde. Ja, dachte sie dann, eines Tages würde sie morgens die Türen aufschließen und nicht mehr die einfache Serviertochter sein, die herumgescheucht wurde, sondern eine Wirtin, vor der alle Respekt hatten. Sie würde ein elegantes Kleid und schöne Ohrringe tragen, und ihre Füße steckten dann in feinen Lederschuhen. Sie sah sich durch den Saal schreiten und spürte die bewundernden Blicke der Gäste in ihrem Rücken. Doch es ging ihr nicht in erster Linie darum, im Mittelpunkt des Geschehens zu stehen. Natürlich war es schön, nicht mehr mit strähnigen Haaren und in einem ausgebleichten Baumwollkleid von Tisch zu Tisch zu gehen. Aber sie wollte vor allem dafür sorgen können, dass es allen gut ging. Ihr Lokal würde eine kleine Oase sein, in die sich alle flüchten konnten und wo sie ihren tristen Alltag in Windeseile vergessen würden. Wie eine Mutter würde sie sich um alle kümmern, ihnen die Wünsche von den Lippen lesen und sie mit allem verwöhnen, was sie gerne aßen und tranken. Wenn all diese Menschen kamen und ihre Geschichten mitbrachten, würde es niemals langweilig werden. Es würde immer jemand etwas zu erzählen haben, neue Eindrücke würden auf sie einprasseln, und selbst wenn sie sich den ganzen Tag an einem Ort aufhielt, würde sie unendlich viel erleben.

Edda öffnete die Augen wieder und band sich die Schürze noch enger um den Bauch. Sie würde nicht verzagen. Schritt für Schritt ging es weiter. Und dann würden auch wieder bessere Zeiten kommen! Sie durfte den Schmerz nicht die Oberhand gewinnen lassen, denn das hätte Beat nicht gewollt. Es war nicht einfach, aber wenn sie in das Gesicht ihres Kleinen sah, dann war alles vergessen. Durch Oskar lebte ein Stück von Beat weiter. Ihr Sohn hatte zwar nicht Beats Locken geerbt, aber er lächelte fast so oft wie sein Vater, und so war einer der innigsten Wünsche von Edda in Erfüllung gegangen. Zum Glück half ihr Bettina weiterhin und kümmerte sich tagsüber um den Kleinen. Denn Edda brauchte ihr Einkommen, sie kam nur mit Müh und Not durch den Monat. Es waren unsichere Zeiten, und sie wollte auf keinen Fall auf der Straße stehen. Ein Gast gab ihr in der Regel fünf Rappen als Trinkgeld, die Münzen sammelte sie in einer großen Blechdose. Ein paarmal hatte sie auch einen Halbfränkler von besser situierten Herren bekommen, dann hatte sie die ganze Woche gute Laune.

»Auf, auf«, sagte sie zu sich selbst, »ein gesenkter Kopf verdient keine Fränklis.«

Dann ging sie zu den ersten Gästen, nahm die Bestellungen auf und musste sich zusammenreißen, damit sie nichts vergaß und nicht über ihre eigenen Füße stolperte.

Ein paar Männer hatten zu singen begonnen. Mit den Bierhumpen klopften sie im Takt auf die Tische, und es war ihnen egal, dass sie dabei einiges verschütteten.

»Bruder, trink einmal, du bist ja noch so jung«, grölten sie. »Denn die vollen Schoppen sind für junge Leute, darum lasst uns heute feuchtfröhlich sein.«

Urs saß mit ein paar Freunden an einem Tisch. Sie stimmten mit ein, und nach kurzer Zeit sangen alle Gäste mit. Edda stahl sich in die Küche davon und zählte die Stunden, die der

Arbeitstag noch hatte. Die Zeit schien einfach nicht zu vergehen. Da winkte sie der neue Küchengehilfe zu sich. Luka war klein und schmächtig, er schwitzte leicht und wischte sich alle paar Minuten mit einem Ärmel die Stirn ab. Urs kommandierte ihn herum wie einen Sklaven, aber da Luka sein Handwerk verstand, konnte man ihm wenig anhaben. Edda hatte den Neuen bisher, so gut es ging, ignoriert, weil er Beats Nachfolger war. Wenn sie nicht mit Luka sprach, musste sie nicht an seinen Vorgänger denken, so hatte sie sich das zusammengereimt. Allerdings funktionierte es sowieso nicht. Da konnte sie sich auch mit ihm anfreunden.

»Willst du?«, fragte Luka. »Das ist zu schade für den Müll.«

Er schob ihr einen Teller mit Kartoffelsalat hin, einer der Gäste hatte fast die Hälfte übrig gelassen.

»Aber das hat Urs …«

»Verboten, ich weiß. Aber wie soll er uns gerade sehen?«

Edda nahm einen Bissen und musste sich zwingen, nicht alles hinunterzuschlingen. Der Teller war schneller leer, als sie es glauben konnte.

»Ich sammle noch mehr für dich«, zwinkerte Luka ihr zu.

In dem Moment schob sich Lina in die Küche. Sie war ungewöhnlich blass.

»Wie geht es dir?«, fragte Edda.

»Ehrlich gesagt nicht so gut.«

Edda ging zu den ungespülten Tellern. »Haben wir noch Reste?«, wollte sie von Luka wissen. »Dann könntest du Lina aufpäppeln, während ich die nächste Runde Bier verteile.«

Er stimmte zu, und sie füllte so viele Krüge, wie sie tragen konnte.

Im Gastraum war die Stimmung nach wie vor aufgedreht wie an einem Geburtstag. Verschwitzte Männer mit hochroten Gesichtern tranken mehr, als ihnen guttat, und redeten lauter als nötig miteinander. Edda verteilte das Bier und versuchte sich einen Überblick zu verschaffen, wer noch etwas bestellen wollte. Da stand auf einmal ein Mann im Raum. Was hatte er hier nur verloren, wunderte sich Edda, er sah so ernst aus und schien sich nicht setzen zu wollen. Nachdenklich lief er durch die Gaststube. Erst als er Urs an einem der Tische entdeckte, blieb er stehen und winkte ihn zu sich. Beim Versuch, schnell aufzustehen, fiel der angetrunkene Urs allerdings krachend vom Stuhl.

»Wollen Sie etwas trinken?«, lallte er.

»Ich muss Sie sprechen. In der Küche!«, war die einzige Antwort.

Edda lief voraus, um Luka und Lina zu warnen. Als sie die Küche erreichte, waren die beiden zum Glück nicht mehr am Essen. Lina kümmerte sich um den Abwasch, und auf dem Herd brutzelten Bratkartoffeln in der großen Pfanne, die Luka mit einem großen Holzlöffel wendete.

»Ich habe schlechte Nachrichten«, sagte der Fremde, der sich bei Urs als Herr Tanner vorgestellt hatte, und strich sich den Schnurrbart glatt. Er winkte alle Bediensteten zu sich, und Urs lehnte sich gegen einen Schrank, da er anscheinend nicht mehr alleine aufrecht stehen konnte.

»Ich fasse mich lieber kurz. Vorhin ist die gute Frau Ender von uns gegangen. Ihre Tochter Alice bat mich, diese Nachricht zu verkünden, da sie selbst nicht in der Lage sei, das Haus zu verlassen.«

»Nein!«, entfuhr es Edda. Damit hatte sie überhaupt nicht gerechnet. Die Wirtin war noch so rüstig gewesen, und Edda hatte sie für ihre Energie bewundert. So möchte ich auch alt werden, hatte sie erst letztens noch gedacht. Vor wenigen Tagen hatte die Wirtin noch von ihren Plänen für die Gaststube erzählt. Sie wolle nach und nach weniger arbeiten und schließlich die Tochter alles übernehmen lassen.

»Ein Herzstillstand«, erklärte Herr Tanner noch. »Sie hat nicht gelitten.«

Edda schüttelte den Kopf. So plötzlich? Sie hatte sich gar nicht mehr verabschieden können ... Immerhin hatte die Wirtin keine Schmerzen erleiden müssen, aber das konnte doch alles nicht wahr sein! Erst ihr Beat, dann die gute Frau Ender. Hatte der liebe Gott schlechte Laune? Zog sie seit Neuestem das Unglück an? Oder was waren das für Zeiten? Sie verstand das Schicksal nicht mehr. Lange hatte sie gedacht, man müsse sich immer nur schön anstrengen, seine Ziele verfolgen und gut zu allen anderen sein, dann würde man auch zufrieden durchs Leben gehen und seine Träume erfüllen können. Aber sie hatte ihre Rechnung wohl nicht mit diesen Rückschlägen gemacht, die sich so unerwartet ereigneten.

Da zog ihr ein Brandgeruch in die Nase, und sie sah sich hektisch um. Hatte Urs eine seiner Zigaretten fallen gelassen und ein Feuer entfacht? Doch da rannte Luka schon aufgeregt zur Pfanne und versuchte sein Gericht noch zu retten. Die Rauchschwaden zogen durch den Raum, aber niemand reagierte oder schimpfte. Alle schienen wie gelähmt zu sein.

»Wie wird es weitergehen? Wer übernimmt die Gaststube?«, fragte Lina aufgeregt.

Urs lächelte siegessicher.

»Das wird Alice Ender sicher bald entscheiden. Sie wird auf Wunsch ihrer Mutter die Nachfolgerin werden und den Gasthof *Röschen* nicht aufgeben. Aber das wird sie Ihnen noch selbst sagen.«

Lina zupfte Edda an der Bluse. »Du weißt, was das bedeutet?«, raunte sie. »Wir sollten uns schleunigst eine neue Anstellung suchen. Wenn Alice und Urs alles übernehmen, sind wir verloren.«

Edda ertrug es kaum, das selbstverliebte Gesicht von

Urs weiter ansehen zu müssen. Dieser widerwärtige Kerl! Täuschte sie der Eindruck, oder war er fast froh, dass die ältere Frau von ihnen gegangen war? Er schien wirklich nur auf seinen eigenen Vorteil bedacht zu sein.

»Dann machen Sie nun lieber weiter mit Ihrer Arbeit!«, erklärte Herr Tanner, ohne eine Miene zu verziehen. »Niemand von den Gästen soll merken, dass Frau Ender das Zeitliche gesegnet hat. Alles geht weiter wie bisher. Verstanden?«

Niemand antwortete, aber sie begaben sich alle langsam wieder an die Arbeit. Edda wurde ganz flau bei dem Gedanken, dass sie sich eine neue Arbeit suchen musste. Es packte sie eine riesengroße Wut auf dieses Leben! Womit hatte sie das eigentlich verdient? Lina sammelte sich als Erste wieder und brachte den Gästen mit ihrem gewohnt strahlenden Lächeln das Essen und die Getränke. Vielleicht würde Edda zusammen mit ihr eine neue Anstellung finden? Zu zweit ließ es sich schließlich überall besser aushalten. Der Gedanke gab ihr zumindest wieder ein wenig Hoffnung.

Einige Tage später sprach sie mit Lina. Ohne Frau Ender war es im *Röschen* einfach nicht mehr auszuhalten, und sie verabredeten, dass jede von ihnen auf Arbeitssuche ging. Sollte es irgendwo Bedarf nach zwei Arbeitskräften geben, würden sie sich gemeinsam ins Spiel bringen. Da sie nicht beide im Lokal fehlen konnten, wechselten sie sich ab. Eine von ihnen arbeitete für zwei, und die andere verschwand für eine Stunde, um die Gasthöfe in den Gassen rund um das Großmünster abzuklappern und nach Arbeit zu fragen. Die Zeiten waren zwar nicht die besten, aber die Leute wollten sich amüsieren und zum Trinken und Essen und Spielen zusammenkommen. Einige Etablissements hatten aufgemacht, Schausteller zogen durch die Stadt, es gab Schießbuden und Kasperletheater. Die Veränderungen sorgten nicht bei allen

Bewohnern der Stadt für zufriedene Gesichter. Doch die meisten freuten sich über die Zerstreuung und probierten neugierig die Attraktionen aus. Aber der Lärm gefiel nicht jedem, und so hatte auch die Stadtpolizei einiges zu tun. Edda bekam immer wieder mit, wie sich die Gäste an ihren Tischen lautstark über die Entwicklungen austauschten, sie gaben die Gerüchte weiter, die sie aufgeschnappt hatten, und schmückten sie mit viel Fantasie weiter aus. Besonders viel Wirbel verursachte der Circus Schumann, der schließlich sogar Raubtiere zeigte. Ein Raunen ging durch die Stadt, und die Schlange an der Kasse war so lang, dass nicht alle ein Billett für das Spektakel bekamen. Der Erfolg war riesig, und alle Zeitungen berichteten. Doch nicht überall stieß das auf Zustimmung. Etliche Anwohner fühlten sich belästigt und beklagten sich bei der Polizei über das unzumutbare Gebrüll der Löwen. Und was geschah nun? Sie bekamen tatsächlich recht. Es half alles nichts – der Zirkus musste fortan dafür sorgen, dass es nicht mehr zu solchem Lärm kam, und die Vorführung nicht mehr ganz so wild gestalten.

»Bald sehen auch wir uns die Löwen an!«, schlug Lina vor, als sie an einem Nachmittag nach der Arbeitssuche zurück in die Gaststube kam.

»Dafür sind mir meine Franken aber zu schade«, entgegnete Edda.

»Vielleicht finden wir ja einen Mann, der uns mitnimmt.«

»Träum weiter. Hast du sonst keine Neuigkeiten mitgebracht?«

Lina lächelte.

»Raus mit der Sprache!«

»Ich habe etwas gefunden.«

»Für uns beide? Wie wunderbar. In welcher Wirtschaft denn?«

»Es geht nicht um eine Anstellung als Serviertochter …«, entgegnete Lina sichtlich geknickt.

Edda sah sie enttäuscht an. »Aber ich möchte nichts anderes machen …«

»Das hatte ich befürchtet«, seufzte Lina. »Weißt du – ich würde auch am liebsten weiterhin Seite an Seite mit dir arbeiten. Aber ich will auch Neues ausprobieren und so viel wie möglich erleben.«

»Und wo wirst du dann anfangen?«

»Das Kinematografentheater sucht eine Aushilfe!«

»Das *Radium*? Und was machst du dort?«

»Die Eintrittskarten einreißen, den Besuchern den Weg zu ihren Plätzen weisen und nach den Vorstellungen noch etwas aufräumen.«

»Das interessiert dich?«

Edda sah ihre beste Freundin verwundert an.

»Und wie«, entgegnete Lina. »Da erlebe ich den Fortschritt aus nächster Nähe. Das ist doch ungeheuer spannend.«

»Für mich ist das nichts. Ich muss unbedingt wieder in einem Gasthof arbeiten.«

»Warum denn nur?«

»Ich brauche den Trubel. Das Klirren der Gläser, die Gerüche aus der Küche, die einem das Wasser im Mund zusammenlaufen lassen. Die Gespräche mit den Gästen und die Geschichten, die sie erzählen. Etwas anderes wird mich niemals glücklich machen, das weiß ich einfach!«

»Und Kerle wie Urs?«

»Den bin ich bald los, und dann arbeite ich mich langsam nach oben. Bis ich selbst entscheiden kann, wer für mich arbeitet – und wer nicht.«

»Du hast große Pläne«, seufzte Lina. »Hoffentlich verlieren wir uns nicht aus den Augen.«

»Niemals!«, entfuhr es Edda so laut, dass sie selbst erschrak. »Wir haben zwar unterschiedliche Träume, aber uns kann niemand trennen.«

»Schwörst du?«

Edda nickte, und dann hoben beide ihre drei Schwurfinger stolz in die Höhe. Sie umarmten sich fest.

»Es ist so ein Glück, dass ich dich kenne«, sagte Edda.

»Und es ist ein noch größeres Glück, dich zu kennen!«, entgegnete Lina und lächelte.

Ein paar Tage später wurde Edda bei der Suche nach einer neuen Anstellung endlich fündig. Auch bei ihr ging also nicht nur eine Tür zu, sondern auch eine andere auf. Besonders gut gefiel ihr, dass sie nun Urs und Alice ein für alle Mal Auf Wiedersehen sagen konnte. Nach einem langen Arbeitstag wollten die beiden ihr aufdrücken, die Küche auf Vordermann zu bringen und alle Vorräte zu sortieren. Edda jedoch zog sich ihre Schürze aus und drückte sie Alice in die Hand.

»Nicht mit mir«, stellte sie süffisant fest. »Ich kündige!«

»Der Witz war gut«, blaffte Urs sie an. »Als ob eine arme Schustertochter wie du eine bessere Stelle findet.« Er klopfte sich beim Lachen auf die Oberschenkel.

Alice hingegen schien zu merken, dass Edda es ernst meinte. »Ohne Lina an deiner Seite kommst du bei uns wohl nicht klar«, sagte sie schnippisch.

»Ich hätte gerne meinen noch ausstehenden Lohn«, stellte Edda trocken fest, ohne auf die Unterstellung einzugehen. »Und dann seht ihr mich nie wieder.«

»Nächste Woche kommst du angekrochen und bettelst darum, dass wir dich wieder einstellen!«, prahlte Urs.

Ohne mit der Wimper zu zucken, steckte Edda die Franken ein, die Alice ihr reichte. Dann verließ sie das *Röschen* und jubilierte innerlich. Sie hatte es geschafft!

Edda konnte nur wenige Gassen weiter auf der gleichen Seite der Limmat in der Wirtschaft *Zur Schmiede* anfangen. Dort suchten sie eine Kellnerin, die nicht aus Zucker war. Eine, die sich nicht über lange Schichten beklagte. Eine, die schwere Tabletts tragen konnte und die auch mal tatkräftig mit anpackte, wenn Tische zusammengeschoben werden mussten. Edda merkte gleich, dass sie den Besitzer schon nach einem kurzen Gespräch überzeugt hatte. Sie verabschiedete sich mit einem kräftigen Händedruck – so wie sie es von ihrem Vater gelernt hatte. Das sei besonders bei Frauen wichtig, erklärte er ihr, so könne sie gleich einen selbstbewussten Eindruck hinterlassen. In die Vorfreude über die neue Stelle mischte sich bei Edda allerdings auch etwas Unbehagen. Sie hatte einen etwas glanzvolleren Gasthof gesucht, in dem alles sauber und gepflegt war und in dem sie auch wohlhabendere Leute bewirten konnte. Doch davon war sie weit entfernt …

Bei der *Schmiede* handelte es sich um eine kleine Stube, deren Wände mit dunklem Holz vertäfelt waren. An einem Ende des Raums gab es sogar eine kleine Holzbühne für Auftritte. Sie hatte den Wirt gefragt, ob dort Musiker auftraten und Konzerte gaben, aber daraufhin hatte sie nur eine ausweichende Antwort bekommen. Warum nur? Hatte er etwas zu verbergen? Edda war die einzige Kellnerin. Außer ihr gab es nur noch einen Koch, und ansonsten packte der Wirt selbst mit an, auch wenn es meistens hieß, dass er das Bier an einen Tisch brachte und dann mindestens eine halbe Stunde dort sitzen blieb und sich mit den Gästen amüsierte. Edda kam vom ersten Arbeitstag an kaum zur Ruhe, so sehr scheuchten sie der Wirt und der Koch hin und her. Sie hatte gehofft, dass die Gaststube nicht bis mitten in die Nacht geöffnet war. Doch die Gäste blieben lange sitzen, tranken zu später Stunde noch mehr als sonst, und der Wirt freute sich über die volleren Kassen. Vor zwei Uhr morgens konnte Edda in der

Regel nicht nach Hause gehen, oft wurde es sogar drei oder vier. Dann schlief sie wenige Stunden und wischte ab acht Uhr schon wieder die Tische sauber, um alles für den neuen Tag bereit zu machen.

»Es ist nur für den Übergang!«, tröstete Edda sich selbst. »Sobald ich etwas anderes finde, ziehe ich weiter. Aber das Wichtigste ist, dass ich weiter ein Einkommen habe und nicht auf der Straße stehe. Dafür bin ich zu jung!«

Morgens fiel es Edda schwer, die Wohnung zu verlassen und sich auf den Weg zur Arbeit zu machen. Oskar schlief dann noch so selig in seinem Bettchen. Wie gerne hätte sie ihn in den Arm genommen und ihn einfach lange angesehen. Mit jedem Tag, der verging, schien er ihr noch mehr ans Herz zu wachsen. Diese niedlichen kleinen Grübchen! Die hellen Haare auf seiner zarten Haut! Und die großen Augen, die sie manchmal so wissend ansahen, als würde er schon alles verstehen. Edda vermisste den Kleinen rund um die Uhr. Der Schmerz stach ihr manchmal tief ins Herz, wenn sie auf dem Weg zur *Schmiede* eine andere Mutter mit ihren Kindern sah und sich vorstellte, wie es wäre, nicht von dem Kleinen getrennt zu sein, sondern genügend Geld zu haben, um ihn selbst zu betreuen. Wie schön es sein musste, jede Minute mit dem süßen Fratz zu verbringen und alles genau mitzuerleben. Bei Oskars ersten Worten, seinen ersten Schritten und auch bei seinen ersten Streichen würde sie vermutlich nicht dabei sein. Bettina würde ihr vielleicht einiges erzählen, wenn sie dafür Zeit fand. Doch das war natürlich nicht das Gleiche. Edda litt sehr unter der Trennung von ihrem Sohn, gleichzeitig wusste sie auch, dass sie die Arbeit auch für den Kleinen angenommen hatte. Sie wollte ein besseres Leben für sie beide haben. »Eine andere Wahl habe ich nicht«, sagte sie sich immer wieder, »entweder sorge ich dafür, dass Oskar und ich uns später unsere Wünsche erfüllen können – oder wir bleiben für immer einfache Leute, denen der Magen knurrt.«

Wenn die Sehnsucht nach dem Kleinen zu groß wurde, stellte sie sich vor, wie er als Teenager in einigen Jahren an einem der Tische in ihrem wunderbaren Lokal sitzen würde. Oskar trug dann einen äußerst schicken Anzug und eine gestreifte Krawatte, beides stand ihm außerordentlich gut. Edda sah ihrem Sohn dabei zu, wie er sich eines der teuersten Gerichte bestellte und mit anderen Gästen anregende Gespräche führte. Er amüsierte sich und bewegte sich so souverän und zufrieden in der eleganten Umgebung, als stammte er aus einer reichen Familie, die am Züriberg in einer Villa wohnte. Dafür arbeitest du, erinnerte Edda sich selbst. Dafür, dass es euch beiden eines Tages so viel besser gehen wird. Sie wiederholte die Sätze so lange, bis das schlechte Gewissen endlich weniger wurde und sie wieder wusste, wofür sie all die Strapazen und die Trennung von Oskar auf sich nahm.

Doch nicht nur für Edda waren die Zeiten hart. Die Versorgungskrise hatte sich noch nicht gebessert, und alle sehnten ein Ende des Kriegs herbei. Natürlich konnten sie froh sein, nicht von Kampfhandlungen bedroht zu sein und um ihr Leben fürchten zu müssen. Aber alle merkten, wie zerrissen das Land war und wie düster die Aussichten. Die Suppenküchen, die das Essen für Bedürftige verteilten, waren vollkommen überlaufen und konnten den Andrang kaum noch bewältigen. Der Stadtrat hatte beschlossen, dass alle freien Flächen für den Ackerbau genutzt werden mussten. So entstanden an allen Ecken und Enden neue Kartoffel- und Gemüseäcker, und wenn man durch die Stadt lief, sah man ständig jemanden mit gebeugtem Rücken den Boden harken oder Unkraut aus der Erde zupfen. Das besserte die Situation zwar ein kleines bisschen, aber es reichte hinten und vorne nicht, um all die hungrigen Menschen satt zu bekommen. Wie lange sollte das noch so weitergehen?

Auch in Winterthur war die Lage misslich. Eddas Schwester schrieb regelmäßig Briefe und berichtete von der Familie. Sie selbst hatte in eine gut situierte Familie hineingeheiratet, und die ersten Kriegsjahre überstanden sie recht gut, aber nun litten auch sie unter den Engpässen. Eddas Vater machte den Laden in Winterthur nur noch einen halben Tag auf, um die restliche Zeit auf dem Feld verbringen zu können und dafür zu sorgen, dass er genügend Essen auftreiben konnte.

Der Wirt der *Schmiede* haderte damit, dass er mehr schlecht als recht über die Runden kam. Er schuftete und schuftete, und was blieb am Ende des Monats übrig? Wer sollte diese unendlich hohen Milchpreise eigentlich noch zahlen können? Die Inflation verschluckte seine mageren Gewinne wie ein gefräßiger Drache. Er scheuchte Edda und den Koch herum, war selten mit ihrer Arbeit zufrieden, und das Essen schmeckte nie gut genug. Mit jedem Tag, der verging, wurde er knausriger und griesgrämiger.

Doch dann besserte sich seine Laune auf einmal schlagartig.

»Ich habe eine Idee«, erklärte er dem Koch und Edda. »Es gibt überall Stuben, in denen du dein Bier trinken kannst. Es wird Zeit, dass die *Schmiede* zum Stadtgespräch wird. Dann wird es hier auch wieder so voll wie früher!«

»Als die leicht bekleideten Mädchen auf der Bühne tanzten?«, hakte der Koch nach.

»Das war einmal«, wies ihn der Wirt forsch zurecht. »Ich habe eine viel bessere Idee. Wartet nur ab, ihr werdet Augen machen!«

An den folgenden Tagen gab er den Geheimniskrämer. Er hatte sich eine Geschäftsidee überlegt, um wieder mehr Leute in seinen Gasthof zu locken, und führte ständig Gespräche mit Männern, die, ohne etwas zu trinken, in den Gasthof kamen und schnell wieder gingen. Er schrieb lange Listen, rechnete herum und legte die Stirn in Falten. Was er wohl vorhatte? Edda hatte schon eine Ahnung, dass es ihr nicht gefallen würde, und auch der Koch war mehr als skeptisch.

Dann war es tatsächlich so weit. Der Wirt stellte eine Tafel vor den Eingang, die für den Abend ein Kuriositätenkabinett versprach. Die Ankündigung lockte immer mehr Leute an, ab dem späten Nachmittag waren alle Tische besetzt, und sie hatten alle Hände voll zu tun, um die hungrige und durstige Meute zu bedienen. Der Wirt hatte sich ein frisches Hemd angezogen und sogar die Haare mit Wachs in Form gebracht. Er trank sich Mut an, und dann begann er eine kurze Rede zu halten.

»Meine Damen und Herren«, setzte er an, »machen Sie sich bereit für etwas, das Sie noch nie gesehen haben. Nur hier in der *Schmiede* biete ich Ihnen diese Weltsensation.«

Ein aufgeregtes Raunen ging durch die Menge, die Leute flüsterten mit ihren Sitznachbarn, und der Wirt genoss die Stimmung sichtlich.

»Wer bleiben will, legt bitte meiner Servierdame drei Franken in den Hut! Aber wer wird bei dieser Gelegenheit schon knausrig sein? Sie werden es nicht bereuen, da gebe ich Ihnen mein Wort.«

Edda musste sich zwischen den Tischen hindurchschieben. In Windeseile war der Hut gefüllt, und die Münzen klapperten bei jedem von Eddas Schritten. Sie drückte dem Wirt das Geld in die Hand, dann löschte er das Licht. Nur den Kronleuchter über der Bühne ließ er an. Edda stockte der Atem, als die Vorführung begann. Drei Attraktionen betraten die Bühne: eine extrem beleibte Frau, die sicher das Drei- oder

Vierfache von Edda wog. Ein kleinwüchsiger junger Mann. Und schließlich noch ein Albino. Erst waren alle drei kurz zu sehen, dann hatte jeder von ihnen einen kurzen Einzelauftritt, drehte sich in alle Richtungen, und die Frau begann sogar ein Volkslied zu singen. Das Publikum grölte, die meisten bestellten noch mehr Bier. Edda hatte alle Hände voll zu tun, aber sie kämpfte mit den Tränen und zwang sich, das Schauspiel nicht weiterzuverfolgen. Ihr großer Traum vom eigenen Gasthof schien in diesem Moment unerreichbar wie nie zu sein.

»Ich muss von hier fort«, seufzte sie. »Menschen sollten niemals ausgestellt werden!«

Als sie in dieser Nacht endlich zu Hause ankam, war Edda erleichtert. Aber auch wenn es hart war, glaubte sie fest daran, auf dem richtigen Weg zu sein. Sie war bisher ein paar Schlenker und Umwege gegangen, na schön. Das war jedoch besser, als sich keinen Schritt vorwärtszubewegen und immer am gleichen Ort zu bleiben, oder etwa nicht? Sie wagte etwas, und sie würde auch gewinnen. Mit ihren 27 Jahren hatte sie schließlich den schönsten Teil des Lebens noch vor sich liegen. Sie stellte sich ans kleine Fenster und öffnete es ganz leise und vorsichtig. Es war ein milder Tag gewesen, und am Himmel waren kaum Wolken. Wenn sie sich ein Stück nach vorne lehnte, konnte sie sogar die glänzenden Sterne sehen. Sie streckte einen Arm aus und stellte sich vor, sie könnte sich den schönsten und hellsten von allen Sternen aus dem Himmel pflücken, damit er nur noch für sie strahlte und ihren tristen Abend etwas erhellte.

»Ich greife nach den Sternen«, murmelte sie. »Ich gebe mich nicht so schnell zufrieden.«

Auf einmal war das Lächeln zurück in ihr Gesicht gewandert. Sie schloss das Fenster und legte sich zu Oskar. Diese neue Stelle war nicht so, wie sie es sich erträumt hatte, dachte sie. Es war einfach nur schrecklich in dieser *Schmiede*. Aber so war es eben. Sie würde die Augen offen halten und sich, so bald es möglich war, wieder etwas anderes suchen. Das war sie Oskar schuldig. Und Beat. Und sich selbst sowieso.

Mit diesen Gedanken schlief sie ein, und mit diesen Gedanken wachte sie wieder auf. Welchen kleinen Stern konnte sie sich an diesem Morgen pflücken? Sie musste endlich einmal wieder etwas Schönes erleben. Am Nachmittag würde sie versuchen, etwas Zeit mit ihrem Kleinen zu verbringen … Aber zunächst musste sie Lina sehen! Auf dem Weg zur *Schmiede* nahm sie deshalb einen kleinen Umweg in Kauf. Da Lina um diese Zeit sicher noch nicht zur Arbeit aufgebrochen war, ging sie bei deren Mietwohnung vorbei. Sie befand sich unweit vom Rindermarkt, in einer schmalen gewundenen Gasse. Edda sammelte unterwegs ein paar Kieselsteine auf, die sie gegen das Fenster der Freundin warf. Es dauerte nicht lange, da beugte sich Lina nach draußen.

»Na, so was!«, freute sie sich. »Das ist ja eine herrliche Überraschung. Was verschafft mir diese große Ehre?«

»Wir haben uns viel zu lange nicht gesehen, das ist alles.«

»Magst du hochkommen?«

Edda schüttelte den Kopf. »Meine Schicht beginnt gleich. Ich wollte dich fragen, ob wir uns heute Abend sehen können?«

»Magst du ins *Radium* kommen? In die Abendvorstellung? Ich besorge dir ein Billett, und mit etwas Glück kann ich mich eine Weile zu dir setzen, wenn die Vorführung läuft.«

»Was läuft denn?«

»Ein Stummfilm mit Thea Sandten, er heißt ›Aus dem Buche des Lebens‹. Da geht es um ein Waisenkind namens Frida, das Sängerin werden möchte. Die Besucher verlassen immer ganz gerührt den Saal, ich glaube, das ist auch etwas für uns.«

»Wunderbar!« Edda strahlte.

»Aber wie in aller Welt willst du es schaffen, so früh zu gehen?«, wollte Lina noch wissen.

»Mir fällt schon etwas ein!«

Edda zwinkerte Lina zu, hob eine Hand zum Gruß und lief dann, so schnell sie konnte, zur *Schmiede*.

Mit den schönen Plänen im Hinterkopf vergingen die Stunden viel schneller als sonst. Edda bediente, ohne viel nachzudenken, bemühte sich, besonders gewissenhaft und freundlich zu sein, und ließ zwischendurch vor lauter Vorfreude auf den Abend mit Lina das Kleingeld in ihren Rocktaschen klimpern. Würde sie es wirklich schaffen, den Gasthof mehrere Stunden vor Ende ihrer Schicht zu verlassen? Am frühen Nachmittag begann sie mit ihrem kleinen Schauspiel. Sie taumelte auf dem Weg in die Küche, lehnte sich erschöpft gegen die Wand und atmete schneller als sonst. Kurz darauf entdeckte sie der Wirt.

»Alles in Ordnung?«, fragte er.

»Mir ist nicht gut, aber es wird schon gehen.«

Sie rappelte sich auf, ließ sich Getränke geben und wollte zu einem der Tische gehen. Dabei schwankte sie, und hätte der Wirt sie nicht am Arm gepackt und festgehalten, wäre ihr das Tablett sicherlich auf den Boden gefallen.

»So bist du keine Hilfe«, polterte er. »Mach, dass du nach Hause kommst, und leg dich ins Bett ...«

»Auf keinen Fall«, protestierte Edda mit leiser Stimme, bevor sie erneut zu Boden sank. Als sie die Augen wieder aufschlug, hatte der Koch schon ihre Jacke gebracht.

»Bis morgen«, sagte er.

Edda verschwand nach draußen, ging ganz langsam die Gasse entlang und lehnte sich alle paar Meter gegen eine Hauswand. Erst als sie außer Sichtweite war, lief sie normal weiter und seufzte erleichtert. So ein Glück, niemand schien etwas bemerkt zu haben, und ihre Einlage als Schauspielerin hatte gut geklappt! Sie konnte es kaum erwarten, ihren Sohn zu überraschen, und rannte durch die Altstadt, bis sie außer Atem an Bettinas Wohnung angekommen war.

»Ich habe überraschend freibekommen«, flunkerte sie, als ihr Bettina gegenüberstand.

Oskar kam ihr mit tapsigen Schritten entgegen. »Mama!«, krähte er fröhlich und streckte ihr einen Holzklotz hin, mit dem er gerade gespielt hatte.

»Wollen Sie nicht eine Runde spazieren gehen?«, wollte Edda von Bettina wissen und drückte ihr gleich ihren Mantel in die Hand, damit sie nicht auf die Idee kam, Widerspruch zu leisten. Bettina war zu überrascht, um ihr zu widersprechen, und ging nach draußen.

Als Edda mit ihrem Sohn alleine war, setzte sie sich zu ihm auf den Boden und sah ihm beim Spielen zu. Ganz versunken schob er den Holzklotz hin und her und machte dazu: »Tut, tut!«

»Ist das eine Dampflok?«

Er nickte fröhlich.

»Wo hast du die gesehen?«

Doch darauf konnte er noch nicht antworten und sah sie nur mit großen Augen an.

Edda beugte sich zu ihm und hielt ihren Arm wie eine Schranke waagrecht in die Höhe. Wenn Oskar den Holzklotz in ihre Nähe bewegte, ließ sie ihren Arm langsam in die Senkrechte wandern und machte dazu allerhand lustige Geräusche. Der Kleine gluckste und konnte gar nicht genug von diesem Spiel bekommen.

Schließlich tat Edda der Arm weh, und sie musste aufhören. Oskar protestierte lautstark, aber sie umarmte ihn, und dann trug sie ihn durchs Zimmer. Er breitete seine Arme aus – wie ein Vogel.

»Du fliegst!«, freute sich Edda.

Nachdem sie ihn wieder abgesetzt hatte, hielt sie ihn noch lange im Arm und strich ihm durch die Haare. Sie schnupperte daran, um sich seinen Geruch möglichst lange einprägen zu können. Oskar schmiegte sich ganz eng an sie. Ewig hätte sie so sitzen bleiben können. Doch die Zeit ging viel zu schnell vorüber, und dann war schon Abend, und der Schlüssel im Schloss drehte sich wieder, und Bettina war zurück.

»Ich komme ganz bald wieder, kleiner Spatz«, flüsterte Edda ihrem Kleinen noch zu und drückte ihm einen Kuss auf die Stirn.

»Sie sollen ihn doch nicht so verhätscheln«, murrte Bettina.

Aber Edda tat so, als hätte sie nichts gehört. Was hatte die ihr schon zu sagen?

Nachdenklich verabschiedete sie sich und ging nach draußen. Sie müsste sich viel öfter eine kleine Auszeit erlauben! Nun wartete noch die Freundin im Kinematografentheater auf sie. Für Trübsal war also keinerlei Zeit.

Nach einem längeren Spaziergang konnte Edda das Großmünster sehen und bog in die Mühlegasse ein, wo sich der Eingang des *Radiums* befand. Da entdeckte Lina sie auch schon und strahlte übers ganze Gesicht. Sie kam näher und steckte ihr ein Billett zu.

»Viel Spaß!«, flüsterte sie. »Ich habe gesagt, dass du meine Schwester bist, und als Dank für meine gute Arbeit darfst du dir ganz umsonst die Vorführung ansehen. Ist das nicht toll? Ich setz mich dann später zu dir in die letzte Reihe.«

Doch da wurde Lina schon am Ärmel ein Stück fortgezogen und musste sich um ein paar Besucher kümmern, die noch Fragen hatten. Edda reihte sich in die Schlange ein und konnte es kaum erwarten, zum ersten Mal einen Film zu sehen. Wie aufregend das alles war! Ehrfürchtig betrat sie den Saal, begutachtete die große Leinwand und die Reihen mit den Sitzen für die Besucher. Sie nahm Platz und schloss die Augen, um das herrliche Gefühl auszukosten. In dem dämmrigen Licht wanderten ihre Gedanken umher, und eine tiefe Schwere machte sich breit. Wie lange hatte sie nicht mehr einfach dagesessen und nichts zu tun gehabt? Wie still es im Raum war und wie bequem die Stühle waren … Bleib wach, ermahnte sie sich und zwickte sich in die müden Arme. Doch es half alles nichts – wenige Minuten später war sie eingeschlafen.

Sie schreckte erst wieder auf, als sich Lina neben sie setzte. Die Freundin beugte sich zu Edda und kitzelte sie mit ihrem warmen Atem am Hals.

»Entschuldige, dass ich nicht früher kommen konnte. Wie hat es dir gefallen?«

»Ausgesprochen gut«, antwortete Edda schnell und rieb sich die müden Augen. Hatte sie etwa die ganze Vorführung verpasst? Im Grunde war es kein Wunder, so kurz, wie ihre Nächte derzeit waren. Aber Lina durfte das besser nicht erfahren. Zum Glück interessierte sich die Freundin in erster Linie für den Alltag in der Gaststube.

»Erzähl von der neuen Anstellung! Wie ist es?«

»Fürchterlich«, entfuhr es Edda. »Der Wirt ist ein Geizkragen, der nur an seinen eigenen Vorteil denkt. Die Gäste sind schmierig, und einmal in der Woche veranstalten sie seltsame Auftritte auf der Bühne.«

»Willst du fort?«

»Unbedingt. Also, wenn du einen Wirt triffst, der ein Serviermädchen sucht …«

»Ich höre mich mal um!«

»Du bist die Beste«, sagte Edda und drückte ihr einen Kuss auf die Wange. Ein Leben ohne diese wunderbare Freundin war unvorstellbar für sie!

»Und wie geht es Oskar?«

»Er wird mit jedem Tag süßer«, prahlte Edda. »Ich habe heute den ganzen Nachmittag mit ihm gespielt.«

»Ziehst du etwa einen Frauenschwarm heran?«

»Das mag schon sein.«

»Tante Lina muss mal wieder nach dem Kleinen sehen, glaube ich.«

»Unbedingt. Vielleicht machen wir mal einen Spaziergang zusammen, wenn ich mir mal wieder kurz freinehmen kann?«

»Ja, das versuchen wir«, sagte Lina und warf ihr zum Abschied einen Luftkuss zu. »Pass auf dich auf, schöne Frau. Ich muss jetzt weitermachen, sonst bekomme ich nie wieder Billetts für uns.«

Dann stolzierte sie davon, und Edda blieb noch einen Moment stehen, um den schönen Tag Revue passieren zu lassen. Oskar und Lina waren die wichtigsten Menschen in ihrem Leben, und sie konnte sich glücklich schätzen, mit ihnen Zeit zu verbringen. Auch wenn es nicht viel war … es ging nicht immer nur darum, sich ständig zu sehen. Wichtig war doch, wie verbunden sie sich fühlten. Und wie sehr Edda die beiden ins Herz geschlossen hatte! Tief drinnen wusste sie, dass sie auf dem richtigen Weg war und dass alles gut werden würde.

»Halte durch«, redete sie sich selbst gut zu. »Dann werden sich alle deine Träume erfüllen!«

So vergingen die Tage, aber Edda fühlte sich stärker als je zuvor. Hin und wieder ging sie frühmorgens bei Lina vorbei, warf Kieselsteinchen gegen ihr Fenster und weckte sie.

Dann unterhielten sie sich kurz durch das geöffnete Fenster, bevor Eddas Schicht begann. Für längere Treffen fehlte ihnen die Zeit, aber sie versprachen sich, dass sie für immer beste Freundinnen bleiben würden.

»Vielleicht arbeiten wir eines Tages wieder zusammen«, wünschte sich Edda manchmal.

»Das wäre zu schön, um wahr zu sein«, antwortete Lina dann.

Auch dem kleinen Oskar stattete sie zwischendurch Besuche ab. Manchmal kam sie nur eine halbe Stunde vorbei, um ihn im Arm zu halten. Manchmal konnte sie ein paar Stunden in der *Schmiede* fehlen und mehr Zeit mit dem Kleinen verbringen. Edda versuchte einfach, jede Gelegenheit zu nutzen. Schließlich lernte der Kleine die ganze Zeit etwas Neues, und sie wollte möglichst viel davon mitbekommen. Er brabbelte immer mehr, und besonders selig war er, wenn Edda ihm eine Kleinigkeit mitbrachte. Oft sammelte sie besonders schöne Steine am Wegesrand für ihn, die er dann versuchte zu stapeln. Doch wenn etwas noch nicht ganz klappte, konnte er richtige Wutausbrüche bekommen und trommelte mit den Fäusten auf den Boden. Aber wenn Edda seine Hände umschloss und ihn hin und her wiegte, beruhigte er sich schnell wieder.

Die Monate vergingen. Noch immer hatte Edda keine andere Anstellung gefunden, aber sie ließ sich nicht mehr ganz so viel gefallen wie am Anfang. Sie war es leid, den ganzen Tag in stickigen Räumen zu verbringen, und stahl sich während ihrer Schicht für einen Moment nach draußen. Sie lehnte sich an die Fassade und rauchte eine imaginäre Zigarette. Immer wieder führte sie Zeige- und Mittelfinger an die Lippen, sog die Nachtluft mit einem tiefen Zug ein und atmete dann geräuschvoll aus. Sie zwang sich, die Müdigkeit zu ignorieren und nicht aufzugeben. Auf einmal sprach sie ein gut gekleideter Mann an, der einige Jahre älter war.

»Darf ich mich kurz zu Ihnen stellen, junge Frau?«

Edda nickte und versuchte den Fremden aus dem Augenwinkel von Kopf bis Fuß zu mustern. Sie hatte ihn vorhin in der Gaststube bedient und fragte sich, was jemand in der *Schmiede* suchte, der so blank polierte Schuhe und ein derart blütenweißes Hemd trug. Er reichte ihr eine Zigarette, und Edda schmunzelte. Hatte er etwa ihre kleine Pantomime beobachtet und empfand Mitleid mit der armen Kellnerin?

»Danke«, entgegnete sie und ließ sich Feuer geben. Eine Weile standen sie einfach so da, rauchten einträchtig, als würden sie sich schon lange kennen, und schwiegen. Edda hätte gerne etwas gesagt, aber sie hatte keine Ahnung, wie sie ein Gespräch beginnen sollte.

»Eine Frau wie Sie hat in diesem Laden nichts verloren«, sagte er auf einmal zu ihr.

»Wie meinen Sie das?«

»So wie ich es sage.«

Edda seufzte. Ob der Fremde versuchte, sie zu umgarnen, und ein kurzes Abenteuer suchte? War das so einer, der sie erobern wollte und sie dann schon am nächsten Tag nicht mehr kannte? Sie war diese Kerle, die sie abwimmeln musste, so leid. Doch zu ihrer Überraschung machte der Mann vor der *Schmiede* keinerlei Annäherungsversuche. Im Gegenteil. Er begann einfach nur zu erzählen.

»Ich musste heute einmal kurz das Weite suchen«, berichtete er. »Ich führe einen Gasthof, der meinem Vater gehört hat. Seit seinem Tod mache ich gemeinsam mit meinem Bruder weiter. Normalerweise funktioniert es halbwegs, auch wenn wir sehr unterschiedlich sind. Aber heute …« Er seufzte.

»Was ist denn geschehen?«

»Wenn ich das wüsste. Wir haben uns wegen einer Kleinigkeit in die Haare bekommen, dann haben wir uns immer schlimmere Dinge vorgeworfen, und schließlich flogen ein paar Stühle.«

»Und dann?«

»Ich habe einfach nur das Weite gesucht und habe mich in diese Wirtschaft gesetzt, um etwas zu essen zu bekommen. Dafür war das Ganze immerhin gut: Ich habe endlich einmal etwas Neues gesehen.«

Edda war überrascht. So offen hatte noch nie ein Fremder mit ihr gesprochen. Wieso vertraute er ihr derart? So seltsam es war, so sehr genoss sie es auch, nach den vielen kurzen Begegnungen mit den schmierigen Gästen einmal einen richtigen Austausch zu haben.

»Als ich Sie gesehen habe, gingen mir einige Fragen durch den Kopf. Sie sehen nicht so aus, als wäre das der richtige Ort für Sie. Sie wollen nicht in so einer Absteige arbeiten, oder? Eigentlich träumen Sie von etwas anderem, glaube ich.«

»Das stimmt wohl«, gab Edda zu. »Bisher wurde ich für meine großen Träume nur ausgelacht. Wer wie ich aus einfachen Verhältnissen kommt, sollte nicht zu viel vom Leben erwarten, wurde mir mehr als einmal gesagt. Aber eines Tages …«

»Ja?«

Edda winkte ab. Es imponierte ihr, dass er sie nicht von oben herab, sondern wie eine Gleichgesinnte behandelte. Seine direkte, offene Art gefiel ihr. Und er schien schon so vieles erlebt zu haben und sich gut auszukennen – sicher würde er ihr den einen oder anderen guten Ratschlag geben können, wie sie sich ihren großen Traum erfüllen könnte. Dennoch wollte sie nicht zu viel von sich preisgeben. Am Ende hatte der Wirt den Fremden auf sie angesetzt, und dann würden alle über sie lachen.

»Ich muss wieder an die Arbeit! Danke für die Zigarette«, sagte sie schnell und verschwand nach innen.

»Danke fürs Zuhören!«, rief ihr der Fremde noch hinterher. »Das hat gutgetan.«

Am nächsten Morgen ging Edda an den Linden der Promenade vorbei, die Blätter raschelten im Wind. Am Ufer warteten Boote, die leichten Wellen schaukelten sie sanft hin und her. Die Stadt hatte eine liebliche Seite, vor allem wenn die Sonne schien und das Wochenende begann. An der Limmat ging ein verliebtes Pärchen spazieren, in ein Gespräch vertieft.

»So müsste das Leben aussehen!«, seufzte Edda.

Als sie an den beiden Verliebten vorbeiging, strahlten diese sie an. Warum lächelst du nicht, schienen sie zu sagen. Und Edda lächelte. Erst zaghaft, dann immer stärker. Bis es förmlich aus ihr heraussprudelte und sie zu glucksen anfing. Da musste sie wieder an die Begegnung vor der *Schmiede* denken. Sie beschleunigte ihren Schritt und marschierte am *Grandhotel* vorbei. Warum hatte sie den Fremden nicht gefragt, welcher Gasthof ihm gehörte? Würde er erneut bei ihr ein Essen bestellen, oder würde sie ihn etwa nie wiedersehen? Edda schickte ein kleines Stoßgebet zum Himmel.

»Ich wünsche mir nur diese eine Sache und will in Zukunft noch fleißiger und sparsamer sein, als ich es eh schon bin«, stellte sie fest. »Könnten sich die Wege dieses Fremden bitte, bitte noch einmal mit den meinen kreuzen? Ich habe doch noch so viele Fragen …«

Duftende Linden

1919–21

Auf einem Zettel zählte Edda die Tage, die sie in der *Schmiede* durchhielt. Sollte sie sich nicht einfach eine neue Stelle suchen? Aber die Zeiten waren hart, und auf ein einfaches Mädchen aus dem Dorf hatte niemand gewartet. Zumindest war der Krieg endlich Geschichte. Im Jahr zuvor hatte Edda kaum noch an eine Besserung geglaubt, da sich die Lage derart zugespitzt hatte. In der Stadt waren unglaublich viele auf Unterstützung angewiesen, da sie ihren Hunger nicht mehr stillen konnten. Die Nahrungsmittel waren nicht nur erschreckend knapp, sondern schienen auch mit jedem Tag teurer zu werden. Die Löhne hingegen wurden nicht erhöht – und wenn man dann noch Militärdienst leisten musste und einen bescheidenen Sold dafür bekam, war es fast hoffnungslos, über die Runden zu kommen. Als die Regierenden keinerlei Einsicht zeigten und keine nennenswerten Verbesserungen für die Bevölkerung anstrebten, war es zum Streik gekommen. Erst hatten die Bankangestellten in Zürich die Arbeit niedergelegt, dann war die Arbeiterschaft gefolgt. Um für etwas Kontrolle zu sorgen, rückten daraufhin fast 20000 Soldaten an und verteilten sich über die Stadt. Aus Protest gegen diesen Aufmarsch rief das Komitee der Arbeiter schließlich zum Generalstreik auf, und hinter verschlossenen Türen liefen zusätzliche Verhandlungen, um wieder für Ruhe und Ordnung zu sorgen. Neuwahlen nach dem Verhältniswahlrecht wurden gefordert sowie Sozialversicherungen und eine 48-Stunden-Woche.

Die Stimmung in der *Schmiede* war ganz gespenstisch gewesen. Einige kamen, um sich über die Lage auszutauschen oder Neuigkeiten zu verbreiten. Alle waren in großer Sorge, ob nun ein Bürgerkrieg das Land erfassen würde. Doch schließlich glätteten sich die Wogen: Der Streik wurde nach drei Tagen abgebrochen. Und auch wenn es zunächst nach einem Sieg von Armee und Bundesrat aussah, konnten die Arbeiter ihre Forderungen durchbringen. Nun standen bald die Neuwahlen vor der Tür, und im Lokal wurde heftig debattiert, ob es bei den Linken und Sozialdemokraten für den erhofften Zuwachs an Stimmen und somit auch an Sitzen kommen würde.

Edda war froh, dass der Frieden fürs Erste gesichert war, und die regen Diskussionen über die Zukunft kamen ihr auch gerade recht. Denn wer viel zu reden hatte, brauchte auch viel zu trinken und zwischendurch eine Stärkung. Edda fühlte sich manchmal wie eine Maschine. Nicht denken, einfach nur funktionieren. Von Gast zu Gast gehen, auf gutes Trinkgeld hoffen, die Müdigkeit vergessen. Nur die kleine Hoffnung, dass sich der Fremde noch einmal auf eine Zigarettenlänge zu ihr stellen würde, ließ sie weitermachen. Und weiterhoffen. Anfangs sträubte sie sich dagegen und wollte den Mann schnell vergessen, aber er ging ihr einfach nicht aus dem Kopf, und sie wartete sehnlich darauf, ihn wiederzusehen. Ob er sich überhaupt noch an sie erinnerte?

Wochen vergingen, Monate vergingen. Den Jahreswechsel feierte Edda gemeinsam mit Lina, die sie nach Schichtende an der *Schmiede* abholte. Sie hatten nicht viel Zeit, wollten aber zumindest in Linas Wohnung kurz anstoßen.

»Nun beginnen die 20er-Jahre«, freute sich die Freundin. »Ich glaube, das wird unser Jahrzehnt.«

»Wie kommst du darauf?«

»Nur so ein Gefühl …«

»Bald werde ich 30«, sagte Edda nachdenklich. »Andere in meinem Alter sind längst verheiratet.«

»Und seit wann möchtest du wie die anderen sein?«

Edda musste lachen. »Wo du recht hast …«

Lina zog einen knallroten Lippenstift hervor, der sicher nicht billig gewesen war.

»Schenk ich dir«, sagte sie zu Edda. »Damit du endlich einen Mann findest. Es muss ja nicht gleich einer zum Heiraten sein.«

»Aber wo soll der Kerl denn bitte schön herkommen?«

»Das musst du selbst herausfinden«, schmunzelte Lina und zeigte ihr, wie sie sich die Lippen am besten anmalte. Dann stolzierten sie auf und ab, übten Hüftschwung und einen möglichst verführerischen Gang.

»Auf uns!«, sagte Edda.

»Und auf die Liebe!«, ergänzte Lina. »Aber jetzt muss ich schlafen.«

Lina ließ sich theatralisch ins Bett fallen, und Edda drückte ihr einen Kuss auf die Stirn.

»Gute Nacht«, sagte sie und verabschiedete sich. Auf dem Heimweg dachte sie nochmals über die Worte der Freundin nach. Ein Mann, der sich in sie verliebte? Das wäre schon etwas. Für den Anfang würde es ihr schon reichen, wenn sie den freundlichen Fremden wiedersehen würde, der sie vor der *Schmiede* angesprochen hatte …

Tag für Tag schminkte sich Edda morgens die Lippen. Lina hatte schon recht – sie musste vorbereitet sein. Doch der Fremde mischte sich einfach nicht unter die Gäste. Erst als sie schon fast nicht mehr damit rechnete, ging die Tür auf, und der Mann stand in der *Schmiede*. Er zog seinen Hut aus, sah sich in alle Richtungen um und setzte sich schließlich an den kleinsten Tisch unweit des Eingangs, von dem er den ganzen Gasthof im Blick hatte. Edda verschwand hinter einer Säule, um ihn noch für einen Moment beobachten zu können. Ob es ein Zufall war, dass er erneut gekommen war? Oder hatte es etwas mit ihr zu tun? Ihr Herz klopfte ganz laut. Sie ging langsam an seinen Tisch.

»Was darf ich Ihnen bringen?«, fragte sie und ärgerte sich, dass ihre Stimme dabei zitterte. Wieso konnte sie eigentlich ihre Gefühle nicht besser verbergen?

»Etwas Zeit, bitte.«

Edda sah ihn ratlos an.

»Schön, Sie zu sehen«, sagte der Mann lächelnd. »Setzen Sie sich kurz zu mir?«

»Das darf ich nicht.«

»Schade.«

»Sie waren wirklich lange fort. Ich dachte schon, Sie haben mich vergessen.«

Edda biss sich auf die Zunge. War es wirklich klug, dass sie gleich zugab, auf ihn gewartet zu haben? Zum Glück schien sich der Fremde über ihre Offenheit zu freuen, und die Worte sprudelten nun nur so aus ihm heraus.

»Ich weiß«, erzählte er. »Es waren schwere Zeiten. Wir mussten den Gasthof fast schließen, ich habe nichts anderes gesehen als unsere eigenen vier Wände. Aber nun geht es langsam aufwärts.«

»Möchten Sie nur ein Bier bestellen?«, fragte Edda. »Oder auch noch etwas zu essen?«

»Gerne beides. Bringen Sie mir einfach etwas Gutes, ich verlasse mich auf Ihren Geschmack.«

»Sehr schön«, freute sich Edda.

»Wissen Sie eigentlich, wie ungeheuer hübsch Sie sind? Seit unserer letzten Begegnung sind Sie mir nicht mehr aus dem Kopf gegangen. So etwas ist mir schon lange nicht mehr passiert!«

Edda errötete. Es war nicht gerade standesgemäß, dass er solche Worte zu ihr sagte …

»Das ist sehr freundlich von Ihnen«, entgegnete sie mit fester Stimme. »Allerdings wissen Sie sicher, dass ich aus einfachen Verhältnissen stamme.«

Als sie ihm eine Viertelstunde später einen Eintopf und ein Bier brachte, war er schon vorbereitet. Neben ihm lag ein Zettel, auf dem er etwas notiert hatte. Er faltete ihn zusammen und reichte ihn Edda.

»Da Sie keine Zeit haben, mir beim Essen Gesellschaft zu leisten, habe ich das Wichtigste für Sie notiert …«

Edda sah ihn fragend an. Was meinte er bloß?

»Aber zunächst muss ich mich noch richtig bei Ihnen vorstellen, das habe ich bei unserer ersten Begegnung schmählich versäumt: Ich bin Otto Wiederkehr. Mein Bruder heißt Edgar, und zusammen gehört uns der *Gasthof zur Linde.*«

Bevor Edda dazu kam, ihm zu antworten, rief der Wirt sie bereits recht erbost zu sich. Zu lange Gespräche mit den Gästen waren strengstens verboten! Schnell steckte sie den Zettel ein und ging zurück in die Küche.

»Schätzchen«, blaffte der Wirt sie an. »Ich bezahle dich nicht dafür, dass du an einem Tisch Wurzeln schlägst. Wie sieht das denn aus? Wenn du einen Bräutigam suchst, hast du hier nichts verloren. Hörst du mich? Nichts.«

Als Edda sich umdrehte, war Otto Wiederkehr verschwunden. Mit schnellen Schritten ging sie zu seinem Tisch. Den Eintopf hatte er kaum angerührt, das Bier nur zur Hälfte getrunken. Neben seinem Teller lag das Geld, er hatte sehr großzügig aufgerundet. Unschlüssig hielt Edda die zusätzlichen Franken in der Hand. So viel Trinkgeld hatte sie noch nie bekommen, konnte sie das wirklich behalten? Aber der Wirt hatte es auf gar keinen Fall verdient, also steckte sie es lieber ein. Auf der Toilette las sie endlich, was auf dem Zettel stand:

Wir suchen eine Serviertochter: Gasthof zur Linde, Fortunagasse 2. Stellen Sie sich diese Woche noch bei uns vor?

Edda musste schmunzeln. Welch wundervolle Nachrichten! Der *Lindenhof* war auf der anderen Seite der Limmat, sie war erst einmal dort gewesen, ganz zu Anfang ihrer Zeit in Zürich. Es ging lauter schmale Gassen nach oben, bis man den Platz erreichte. Dort oben wartete ein prächtiger Blick auf die Stadt: auf das Großmünster, das Rathaus und die Häuser. Auf den sanften Wellen des Flusses schaukelten lauter Boote, und an den hügeligen Ufern wohnten die Reichen der Stadt in schönen Villen. Weit im Hintergrund waren sogar die Berge zu sehen. Edda hatte sich damals gar nicht sattsehen können an alldem. Alles wirkte von dort oben so friedlich und schön, hatte sie damals gedacht. Von diesem grünen Platz zweigte die Fortunagasse ab. Alleine der Name klang wie ein Versprechen – begannen nun endlich die guten Tage, von denen sie so lange geträumt hatte? Oder gab es noch einen Haken?

Zur Abwechslung sah es nicht danach aus. Zwei Tage später ging sie an einem Vormittag vor ihrer Schicht zum Gasthof der Wiederkehrs. So aufgeregt war sie schon lange nicht mehr gewesen! Sie hatte sich vorgenommen, kurz nachzufragen, wann sie sich am besten mit den Wirten unterhalten könnte.

Hoffentlich hatte Herr Wiederkehr sie nicht vergessen und sein Angebot wirklich ernst gemeint. Alleine der Gedanke, dass sie der schrecklichen *Schmiede* entfliehen konnte, stimmte sie unendlich glücklich.

Eine Köchin trug gerade Kisten mit frischem Gemüse vom Hof nach innen, die sie auf dem Markt an der Stadthausanlage gekauft hatte, und Edda unterbrach sie.

»Können Sie mir sagen, wo ich Otto oder Edgar Wiederkehr finden kann?«, fragte sie und schob sich unsicher eine widerspenstige Haarsträhne aus der Stirn. Ihre Stimme überschlug sich fast, so nervös und angespannt war sie.

Die Köchin sah sie mit einer Mischung aus Neugierde und Belustigung an. »Hinter Ihnen«, antwortete sie und lachte.

Edda drehte sich um, und tatsächlich – da stand Otto schon.

»Wie schön, Sie zu sehen«, freute er sich. »Sind Sie Ihrem strengen Wirt entkommen? Ich hatte schon befürchtet, dass er Sie einsperrt und nicht mehr fortgehen lässt.«

»Das wäre ihm auch wirklich zuzutrauen. Viel Zeit habe ich nicht, aber ich konnte nicht warten.«

»Sehr gut. Gehen wir ein paar Schritte zusammen?« Otto zeigte Richtung *Lindenhof*.

»Jetzt? Haben Sie etwa einfach so Zeit für mich?«

»Aber sicher, ich warte doch seit unserer letzten Begegnung darauf, dass Sie hier auftauchen …«

Edda lief rot an. Meinte er das wirklich ernst?

»Erzählen Sie einfach ein wenig von sich, damit ich Sie noch besser kennenlernen und Sie meinem Bruder empfehlen kann. Wenn es nach mir geht, haben Sie die Stelle bereits.«

Sie liefen den schmalen Weg an der Mauer entlang, und Edda fasste ihr Leben zusammen. Die Kindheit in Winterthur, wo sie früh die Verantwortung für ihre Geschwister und den Haushalt übernommen hatte, den großen Traum von der Arbeit in einem Gasthof und die ersten Anstellungen im *Röschen* und der *Schmiede.*

»Ich sehe schon, da ist noch Luft nach oben«, antwortete Otto, und auf einen Schlag fühlte sie sich verstanden.

Edda nickte und wusste nicht mehr, was sie noch sagen sollte. Zum Glück begann Otto, ihr von seinem Gasthof zu berichten, und sie musste nur noch zuhören.

»Zusammen mit Edgar leite ich die *Linde.* Er ist der Ältere und hat mehr Erfahrung. Unsere Schwester Agathe unterstützt uns bei den alltäglichen Arbeiten, ansonsten haben wir einen bayrischen Koch und eine Köchin aus Württemberg und außerdem noch vier Serviertöchter und eine Buffetdame. Wir legen Wert darauf, dass wir die besten Zutaten verwenden. Das ist so kurz nach dem Krieg natürlich schwierig, aber wir bemühen uns. Auf den Tisch kommt bei uns Hausmannskost, die gut schmeckt und satt macht. Es soll sich immer so anfühlen, als ob der Gast zu Hause sitzt und verwöhnt wird. So stelle ich mir das zumindest vor!«

»Gibt es hier auch …«, setzte Edda an. Aber dann schämte sie sich, dass sie bei einem derart bodenständigen Betrieb auch nur daran dachte, es könnte ähnlich kuriose Vorstellungen geben wie in der schmierigen *Schmiede.*

Otto ahnte schon, worum es ihr ging. »Keine Sorge, wir erarbeiten uns unseren Ruf nur durch unsere gute Küche. Andere Zerstreuungen müssen wir hier nicht anbieten.«

»Das kommt mir sehr entgegen«, antwortete sie.

Otto lächelte und schien nach Worten zu suchen.

Da wurde Edda übermütig. »Wann kann ich anfangen?«, fragte sie keck.

»Nächsten Montag?«, entgegnete er lachend. »Ich habe keinerlei Zweifel, dass Sie die Richtige für uns sind, und mein Bruder vertraut mir in dieser Hinsicht.«

Er streckte ihr eine Hand hin, und Edda schlug gleich ein.

Innerlich jubilierte sie, aber sie versuchte, sich vor dem Wirt zusammenzureißen. Also lächelte sie einfach und hörte nicht mehr damit auf.

Bevor Edda sich verabschiedete, durfte sie noch einen Blick in den Gasthof werfen. Durch die großen Fenster fiel das Sonnenlicht in den Saal, der freundlich und einladend wirkte. Auf den Tischen standen frisch gepflückte Blumen, die Serviermädchen versprühten gute Laune, und die gedämpften Gespräche der Gäste wurden von Vogelgezwitscher untermalt. Edda meinte, sogar die Blätter der Bäume im *Lindenhof* rascheln zu hören, aber vielleicht bildete sie sich das auch nur ein. Beschwingt machte sie sich auf den Rückweg zur *Schmiede*, wo sie viel später eintraf als sonst, aber das war ihr an einem Tag wie diesem vollkommen egal.

»Was fällt Ihnen ein?«, begrüßte der Wirt sie dann auch ganz erbost. »Ich musste den Gästen selbst ihr Essen bringen.«

»Dann sehen Sie einmal, wie schwer meine Arbeit ist«, antwortete Edda schnippisch. »Und übrigens: Ich kündige!«

Der Wirt starrte sie mit geöffnetem Mund an. »Das sollten Sie sich gut überlegen! Eine ungezogene Person wie Sie findet garantiert keine neue Anstellung.«

»Nun …«, antwortete Edda überlegen. »Ich habe längst eine. Bis Sonntag arbeite ich noch, dann möchte ich bitte mein letztes Gehalt ausgezahlt haben.«

»Und wie soll ich so schnell eine neue Kellnerin finden?«

Edda zuckte mit den Schultern. »Erinnern Sie sich noch, was Sie mir ständig gepredigt haben? In der Stadt wimmle es vor fleißigen Mädchen, die meine Arbeit zehnmal besser machen würden. Oder sagten Sie hundertmal? Eine von ihnen werden Sie sicher anheuern können.«

Mit durchgedrücktem Rücken ging sie nach innen, würdigte ihn keines Blickes mehr und band sich die Schürze um.

Welch eine Genugtuung! Sie war es so leid, in dieser dreckigen Absteige zu arbeiten.

»An die Arbeit, die ich nicht mehr lange hier erledigen muss«, sagte sie leise zu sich und konnte förmlich spüren, wie das Glück von ihrem Scheitel bis zu den Fußspitzen wanderte.

Kurz darauf fing sie voller Tatendrang und Freude in der *Linde* an. Lächelnd setzte sie jeden Morgen den Fuß über die Schwelle, und zum ersten Mal, seit sie in der großen Stadt lebte, freute sie sich aufs Arbeiten. Es war herrlich, in einem Gasthof zu arbeiten, der gut geführt wurde und in dem die Stimmung so angenehm war. In der *Linde* fiel kein böses Wort, hier behandelten sich alle auf Augenhöhe. Das Wichtigste für sie war, dass ihr großer Traum nicht mehr unerreichbar schien und sie endlich wieder ganz genau wusste, warum sie sich dieses Leben in der Großstadt so herbeigesehnt hatte. Alles ging ihr viel leichter von der Hand, und das Strahlen verschwand gar nicht mehr aus ihrem Gesicht, so wunderbar fühlte sich diese neue Entwicklung an.

Aber natürlich war bei ihrer neuen Anstellung auch nicht alles eitel Sonnenschein. Denn auch hier galt es, erst einmal anzukommen. Es gab nichts, was Edda mehr Vergnügen bereitete, als im Trubel eines Lokals für das Wohl der Gäste zu sorgen. Doch es prasselten in dieser ersten Zeit auch allerhand neue Eindrücke auf sie ein, und sie versuchte, sich die neuen Abläufe, so gut es ging, einzuprägen. Sie hatte durchaus noch viel zu lernen: In der Linde gab es andere Regeln, andere Gäste, anderes Essen. Da war so viel, was sie nicht kannte, und an den ersten Tagen hatte Edda das Gefühl, dass sie ständig jemanden um Rat fragte. Ihre Sätze begannen alle ganz ähnlich.

»Wie mache ich …«, setzte sie an.

»Wo finde ich …«

»Wer zeigt mir …«

»Wann soll ich …«

Und dann wandte sie sich an eine der anderen Serviertöchter oder an die erfahrene und etwas ältere Buffetdame Gundula. Diese erklärten ihr geduldig, welche Vorlieben die Stammgäste hatten, wer am liebsten an welchem Tisch saß, wo sie die Lappen fand, um die Tische abzuwischen, welche Gläser für welches Getränk und welche Teller für welches Essen verwendet wurden und so weiter und so fort. Eddas Kopf rauchte, und sie machte viele Fehler, die ihr jedoch niemand übel nahm.

»Das kenne ich nur zu gut!«, sagten die anderen und ermutigten sie, dass ihr schon bald alles viel besser von der Hand gehen würde. Edda versuchte, ihnen zu glauben, und beobachtete die Serviermädchen, wann immer sie konnte, aus den Augenwinkeln, um sich ein paar Dinge abzugucken. Die anderen schienen leichtfüßig durch den Raum zu fliegen, es sah bei ihnen alles so einfach aus. Hin und wieder kam Otto nach unten, und wenn er Edda entdeckte, zwinkerte er ihr zu. Diese kleine Geste beflügelte sie dermaßen, dass ihr Lächeln daraufhin noch breiter wurde und sie das Gefühl hatte, vor Freude ein paar Zentimeter zu wachsen. Es war nicht wie mit Beat: Sie war nicht hoffnungslos verliebt und malte sich das gemeinsame Leben nicht in den schönsten Farben aus. Nein, sie fühlte sich einfach zu ihm hingezogen. Er schien ein guter Mensch zu sein. Jemand, dem sie vertrauen konnte. Jemand, der etwas in ihr sah und sie förderte. Und das hatte ihr so lange gefehlt!

Besonders angetan war Edda auch von dem köstlichen Essen. Der Münchner Koch Leopold und die schwäbische Köchin Luise servierten köstliche Hausmannskost, und alleine die

Gerüche raubten Edda oft den Atem. Während sie von Tisch zu Tisch ging, zog der Duft von in Salbeibutter geschwenkten Nudeln durch die Stube. Edda hätte stundenlang einfach in der Küche stehen bleiben können, mit geschlossenen Augen, um die einzelnen Düfte aufzusaugen. In der einen Ecke wurden Schnitzel geklopft und in der anderen Rösti gebraten. Es roch nach würziger Minze und Rosmarin, saftigem Fleisch und feinen Soßen. Edda hoffte immer darauf, dass abends etwas vom herrlichen Schokoladenpudding übrig bleiben würde, der das Cremigste war, was sie je gegessen hatte. Wenn sie sich einen Löffel davon in den Mund schob, fühlte sie sich wie eine Dame in einer riesigen Villa, der die Welt zu Füßen lag. Sie zwang sich, so langsam wie möglich zu essen, damit der Schokoladengeschmack möglichst lange in ihrem Mund blieb.

Ihr Förderer Otto Wiederkehr war meistens schwer beschäftigt, den Gasthof zu führen. Sie sahen sich zwischendurch, wenn er im Vorbeigehen einen kurzen Plausch mit ihr führte, meistens war er jedoch in großer Eile. Es war gar nicht so einfach, genügend Lebensmittel aufzutreiben und in den richtigen Mengen zu lagern, auch wenn sich die Situation nach dem Krieg glücklicherweise zunehmend entspannte.

»Ich habe die Ahnung eines Aufschwungs«, sagte er einmal zu Edda, und ihr gefiel dieser Satz außerordentlich gut, weil er sich auf so vieles übertragen ließ.

»Hallo, Aufschwung«, sagte Edda, wenn sie ihr Trinkgeld in die Sparbüchse warf, die immer voller wurde.

»Oh, du schöner Aufschwung«, entfuhr es ihr aber auch oft, wenn sie abends nach Hause lief und trotz der langen Schicht und der Müdigkeit in den Beinen noch gute Laune verspürte. Auch wenn sie nach wie vor Schwielen an den Händen hatte und die Dienste bis spät am Abend gingen, war sie glücklich wie lange nicht.

Die Zeit verging wie im Flug, weil es so viel Neues zu lernen gab, und Edda fühlte sich immer wohler in der *Linde.* Das lag natürlich auch an Otto, der immer für sie da war, wenn sie etwas bedrückte. Er kümmerte sich wirklich rührend um sie und war ihr sehr ans Herz gewachsen. Eines Tages kam er während einer Schicht auf sie zu und hatte ihren Mantel in der Hand.

»Nanu«, wunderte sie sich.

»Ihre Schicht endet heute früher«, sagte Otto geheimnisvoll.

»Womit habe ich mir das verdient?«

Er zuckte mit den Schultern. »Nun sind Sie schon so lange hier, und ich habe dennoch den Eindruck, wir kennen uns gar nicht gut.«

»Das stimmt.«

»Deshalb dachte ich, dass wir gemeinsam essen gehen könnten und uns ein wenig amüsieren. Tun Sie mir den Gefallen?«

Edda nickte.

Er bot ihr den Arm an, sie hakte sich unter, und dann legten sie einträchtig den Weg zu einem Lokal zurück, in das Otto gerne ging.

»Dort schmeckt es fast so gut wie bei uns«, erzählte er lachend.

Doch Edda wusste gar nicht, was sie ihm entgegnen sollte. Im Gegensatz zu ihm konnte sie es sich nicht leisten, in anderen Wirtshäusern essen zu gehen. Als sie das Lokal erreichten und dort an einem Tisch Platz nahmen, kam gleich ein hübsches, freundliches Serviermädchen und nahm ihre Bestellung auf. Es war Edda ganz unangenehm.

»Ich fürchte, Sie werden sich entsetzlich langweilen. In meinem Leben passiert nicht viel außer der Arbeit …«, gab sie kleinlaut zu.

Doch Otto nahm ihre Hand. »Sagen Sie das nicht. Für mich sind Sie eine außergewöhnliche und beeindruckende Frau.«

»Aber ich komme aus einfachen Verhältnissen. Sie könnten doch mit ganz anderen Frauen ausgehen.«

»Ach, kommen Sie mir nicht mit Standesunterschieden. Außerdem glaube ich ohnehin, dass Sie noch Außerordentliches schaffen werden ...«

»Zum Beispiel, als Wirtin ein eigenes Lokal zu führen?«

Edda versuchte, ihre Bemerkung so locker wie möglich klingen zu lassen.

Aber Otto sah sie ganz interessiert und keine Spur belustigt an. »Bei Ihnen kann ich mir das gut vorstellen. Ich habe den Eindruck, Sie sind nirgendwo so glücklich wie in einem Lokal. Habe ich recht?«

»Ich weiß selbst nicht, woher das kommt. Ich habe immer davon geträumt, Menschen zu bewirten. Es erfüllt mich mit Stolz und Freude, wenn ich Gäste umsorgen kann. Und was gibt es Schöneres, als sich bei einem köstlichen Essen zu unterhalten?«

Wie auf ein Zeichen brachte die Serviertochter in diesem Moment ihre Bestellung. Edda hatte zunächst vor lauter Bescheidenheit nur eine Suppe gewollt, aber das hatte Otto ihr nicht durchgehen lassen. So bekamen sie nun beide einen feinen Braten in Morchelsoße mit Petersilienkartoffeln aufgetischt.

»Wie das duftet!«, freute sich Edda. »Mir läuft das Wasser im Mund zusammen.«

»Lassen Sie es sich schmecken.«

Edda nahm vorsichtig einen Bissen und musste sich zwingen, nicht in Begeisterung auszubrechen, sondern ganz still und leise zu genießen. »Sie haben nicht zu viel versprochen, die Küche hier ist vorzüglich.«

Otto freute sich. »Eines Tages werden Sie Ihre eigene Speisekarte zusammenstellen. Da ist es wichtig, dass wir vorher noch einige Lokale gemeinsam ausprobieren.«

»Das würden Sie tun?« Edda konnte immer noch nicht so recht glauben, dass dieser angesehene Wirt gerne Zeit mit ihr verbrachte.

»Nun ... wir haben den gleichen Traum und möchten beide ein eigenes Lokal führen«, stellte Otto zufrieden fest. »Das gefällt mir. Und da müssen wir natürlich zusammenhalten.«

»Heißt das, Sie wollen auf lange Sicht nicht Wirt der *Linde* bleiben?«

»Sagen wir mal so: Mit meinem Bruder ist es in letzter Zeit sehr schwierig. Wir haben unterschiedliche Vorstellungen und bekommen uns ständig in die Haare. Deshalb träume ich schon länger davon, etwas Neues zu eröffnen ...«

»Das kann ich gut verstehen. Sicher ist es schwierig für Sie, ständig alle Absprachen mit ihm treffen zu müssen und ihm nicht aus dem Weg gehen zu können, obwohl Sie sich in die Haare bekommen.«

»Eine Weile halte ich es noch aus, aber nicht mehr allzu lange. Aber vor lauter Reden wird ja unser Braten kalt ...«

Beide beugten sich über ihre Teller. Otto aß schnell, als hätte er den ganzen Tag noch nichts gegessen. Edda hingegen schob sich ganz genüsslich Gabel für Gabel in den Mund und wünschte, dass der Teller niemals leer sein würde. Otto beobachtete sie zufrieden, bis auch sie fertig war. Als sie zu ihm aufsah, hob er sein Glas Rotwein und prostete ihr zu.

»Auf unseren großen Traum, Frau Wirtin«, sagte er salbungsvoll.

»Auf das neue Lokal, Herr Wirt.«

Sie lächelten sich an und nippten am samtigen Wein, der nach Brombeeren schmeckte.

»Mir liegt noch etwas anderes auf dem Herzen«, stellte Otto schließlich nach einer kurzen Pause fest. »Sie müssen jeden Abend noch einen langen Weg zu Ihrer Wohnung zurücklegen, nicht wahr?«

»Ein Fußweg von einer halben Stunde, aber das ist schon in Ordnung.«

»Und wenn Sie es ändern könnten?«

»Die Witwe, bei der ich wohne, kümmert sich um meinen Jungen. Das ist viel wert für mich, deshalb bleibe ich gerne dort.«

»Würde sie weiter für Ihren Sohn sorgen, auch wenn Sie anderswo eine Bleibe hätten?«

Edda sah ihn ratlos an.

»Ich fasse mich besser kurz«, stellte Otto fest und trank den Wein aus. »Im zweiten Stock haben wir noch ein großes Zimmer, es steht leer, seit meine Mutter verstorben ist. Und da dachte ich mir: Ob Edda dort einziehen möchte?«

Alleine der Gedanke an ein kleines Reich nur für sie alleine ließ Edda kurz den Atem stocken. Kein Vorhang mehr, der das Zimmer trennte. Kein Schnarchen mehr, das sie nachts aus dem Schlaf riss. Aber die Sache hatte natürlich auch einen riesigen Haken. Sie würde ihren Oskar nicht mitnehmen können, denn der brauchte tagsüber jemanden, der sich um ihn kümmerte. Sie konnte den Kleinen doch nicht alleine bei Bettina wohnen lassen, dann würde sie ihn ja noch seltener sehen … Musste sie nicht viel mehr für Oskar da sein? Ihm die wichtigen Dinge des Lebens beibringen? Bei ihm sitzen und ihm beim Größerwerden zusehen? Sie seufzte. Den Kleinen liebte sie über alles. Und es war ihr ungeheuer wichtig, dass er es einmal besser hatte als sie. Deshalb hatte sie ihn ja zu Bettina gegeben. Dort wurde er besser umsorgt als von einer Frau, die von früh bis spät in der Wirtschaft stand. Bettina hatte nicht nur mehr Zeit als

Edda, sie sprach auch fließend Französisch und würde dafür sorgen, dass der Kleine zumindest etwas Bildung genießen konnte. Dennoch fühlte sie sich wie die allerschlimmste Rabenmutter im ganzen Land. Arbeit, Arbeit, Arbeit – alles drehte sich nur darum. Das hatte sie sich doch ganz anders vorgestellt! Wenn Beat nur noch leben würde. Dann könnten sie sich alles teilen, und es wäre viel leichter. Aber natürlich wusste sie, dass es überhaupt nichts brachte, den Lauf der Dinge zu bejammern. Was geschehen war, war geschehen. Sie kam nun einmal aus einfachsten Verhältnissen, und da war es ausgesprochen schwierig, gleichzeitig sowohl eine fürsorgliche Mutter als auch eine gute Ernährerin zu sein.

Otto legte ihr eine Hand auf den Arm. »Das ist sicher eine schwierige Entscheidung für Sie«, stellte er fest. »Lassen Sie es sich einfach gut durch den Kopf gehen.«

»Ich möchte nicht undankbar erscheinen. Es ist nur, weil ich meinen Sohn dann noch weniger sehe …«

»Das verstehe ich. Ich dachte nur, dass Sie dann nach der Arbeit nicht mehr so lange durch die Stadt laufen müssen. Miete müssen Sie auch keine bezahlen – es ist mir lieber, wenn das Zimmer nicht leer steht. Und wenn Sie nicht mehr ganz so müde sind, machen Sie Ihre Arbeit sicher noch viel besser.«

»Mir fehlen die Worte. Und das kommt selten vor. Ich überlege mir alles, und dann gebe ich Ihnen Bescheid.«

»Gerne.«

Eine Weile saßen sie noch da, sein Blick ruhte auf ihr, und sie wurde ganz verlegen. Dann bat Otto um die Rechnung, zahlte für sie, und sie verließen gemeinsam das Lokal. Obwohl sie protestierte, ließ er es sich nicht nehmen, sie den ganzen Weg bis zu Bettinas Wohnung zu begleiten. War er immer so einfühlsam zu Frauen? Oder hegte er etwa Gefühle für sie? Sie verabschiedete sich von ihm und bedankte sich für den wundervollen Abend.

»Überlegen Sie es sich mit dem Zimmer bei uns«, sagte er noch, bevor Edda im Treppenhaus verschwand.

Danach lag sie noch lange wach. Wie sehr Otto ihr bereits ans Herz gewachsen war. Er war schon ein feiner Kerl! So einfühlsam und verständnisvoll. Konnte sie wirklich auf sein Angebot eingehen und den kleinen Oskar alleine bei Bettina wohnen lassen?

Die Entscheidung fiel Edda so schwer, dass sie ein paar Tage später Lina aufsuchen musste. Sie bat Otto um eine Pause am frühen Abend, und weil er ihr keinen Wunsch abschlagen konnte, ließ er sie ziehen. Edda machte sich auf den Weg ins *Radium*, und zu ihrem großen Glück entdeckte sie Lina dort auch bereits nach wenigen Minuten.

»Ich brauche dringend einen Rat«, flüsterte sie ihr zu.

Lina sah sich um, ob sie beobachtet wurden. »Warte dahinten auf mich, ja? In einer Viertelstunde beginnt die nächste Vorstellung, dann kann ich eine kurze Pause einlegen.«

»Wunderbar«, freute sich Edda und zog sich an die verabredete Stelle zurück.

Als Lina schließlich kam, fasste Edda kurz die neuesten Entwicklungen für sie zusammen. Die neue Stelle in der *Linde*, das gute Verhältnis zu Otto Wiederkehr – und sein Angebot mit dem Zimmer über dem Gasthof.

»Was soll ich nur tun?«, fragte sie verzweifelt. »Das wäre so schön für mich und meine schmerzenden Füße, wenn ich abends nicht mehr so weit laufen müsste. Aber meinem kleinen Oskar kann ich das doch unmöglich antun!«

»Liebes …«, tröstete sie Lina. »Das sind doch hervorragende Neuigkeiten. Der Wirt klingt kolossal sympathisch, und so ein Zimmer wird auch nicht jeden Tag frei. Was kostet es denn?«

»Das ist es ja, ich müsste gar nichts dafür bezahlen.«

»Und da überlegst du noch?«

»Ja, wegen Oskar ...«

»Aber das machen doch alle so. Niemand, der so arm ist wie wir, zieht sein Kind alleine auf. Wie soll das auch gehen? Wer nicht in einer Villa geboren wurde, muss eben sehen, wo er bleibt.«

»Aber wie lange bin ich denn noch arm? Ich arbeite doch so viel und spare so fleißig ...«

»Ich weiß. Es kommen ganz sicher bald bessere Zeiten! Aber momentan geht es für uns ums Überleben. Und das ist immer mit Abstrichen verbunden! Bitte hör auf, dir deswegen Vorwürfe zu machen. Davon wird doch nichts besser – nicht für dich und auch nicht für Oskar.«

»Vielleicht weiß er gar nicht, wie sehr ich ihn liebe?«, entgegnete Edda verzweifelt. »Wo ich ihn doch so oft alleine lassen muss.«

Lina nahm sie in den Arm. »Glaub mir«, tröstete sie Edda. »Alles, was du tust, tust du für deinen Kleinen. Das ist alles, was zählt! Wenn er älter wird, wird er es verstehen und dir für immer dankbar deswegen sein.«

»Meinst du wirklich?«

»Aber sicher. Nun muss ich leider wieder an die Arbeit. Du weißt ja: Von nichts kommt nichts.« Lina nahm sie noch einmal ganz lange in den Arm. »Schau dich doch an: Du bist schon so weit gekommen. Den Rest schaffst du mit links!«

Mit diesen Worten verabschiedete sie sich von Edda, warf ihr noch eine Kusshand zu und verschwand dann um die Ecke. Edda lächelte. Wie sehr ihr diese Unterredung wieder geholfen hatte. Die Freundin war wirklich Gold wert! Es stimmte schon – das Wichtigste war doch, dass sowohl Oskar als auch sie ein Dach über dem Kopf hatten. Und sie arbeitete schließlich auch für seine Zukunft. Er sollte es besser haben als sie früher, sie musste noch viel mehr Franken für ihn zurücklegen, damit es ihm an nichts fehlen würde. Sie konnte sich diese Möglichkeit nicht entgehen lassen, so viel stand fest. Und es war ja nicht für immer. Ein paar Jahre noch, dann würde sie Oskar zu sich holen und ihm ein schönes Leben ermöglichen.

Am nächsten Tag ging sie zu Otto und bat ihn um ein erneutes Gespräch.

»Sagen Sie Ja?«, wollte er gleich als Erstes wissen.

Edda nickte.

»Wirklich wahr?«

»Es fällt mir wahrlich sehr schwer, meinen Kleinen noch seltener zu sehen. Aber ich danke Ihnen für das zuvorkommende Angebot und glaube, dass es das Richtige für mich ist.«

»Sie können sich gar nicht vorstellen, wie mich das freut.« Otto drückte ihre Hand und strahlte. Wie er sie ansah ... das war schon verrückt! Diesen Blick kannte sie ... und zwar von Beat. So hatte er sie angesehen, wenn sie sich nachts zu ihm schlich.

»Ich ...«, setzte Otto an.

»Eine Frage habe ich noch«, sagte Edda schnell. Ihr wurde das Ganze etwas zu viel. Sie war sich nicht sicher, was sie für Otto empfand. Er war ein zuvorkommender, äußerst liebenswerter Mann, das war klar. Aber konnte da wirklich mehr sein? War er derjenige, mit dem sie den Rest ihres Lebens verbringen wollte?

»Ab wann kann ich das Zimmer beziehen?«

»Ganz wie es Ihnen beliebt. Ab heute, ab morgen, ab übermorgen ...«

»Könnte ich das Wochenende ausnahmsweise freibekommen, damit ich in die Heimat fahren kann?«, fragte Edda vorsichtig. Sie war nicht sicher, ob das zu viel verlangt war. Aber sie wollte es zumindest probiert haben. Bei Otto musste sie immerhin nicht befürchten, dass er gleich jähzornig oder unflätig wurde wie Urs oder der Wirt in der *Schmiede*.

»Warum ist das so wichtig für Sie?«

»Bevor ich mein erstes eigenes Zimmer habe, würde ich gerne mein geliebtes Nachttischchen bei meinem Vater abholen. Es ist ein Erbstück, das mir meine Mutter vermacht hat.«

»Wenn das so ist, habe ich dagegen natürlich nichts einzuwenden.«

»Und am Montag kann ich in der *Linde* einziehen.«

Otto legte ihr einen Arm auf die Schulter. »Sehr schön!«, freute er sich. Dann beugte er sich noch näher zu ihr. »Ich wollte dir noch das Du anbieten«, sagte er leise. Sein Gesicht war direkt vor ihrem.

War das nicht vollkommen unpassend, fragte sich Edda und erschrak etwas. Sie war doch seine Angestellte! Wenn das die anderen mitbekamen, würde das Gerede losgehen, da war sie sich sicher. Und sie hatte wenig Lust, dass die Serviermädchen einen Grund zum Tuscheln hatten.

»Herr Wiederkehr, Herr Wiederkehr«, schallte es da ganz aufgeregt aus einem Fenster der *Linde*. Es war Luise, die Köchin. »Können Sie kurz in die Vorratskammer kommen?«, rief sie.

Otto wandte sich enttäuscht von Edda ab. Aber Edda kam die Unterbrechung gerade recht.

»Was gibt es denn so Dringendes?«, fragte Otto und versuchte noch nicht einmal, seinen Ärger zu verbergen.

»Wir haben Motten! Überall Motten. Und was sollen wir nun kochen? Gleich kommen die ganzen Gäste …« Luise hatte einen roten Kopf und war ganz aufgelöst.

»Einen Moment, dann bin ich bei Ihnen«, rief Otto seiner Köchin zu. Er entschuldigte sich bei Edda, dann verschwand er und ließ ein gedankenverlorenes, vollkommen verwirrtes Serviermädchen mit einem leeren Kaffeebecher in der Hand im Hof sitzen. Hatte dieser gestandene Mann gerade wirklich so verwirrt vor ihr gesessen und war kurz davor gewesen, sie zu küssen? Und wie hätte sie reagiert, wenn Luise sie nicht gestört hätte?

Selbst zwei Tage später, als Edda im Zug nach Winterthur saß, hatte sich ihre Aufregung noch nicht gelegt. Die Fahrt in die Heimat war ihr eine willkommene Abwechslung. Während der letzten Jahre war Edda nur sehr, sehr selten dort gewesen. Dazu fehlten ihr schlichtweg das Geld und die Zeit. Ihre jüngere Schwester Erika schrieb ihr hin und wieder einen Brief. Sie wohnte mit ihrem wohlhabenden Ehemann, den Edda unsagbar öde fand, ein paar Häuser neben dem Vater. Sie hatte drei Kinder in fünf Jahren bekommen, vor einem Monat war das vierte auf die Welt gekommen. Edda freute sich darauf, dass sie endlich einmal mit guten Nachrichten bei ihrer Familie ankommen würde. Der Zug ratterte über die Schienen, und Edda zog das einzige Foto hervor, das sie von ihr Familie hatte. Der Vater hatte kurz vor ihrem Auszug darauf bestanden, dass sie diesen Luxus einmal ausprobieren mussten, und auch wenn auf der Aufnahme alle ganz verkniffen schauten, weil die Technik so neu für sie war, zog Edda diese Erinnerung gerne hervor. Die Schwestern waren unterschiedlich wie Tag und Nacht, das fiel bereits auf den ersten Blick auf. Erika war häuslich und zurückhaltend, auf dem Bild saß sie ganz ernst mit ihrer zugeknöpften hellen Bluse neben dem Vater, die Haare zu strengen Zöpfen geflochten. Edda hingegen war freiheitsliebend und ehrgeizig, als sie sich fotografieren ließen, trug sie ein gemustertes Kleid, das ihre schmale Taille betonte, ihre offenen Haare wehten keck im Wind. Ihre ganze Haltung erweckte schon damals den Eindruck, als würde sie nur darauf warten, ins Unbekannte aufzubrechen und allerhand Abenteuer zu erleben. Erika hingegen schauderte alleine bei dem Gedanken an etwas Neues. Sie liebte alles Vertraute, und es hätte für sie keine größere Strafe gegeben, als ihren Heimatort zu verlassen.

Als die Lok pfiff und die Einfahrt in den Bahnhof verkündete, stieg Edda aus. Der Vater war gekommen, um sie abzuholen. Er stützte sich auf einem Gehstock ab, die Haare waren ihm fast alle ausgefallen. Wie lange sie sich nicht gesehen hatten! Ob sie sich in seinen Augen auch so verändert hatte? Langsam liefen sie nebeneinander her, und Edda erzählte ihm stolz, dass sie eine neue Anstellung hatte. Doch als sie begann, ganz ausführlich den *Gasthof zur Linde* zu beschreiben, fiel ihr auf, dass er ihr kaum zuhörte. Sie verstummte, und den restlichen Weg legten sie schweigend zurück. Auch zusammen mit Erika und deren Familie in der Wohnung wurde es nicht besser. Der Vater saß etwas abseits von ihnen, trommelte mit seinen Fingern gedankenverloren auf die Tischplatte und stellte nur zwischendurch eine kurze Frage. Edda fühlte sich wie die Exotin aus der Großstadt und schien nicht mehr dazuzugehören.

»Wird es nicht langsam Zeit, dass du heiratest und auf diese schweißtreibende Arbeit verzichtest?«, wollte Erika wissen und schunkelte ihr kleines Baby im Arm, das sie verklärt ansah.

Edda versuchte, das Thema zu wechseln. »Ich möchte das Nachttischchen mit nach Züri nehmen. Ihr wisst schon, das von Mutti. Sie hat es mir doch vermacht, bevor sie von uns ging.«

Ihr Vater sah betreten zu Boden.

»Was ist?«, fragte Edda. »Wollt ihr es selbst behalten? Geht es nicht?«

»Wir haben es nicht mehr«, gab der Vater zu. »Das Geld war knapp, ich habe es verkauft.«

»Ach«, sagte Edda. Und nach einer kurzen Pause sagte sie es gleich noch einmal: »Ach.«

Mehr fiel ihr dazu nicht ein. Wie naiv war sie? Dass sie einfach verschwinden konnte und dennoch alles so blieb, als wäre sie nie weg gewesen? Der Gedanke tat weh, dass sie die letzte Erinnerung an die Mutter nicht mitnehmen konnte. Sie hatte sich so sehr darauf gefreut.

Den restlichen Nachmittag über musste sich Edda Fragen über Fragen zu ihrem Lebensstil und dem Leben in der Großstadt gefallen lassen. Wie sollte sie den Daheimgebliebenen bloß erklären, wie wundervoll es war, in einem vollen Lokal für das Wohl der Gäste zu sorgen? Sie hatte sich gefreut, den Vater und die Schwester wiederzusehen – aber mit jeder Minute in Winterthur verflog dieses Gefühl. Dieser kleine Ort mit den ihr fremd gewordenen Verwandten war nicht länger ihr Zuhause, das fiel ihr in diesem Moment wie Schuppen von den Augen. Sie gehörte nach Züri und in die *Linde*. Zu Oskar und zu Lina. Und was war mit Otto?

Am nächsten Tag stand der Wirt der *Linde* tatsächlich am Bahnhof und wartete auf Edda.

»Ich habe dir doch nicht verraten, wann ich zurückkomme …«, stellte Edda überrascht fest, als sie ihm gegenüberstand.

Er lächelte sie verschmitzt an. »Es fahren nicht so viele Züge von Winterthur nach Zürich«, erklärte er.

»Zu deinem Glück bin ich früh zurückgefahren.«

»Genau«, antwortete er und wurde auf einen Schlag ernst. Für einen Moment war Edda ganz verunsichert. War etwas

Schlimmes geschehen, das er ihr so dringend sagen musste? Konnte sie das Zimmer doch nicht bekommen, oder verlor sie am Ende sogar die Anstellung in der *Linde*? Ihr Puls schlug schneller. Sie hatte sich gerade so darüber gefreut, schon länger keine schlechten Nachrichten mehr überbracht bekommen zu haben.

»Was ist mit dir, Otto?«, fragte sie ihn aufgeregt.

Da nahm der Wirt ihre Hand und zog sie ganz nahe zu sich.

»Möchtest du meine Frau werden?«, fragte er.

Große Fragen

1922–23

Himmelhoch jauchzend, zu Tode betrübt – so fühlte sich Edda, wenn sie an Otto dachte. War er der Richtige? Sollte sie über ihren Schatten springen und ihn heiraten? Edda war keine Frau, die zu allem gleich »Ja« und »Amen« sagte. So mir nichts, dir nichts einen Mann ehelichen?

Sie spannte Otto auf eine lange Geduldsprobe. Mehr als ein halbes Jahr war vergangen, seit er ihr einen Heiratsantrag gemacht hatte. Auch das Zimmer im zweiten Stock hatte sie noch nicht bezogen. Sie wollte abwarten, wie sich ihre Gefühle entwickelten, und hatte sich geschworen, nur noch gut überlegte Entscheidungen zu treffen, die sich von Kopf bis Fuß richtig anfühlten. Warum war es nur so schwer? An einem Tag war sie sich vollkommen sicher, dass sie bis an ihr Lebensende mit Otto zusammen sein wollte und sie sich wunderbar ergänzten. An anderen Tagen wiederum haderte sie damit, dass ihr keine Schmetterlinge im Bauch herumflatterten und sie es sich immer anders ausgemalt hatte, ihr Herz an einen Mann zu verlieren. Das war schon eine seltsame Sache mit der Liebe. Ewig hatte sie darauf gewartet, jemanden zu treffen – und nun saß sie da und überlegte und überlegte …

An Beat dachte sie oft, der sie mit seiner unvergleichlichen Art im Sturm erobert hatte und viel zu plötzlich verstorben war. Immer wieder schlich sich sein Bild in ihre Gedanken, und sie erinnerte sich an die schönsten Momente mit ihm. Wie er zum ersten Mal vor dem *Röschen* auf sie gewartet hatte. Wie er sie mit in die winzige Wohnung genommen hatte. Und wie er sie bei der Arbeit Tag für Tag aufgeheitert und vom unwirschen Urs abgelenkt hatte. Es war schwer, sich davon zu verabschieden, dass ihre große Liebe nicht wiederkam. Aber wie lange wollte sie ihm noch hinterherweinen? War es nicht langsam an der Zeit, einen anderen Mann in ihr Leben zu lassen? Vielleicht war es sogar gut, dass Beat und Otto so unterschiedlich waren. Dann kam sie gar nicht in Versuchung, die beiden ständig zu vergleichen.

Otto war wohlbeleibt und sicherlich keine Schönheit, aber er hatte ein gutes Herz, und ohne ihn wäre sie niemals in der *Linde* gelandet. Sogar den großen Traum vom eigenen Restaurant teilten sie miteinander. Sie fragte sich, ob sie es mit Otto zusammen endlich schaffen würde, nicht mehr nur für andere zu arbeiten, sondern selbst eine Wirtin zu sein … Es wäre zu schön, um wahr zu sein. Edda schloss die Augen – und schon war ihr großer Traum zurück. Sie sah sich in einem eleganten Kleid aus teurem Samt an einem Tresen sitzen, neben sich ein Glas mit feinstem Rotwein. Sie würde dann den Blick über die Gäste schweifen lassen, und wenn sie ein bekanntes Gesicht entdeckte, würde sie aufstehen und auf einen kurzen Plausch an dem entsprechenden Tisch vorbeigehen. Sich nach dem Wohl des anderen erkundigen und fragen, ob das Essen geschmeckt hatte. Wie eine Frau von Welt würde sie durch den Raum schreiten, den sie genau so hatte einrichten lassen, wie es ihr am besten gefiel.

»Ach, Edda, träum weiter!«, sagte sie resigniert zu sich

selbst. »Du machst mal wieder den letzten Schritt vor dem ersten. Wirst du es nie lernen?«

Aber wenn diese Tagträume doch so schön waren? Selbst das Sorbet, das es als Nachtisch geben würde, konnte Edda auf der Zunge schmecken. Doch vor einer Sache lief sie nach wie vor davon. Dem Antrag von Otto. Annehmen oder ablehnen, was war richtig? Sie hatte schon einige Gänseblümchen zerstört. Ich heirate ihn, ich heirate ihn nicht, ich heirate ihn … Dieses Blumenorakel war keine Hilfe. Jedes Mal fiel das Ergebnis anders aus, und Edda konnte gar nicht mehr aufhören, die weißen Blütenblätter abzuzupfen. Gab es keine andere Möglichkeit, sich zu entscheiden?

Bei einem Spaziergang mit Lina schnitt sie das Ganze an. Edda hatte sich bei der Freundin eingehakt, und sie gingen den Weg an der Limmat gegenüber vom Frauenbadi entlang, während ihnen ein leichter Wind durch die offenen Haare wehte.

»Ich verstehe mich selbst nicht mehr«, erzählte Edda. »Warum kann ich nicht einfach drauflosmarschieren und mich für Otto entscheiden? Ich bin so unsicher, ob meine Gefühle für ihn ausreichen.«

Lina kicherte.

»Was hast du?«, fragte Edda überrascht. »Das ist ganz und gar nicht komisch. Er liebt mich über alles – und ich habe immer noch nicht seinen Antrag angenommen. Was soll ich nur tun?«

»Das weißt du doch längst«, entgegnete Lina geheimnisvoll.

»Wie bitte? Du sprichst in Rätseln.«

»Ich kenne dich nun schon so lange, Edda. Du hast immer geglaubt, dass für dich nur diese stürmische Liebe wie mit Beat infrage kommt und dass du von einem Mann so fasziniert sein musst, dass du nicht mehr klar denken kannst. Das stimmt doch, oder?«

Edda sah sie verwundert an. »Das hast du sehr passend beschrieben, aber worauf willst du hinaus?«

»Nichts ist schöner als diese wild hin und her flatternden Schmetterlinge. Aber vielleicht kommst du langsam in ein Alter, wo auch eine andere Liebe in dein Leben einziehen kann?«

»Wie meinst du das?«

»Es geht dir doch auch um Sicherheit und um die Möglichkeit, deinen großen Traum zu erfüllen. Nicht wahr?«

»Ja, natürlich.«

»Und welchen Mann brauchst du dafür?«

»Jemanden wie Otto!«, entfuhr es Edda wie aus der Pistole geschossen.

»Siehst du …« Lina sah sie stolz und zufrieden an. »Hab keine Angst! Ich bin mir sicher, dass es keinen besseren Mann für dich gibt. Und tief im Inneren weißt du das auch.«

Lina drückte ihr noch einen Kuss auf die Wange, dann war sie schneller in einer der Seitengassen verschwunden, als Edda »Stopp« rufen konnte. Edda sah ihr nachdenklich hinterher. Ihr um den Hals gebundenes buntes Tuch flatterte im Frühlingswind, und sie schien mehr über den Asphalt zu fliegen, als zu laufen.

»Konnte das wirklich sein, und Lina hatte recht?«, sinnierte Edda. Es kam ihr so vor, als ob die Freundin mitten ins Schwarze getroffen hatte. Aber würde Otto sich überhaupt noch freuen können? Schließlich hatte sie ihn so lange auf eine Antwort warten lassen, und vermutlich war er sehr gekränkt. Da kam ihr eine Idee: Wie wäre es, wenn sie ihm schlichtweg einen ganz neuen Antrag machen würde, als wäre sie von selbst auf den Gedanken mit der Hochzeit gekommen … Wenn sie das Gefühl hatte, selbst die Fäden in der Hand zu halten, fiel ihr alles viel leichter, und auf diese Weise sparte sie sich lange Erklärungen, warum sie so lange überlegt hatte.

»Otto«, sagte Edda am Abend zu ihm, kurz bevor er den Gasthof abschloss. Sie sah ihn lange an, und in dem Moment wusste sie, dass sie die richtige Entscheidung traf. Es war eine Liebe aus Freundschaft. Sie verband die gemeinsame Leidenschaft zum Gastgewerbe. Und sie wusste, dass sie sich bedingungslos auf ihn verlassen konnte. Er war eine ruhige, treue Seele.

»Möchtest du mein Mann werden?«, fragte sie ihn daher.

Er sah sie erst überrascht an, dann wanderte ein breites Lächeln in sein Gesicht. So glücklich hatte sie ihn noch nie gesehen!

»Vor zehn Minuten habe ich mich gefragt, wie in aller Welt aus diesem Tag noch ein guter werden kann … Nun weiß ich es!« Er umarmte sie, hob sie ein Stück in die Luft und drehte sich mit ihr im Kreis.

»Ist das ein Ja?«, fragte Edda.

»Ja, ja und noch mal ja.«

Und so kam es nach der langen Wartezeit doch noch zum Ringtausch, als Otto schon nicht mehr zu hoffen wagte, und aus Edda Glück wurde eine Frau Wiederkehr. Die Hochzeit selbst hielten sie klein. Edda hatte darum gebeten, dass es kein großes, teures Fest geben würde. Das Geld mussten sie schließlich für das eigene Lokal sparen und konnten es nicht leichtfertig ausgeben, fand sie.

»Das Versprechen geben wir uns selbst«, erklärte sie Otto. »Wir müssen doch niemanden beeindrucken.«

»Na schön«, lenkte er ein. »Aber wenn wir endlich Wirt und Wirtin sind, dann werden wir nach allen Regeln der Kunst feiern.«

»Unbedingt!«

Edda war froh, dass er gleich einverstanden war. Sie wollte auf keinen Fall zu viel Aufsehen verursachen. Sie heiratete ihn aus lauter vernünftigen Gründen – und das war auch gut so. Aber manchmal hatte sie Sorge, dass die Zweifel zurückkamen und sie sich doch einen Beat als Mann wünschte.

In der Hochzeitsnacht schlief Otto ein, bevor sie sich den Unterrock ausgezogen hatte. So war der Übergang vom ledigen zum verheirateten Leben für Edda tatsächlich fließend. Hätte sie ohne den Ring überhaupt einen Unterschied gemerkt?

»Wir gewöhnen uns langsam an das Eheleben, nicht wahr?«, hatte er sie gefragt.

Fürs Erste hatte jeder von ihnen sein eigenes Zimmer im zweiten Stock. Im ersten Stock wohnte Ottos Bruder Edgar, im dritten war seine Schwester Agathe eingezogen. Edda hatte eingewilligt, denn so ganz geheuer war ihr das Ganze noch nicht. Da kam ihr ein eigener Raum gerade recht, dann konnte sie sich Schritt für Schritt auf die ganzen Veränderungen einstellen, und sie musste nicht sofort mit Otto das Bett teilen. Es war immer noch etwas seltsam für sie, dass sie mit dem Wirt verheiratet war, der so lange eine Respektsperson für sie gewesen war, zu der sie aufgeschaut hatte. Bis sie bereit war, sich auch auf die körperliche Liebe einzulassen, würde sie noch etwas brauchen. Aber ein wichtiges Thema hatte sie noch mit ihm zu besprechen.

»Ich frage mich, wie es mit Oskar weitergehen soll«, sagte Edda zu ihrem Mann einige Tage später. Ihr Sohn war nun schon sieben Jahre alt und wohnte noch immer bei Bettina.

»Willst du ihn zu dir holen? Für mich wäre es in Ordnung.«

Edda war überrascht. Damit hatte sie nicht gerechnet … Aber war schon die richtige Zeit gekommen, dass der Kleine zu ihnen zog? Ein Lokal schien keine passende Umgebung für ein Kind zu sein. All die betrunkenen Männer, all der Lärm. Nun war sie zwar verheiratet, aber im Grunde hatte sich an ihrer Situation sonst nicht groß etwas verändert. Edda wollte sich nicht schon wieder mit einem schlechten Gewissen quälen.

»Ich denke, damit warten wir lieber noch etwas«, sagte sie deshalb zu Otto. »Er muss noch ein wenig größer werden.«

»Das mag sein«, pflichtete er ihr bei. »Nächste Woche kommt er in die Elementarschule, nicht wahr? Bist du aufgeregt?«

»Und wie!«, entfuhr es Edda. »Ich glaube fast, für mich ist es ein größeres Abenteuer als für Oskar.«

Am ersten Schultag ihres Sohnes konnte Edda sich zum Glück freinehmen. Das war der Vorteil, wenn man mit dem Wirt verheiratet war! Sie holte Oskar bei Bettina ab, und dann liefen sie gemeinsam durch die Gassen bis zur Schule, ohne viele Worte zu verlieren. Aber sie hielten sich ganz fest an den Händen!

»Darf ich deine Haarspange ausleihen?«, wollte Oskar wissen, als sie den Schulhof erreichten, wo bereits zahlreiche Kinder herumtobten.

Edda wunderte sich über die ungewöhnliche Frage, konnte ihrem Sohn den Wunsch aber nicht ausschlagen.

»Natürlich«, sagte sie und drückte ihm die Spange in die Hand.

Er strahlte, als er sie sich in die Haare steckte.

»Gehst du so zur Schule?«, fragte Edda. Sie war nicht sicher, wie das bei den anderen Kindern ankommen würde.

»Aber sicher!«, freute sich Oskar jedoch. Doch auf einmal sah er erschrocken hinter Edda und dann betroffen zu Boden.

Edda drehte sich um.

»Otto?«, fragte sie verwundert. »Was machst du denn hier?«

Er starrte ganz grimmig auf den Kleinen und seine Frisur. »Ich wusste nicht, dass du ein Mädchen bist«, brummte der Wirt.

Oskar fühlte sich augenscheinlich unbehaglich, und die lockere Stimmung war auf einen Schlag verschwunden. Er zog sich schnell die Spange aus den Haaren und gab sie Edda zurück, die enttäuscht zu Boden sah.

»Alles Gute, Oskar«, versuchte Otto die Situation noch zu retten. Aber da weinte der Kleine schon bitterlich …

Der Wirt verabschiedete sich so schnell wieder, wie er gekommen war. Edda wischte ihrem Sohn mit einem Stofftaschentuch die Tränen aus dem Gesicht und drückte ihn fest an sich.

»Alles wieder gut?«, flüsterte sie.

Er nickte tapfer, und dann gingen sie Hand in Hand zum Klassenraum.

»Ich bin ganz gespannt, wie es wird und was du alles lernen wirst. Das musst du mir alles ganz, ganz bald erzählen.«

»Das mache ich!« Er drückte sich fest an sie.

Nach einem kurzen Gespräch mit Oskars Lehrer musste Edda ihren Sohn wieder alleine lassen. Nun begann schließlich der Unterricht. Sie verließ die Knabenschule und ging zurück in die *Linde.*

Die Stimmung im Lokal war recht ausgelassen. Die Versorgungslage besserte sich zunehmend, und die Köche freuten sich, dass sie beim Zusammenstellen des Menüs nicht mehr ganz so erfinderisch sein mussten. Die Tische waren stets gut gefüllt, und der Name des Lokals stand in der Stadt längst für köstliches Essen und gesellige Stunden. Das sorgsame Wirtschaften der Wiederkehrs hatte sich ausgezahlt. Die

Zeichen standen endlich wieder auf Wachstum! Während andere Lokale in den Nachkriegsjahren schließen mussten, war bei den Wiederkehrs keine Krise in Sicht. Im Gegenteil: Sie hielten sich gut über Wasser, und auch die Tatsache, dass ständig neue Gasthöfe eröffnet wurden, konnte ihnen nichts anhaben. Unweit des schönen *Lindenhofs* mit dem schönsten Ausblick der Stadt hielten sich die Leute gerne auf. Wenn der Wind richtig stand, stieg den Flaneuren der Duft nach Bratwürsten und Kartoffelsuppe in die Nase, wenn sie an der Mauer lehnten und den Blick über die Stadt schweifen ließen. Wer konnte da schon widerstehen?

Eines Tages brach die Buffetdame Gundula bei der Arbeit zusammen. Sie hatte ein schwerwiegendes Knieleiden und schaffte es nicht mehr, Tag für Tag im Lokal auf den Beinen zu stehen. Die Frage der Nachfolge war für die Brüder schnell geklärt …

»Denkst du, was ich denke?«, fragte Edgar, als er mit seinem Bruder ein Bier trank.

»Ich bin sicher, sie wird es vorzüglich können«, entgegnete Otto.

»Dann ist es entschieden?«

»Ganz genau.«

Als Edda vorbeikam, hielt Otto sie am Blusenärmel fest.

»Es gibt da noch etwas, was wir dir sagen müssen.«

Er sah sie absichtlich ganz betroffen an, und Edda rutschte das Herz in die Hose.

»Hat sich ein Gast über mich beschwert? Habe ich etwas vergessen? Oder irgendwo nicht ganz so sauber gewischt wie sonst? Sag schon, was ist es?«

Da brachen Otto und Edgar in tosendes Gelächter aus, sodass sich alle Umsitzenden überrascht zu ihnen umdrehten. Edda wusste nicht mehr, was sie denken sollte.

»Es ist ganz anders«, beruhigte Edgar sie. »Die Arbeit erledigst du besser, als man es sich erträumen kann. Ohne Fehl und Tadel. Da die gute Gundula wegen ihres Knieleidens nicht mehr für uns arbeiten wird, haben wir uns gedacht: Du könntest unsere neue …«

Er wartete kurz ab, um sie auf die Folter zu spannen.

»Ja?«, fragte sie aufgeregt, obwohl sie schon ahnte, wo der Hase im Pfeffer lag.

»… Buffetdame werden«, vollendete Otto schnell den Satz.

»Wunderbar!«, freute sich Edda. Sie zwang sich, nicht in lautstarken Jubel auszubrechen. Am liebsten wäre sie durch das Lokal gewirbelt, hätte alle Anwesenden zum Tanzen aufgefordert und allen ein Getränk spendiert. Aber vermutlich war es besser, diesen Schritt im Stillen auszukosten.

»Traut ihr mir das wirklich zu?«, fragte sie ungläubig.

»Aber sicher! Die Entscheidung war einstimmig und ist uns leichtgefallen«, stellte Edgar fest, der wohl den Eindruck vermitteln wollte, dass auch er voll und ganz auf sie setzte.

Edda nahm einen kleinen Schluck von Ottos Bier, zur Feier des Tages. Aber dann sah sie an den Blicken der Brüder, dass es mit dem Tagesgeschäft weitergehen musste …

Sie war nur wenige Schritte Richtung Küche gegangen, da begannen die Gedanken schon in ihr zu rattern. Könnte sie nicht … Oder wie wäre es mit … Sollte sie vielleicht hier oder da … War es möglich, dass sie … Die Ideen rasten heran, und sie ahnte schon, wie viel Freude ihr diese neue Position bereiten würde. Sie jubilierte innerlich und versuchte, sich vor den anderen nichts anmerken zu lassen. Endlich hatte sie etwas mehr Spielraum und musste nicht nur Befehle ausführen. Endlich konnte sie zumindest ein wenig gestalten und eigene Pläne schmieden. Auch wenn sie alles mit den Brüdern abstimmen musste, war sie sich sicher, dass sie ein paar schöne Veränderungen in die Wege leiten könnte.

Aber ging das wirklich so leicht, wie Edda es sich in ihren kühnen Träumen ausmalte? Der Erste Weltkrieg war schon ein paar Jahre vorbei, und die Wirtschaft des Landes war wieder in Schwung gekommen. Das Geld saß etwas lockerer, die Sehnsucht nach Genuss und Zerstreuung war groß wie lange nicht. Die Leute hatten genug von tristem Einerlei, sie wollten etwas erleben, sich vergnügen und es sich gut gehen lassen. Wirtsleute gab es viele, also mussten sie sich von dem Rest abheben. Etwas ganz Besonderes bieten, das niemand sonst hatte. Doch wie konnte das aussehen? Edda musste an den Circus denken, der mit seinen Raubtieren zum Stadtgespräch geworden war. Niemand, der etwas auf sich hielt, hatte es sich leisten können, die Weltneuheit verpasst zu haben und nicht mitreden zu können. Also waren alle, die genügend Geld hatten, in die Vorführungen geströmt, und die Kassen hatten geklingelt. Die Leute wollten immer etwas Besonderes erleben, mutmaßte sie, etwas ganz und gar Ungewöhnliches, über das sie wochenlang reden würden.

»Etwas Ähnliches wie dem Circusdirektor muss mir auch für die *Linde* einfallen«, sinnierte Edda. »Vielleicht eine Delikatesse für die Speisekarte … Aber was könnte das nur sein?«

Der Gedanke ließ sie nicht los. Immer wieder fragte sie sich, wie es den Leuten in der Stadt ging und was ihnen fehlte. Warum sie ins Lokal kamen und wonach sie sich sehnten. Nur wenn sie es schaffte, sich in die Köpfe der Gäste zu schleichen und deren Bedürfnisse und Wünsche genau zu kennen, würde sie wirklich Erfolg haben. Aufgeregt lief sie zu ihrem Mann und begann ihm von ihren neuen Plänen zu erzählen.

Otto winkte ab, als sie ihn darauf ansprach. »Ach, was«, erklärte er unwirsch. »Die Leute wollen gut essen, gut trinken. Die werden immer zu uns kommen. Da brauchst du nicht lange herumdenken, das ist verschwendete Zeit. Und Zeit ist …«

»… Geld. Ja, ja, ich weiß.« Edda machte, dass sie davonkam. Sie war sicher, dass sie recht hatte. Dann musste sie sich eben alleine etwas überlegen. Otto würde schon einsehen, dass sie den richtigen Riecher hatte.

Am Nachmittag kam Lina vorbei, sie hatte einen ihrer raren freien Tage. Edda strahlte übers ganze Gesicht, als sie die Freundin sah. Die letzte Begegnung war schon wieder viel zu lange her.

»Na endlich!«, rief sie so laut, dass sich einige Gäste an den anderen Tischen zu ihr umdrehten.

Lina sah sie bewundernd an. »Du hast dich wirklich gemacht«, lobte sie anerkennend. »Wie du strahlst!«

»Ich bin jetzt Buffetdame«, erzählte Edda stolz.

»Schritt für Schritt auf dem Weg zu deinem großen Traum, nicht wahr?«

Edda seufzte. »Ich glaube, du bist die Einzige auf der ganzen Welt, die mir das wirklich zutraut.«

»Das wird schon. Du bist näher dran, als du denkst.«

»Wie meinst du das?«

»Nur so ein Gefühl, das kann ich dir gar nicht genauer erklären. Aber recht habe ich, das wirst du schon sehen!«

»Was willst du trinken? Einen Asti zur Feier des Tages?«

Lina sah sie ganz enttäuscht an. »Und ich dachte, du gibst mir einen exklusiven Champagner aus? DAS trinkt man jetzt in der Stadt, DAS ist es, was die Leute anzieht – wusstest du das nicht?«

»Dafür gibt doch niemand sein kostbares Geld aus«, wandte Edda ein.

»Da wäre ich mir nicht so sicher … Alle wollen sich amüsieren, und die Zeit ist reif für eine kleine Prise Luxus.

Aber wenn du lieber auf bewährte Traditionen setzt und nichts wagst. Na, dann bring mir ruhig einen Asti für den Anfang.«

Auf dem Weg in die Küche kam Edda ins Grübeln. Hatte Lina etwa recht? War sie nicht wagemutig genug? Schätzte sie die Lage in Züri falsch ein? Alleine der Gedanke, eine Kiste mit Champagner zu bestellen, ließ Edda eine Gänsehaut über den Körper kriechen. Aber Otto und Edgar waren damit sicher nicht einverstanden, das musste sie ganz geschickt anstellen. Sie lächelte und heckte einen Plan aus. Dann ging sie zu Lina und brachte ihr den Sekt. In ihr eigenes Glas füllte Edda Selters, und dann stieß sie mit der Freundin auf alles an, was ihnen so einfiel.

»Auf bessere Zeiten!«, begann Edda.

»Und unsere unglaublichen Erfolge!«, vollendete Lina.

»Auf das Glück!«

»Und auf viel mehr Champagner!«

»Auf unsere Freundschaft!«

»Und die Liebe.«

»Ach so – gibt es da etwas Neues bei dir?«

Lina winkte ab. »Noch nicht, deswegen müssen wir ja darauf anstoßen!«

Als die Gläser leer waren, verabschiedete Edda sich schweren Herzens. »Die Arbeit ruft«, seufzte sie. »Bis ganz bald!«

Eine Woche später war die lang ersehnte Lieferung da. Sie hatte die Kiste von ihren eigenen Rücklagen bezahlt und über Nacht kühl gestellt. Kurz bevor sie das prickelnde Getränk zum ersten Mal ausschenken würde, ging sie zu Otto. Er hätte ihr doch sowieso nur von der Bestellung abgeraten, also wollte sie ihn lieber erst so spät wie möglich einweihen.

»Es ist an der Zeit für einen kleinen Test«, erklärte sie. »Wir setzen etwas Neues auf die Karte!«

»Hast du neues Bier entdeckt? Oder ist wieder mehr Fleisch lieferbar?«

Edda reichte ihm eine Flasche des kostbaren Schaumweins aus Frankreich und bemühte sich, ihre Aufregung gut zu verbergen. »Das wollen die Leute trinken!«

»Wie bitte? Willst du uns ruinieren? Das ist nicht dein Ernst …«

Otto schlug die Hände über dem Kopf zusammen. »Wenn Edgar das mitbekommt …«

Edda lächelte. Genau mit dieser Reaktion hatte sie gerechnet – und deshalb war sie vorbereitet. »Wenn es schiefgeht, werde ich natürlich alle Kosten übernehmen. Und wenn es gelingt – dann ist sowieso alles wunderbar.«

»Wie du meinst, Edda. Lauf nur in dein Unglück. Du stellst es dir viel zu leicht vor, ein Lokal zu führen. Aber sag nicht, ich hätte dich nicht gewarnt.«

Mürrisch beugte er sich wieder über das Kassenbuch und suchte nach Möglichkeiten, hier und da noch einige Fränkli einzusparen. Edda schlich sich nach draußen. Besonders wagemutig war ihr Mann wahrlich nicht! Er sah überall erst, was alles schiefgehen könnte, und sah viel pessimistischer als sie in die Zukunft. Doch wie sollte etwas Neues entstehen, wenn man immer nur zweifelte und zweifelte und zweifelte? Für Edda war das nichts.

»Ich will leben!«, murmelte sie vor sich hin, und der Satz fühlte sich wundervoll an. Es lagen so viele Abenteuer und Versprechungen vor ihr … Alles war möglich, wenn sie es nur ganz fest glaubte. Das Wichtigste war doch, immer zu träumen und an das Große zu glauben. Vermutlich würde sie sich nicht alle Wünsche erfüllen können, aber wie traurig war es, es gar nicht erst zu versuchen. Da konnte man ja gleich den ganzen Tag immer am gleichen Tisch sitzen und immer das Gleiche bestellen. Dann war man zwar sicher, dass es einem schmeckte – aber das war es dann auch schon.

Wie sie sich auf den Champagner freute! Edda stellte sich vor, wie der prickelnde Tropfen ihre Kehle hinunterfloss und wie unvergleichlich gut sich das anfühlen würde. Endlich wagte sie etwas, endlich ging es um mehr als um die Frage, ob alle Tische gut genug gefüllt waren und allen das Essen schmeckte. Wenn sie ihre teure Bestellung im Laufe des Monats unter die Gäste gebracht hatte, war alles gut, fand sie. Das hieß: Sie musste es schaffen, 1,5 Flaschen in der Woche auszuschenken. Sie fand das machbar, aber natürlich war sie viel aufgeregter als sonst, und ihr Herz klopfte so laut wie noch nie.

Weltneuheit, hatte sie auf ein Plakat geschrieben. *Nur bei uns: Der edle Champagner aus Frankreich!*

Die ersten Stunden waren zäh. Die Gäste saßen an ihren Tischen, musterten das Plakat und redeten darüber. Aber was bestellten sie? Bier und eine Kleinigkeit zu essen. Alles war also wie gehabt.

»Schon etwas verkauft?«, fragte Otto, der für eine neugierige Stippvisite durch den Gastraum lief und kopfschüttelnd ihr Plakat begutachtete. Nun hat sie vollkommen den Verstand verloren, schien er zu denken, worauf in aller Welt habe ich mich da eingelassen!

Am frühen Abend war Edda kurz davor, sich in ein metertiefes Loch im Boden zu wünschen. Verschwinden wollte sie und diese Schmach nicht länger aushalten. Was hatte sie bloß geglaubt? Dass sie mehr wusste als die erfahrenen Wiederkehr-Brüder, die seit vielen Jahren einen Gasthof leiteten? Niedergeschlagen verrichtete sie ihre Arbeit und sah sich den teuren Tropfen schon alleine im stillen Kämmerlein trinken, damit niemand etwas von ihrem Scheitern mitbekam. Nur aus dem Augenwinkel bekam sie mit, dass ein Raunen durch das Lokal ging. Da hatte wohl jemand eine Wette verloren, vermutete Edda. Erst als Gläser klirrten und die Gäste immer lauter wurden, sah sie genauer hin. Sie näherte sich langsam dem Tisch, von dem die Aufregung ausging. Der Schauspieldirektor war gekommen und wollte eine Regisseurin für sich gewinnen, die erst seit Kurzem in Zürich lebte. Rahel Liebermann galt als großes Talent, und er wollte sie unbedingt an sein Haus holen. Eine Weltneuheit im Glas kam ihm da gerade recht, und so hatte er als erster Gast den teuren Champagner bestellt.

»Ahhhhh«, entfuhr es Rahel. »Das ist ausgesprochen deliziös. Und das trinken Sie hier jeden Tag?«

»Selbstverständlich«, beteuerte der Direktor. Dann winkte er Edda heran und bat sie, die ganze Flasche an den Tisch zu bringen.

Stolz ging Edda in die Küche. Sie sah noch, wie Otto die Treppe nach oben verschwand. Er hatte offenbar genug gesehen und zog sich zurück, um weiter seine Bilanzen zu prüfen.

Als Edda abends die Tische abwischte und den Boden fegte, waren zwei der sechs Flaschen schon leer. Die Begeisterung der Theaterleute hatte andere Gäste angesteckt, die sich das kostbare Schauspiel nicht entgehen lassen wollten und ebenfalls den teuren, perlenden Tropfen bestellten. Doch was am nächsten Tag geschah, übertraf selbst Eddas kühnste Träume.

Es war voller als jemals zuvor. Das Gerücht hatte sich wie ein Lauffeuer verbreitet: In der *Linde* gab es etwas, das jeder probieren musste, der etwas auf sich hielt. Einige der Gäste hatte Edda noch nie vorher im Gasthof gesehen: Sie waren noch besser gekleidet als die anderen, trugen teure Stolen und Anzüge aus feinem Zwirn. Gegen Mittag öffnete Edda die letzte Flasche des teuren Tropfens – und eine Stunde später musste sie das Schild zusammenklappen und konnte nur noch herkömmlichen Sekt ausschenken. Otto und Edgar kamen zu ihr nach unten, sahen sie bewundernd an und winkten sie kurz zur Seite.

»Chapeau!«, flüsterte Edgar.

»Du hast alles richtig gemacht«, stellte Otto bewundernd fest. »Das hätte ich niemals gedacht. Wie konntest du das nur vorausahnen?«

»Nun … ich habe nur versucht, mich in die Köpfe der Leute hineinzuversetzen. Nach all den Entbehrungen stehen die Uhren nun auf Genuss.«

»Weiter so, Edda!«, erklärte Otto. »Sind die nächsten Kisten schon bestellt? Wann kommt der Nachschub? Wir dürfen jetzt niemanden auf dem Trockenen sitzen lassen.«

»Ich kümmere mich darum.«

Edda war selig. Endlich konnte sie etwas bewirken und Schwung in das Lokal bringen. Auch wenn es nicht ihr eigenes war – das ging in die richtige Richtung. Sie lehnte sich lächelnd gegen eine Wand in der Küche und knetete ihre schmerzenden Hände. Auch im Rücken zwickte es, und die Füße waren so geschwollen, dass sie kaum noch in die Schuhe passten. Das war der einzige Haken an ihrer Arbeit: Sie war fast rund um die Uhr auf den Beinen, schlief nur wenige Stunden, und ihr Körper ächzte und stöhnte, wenn es besonders hektisch zuging. »Weiter geht's!«, trieb Edda sich mehrmals am Tag selbst an. Sie hatte einen Traum – da half es nichts, schlappzumachen und herumzumäkeln.

Otto sah das wie sie: Die beiden arbeiteten, so viel sie konnten, und drehten jeden Franken zweimal um. Denn nicht nur Edda träumte von etwas Eigenem. Otto hatte seit einigen Monaten das Gefühl, dass sich ihm die Luft zuschnürte, wenn er durch die *Linde* lief. Zusammen mit Edgar den Gasthof der Eltern zu leiten war für einige Jahre gut gegangen. Sie hatten den Krieg überstanden, immer etwas zu essen gehabt, und nun ging es zunehmend aufwärts. Aber das konnte doch nicht alles sein?

»Mein Leben lang habe ich in diesem Haus gewohnt«, seufzte Otto eines Abends. »Wie oft bin ich durch diesen Flur gegangen? Wie viele Male habe ich auf die Ölbilder im Wohnzimmer gestarrt?«

Es kam ihm auf einmal alles viel trister und langweiliger vor, erzählt er Edda. Jede Entscheidung musste er mit Edgar besprechen! Dessen Frau war gestorben, und mit diesem Schicksalsschlag kam er nicht gut zurecht. Ein paar Monate hatten Otto und Edda Mitleid mit ihm gehabt und ihn in Ruhe trauern lassen. Doch dann verloren sie langsam die Geduld, denn Edgar war kaum wiederzuerkennen. Er wurde immer mehr zu einem Geizhals, der überall einen Haken fand und sich mit jeder Idee tagelang beschäftigen musste, bevor er sich eine Meinung bilden konnte. Kurzum: Die Harmonie war den Brüdern abhandengekommen. Sie stritten, sie rauften sich die Haare, sie schwiegen sich an. Sie schickten Edda als Vermittlerin hin und her und ließen sie Botschaften übermitteln. An besonders schlimmen Tagen kommunizierten sie nur in Briefform und beschimpften sich auf feinstem Papier. Das musste ein Ende haben, so viel stand fest.

»Zu zweit finden wir etwas!«, bekräftigte Edda ihren Gatten. »Wir sparen und sparen und sparen. Dann können wir uns sicher schon bald etwas anderes leisten.«

Er hielt ihre Hand fest, und dann zogen sie sich gemeinsam in sein Schlafzimmer zurück. Sie hatten nach wie vor getrennte Zimmer, denn Edda brauchte den Freiraum, und ihr Mann hatte bisher nichts dagegen gehabt. Zwischendurch nahm er sie mit in sein Bett, und dann liebten sie sich. Otto war dabei allerdings etwas unbeholfen, er schaffte es nicht so richtig, dass es sich auch für Edda gut anfühlte. Etwas wehmütig dachte sie daran, wie sehr sie diese Momente mit Beat genossen hatte und mit wie viel Hingabe sie sich liebkost und gestreichelt hatten, bevor sie mit dem eigentlichen Liebesspiel begannen.

»Könntest du etwas langsamer …?«, fragte sie vorsichtig, als er sich die Hose ausgezogen hatte und sich über sie beugte. Doch er sah sie verständnislos an.

»Dann ist es nicht mehr gut«, entgegnete er.

Was sollte sie darauf noch sagen? Schon lag er auf ihr, verschaffte sich Erleichterung, und sie ließ es mehr oder minder über sich ergehen. Sie waren verheiratet, und das gehörte wohl dazu, sagte sie sich. Aber schön war es nicht für sie, und sie versuchte fortan, so selten wie möglich mit in sein Bett genommen zu werden.

Während der nächsten Monate mussten sie sich ohnehin auf die Arbeit konzentrieren. Die Schwielen an Eddas Händen wurden größer, und sie nahm ein paar Kilo ab. Sie kam immer als Erste und ging als Letzte, meist fiel sie erst weit nach Mitternacht ins Bett. Diese Sache brachte sie zwar ihrem Ziel näher, aber sie hatte dennoch einen großen Haken: Sie sah ihren Sohn noch weniger als ohnehin schon, und das brach ihr fast das Herz. Einmal pro Woche trafen sie sich, und dann wollte Edda natürlich das Neueste aus der Schule hören. Oskar hatte dort schon einen Freund gefunden. Den Schuhmachersohn Anton. Von ihm erzählte er immer besonders gerne und lachte, wenn er von den Spielen sprach, die sie sich in den Pausen ausdachten.

»Anton hat die besten Ideen«, erzählte er.

»Soso … und warum?«

»Wir haben Entdecker gespielt. Mit einer Papprolle als Fernrohr und einem großen Stein als Schiff.«

»Nicht schlecht, und was habt ihr heute schon entdeckt?«

»Eine einsame Insel im Meer.«

»Und morgen?«

»Das weiß ich doch jetzt noch nicht.«

»Stimmt natürlich.«

Edda fuhr ihm durch die Haare, aber das mochte ihr Sohn gar nicht mehr so gerne wie früher.

»Liest du mir noch etwas vor?«, fragte sie und zeigte auf seine Fibel.

»Au ja«, freute sich Oskar.

Edda konnte es kaum erwarten, ihren Sohn zu sich zu holen. Sobald sie ein ausreichendes Einkommen und mehr Freizeit hatte, würde sie das endlich angehen.

»Bist du eigentlich traurig, dass wir uns so selten sehen?«, fragte sie den Kleinen und fuhr ihm durch die weichen Haare.

»Nein. Und ja«, sagte er, und Edda musste schmunzeln.

»Wie meinst du das denn?«

»Na ja … Ich mag dich. Und ich mag Bettina.«

»Und das ist auch gut so!«, antwortete Edda.

»Lesen wir noch weiter?«, fragte er.

Und diesen Wunsch erfüllte Edda ihm natürlich gerne. Ihr Sohn hatte wirklich viel bei Bettina gelernt. Sogar Französisch sprach er schon. Da sie aus dem Jura kam, war diese Sprache ihr vertrauter als das Schweizerdeutsch, und sie hatte dem Kleinen die Fremdsprache beigebracht.

»Wenn wir unser eigenes Lokal haben, wird es im ersten Stock ein großes Zimmer für dich geben und ein kleines Zimmer für mich«, erzählte Edda noch, bevor sie sich von Oskar verabschiedete.

Doch wo sollten Edda und Otto nur ihren neuen Gasthof finden? Der Wirt war nun nur noch selten in der *Linde*, denn er sah sich überall um. Er besichtigte leer stehende Häuser oder wurde bei Lokalen vorstellig, die zum Verkauf standen. Es war allerdings nicht so leicht, etwas Passendes zu finden. Eines Tages bekam Otto in der Nähe vom *Bellevue* ein Hotel mit Gasthof gezeigt, das *Hotel de la Cœur.* Es stand schon eine Weile leer, und bisher hatte sich kein Käufer gefunden. Aber Otto war fasziniert von dem ehrwürdigen Jugendstilgebäude und konnte sich gut vorstellen, es zu altem Glanz zurückzuführen. Als Otto seiner Frau die freudige Nachricht brachte, steckte er sie sofort mit seiner Begeisterung an.

»Aber können wir uns dieses Prachtstück leisten?«, fragte sie aufgeregt.

»Nun, Prachtstück trifft es derzeit nicht ganz ... Die glorreichen Zeiten sind vorbei, das Haus stand sehr lange leer. Die letzten Besitzer haben in den vergangenen Jahren nicht mehr so viel im Haus gemacht. Aber dadurch ist der Erwerb nicht ganz so kostspielig, wie ich es befürchtet hatte.«

»Ich muss es sehen!«

»Wir könnten morgen ...«

»Wie morgen? Ich meine natürlich, ich muss es jetzt sofort sehen.«

»Du bist unverbesserlich«, seufzte Otto, aber dann gab er doch nach.

Edda hakte sich bei ihm unter und begleitete ihn in die Rämistraße, um sich das Lokal ihrer Begierde aus nächster Nähe ansehen zu können.

War es nun endlich so weit?, fragte sie sich. Begannen nun die glorreichen Zeiten, in denen sich ihre kühnsten Träume endlich erfüllten?

So lange hatte sie diesen Tag herbeigesehnt, und nun wusste sie gar nicht, was sie fühlen sollte. Freude und Ungewissheit vermischten sich mit grenzenloser Aufregung.

Als Edda den Platz mit dem *Hotel Bellevue* hinter sich ließ und die Straße hinauflief, überschlugen sich ihre Gedanken. Das war ja noch viel besser, als sie es sich ausgemalt hatte. Die Lage war unvergleichlich! Hier pulsierte das Leben, hier waren die namhaften Leute unterwegs. Das *Volkstheater am Pfauen* war nicht weit, und Edda glaubte, sogar das Wasser der Limmat plätschern hören zu können.

»Das bildest du dir ein!«, meinte Otto.

Aber auch er hatte gerötete Wangen vor lauter Aufregung! Die beiden blieben vor dem Eingang stehen und warfen sich einen Blick zu. Edda wusste sofort, dass es das Richtige war. Dieses Haus sah genauso aus, wie sie es sich in ihren Träumen immer ausgemalt hatte! Es handelte sich um ein ehrwürdiges Biedermeierhaus mit einer symmetrisch gegliederten Fassade. Zuletzt war es als Café, Restaurant und Bierhalle genutzt worden.

»Es ist ein Juwel«, dachte Edda.

Sie musste sich in den Arm zwicken, so unwirklich kam es ihr vor! Träumte sie mit offenen Augen? Doch Otto schien auch wie von Sinnen zu sein – und das war bei ihm eine ausgesprochene Seltenheit.

»Diese eleganten Fenster!«, rief er entzückt. »Dieses Gebäude ist schon etwas ganz Besonderes … Aus wirtschaftlichen Gründen steckt ein gehöriges Risiko in dem Kauf. Normalerweise würde ich so ein Haus nicht erwerben. Aber ich kann mir nicht helfen – ich sehe tatsächlich vor mir, wie wir es wieder zu altem Glanz zurückführen können.«

»Das sehe ich ähnlich. Auch wenn viele davor abgeschreckt sind, die Geschichte des Hauses spricht einfach dafür. Es passt so gut zu uns, wir werden es wieder zu einem wunderschönen Lokal machen.«

Otto nahm sie an der Hand und zog sie nach innen. »Wusstest du, dass hier allerhand berühmte Persönlichkeiten diniert haben?«, fragte er sie schwärmend. »Gottfried Keller hat hier mit Stift und Papier am Tisch gesessen und zwischendurch eine Suppe zur Stärkung gelöffelt. Und einige Bier sind natürlich auch seine Kehle hinuntergeflossen.«

Edda nickte und versuchte, sich nicht anmerken zu lassen, dass sie nicht mehr genau zusammenbekam, welches Werk von diesem Schriftsteller war. Wie auch? Bei den unendlich langen Schichten in der *Linde* fielen ihr die Augen zu, wenn sie ein Buch nur in die Hand nahm. In letzter Zeit verspürte sie eine Sehnsucht nach guten Geschichten und konnte nicht einmal genau sagen, woher das kam. Jemand, der sie über die Grenzen der Stadt hinaustrug und etwas erleben ließ – auch wenn es nur etwas Erfundenes zwischen zwei Buchdeckeln war. Ob erlebt oder nicht, spielte keine Rolle für sie. Es ging nur darum, mehr von der Welt mitzubekommen und durch die Augen eines anderen mehr zu sehen als einen stickigen Gasthof. Nur wie sollte das gehen? Am Ende des Tages war sie ein einfaches Serviermädchen, keine Studierte und auch keine höhere Tochter. Und selbst wenn langsam Schwung in alles kam und sie mit Otto dieses Juwel erwerben würde … es war noch ein langer Weg, der vor ihr lag. Leg lieber noch mehr Franken zurück und verlier dich nicht in diesen Tagträumen, wies sie sich in Gedanken selbst zurecht. Dann seufzte sie laut.

Otto sah sie fassungslos an. »Trübselige Gedanken? In einem derart wichtigen Moment?«

Sie wiegelte schnell ab. »Es kamen nur ein paar Erinnerungen hoch.«

Um ihren Mann zu besänftigen, hielt sie sich die flache Hand vor den Mund und tat dann so, als ob sie alle Sorgen fortpusten würde. Sie streckte ihm eine Hand entgegen, und er zog sie durch den langen Flur. Vorbei an den Toiletten und an einem kleinen Empfangstischchen, bis sie schließlich das Herzstück des Hauses betraten: den Gastraum. Edda blieb der Mund weit offen stehen. Andächtig drehte sie sich um sich selbst wie eine Figur auf einer Spieluhr. Etwas Derartiges hatte sie noch nie gesehen. Ein kurzer Seitenblick auf Otto bestätigte ihr, dass es ihm ganz ähnlich ging.

Es handelte sich nicht um ein herkömmliches Gasthaus, so viel stand fest. Nachdem sie durch den engen Eingang und Flur gegangen waren, tat sich auf einmal eine Weite auf. Der große Raum hatte hohe Decken, und sämtliche Wappen der alten Zürcher Zünfte waren ganz oben an den Wänden verewigt. Edda ließ beeindruckt den Blick schweifen und blieb an einem Sinnspruch hängen: »Schlimme Zeiten sind beschieden, herrscht im Lande Hungersnot – aber Frieden ist hernieden, hat der Mensch sein täglich Brot.«

»Otto, was hat es mit diesen Wappen auf sich? War das einmal eine Zunftstube?«

»Nein, soweit ich weiß, hat das mit dem jährlichen Ritual des Sechseläutens mit dem Umzug der Zünfte und dem Anzünden des Bööggs zu tun. Dieses Frühlingsfest wird ganz in der Nähe auf dem alten Tonhallenareal gefeiert, und danach gab es immer ein ausgelassenes Nachspiel im Lokal.«

»Das behalten wir dann bei, nicht wahr?«

»Unbedingt.«

Otto lief bereits zwischen den Tischen auf und ab, die in Reihen angeordnet waren. So wirkte der Raum eher wie eine einfache Wirtschaft als wie ein feines Lokal, aber die Atmosphäre hatte etwas ausgesprochen Gemütliches.

»Woran erinnert mich das nur«, sinnierte Edda.

»Die dunklen Farben des Mobiliars würden meinem Vater gefallen«, stellte Otto fest. »Er hatte einen ganz ähnlichen Geschmack.«

Edda strich über das dunkelgrüne Leder der Bänke und über die Maserung der Tischplatten. Abgesehen vom großen Gastraum gab es noch den durch eine Wand abgetrennten hinteren kleinen Speisesaal. Über eine Treppe ging es von dort hoch in den ersten Stock, dort befand sich noch ein Billardzimmer.

»Es hat etwas Ehrwürdiges«, pflichtete sie ihrem Mann bei. »Hier trinkt niemand gedankenlos sein Bier, hier wird mit viel Zeit und bei guten Gesprächen das Essen genossen.«

»Unsere Küche muss noch besser werden, als sie es sowieso schon ist. Wir müssen unsere Mitarbeiter mitnehmen – und sobald wir es uns leisten können, werden wir noch mehr gute Leute einstellen.«

»Langsam, langsam«, bremste sie Otto. »Ich glaube, wir haben mit den beiden großes Glück. Mehr braucht es nicht … Stell dir vor, wie unser Leopold als Küchenmeister und die werte Luise als Köchin an seiner Seite neue Gerichte zaubern. Wenn ich nur an die Kalbs- und Schweinshaxn denke, die sie letzten Sonntag aufgetischt haben … unsere Gäste in der *Linde* waren hingerissen. Sie kamen aus dem Loben nicht mehr heraus.«

Leopold kam aus Bayern, Luise aus Württemberg. Sie ergänzten sich auf eine nahezu perfekte Art und Weise. Während die Haxn von Leopold erst gesotten und daraufhin am ganzen Stück paniert wurden, schließlich in Öl gebacken und zum Schluss noch mit brauner geschmolzener Butter übergossen wurden, kümmerte sich Luise um die Beilagen. Ihre Spätzli waren ein Gedicht, und Edda hatten noch keinen Gast auch nur ein Wort der Klage ausstoßen gehört. Ebenfalls großer Beliebtheit erfreute sich ihr Rotkraut, das gleichermaßen fruchtig und würzig schmeckte. Vor wenigen Tagen hatte sich die Gute allerdings noch einmal selbst übertroffen.

»Ich habe eine Idee für die Hühnersuppe«, hatte sie zu Edda gesagt.

»Die schmeckt doch vorzüglich, was kann da noch fehlen?«

Luise lächelte wissend und voller Vorfreude. »Selbst gemachte Nudeln!«

»Wie kommst du darauf?«, fragte Edda verwundert. »Das klingt wundervoll.«

»Das ist mein Geheimnis, aber du wirst sie als Erste probieren dürfen, und nur wenn sie deinen Segen erhalten, setzen wir sie auf die Karte. Einverstanden?«

Natürlich war sie das. Seit sie sich kannten, hatte Luise sie nicht enttäuscht. Sie war pflichtbewusst, fleißig und stets gut gelaunt. Eine Seele von Mensch. Das schien auch Leopold zu denken, der sie umgarnte und mit Komplimenten umwarb. Doch in dieser Hinsicht machte sie es allen schwer: Sie hatte früh geheiratet, und da ihr Mann nach einem schweren Unfall das Bett hüten musste, arbeitete Luise für sie beide und brachte ihm Abend für Abend eine große Portion zu essen mit nach Hause, setzte sich neben ihn und streichelte seine Hand, bis seine Augen zufielen. Selbst wenn sie Leopold ebenfalls anziehend gefunden hätte – sie würde es niemals zugeben, da war sich Edda sicher. Es brach ihr das Herz, den Koch so leiden zu sehen, und sie hätte dem Glück der beiden gerne einen Stups gegeben. Aber da das nicht möglich war, steckten die beiden ihr ganzes Herzblut in die Gerichte für die Gäste. Wenn alle glücklich waren und niemand etwas zu bemängeln hatte, waren sie zufrieden. Das heißt – nur fast. Schließlich hatten sie sich vorgenommen, immer besser und besser zu werden, und dachten ständig darüber nach, wie sie noch feinere Kompositionen entwickeln konnten.

Otto räusperte sich und riss Edda aus den Gedanken an leckere Rösti, dampfende Gulaschsuppe und Würste mit Kartoffelstampf. Er war vor einem großen Tisch stehen geblieben, der unweit des Tresens stand und den Raum teilte.

»Was machen wir bloß damit?«, fragte Otto.

Edda schloss die Augen und stellte sich vor, wie alles aussehen würde, wenn sie das *Hotel de la Cœur* endgültig erworben und wieder in Betrieb genommen hatten. Wenn an jedem der Tische Gäste sitzen würden, wenn der Geruch nach unwiderstehlichen Speisen durch den ganzen Raum ziehen und wenn die Serviertöchter den Gästen ganz aufmerksam die Wünsche von den Lippen ablesen würden.

»Gib mir noch ein paar Tage Zeit«, erklärte sie. »Mir fällt dafür mit Sicherheit noch etwas ganz Besonderes ein!«

Otto nahm sie an der Hand und zog sie zurück nach draußen. »Dieses Prachtstück gehört bald mir!«, erklärte Otto, als sie wieder auf der Rämistraße standen, und die stolzgeschwellte Brust wölbte sich unter seinem hellen Hemd.

Edda sah ihn vorwurfsvoll an.

»Uns, meine ich natürlich«, korrigierte er sich schnell.

»Das will ich meinen«, entgegnete sie und sah ihn streng an. Ohne sie und ihren vortrefflichen Geschmack wäre er verloren und würde niemals die Herzen der Gäste gewinnen, wie konnte er das nur vergessen? Nun, sie würde es ihm schon zeigen. Ganz sicher würde sie das. Und dann würden ihm derartige Unachtsamkeiten nicht mehr passieren, so viel stand fest.

Einige Tage später feierten Otto und Edda den Kauf nach allen Regeln der Kunst. So ein besonderer Moment ereignete sich schließlich nicht alle Tage. Sie hatten es wirklich getan – sie hatten zu zweit ein eigenes Lokal erworben, das sie zu neuem Glanz bringen wollten. Sie stießen auf das Abenteuer an, natürlich mit dem teuren französischen Champagner.

»Können wir den wirklich für uns …?«, setzte Edda vorsichtig an.

Aber Otto war nicht mehr aufzuhalten. Er schenkte großzügig ein, strahlte übers ganze Gesicht und prostete ihr zu.

»Auf das schönste Restaurant der ganzen Stadt, ach was, des ganzen Landes.«

»Ich bin im siebten Himmel«, jubilierte Edda. »Wenn Lina das erfährt, die wird Augen machen. Und Oskar muss ich es auch bald erzählen!«

Sie nahm noch einen Schluck von dem teuren Tropfen, und dann wurde sie ganz still. Jahrelang war ihr großer Traum so weit entfernt gewesen. Und nun? Wurde nun wirklich alles gut? Wie oft hatte sie irgendwo gestanden, die Augen geschlossen und sich davongeträumt, manchmal nur ein paar Minuten, manchmal fast eine ganze Stunde. Der Traum war ihr Rettungsanker gewesen, hatte ihr dabei geholfen, die schlimmsten Täler zu überwinden und sich nicht lange mit Rückschlägen aufzuhalten. Sie hatte sich von schmierigen Gästen begrapschen lassen, ohne etwas dagegen tun zu können, und hatte sich fest geschworen, dass diese Ohnmacht einmal ein Ende haben würde. Nun war es also endlich so weit. Wie unwirklich sich das anfühlte!

»Zwickst du mich mal kurz in den Arm?«, bat sie ihren Mann.

Er sah sie verwundert an, tat aber, wie ihm geheißen.

»Ich war mir nicht sicher, ob ich träume«, erklärte sie und rieb sich den schmerzenden Arm. »Aber es scheint alles seine Richtigkeit zu haben.«

»Selbstverständlich, Frau Wirtin.«

»Wie mich das freut, Herr Wirt.«

Edda strahlte ihn an und wünschte sich, dass die Welt kurz stillstand, damit sie den Moment noch länger genießen könnte.

So glücklich hatte sie sich noch nie gefühlt! Auf einmal schloss sich ein Kreis, und alles ergab Sinn: der Aufbruch nach Zürich, ganz alleine, ohne Geld und Perspektive. Das schlimme Benehmen von Urs während der Arbeit im *Rös-*

chen, die endlose Schufterei in der *Schmiede* und die langen Arbeitstage in der *Linde*. Würde sie nun endlich ruhig schlafen können und auf der Sonnenseite des Lebens flanieren?

»Wir brauchen noch einen Namen«, sinnierte Otto, der schon wieder ganz pragmatisch an die nächsten Schritte dachte. »Vielleicht übersetzen wir den alten und nennen uns Gasthof Herz?«

Edda war immer noch ganz woanders und antwortete nicht, also überlegte Otto alleine weiter.

»Oder etwas ganz anderes. Limmatstube? Münsterhof?«

Otto ging auf der Stelle auf und ab und schüttelte den Kopf, weil er mit seinen Ideen nicht zufrieden war. Während er seine Stirn in Falten legte, sah Edda ihn auf einmal siegessicher an.

»Ich hab's«, stellte sie nur ganz trocken fest. Sie wusste, dass ihr Vorschlag so gut war, dass er ihn ihr nicht ausreden konnte. Vor allem da er selbst keinerlei brauchbare Ideen hatte. Ihr Herz hüpfte erneut schneller und lauter in der Brust als sonst. Denn sobald etwas einen Namen bekam, war es real.

Erwartungsvoll erwiderte er ihren Blick.

»Schau dir das Haus doch an«, sagte sie. »Es ist ein einziges Juwel!«

Sie war stolz, wie schnell ihr dieser Name eingefallen war. Das war das beste Zeichen, fand sie. Wenn etwas sie wie eine Welle überrollte, ohne dass sie lange darüber nachdenken musste. Wenn sie einfach aus dem Bauch heraus wusste, dass es stimmte. Sodass auf einen Schlag alles eindeutig war und es keine Zweifel gab.

»Und das bedeutet?«, hakte ihr Mann nach, der bei der Geschwindigkeit ihrer Gedankengänge offenbar nicht hinterherkam.

»So nennen wir es, Otto. Das ist unser *Juwel*!«

Ein Traum wird wahr!

1924

Edda stand allein im Lokal, und die Morgensonne warf ihre Strahlen durch die großen Fenster. Noch war der Raum bis auf die Möbel leer, aber bald würde hier das geschäftige Treiben beginnen. Es blieben nur noch wenige Monate bis zur Eröffnung – bis zum feierlichen Fest, das die Wiederkehrs seit Monaten planten. Seit sie das *Juwel* gekauft hatten, war Edda ein noch früherer Vogel geworden. In der morgendlichen Ruhe fiel es ihr leichter, wichtige Entscheidungen zu treffen – und wenn sie ehrlich war, wollte sie das Glück des Neuanfangs in vollen Zügen auskosten. Sie stellte sich in die Mitte des Raums, damit sie alles gut sehen konnte. Die schweren Tische standen schon in Reih und Glied, aber die Stühle hatten sie ineinandergestapelt in den Ecken deponiert, um mehr Platz zu haben. Einer der Handwerker hatte sein Werkzeug vergessen, der offene Kasten stand neben dem großen Fenster zur Straße hin, und ein Maßband ragte heraus. In der dünnen Staubschicht auf dem Boden waren die Fußspuren der Arbeiter zu sehen. Es lohnte sich schließlich nicht, groß zu putzen, wenn noch keine Gäste kamen. Edda schlenderte einige Meter durch den Raum und strich über die Polster der Sitzbänke, die an einigen Stellen aufgerissen waren. Das gefiel ihr selbstverständlich gar nicht. Otto hingegen hatte es so lassen wollen. Kaputte Polster? Edda schüttelte den Kopf. Wie konnte er nur! Ihr Mann hatte lange darauf bestanden, nur die wichtigsten Dinge auszutauschen und zu verschönern, um möglichst schnell eröffnen zu können – was für ihn in erster Linie hieß: Geld mit dem *Juwel* verdienen, statt nur Unsummen hineinzustecken. Edda war da gänzlich anderer Meinung.

»Der erste Eindruck zählt!«, erklärte sie ihrem Mann. »Immer und überall.«

Er schüttelte skeptisch mit den Kopf. »Das Haus steht, wir haben Möbel, wir haben Personal. Aus meiner Sicht können die Leute hier essen …«

»Stell dir vor, mir hätten bei unserer Begegnung ein paar Zähne gefehlt, weil ich mir gesagt hätte: Essen kann ich ja noch, also wird es schon noch eine Weile so gehen. Hättest du mich angestellt? Und dein Herz verloren?«

»Natürlich nicht!«

»Siehst du? Und so wird es auch unseren Gästen gehen. Wenn sie bei ihrem ersten Besuch denken: Es war nicht schlecht, aber etwas schäbig. Werden sie gerne wiederkommen? Wir wollen doch kein Mittelmaß sein. Wir wollen das *Juwel* der ganzen Stadt sein. Und dafür müssen wir vom ersten Tag an einen ganz und gar außergewöhnlichen Eindruck hinterlassen!«

»Du bist eine Träumerin …« Otto sah sie lächelnd an. Das Misstrauen war aus seinem Blick verschwunden und hatte einer gehörigen Portion Stolz Platz gemacht.

»Das auch«, pflichtete Edda ihm bei. »Aber vor allem bin ich eine außerordentliche Geschäftsfrau! Jeden Franken, den wir in dieses Haus stecken, wirst du doppelt und dreifach, ach was, hundertfach zurückbekommen. Glaub mir!«

Seit diesem Gespräch mit ihrem Mann hatte Edda den größten Teil der Planung übernommen. Otto kam einmal am Tag vorbei, um sich auf den neuesten Stand zu bringen und die Handwerker mit seiner strengen, lauten Stimme anzutreiben. Ansonsten ließ er Edda entscheiden. Diese Wendung war ihr natürlich nur recht, und mit jedem Tag, der verging, freute sie sich noch ein Stückchen mehr auf die Eröffnung. Woher kam nur ihr unerschütterlicher Glaube, dass sich alles zum Besten fügen würde? Und dieses Vertrauen, dass sie das Lokal nicht nur *Juwel* nannten, sondern dass es wirklich eins werden würde? Edda ging zum Tresen gegenüber der Fensterfront. Später einmal würde sie dort sitzen und ein Glas vom feinen Roten genießen, dachte sie. Sie blinzelte einmal, zweimal, dreimal. Der Staub verschwand, die löchrigen Polster auch. An den Wänden hingen bezaubernde Ölgemälde, die Tische waren reich gedeckt. Das leise Geplauder der Gäste füllte den Raum und sorgte bei Edda für Glücksgefühle.

»Ich bin eine Wirtin!«, skandierte sie mit stolzgeschwellter Brust und erhobener Stimme. Doch dann kam es ihr ganz absurd vor, dass sie sich auf einer Baustelle selbst feierte, und sie wechselte in ein leises, mädchenhaftes Gekicher. Wenn der Vater sie so sehen könnte! Aber es half alles nichts, sie musste den Satz wieder und wieder wiederholen, und jedes Mal kroch ein Glücksgefühl durch ihren ganzen Körper. Sogar Gänsehaut hatte sie!

»Ich bin eine Wirtin«, sagte sie vor sich hin. »Edda Wiederkehr, du hast es tatsächlich geschafft.«

Mit einem leeren Glas, aus dem einer der Handwerker getrunken haben musste, prostete sie einem imaginären Gegenüber zu.

»Prost, Urs«, erklärte sie. »Möchtest du vielleicht die Toiletten putzen? Eine andere Stelle habe ich für jemanden wie dich nicht mehr frei.« Sie lachte laut.

»Ach, und prost, du griesgrämiger Wirt der *Schmiede*. Möchtest du bei uns den Abfall wegbringen? Etwas anderes kann ich dir nicht anbieten, für mehr reicht es bei dir einfach nicht. Oder wie hast du das damals zu mir gesagt?«

Nie wieder würde sie sich von jemandem kleinmachen lassen, schwor sich Edda. Und natürlich würde sie nur gute Leute einstellen, die sie auf Augenhöhe behandeln würde, das war ja klar. Niemand durfte sich in diesen Räumlichkeiten aufführen wie Urs damals. Niemand würde Anzüglichkeiten dulden, niemand würde als einfaches Mädchen beschimpft werden. Aber sie war sich auch sicher, dass sie mittlerweile genau erkennen konnte, wem sie vertrauen konnte.

Gleich würde Lina vorbeikommen. Sie konnte es kaum erwarten! Was ihre Freundin wohl sagen würde? Sicher würde sie ihren Augen kaum trauen können und Luftsprünge vor Freude machen. Da hörte sie schon ein ganz vertrautes Geräusch – tok, tok, tok. Die Pfennigabsätze ihrer eleganten Stiefel konnte Edda unter unzähligen Geräuschen heraushören. Das rhythmische Klackern kam näher, und schon stand die Freundin vor ihr.

»Wie sieht es denn hier aus?«, fragte Lina und verzog das Gesicht. »Das ist ja eine einzige Baustelle.«

Edda zuckte erstaunt zusammen, und ihr Mund blieb offen stehen.

»Entschuldige …« Lina griff nach Eddas Arm und tätschelte ihn beruhigend. »Du weißt doch, dass ich mein Herz auf der Zunge trage.«

»Natürlich ist noch einiges zu tun … Aber es ist doch ein herrliches Lokal?«

Lina antwortete nicht, und Edda ließ den Blick noch einmal durch den großen Gastraum schweifen. Diese ehrwürdige Atmosphäre, diese ganze beeindruckende Geschichte – nahm Lina denn nichts davon wahr? Offenbar war sie wie so oft besonders ehrlich. Sie überspielte nichts, legte immer den Finger in die offene Wunde. Eigentlich schätzte Edda genau diese Eigenschaft an der Freundin, aber wenn es sie selbst betraf, war es durchaus schmerzhaft. Es stimmte schon – in dem Haus war lange nichts repariert worden. Der Putz an der Fassade blätterte ab, die getäfelten Holzwände waren vergilbt, und als sie am Morgen alleine durch den langen schmalen Flur gelaufen war, hatte sie eine Maus Richtung Treppe huschen sehen. Edda seufzte. Seit Wochen hatte sie diesen Moment herbeigesehnt und sich ausgemalt, was Lina zu ihrem *Juwel* sagen würde. Edda war klar, dass sie im eigenen Gasthof auch zusätzliche Arbeitskräfte benötigen würden. Und wer könnte ihr besser zur Seite stehen als die gute Freundin und treue Seele, mit der sie damals im *Röschen* geschuftet hatte? Mit den Köchen aus dem Gasthof zur *Linde* waren Otto und Edda so zufrieden, dass sie die beiden mit ins *Juwel* nahmen. Sie wollten die Gäste auch im *Juwel* wieder mit gutbürgerlicher Hausmannskost auf höchstem Niveau beglücken. Zusätzlich brauchten sie mindestens sechs Serviertöchter, das hatte sie gemeinsam mit Otto ausgerechnet. Fünf konnten sie aus der *Linde* mitnehmen, denn Edgar wollte dort einen Neuanfang wagen und das Lokal zunächst einmal umbauen. Für ihn war es daher in Ordnung, wenn Edda und Otto auf die vertrauten Arbeitskräfte setzten. Edda wollte zusätzlich noch jemanden für das *Juwel* gewinnen, der ihr ganz besonders am Herzen lag. Otto war auch einverstanden, und so wollte sie Lina bei einem Spaziergang durchs *Juwel* davon überzeugen, dass sie im Lichtspielhaus aufhören und bei ihnen anfangen würde. Ob ihr das gelingen würde? Besonders begeistert sah Lina noch nicht aus.

»Urteile bitte nicht zu schnell«, erklärte Edda der Freundin. »Wir wollen das Etablissement wieder liebevoll zu altem Glanz zurückführen. Schon bald wirst du deinen Augen kaum trauen können, wenn du das *Juwel* erblickst …«

»Und die Kosten?«, fragte Lina vorsichtig.

Wieder hatte sie den wunden Punkt getroffen.

Edda seufzte erneut. »Das bekommen Otto und ich schon in den Griff. Wir haben gespart, gespart und noch mal gespart. Und wir werden das neu verdiente Geld nicht aus dem Fenster werfen.« Sie sah Lina prüfend an. »Sag mal«, setzte sie nach. »Warum bist du so kritisch? Traust du mir das etwa nicht zu und denkst, es ist eine Nummer zu groß?«

Lina zwinkerte ihr zu. »Ach, was. Du bist für mich die Größte. Und ich bin sicher, dass das *Juwel* ein ganz und gar wunderbares Lokal wird. Aber irgendjemand muss doch überprüfen, ob du an alles gedacht hast, nicht wahr? Ich möchte nur verhindern, dass du bei deinem Höhenflug unsanft landest …«

»Das heißt, du wirst hier arbeiten?«

»Daran habe ich keine Sekunde gezweifelt. Natürlich!«

Strahlend fiel Lina ihr in die Arme, und Edda konnte ihr Glück kaum fassen. Konnte es etwas Schöneres geben, als endlich wieder Seite an Seite mit einem der liebsten Menschen auf dieser Erde zu arbeiten? Sie ließ die Freundin los und machte vor Freude einen Luftsprung.

»Das wollte ich hören«, japste sie anschließend außer Puste. »Nun beginnen die guten Jahre!«

Sie zeigte der Freundin noch die weiteren Räumlichkeiten und erklärte ihr, wie sie sich das Bedienen der Gäste vorstellte.

»Eines ist mir außerordentlich wichtig«, sagte Edda. »Wer zu uns kommt, muss ein gutes Gefühl haben. Von der ersten Sekunde an.«

»Du meinst, er muss das Essen genießen und ihm muss das Wasser im Munde zusammenlaufen, wenn die Gerüche aus der Küche zu ihm ziehen?«

»Das auch, ja. Aber ich habe mal nachgedacht – wann geht es dir am besten?«

»Wenn ich mich rundum wohlfühle und von lieben Menschen wie dir umgeben bin. Oder wenn meine geliebte Mama für mich mein Leibgericht kocht.«

»Und wie oft kommt das vor?«

»Viel zu selten. Ich bin ja nur am Arbeiten … Tagein, tagaus fehlt die Zeit für das wirklich Schöne.«

»Siehst du? Das meine ich.«

Lina sah sie ratlos an. »Ich verstehe nicht ganz, was du meinst«, merkte sie an.

»Ganz einfach: Wir müssen einen Ort erschaffen, der heimelig ist. Bei dem wir unsere Gäste nicht aus den Augen verlieren. Besser noch: Wir müssen sie kennenlernen, als würden wir Freunde sein. Uns um ihr Wohl kümmern und besorgt sein, wenn sie keinen guten Eindruck hinterlassen. Wie eine echte Mutti eben.«

»Du meinst, jeder Gast ist für uns wie ein Sohn oder eine Tochter?«

»Genau.«

Lina lächelte. »Edda«, stellte sie stolz fest. »Das ist außerordentlich gut. Du bist außerordentlich gut. Und was sagt Otto zu deinen Plänen?«

»Der muss davon nicht viel wissen. Er kümmert sich um das Geld und notiert fein säuberlich unsere Einnahmen und Ausgaben in dicke Bücher. Damit ist er beschäftigt genug.«

»Du bist eine richtige Madame geworden!«, lobte Lina sie. »Du lässt dir nichts mehr vormachen, du nimmst das Heft in die Hand.«

Edda drückte die Freundin fest an sich. Es war so ein

Glück, sie an ihrer Seite zu wissen. Zusammen mit Lina würde sie alles schaffen, da war sie sich sicher.

In den folgenden Wochen und Monaten musste sie sich immer wieder an diese erste Begeisterung erinnern, um nicht aufzugeben. Wenn sie sich spätabends verschwitzt und mit Schwielen an den Händen kaum noch auf den Beinen halten konnte, drehte sie noch eine letzte Runde durch die Räumlichkeiten. Sie hatte schon geahnt, dass es nicht leicht werden würde. Aber so schwer? Und vor allem so kostspielig? Sie drehte jeden Franken dreimal um, bevor sie ihn ausgab, und hatte einen ganzen Papierstapel mit unterschiedlichen Berechnungen angehäuft. Es bereitete ihr Schmerzen, wenn sie sich überlegte, wie viel die Instandhaltungen kosteten. Ein einzigartiges, wunderschönes Lokal wollte sie – sie würde es nach eigenen Ideen gestalten und nach und nach noch mehr Mitarbeiter einstellen können. Es würde mit jedem Tag, der verging, noch schöner und noch besser werden. Und immer mehr Leute in der Stadt würden sich schon bald ein Leben ohne das *Juwel* nicht mehr vorstellen können. Oder etwa nicht?

»Das ist das Lokal meiner Träume«, sagte sie sich immer wieder, »auch wenn es gerade noch nicht so aussieht.«

Bei der ersten Besichtigung war den Wiederkehrs vor lauter Vorfreude nicht aufgefallen, wie baufällig das Gebäude war. Der Vorbesitzer hatte geprahlt, dass er bis zuletzt zahlreiche Reparaturen vorgenommen hatte, doch das konnte einfach nicht stimmen. Je länger Edda und Otto die Eröffnung vorbereiteten, desto mehr Mängel fanden sie. Einige Stühle waren beschädigt, viele Tischplatten zerkratzt. Von den großen Schränken hatten die meisten Wurmlöcher. Auch die Fenster waren nicht mehr alle dicht, und an kalten Tagen zog es im Gastraum und war so kalt, als würde man draußen im Schnee sitzen. Das Wandrelief mit den wunderschönen Wappen der Zünfte gefiel Edda und Otto zwar ausgesprochen gut, doch die Farben waren verblasst. Egal, wohin man sah, es gab überall etwas zu tun.

Besonders wichtig war Edda auch, dass alles ganz einheitlich wirkte. Sie wollte auf keinen Fall, dass es zusammengestückelt aussah. Das Porzellan, die Tischwäsche, das Besteck, die Vorhänge – das sollte alles farblich zusammenpassen und edel aussehen. Nur wenn sie vom ersten Tag an mit Qualität überzeugte und alles in tadellosem Zustand war, hatte sie eine Chance, auch die anspruchsvollsten Gäste zu überzeugen. Die Zeiten hatten sich schließlich geändert, und mit nachlässiger Einrichtung konnte man niemanden mehr hinter dem Ofen hervorlocken. Sogar Servierwägen hatte Edda schon bestellt, damit die Gerichte ganz stilvoll an die Tische der Gäste gebracht werden konnten. War sie größenwahnsinnig geworden, so wie Otto es ihr manchmal halb scherzhaft, halb ernst vorwarf? Nein, nein, beruhigte sie sich selbst. Es waren alles Ausgaben für die Zukunft. Eine strahlende, wunderschöne Zukunft!

Da räusperte sich eine Frau, die einen Korb mit großen Stoffballen dabeihatte, und riss Edda aus ihren Gedanken.

»Frau Wiederkehr?«, fragte sie vorsichtig und musterte Edda von Kopf bis Fuß. Für einen Moment kam es Edda so vor, als ob sie für ihr Gegenüber nicht wie eine Wirtin aussah. Konnte das sein? Hatte sie die einfachen Verhältnisse, aus denen sie stammte, noch nicht abgelegt, sondern trug sie wie ein abgestandenes Parfüm noch mit sich herum?

»Ja, das bin ich«, sagte sie schnell. »Schön, dass Sie da sind, Frau Riebel.«

Sie hatte sich mit der Schneiderin verabredet, damit sie vor Ort durchsprechen konnten, wie die Tischwäsche und die Vorhänge aussehen sollten. Doch was war das? Bevor sie sich Frau Riebel zuwenden konnte, die gerade ihr Material am großen Tisch in der Mitte des Lokals abstellte, hörte sie Geräusche im Flur.

»So geht das nicht«, schimpfte jemand und kam näher. »So geht das ganz und gar nicht!«

»Herrje!«, entfuhr es Edda. Sie hatte ganz vergessen, Oskar abzuholen. Sie hatte dem Kleinen doch versprochen, sich Zeit für ihn zu nehmen und am Nachmittag zwei Stunden mit ihm zu spielen. Da bog Bettina schon um die Ecke, das Gesicht vor Aufregung errötet, und die Stimme überschlug sich fast.

»Das ist das dritte Mal, dass Sie eine Vereinbarung vergessen. Das dritte Mal! Und ich mache das nicht länger mit.«

»Bitte entschuldigen Sie, wir sind kurz vor der Eröffnung, es kommt nicht …«

Doch Bettina ließ sie nicht einmal ausreden. »Ich muss los. Meine Tochter wartet. Bringen Sie Oskar heute Abend wieder, ich bin erst um 19 Uhr zurück.«

»Aber wir hatten doch 17 Uhr …«

»Da sind Sie selbst schuld. Sie können froh sein, dass der Junge weiter bei mir wohnen darf. Dafür ist mir der Kleine zu sehr ans Herz gewachsen, er kann ja nichts für seine Mutter. Also, wir sehen uns!«

Und dann stampfte sie nach draußen und schmetterte die Tür so heftig ins Schloss, dass Edda überlegte, ob sie dabei kaputtgegangen war. Edda hatte Tränen in den Augen und war für einen Moment überzeugt, dass sie das alles nicht schaffen würde. Eine Wirtin sein und gleichzeitig eine gute Mutter? War das nicht ein Ding der Unmöglichkeit? Und war sie tatsächlich bereit, diesen hohen Preis zu bezahlen? Eine tiefe Verzweiflung breitete sich in ihr aus, die ihr das Atmen erschwerte.

»Ach, Edda«, seufzte sie. »Es müsste dich doppelt geben, damit du immer an zwei Orten gleichzeitig sein könntest.

Dann würdest du zwischendurch zu deinem Sohn laufen, ihn in den Arm nehmen und ihn immer wieder daran erinnern, wie ungeheuer lieb du ihn hast.«

Sie blickte um sich. Wo waren Oskar und die Schneiderin eigentlich? Da hörte sie ein leises Lachen aus dem Nebenraum, der durch eine Seitenwand mit großen Fenstern vom restlichen Raum abgetrennt war und in dem es sich in etwas geschützterer, ruhigerer Atmosphäre ebenfalls speisen ließ. Edda sah dort schon kleine Familienfeiern vor sich oder womöglich sogar Schauspieler und Regisseure, die dort ihre Premieren feierten? Schließlich hatte unweit vom *Juwel* das *Theater am Pfauen* eröffnet. Edda schlich sich näher und spähte in den Raum. Oskar saß am Boden und strahlte über das ganze Gesicht. Die Schneiderin breitete die Stoffballen, die sie für Edda zur Ansicht mitgebracht hatte, auf einem der Tische aus und hatte einen großen Korb mit Stoffresten und -proben neben sich aufgestellt. Oskar hatte sich daraus ein paar Stücke genommen, über die er ganz vorsichtig mit den Händen strich. Ein feiner Seidenstoff mit Blumenmuster hatte es ihm besonders angetan.

»Vorsichtig«, ermahnte Edda ihn, da sie Angst hatte, dass er etwas kaputt machen konnte.

Doch die Schneiderin winkte ab. »Lassen Sie ihn nur«, beruhigte sie Edda. »Von den Stoffproben habe ich mehr als genug, und ich freu mich, dass er damit so gerne spielt. Das ist ungewöhnlich für einen Rabauken in diesem Alter!«

Wo sie recht hatte … Oskar war schon immer ein ruhiges Kind gewesen. Während es Gleichaltrigen nicht stürmisch genug gehen konnte, konnte ihr Sohn mit Fangenspielen oder Verstecken nicht so viel anfangen. Noch nie hatte er sich ein Knie aufgeschlagen oder ein Bein geprellt, weil es zu wild zuging. Im Gegenteil! Er konnte lange dasitzen und andere beobachten, ohne dass ihm langweilig wurde. Einmal hatte er eine kleine Maus entdeckt, aber niemandem etwas gesagt, weil es ihm so viel Spaß machte, sie über den Boden huschen zu sehen. Lächelnd hatte er ihr zugeschaut, bis auch Edda sie entdeckte und das Tier schnell verscheuchte. Aber dass er gerne mit Stoff spielte, überraschte sie dann doch. So zufrieden hatte sie ihn noch nie gesehen! Er war vollkommen gefangen von den unterschiedlichen Materialien und Mustern. Wie konnte das nur sein? Was faszinierte ihn derart an einem feinen Seidenband oder an der Rolle mit schwerem Samtstoff? Das kleine Holzauto, das ihm Bettina mitgegeben hatte, lag einige Meter weiter, und Oskar kümmerte sich nicht mehr darum.

»Das macht Spaß«, rief er, als er Edda entdeckte.

»Was meinst du, Oskar?«

»Ich will immer hier spielen!«

»Mit den Stoffen?«

Er nickte und strahlte über das ganze Gesicht.

Edda strich ihm durch die Haare. Wie groß er geworden war. Bald war schon sein zehnter Geburtstag.

»Wollen Sie noch die Stoffe auswählen?«, riss die Schneiderin Edda aus ihren Gedanken.

»Stimmt, ja«, sagte Edda.

»Diese cremeweiße Baumwolle würde sich gut als Tischdecke eignen.«

Edda fuhr mit den Fingerkuppen über die Rolle und wusste gleich, dass die Schneiderin recht hatte. »Da habe ich keine Einwände«, pflichtete sie ihr bei.

»Sehr schön! Bei den Vorhängen ist es jedoch nicht ganz so einfach … Schauen Sie mal, hier haben wir die Qual der Wahl. Geblümt oder kariert? Samt oder Seide? Schlicht oder extravagant? Die Möglichkeiten sind unendlich.«

Mit prüfendem Blick begutachtete Edda die Auswahl vor ihr. Der rote Samt sah natürlich außerordentlich vornehm aus. Aber an den großen Fenstern? Nein, besser nicht. Auch die Blumenornamente sahen ausgerollt auf dem Tisch wunderschön aus. Aber wollte sie, dass die Gäste beim Essen jeden Tag dieses auffällige Muster sahen? Nein, das passte auch nicht. Dezent musste es sein und gleichzeitig edel.

Der Schneiderin war aufgefallen, dass Edda noch von keinem der Stoffe vollends überzeugt war. »Ich hätte da noch etwas anderes«, erklärte sie und zog eine weitere Tasche hervor. »Schön schlicht, etwas teurer, aber dafür von unvergleichlicher Qualität.«

Sie breitete eine Rolle mit feinstem cognacfarbenem Stoff vor Edda aus.

»Fühlen Sie mal!«, fügte sie noch hinzu.

Edda strich darüber und war sofort überzeugt. Genau so etwas hatte sie gesucht. Auch der Farbton war perfekt, denn er passte nur zu gut zu den dunkel getäfelten Holzwänden. Sie strahlte die Schneiderin an.

»Nähen Sie mir daraus die schönsten Vorhänge für das *Juwel*, und Sie machen mich noch glücklicher, als ich es sowieso schon bin.«

Frau Riebel lächelte. Dieser Enthusiasmus gefiel ihr. Und diese Hingabe für die Details. Sonst bekam sie einen Preis genannt, den der Stoff kosten durfte, und einen Farbton – und das war's. Niemand machte sich die Mühe, die Stoffe selbst so sorgfältig zu begutachten. Dafür fehlte den meisten schlichtweg die Zeit.

»Dann messe ich noch die Fenster aus«, stellte sie fest. »Und danach wird genäht.«

»Ach ja«, wandte Edda noch ein. »Es gibt da noch einen Haken.«

»Und zwar?«

»Es pressiert etwas. Die Eröffnung ist schon nächste Woche. Schaffen Sie das?«

Die Schneiderin lachte. »Sie sind ja gut. Normalerweise nähe ich an einem solch großen Auftrag mindestens doppelt so lange.«

»Können Sie nicht eine Ausnahme machen? Es tut mir wirklich leid. Aber wissen Sie, wie lange ich meinen Mann überreden musste, bis ich neue Stoffe kaufen durfte? Er war doch tatsächlich der Meinung, in der ersten Zeit könnten die alten ausgeblichenen Vorhänge unserer Vorgänger an den Fenstern bleiben.« Edda schüttelte entgeistert den Kopf.

»Herrje!«, entfuhr es Frau Riebel, und sie musste lachen. »Diese Männer sind doch alle gleich …«

Edda stimmte in ihr Lachen ein.

»Wer braucht schon Schlaf«, erklärte die Schneiderin und holte ihr Maßband hervor. »In einer Woche hängen hier die allerschönsten Vorhänge. Sie werden staunen!«

»Das glaube ich Ihnen sofort. Haben Sie vielen Dank!«

Oskar hatte in der Zwischenzeit weiter an seinem Kostüm aus Stoffen gearbeitet. Er hatte sich einen geblümten Stoff wie einen Umhang um die Schultern gelegt und sich eine Borte um den Kopf gebunden. Wie ein feiner Prinz sah er aus! Edda setzte sich zu ihm auf den Boden.

»Heute Abend essen wir Spätzli zusammen, bevor ich dich zurück zu Bettina bringe«, sagte sie zu ihrem Sohn und strich ihm durch die Haare. »Einverstanden?«

»Oh ja!«, rief Oskar. Es gab nichts auf der Welt, das ihm besser schmeckte – und das wusste Edda selbstverständlich. Es tat gut, ihn so zufrieden zu sehen.

Edda wandte sich ab, um den Kleinen noch eine Weile spielen zu lassen. Wenn es Oskar so gut ging, wollte sie ihn nicht stören. Sie schüttelte den Kopf. Der Kleine war doch immer für eine Überraschung gut. Als sie noch einen Blick zurückwarf, zog die Schneiderin einen Stoffrest hervor und reichte ihn Oskar, der ihn sich um die Hüfte wickelte und dann so durch den Raum stolzierte.

Edda zog sich in die Küche des *Juwels* zurück. Auch hier war noch viel zu tun! Am Vortag war das neue Geschirr gekommen, das Edda sich so sehnlichst gewünscht hatte. Sie musste es noch auspacken und überprüfen, ob mit der Lieferung alles stimmte. Dann würde sie die Teller in die Schränke räumen und nochmals die Bestände durchgehen. Hatten sie wirklich schon genügend Weingläser? War die Menge an Kochtöpfen und Pfannen ausreichend? Fehlte noch Besteck? Wie lange es gedauert hatte, bis sie ihren Mann dazu hatte überreden können, dass sie zusätzliches Geld in gutes Porzellan investierten. Aber jetzt war es endlich da – und es war noch schöner, als Edda es sich in ihren kühnsten Träumen ausgemalt hatte.

»Männer!«, seufzte sie. Er hatte einfach keinen Sinn und Verstand für die schönen Dinge des Lebens. Das *Juwel* war schließlich mehr als nur ein einfaches Lokal. Sie wollte die Herzen der ganzen Stadt erobern! Und die Gaumen natürlich auch … Seit ihr das Lokal gehörte, schlief sie noch schlechter als zuvor – das war der Haken bei der Sache. Wenn es um sie herum dunkel wurde und sie keine Erledigungen mehr von ihrer langen Liste abhaken konnte, dann kamen die Sorgen herangekrochen. Würden genügend Gäste kommen, die ihre Kassen wieder füllten? Würde sich das ganze Herzblut, das sie in das Lokal steckte, auch bezahlt machen? Konnten sie sich mit der guten Küche genug von den anderen Lokalen abheben? Und war es richtig, weiterhin wie in der *Linde* auf ehrliche Hausmannskost zu setzen und nicht diese schicken Gerichte anzubieten, die zwar toll aussahen, aber niemanden satt machten? Hatte sie genügend Personal, und war es gut genug geschult? Sie konnte diese Grübeleien nicht abstellen, sosehr sie sich auf alles freute und sosehr sie auch tief in ihrem Inneren wusste, dass alles gut werden würde.

Auf einmal mischte sich in das fröhliche Lachen von Oskar und die leise Stimme der Schneiderin lautes Gepolter. War das etwa Otto? Was machte er um diese Zeit im Lokal? Das hatte gerade noch gefehlt, dass er in den schönen Nachmittag mit ihrem Sohn hineinplatzte und sich mit irgendwelchen griesgrämigen Bedenken einmischte. Edda eilte in den Nebenraum. Als sie dort ankam, schlug Oskar sich weinend die Hände vors Gesicht, und die Schneiderin ging kopfschüttelnd an ihr vorbei.

»Wiedersehen, Frau Wiederkehr«, raunte sie Edda noch zu und verließ das Lokal. Es war klar zu erkennen, dass ihr die Situation nicht behagte.

Otto hatte ein hochrotes Gesicht und packte Edda am Arm. »Hast du ihm das etwa erlaubt?«, fragte er empört.

»Im Lokal zu spielen? Seit wann ist das etwas Schlimmes?«

»Das meine ich nicht. Schau ihn dir doch an ... Hast du etwa eine Tochter?«

Edda schüttelte den Kopf. Otto roch nach Alkohol, obwohl es draußen noch hell war. Seit sie das Lokal erworben hatten, kam das immer häufiger vor. Und sie konnte wirklich nicht behaupten, dass es positive Auswirkungen auf ihn hatte. Was für ein Jammer! Sie konnte nur hoffen, dass es an dem Druck so kurz vor der Eröffnung lag und dass er schon bald wieder der Alte sein würde. Denn momentan war es nicht auszuhalten. Er war unberechenbar und meistens schlecht gelaunt. Sie war fast froh, dass er so viel unterwegs war und sie ihn zumindest nicht oft sehen musste. Ein Dauerzustand war das natürlich nicht.

»Lass deinen Ärger nicht an Oskar aus. Es gibt genug zu tun. Kannst du die leeren Kisten noch in den Keller bringen?«

Aber Otto ging auf dieses Ablenkungsmanöver nicht ein.

»Komm, sei ein echter Kerl!«, wies er Oskar zurecht. »Steh auf, zieh dieses lächerliche Kostüm aus, und dann gehen wir eine Runde boxen. So etwas sollte dir Spaß machen!«

»Ich will aber mit den Stoffen spielen«, schniefte Oskar.

Otto riss ihm den Wickelrock von der Hüfte, und der feine Seidenstoff riss in der Mitte. »Du alte Heulsuse, stell dich nicht so an!«, schimpfte er.

Edda konnte kaum glauben, was sie da sah! Was war nur in ihren Mann gefahren? So hatte sie ihn noch nie gesehen. Schnell schob sie sich zwischen die beiden, um zu schlichten, und legte tröstend einen Arm um ihren Sohn. Oskar klammerte sich fest an sie, er war völlig durcheinander.

»Du lässt sofort MEINEN Sohn in Ruhe!«, befahl sie. »Und du wirst dich bei ihm entschuldigen. Das ist völlig ungehörig, ihn so zu behandeln. Was glaubst du, wer du bist?«

Otto sah sie fassungslos an. »Du bist eine Frau«, fauchte er. »Du hast mir nichts zu sagen.«

»Ach, ist das so?«

Sie erwiderte seinen Blick, und das schien ihn noch mehr zu empören. Er hob seine Hand, kam näher und näher, und als sie schon fest überzeugt war, dass er sie schlagen würde, sackte er plötzlich in sich zusammen. Schwer schnaufend sah er zu Boden, und kurz darauf stampfte er davon, ohne Edda oder Oskar nochmals eines Blickes zu würdigen.

»Herrje«, seufzte Edda. Es würde doch nicht etwa ein Trinker aus ihm werden? Hatte sie sich wirklich so in ihm getäuscht?

Oskar presste sich fest an sie. Er zitterte noch immer. »Kannst du einen anderen Mann heiraten?«, schniefte er. »Den mag ich nicht.«

»Verzeih, Kleiner. Otto steht gerade unter großem Druck. Aber er hat auch seine guten Seiten«, versuchte Edda ihn zu beruhigen, obwohl sie selbst noch ganz aufgelöst war.

»Und welche?«

Da fiel Edda auf die Schnelle auch keine gute Antwort ein. Dass sie beide das Gastgewerbe liebten? Dass sie beide ein Lokal zusammen hatten? Dass er sie von Anfang an nicht wie ein einfaches Serviermädchen, sondern als eine Frau mit Herz und Hirn behandelt hatte und etwas in ihr gesehen hatte, als sie überall sonst für ihre großen Träume ausgelacht wurde? Doch einem Kind konnte sie das nicht erklären. Für ein Kind waren andere Qualitäten wichtig … Edda seufzte.

»So kurz vor der Eröffnung des *Juwels* ist viel zu viel los, das schlägt ihm aufs Gemüt«, erklärte sie dem Kleinen. »Glaub mir, wenn erst einmal alle Tische mit glücklichen Gästen besetzt sind, dann wird alles anders.«

Oskar nickte. Aber so richtig überzeugt schien er nicht zu sein. Wie auch? Nicht einmal Edda glaubte vollends an ihre eigene Erläuterung. Sie wollte es gerne, aber auch sie hatte Zweifel.

»Essen wir Spätzli?«, fragte sie, um ihren Sohn auf andere Gedanken zu bringen.

Dieser Trick funktionierte immer. Er strahlte, kuschelte sich eng an sie und war wieder zufrieden.

Einige Stunden später, als Edda in ihrem Bett lag, ließ sie den seltsamen Vorfall nochmals Revue passieren. Sie hatte ihr Schlafzimmer abgeschlossen, damit sie nicht gestört werden konnte. Im Dunkeln wollte sie Otto in dieser Verfassung lieber nicht begegnen! Er veränderte sich mit jedem Tag – und leider nicht zum Guten. War es nur der Alkohol, der ihn so jähzornig werden ließ? Sie hatte schon versucht, die Schnapsflaschen vor ihm zu verstecken. Aber das war natürlich vollkommen hoffnungslos. Ein Wirt war ein Wirt. Der fand immer einen guten Tropfen, den er sich die Kehle hinablaufen lassen konnte. Als sie noch in der *Linde* gearbeitet hatten, war Otto viel ausgeglichener gewesen. Doch in letzter Zeit war ihr Mann nicht mehr wiederzuerkennen. Den alten Otto gab es natürlich auch noch, aber hin und wieder zeigte er ein ganz neues Gesicht. Und diese Seite gefiel Edda ganz und gar nicht. Machte ihm der finanzielle Druck wirklich derart zu schaffen? Oder was war in ihn gefahren? Bis zu einer Ohrfeige hatte nicht mehr viel gefehlt. Vermutlich hatte ihn nur die Anwesenheit des Jungen davon abgehalten ... Edda schauderte. Am liebsten hätte sie ihre Siebensachen gepackt. Sie könnte mit Oskar zurück nach Winterthur gehen und nochmals von vorne anfangen.

»Nein, nein und nochmals nein!«, korrigierte sie sich schnell. Es waren nur noch wenige Tage, bis der größte Traum ihres Lebens endlich in Erfüllung ging. Sie hatte jahrelang geschuftet, um endlich ihren Platz an der Sonne einzunehmen. Egal, was geschah, sie konnte nicht die Flucht ergreifen. Das würde sie sich nicht verzeihen. Otto würde sich schon wieder beruhigen. Es war sicher nur eine Phase, da im Moment noch unklar war, ob das *Juwel* so ein einschneidender Erfolg werden würde, wie Edda es sich immer erträumte ... Aber bald würden sie mehr wissen. Bald würde es aufwärtsgehen. Bald, bald, bald. Und so lange ging sie ihrem Mann einfach so gut wie möglich aus dem Weg und verbarrikadierte sich nachts allein in ihrem Zimmer.

Gesagt, getan. Während der folgenden Tage konzentrierte sich Edda auf die letzten Vorbereitungen für den großen, feierlichen Eröffnungsabend. Sie arbeitete noch länger als zuvor schon und ließ sich von nichts und niemandem mehr ablenken. Sie wachte auf und dachte an das *Juwel.* Und sie ging zu Bett und dachte immer noch an das *Juwel.* Ihrem Mann hatte sie erklärt, dass er das Schlafzimmer bis auf Weiteres nicht mehr betreten durfte. Sie wollte erst sichergehen, dass seine jähzornige Phase vorbei sei. Vorher würde sie ihn nicht zu nahe an sich heranlassen. Es wunderte sie selbst, aber Otto leistete keine Gegenwehr. Er stimmte zu, ohne nachzufragen oder Einwände zu äußern. Offenbar war ihm selbst klar, dass er kein allzu guter Ehemann war. Oder wollte er nur in Ruhe trinken?

So verflog die Zeit! Die feinen Tischdecken wurden geliefert und sahen bezaubernd aus. Die Regale wurden mit dem neuen Porzellan und die Schränke mit den neuen Vorräten gefüllt. Auch die Speisekarten waren fertig und sahen so edel aus. Die Serviermädchen waren schon für einen Testlauf gekommen, wo sie ausprobierten, wie sie die zahlreichen Gäste am besten bedienen konnten und wer für welchen Bereich zuständig sein würde. Auf dem großen Tisch vor dem Tresen standen zwei große Vasen mit bezaubernden Blumensträußen, die einen betörenden Duft verströmten. Es war ein Geschenk des benachbarten Blumenladens. Aber sie gefielen Edda so gut, dass sie sicher war, auch in Zukunft solche Gebinde zu ordern. Bei diesem Anblick konnte man ja nur gute Laune bekommen! Drei Stunden vor der Eröffnung brachte die Schneiderin außer Atem die neuen Vorhänge vorbei, die sie dann alle zusammen aufhängten. Ein Raunen ging durch das Lokal, als der feine Stoff hing. Wunderbar sah das aus, fanden alle Bediensteten.

Alle packten tatkräftig mit an, um die letzten Handgriffe zu erledigen. Und dann war es endlich so weit …

»Schnell, schnell«, rief eines der Serviermädchen aufgeregt der Wirtin zu. »Die ersten Gäste kommen!«

War das wirklich zu glauben? Edda konnte ihr Glück kaum fassen und wirbelte hin und her. Nun durfte auf keinen Fall etwas schiefgehen … sie wollte mit ihrem neuen Lokal den besten Eindruck aller Zeiten hinterlassen. Fehlte noch etwas?

Glänzte und blitzte alles? Hatten sie auch wirklich an alle Feinheiten gedacht? Natürlich hatten sie das. Das Lokal füllte sich, die Gäste wurden zu ihren Tischen geführt, und dann wirbelten die Serviermädchen durch das *Juwel* und sorgten dafür, dass trotz des Andrangs alle rechtzeitig ihre Getränke und ihr Essen bekamen, während sich vor den Türen bereits eine Schlange mit Wartenden bildete, die nicht mehr hineingepasst hatten.

Edda war unglaublich stolz, als ihr klar wurde, dass ihre Erwartungen nicht nur erfüllt, sondern weit übertroffen wurden. Sie schloss die Augen und lächelte. Die Musik wurde immer leiser, die Gespräche der Gäste zogen an ihr vorbei. War sie jemals so glücklich gewesen? Hatte sie jemals so sicher gewusst, dass jede ihrer Entscheidungen richtig gewesen war, weil sie sonst nicht hier stehen würde? Im Nachhinein ergab alles seinen Sinn. Auch die härtesten Zeiten waren notwendig gewesen. Sie waren die Abhärtung, die sie weitergetrieben hatte. Und es hatte sich gelohnt, niemals aufzugeben und das Gelächter der anderen an sich vorbeiziehen zu lassen. Das Leben war ein Fest. Nein – das Leben war ein *Juwel*. Doch Edda ahnte nicht, dass am Horizont bereits düstere Wolken heranzogen, die sie nicht mehr lange würde ignorieren können.

Aller Anfang ist schwer

1925–31

Edda zehrte noch lange vom Jubel, vom Trubel und von der Heiterkeit ihrer großen Eröffnung. Sie hatte das Glück kaum glauben können und sich vorgenommen, keine Sekunde zu vergessen. Ab diesem Moment würde es für sie nur noch aufwärtsgehen, hatte sie gedacht. Doch war das auch wirklich so? Zunächst kam, was kommen musste, aber was sie in der Form nicht vorhergesehen hatte: der Alltag. Die Plackerei. Und die Anfangsschwierigkeiten. So sehr das *Juwel* auch bei den Gästen ankam, so mussten sie sich in der Stadt dennoch beweisen. Sie mussten dafür sorgen, dass die Leute nicht nur einmal kamen, sondern dass das *Juwel* ein Bestandteil ihres Lebens wurde, auf den sie nur schwerlich verzichten konnten. Und das war nicht so ohne ... Die ersten Monate waren ein Wechselbad der Gefühle für Edda. Würde sie es wirklich schaffen, sich als Wirtin zu etablieren? Es gab so vieles, was sie noch lernen musste. So vieles, was sie verbessern musste. Und so viele Stolpersteine! Sicher – an manchen Tagen lief es wie am Schnürchen. Doch in stärkerer Erinnerung blieben die anderen Tage, die sich unsäglich in die Länge zogen. An denen kaum etwas gelang und sogar die Rösti verbrannten. An denen es den

Gästen nicht schmeckte. Und an denen zu viele Tische leer blieben.

»Nehmen Sie es mir nicht übel, aber ich hätte von diesem *Juwel* eine etwas andere Küche erwartet«, monierte beispielsweise ein älterer Herr in feinem Zwirn, der sich die wenigen verbliebenen Haare einmal quer über den Kopf gekämmt hatte.

»Was meinen Sie genau?«, hakte Edda nach und bemühte sich, ihr Lächeln nicht zu verlieren. Als wäre sie eine Marionette, befahl sie sich selbst, dass ihre Mundwinkel oben bleiben mussten, und es gelang ihr dann auch, allerdings mit Müh und Not.

»Diese Hausmannskost …« Der Gast verzog den Mund und sah sie vorwurfsvoll an. »Schön und gut, aber dafür muss ich nicht in ein Lokal gehen!«

»Verstehe. Was würden Sie gerne stattdessen essen?« Edda versuchte weiterhin, sich ihren Ärger nicht anmerken zu lassen und höflich zu bleiben, auch wenn das Lächeln mittlerweile aus ihrem Gesicht verschwunden war. War das etwa die Aufgabe einer Wirtin? Sich von dahergelaufenen Fremden erklären zu lassen, wie sie ihr Lokal zu führen hatten? Sie schäumte innerlich vor Wut, und es grenzte an ein Wunder, dass sie dem Gast nicht den Rest Suppe in den Schoß kippte oder sein leeres Weinglas hinter ihm an der Wand zerschellen ließ …

»Die Schweizer Küche kenne ich nur zu gut«, erklärte der Gast, nach wie vor etwas griesgrämig. »Mir fehlt hier ein Hauch der weiten Welt.«

»Danke für den Hinweis, wir denken darüber nach!«, entgegnete sie und setzte ein strahlendes Lächeln auf, damit der Gast zumindest ein halbwegs passables Trinkgeld in der Ledermappe zurückließ.

»Ärgern Sie sich nicht über Gäste wie mich, die Sie kritisieren?«

»Ganz und gar nicht«, log sie. »Wir sind dafür da, uns Ihre besonderen Wünsche anzuhören.«

Der Gast sah sie noch einen Moment an, dann konzentrierte er sich wieder auf sein Essen, weil ihm offenbar keine Replik mehr einfiel.

»1:0 für mich«, flüsterte Edda. Ihr Schauspieltalent war nach wie vor gut ausgeprägt, und sie hatte sich nicht anmerken lassen, wie sehr dieser blasierte Kerl sie geärgert hatte. War er etwa schon als Baby mit Kaviar gefüttert worden und hatte in einem mit Gold lackierten Bettchen geschlafen? Oder wieso kam er sich wie etwas Besseres vor? Aber auch wenn sie sich über diese leicht arrogante Art der Bevormundung geärgert hatte, tief in ihr drinnen hallten die Worte nach. Sie mussten sich mit dem *Juwel* von den anderen Lokalen der Stadt abheben, darum ging es. Und vielleicht war es nicht genug, die erfolgreichen und talentierten Köche aus der *Linde* mitzunehmen? Brauchten sie frischen Wind, eine andere, individuelle Note? Vielleicht wirklich eine internationale Prise für ihre Speisekarte? Edda seufzte. Woher sollte nur das ganze Geld kommen? War es denn nie zu Ende mit dem Instandhalten und Investieren? Die Franken rannen ihnen durch die Finger, so kam es ihr zumindest vor. Alles, was sie verdienten, mussten sie gleich wieder in etwas anderes stecken. Während sie sich zurück Richtung Küche verzog, blieb sie neben den großen Blumenbouquets in den Silbervasen stehen. Die Kreationen von Frau Binder waren ein Fest für alle Sinne, fand sie. Zarte helle Blüten trafen auf herrlich duftende riesige Blumenkelche, und sie kannte noch nicht einmal die Namen dieser floralen Schätze. Und dann dieser betörende Duft! Edda war vollkommen hin und weg. Seit der Eröffnung hatte sie darauf bestanden, dass diese imposanten Sträuße zum *Juwel* gehörten, und es verging kein Tag, an dem die Gäste nicht bewundernd daneben stehen blieben und nach dem Namen einer besonders exquisiten Blume fragten oder einfach ihre Nase in die Richtung eines besonders wohlduftenden Blütenkelchs streckten. Auch Edda hielt kurz inne und sog die Gerüche ein. Das war ihr ganz persönlicher Luxus, für den Otto sie schon so oft aufgezogen hatte.

»Du bekommst die teuersten Weine«, schlug Edda dann vor. »Und für mich gibt es ein paar andere Besonderheiten. Das ist doch nur gerecht!«

Er wiegte den Kopf hin und her, aber in Wahrheit brauchte er nicht lange nachzudenken. Dass sie recht hatte, war ihm längst sonnenklar. Seit der Eröffnung hatte es Komplimente gehagelt für die Vorhänge, für das Geschirr, für die Blumen. Immer und immer wieder. So wie Edda es ihm prophezeit hatte. Und schließlich hatte Otto eingesehen, dass seine Frau von dieser Seite des Gastgewerbes mehr verstand als er und dass er sich bei diesen Dingen nicht einmischen durfte. Er konnte berechnen, wie viel sie einnahmen und wie viel sie zur Seite legen konnten, aber er hatte im Gegensatz zu Edda keine Ahnung, was das Herz der Gäste wirklich berührte und wovon sie beim Essen umgeben sein wollten. Er war wie ein Mathematiker, sie wie eine Künstlerin.

Während Edda noch über die Worte des unzufriedenen Gastes nachdachte, sah sie ihren Mann den Raum betreten und an einem der Tische stehen bleiben. Er wechselte ein paar Worte mit einem Mann im Anzug, der direkt am Fenster saß und sich eine Bratwurst schmecken ließ. Edda gab Otto ein Zeichen, dass sie ihn kurz sprechen musste, und nach wenigen Minuten verabschiedete er sich und kam zu ihr.

»Ich hatte gerade eine merkwürdige Unterredung«, erzählte sie ihm. »Ein Gast hat sich beschwert, dass unsere Karte nicht international genug ist. Kannst du das glauben?«

Otto sah betreten zu Boden.

»Was ist denn?«, hakte sie nach.

»Das habe ich ehrlich gesagt auch schon einige Male gehört.«

»Und du sagst nichts?«

»Ich wollte abwarten, wie es sich entwickelt und ob diese kritischen Stimmen verstummen.«

»Bei der Eröffnung hat es doch allen geschmeckt«, wunderte sich Edda. »Woher kommen nun die ganzen Leute, die ihre Bratwurst nicht aufessen und mir erzählen, was eine gute Küche ausmacht? Wer hat die geschickt?«

»Das war klar«, lenkte Otto ein. »Ein erster Abend ist immer etwas Besonderes. Der Erfolg zeigt sich eben erst hinterher.«

»Willst du mir etwa sagen, dass wir nicht erfolgreich sind? Sollen wir das *Juwel* nach einem halben Jahr schon wieder schließen?«

»Nein, nein«, wiegelte Otto ab. »Aber aller Anfang ist eben schwer.«

»Warum Anfang? Wir kennen das Metier doch in- und auswendig. In der *Linde* lief es wunderbar. Wo ist also der Haken?«

»Die *Linde* war eben die *Linde.*«

»Und?«

»Wir brauchen ein anderes Rezept für das *Juwel*, scheint mir.«

»Du sollst nicht so gestochen daherreden, ich will dich lieber verstehen«, presste Edda hervor. Es hatte ihr gerade noch gefehlt, dass ihr Mann ihr die Welt erklärte. Davon kam das Lokal auch nicht in Schwung! Der Tag war lang genug gewesen, und sie konnte sich nicht mehr daran erinnern, wann sie zuletzt gut geschlafen hatte. Die dunklen Schatten unter ihren Augen waren nicht mehr zu verbergen, und ab dem Nachmittag musste sie aufpassen, dass ihr nicht die Augen zufielen, wenn sie kurz ruhig dasaß.

Aber sie ahnte schon, was er ihr sagen wollte. Auch ihr war vor einer Weile aufgefallen, dass sich der Erfolg aus der *Linde* nicht eins zu eins auf das neue Lokal übertragen ließ. In der Hinsicht waren sie zu naiv gewesen, schien es. In den *Lindenhof* war ein ganz anderes Publikum gekommen, und es hatte auch unzählige Handwerker in den Pausen oder nach der Arbeit in den Gasthof gezogen, um ein sättigendes Mahl zu genießen und bei einem kühlen Bier auf andere Gedanken zu kommen. Doch die Ansprüche in der Rämistraße waren eben andere. Hier kamen Gäste, die in einem der teuren Hotels residierten. Denen das Geld locker in der Tasche saß und die sich vergnügen wollten. Oder die zumindest den Eindruck erwecken wollten, dass sie zu der oberen Schicht gehörten und dass sie die Franken nicht dreimal umdrehten, bevor sie diese ausgaben. Es gelüstete sie nach einem Ort, an dem sie alles Grau vergessen konnten. Nach zuvorkommenden Bediensteten und einzigartigen Gerichten, deren Namen sie nicht einmal aussprechen konnten: Hauptsache, sie konnten den Rest der Welt für einen Abend vergessen und auf andere Gedanken kommen.

Es war, als ob Otto ihre Gedanken lesen konnte. Er sagte: »Ein neuer Koch muss her! Aber ich weiß nicht, wie wir ihn bezahlen sollen.«

»Ich schon.«

Otto sah sie fragend an. Sparziele waren sonst schließlich sein Spezialgebiet gewesen.

»Ein halbes Jahr müssen wir noch sparsamer wirtschaften als ohnehin schon. Du trinkst weniger oder schwenkst auf Mineralwasser um. Kritik nehmen wir uns in dieser Zeit nicht so zu Herzen wie im Moment. Und wenn wir genug zurückgelegt haben, darf der neue Koch kommen. Einverstanden?«

»Manchmal glaube ich, du bist als Wirtin zur Welt gekommen«, entfuhr es ihm erstaunt.

Edda strahlte wie ein Honigkuchenpferd, so geehrt fühlte sie sich. »Aber das wird eine harte Zeit«, ergänzte sie noch.

»Ich weiß«, entgegnete er. »Aber da müssen wir vermutlich durch, wenn es auf Dauer ein Erfolg werden soll.« Er klopfte ihr auf die Schulter und verabschiedete sich. »Ich bin zu einer Weinprobe verabredet, um ein paar neue Tropfen für das *Juwel* zu testen.«

»Verstehe«, entgegnete Edda. Sie wusste genau, dass dies nur ein Teil der Wahrheit war und dass sie ihm für den Rest des Tages besser aus dem Weg ging. »Mit Aron?«

»Genau.«

Da hatte ihr Bauchgefühl also wieder einmal gestimmt. Aron war ein alter Freund, der eine Weinhandlung aufgemacht hatte. Wenn Otto Zeit mit ihm verbrachte, war er noch nie nüchtern zurückgekehrt. Sie musste aufpassen, dass sie ihm danach nicht mehr begegnete. Er würde sicher wieder unausstehlich sein.

»Die Arbeit ruft«, flunkerte sie und winkte Lina zu, obwohl sie diese überhaupt nicht gerufen hatte.

Edda verschwand in die Küche, um einen ruhigen Moment für sich zu haben. Lina war ihr gefolgt.

»Alles in Ordnung?«, fragte die Freundin besorgt. »Du bist ganz blass um die Nase.«

»Mein Mann ist ein Trinker«, platzte es aus Edda heraus. »Ich weiß nicht, wie ich das auf Dauer aushalten soll.«

»So schlimm?«

»Der ganze Druck ist ihm wohl zu viel geworden. Er hat sich vollkommen verändert. Du siehst ja, wie er aufgegangen ist. Wie ein Hefekloß! Und wenn er angetrunken ist, muss man sich vor ihm verstecken.«

»Stimmt es, dass er mit Gegenständen um sich wirft und die Hand gegen dich erhebt?«

Edda seufzte und nickte.

»Du hast etwas Besseres als diesen Wüterich verdient«, empörte sich Lina.

»Ich weiß, aber ich kann mich nicht von ihm trennen. Dann verliere ich das *Juwel.*«

Die Freundin dachte kurz nach. »Und wenn du dich zumindest ein wenig vergnügst? Wer sagt denn, dass du dich nur mit Otto abgeben musst?«

»Lina, das geht doch nicht ...«

»Warum? Wenn dein Mann sich so danebenbenimmt. Sieh dich doch einfach ein wenig um. Vielleicht hilft es schon, wenn du hin und wieder jemandem schöne Augen machst.«

»Du bist gut ...«

Lina zuckte mit den Schultern. »Lass es dir mal durch den Kopf gehen. Du bist auf jeden Fall eine viel zu tolle Frau, um an der Seite eines griesgrämigen Ehemanns zu verdorren.«

Nun musste Edda doch schmunzeln. »Und an wen hattest du da so gedacht? An den hübschen Tänzer in der Ecke? Oder an den bereits ergrauten Schriftsteller mit der dicken Brille?«

»Also, bitte. Einen alten Mann sicher nicht! Und der Tänzer steht, soweit ich weiß, eher auf das männliche Geschlecht. Aber ein Künstler, das wäre doch was. Einfach jemand, der dich auf andere Gedanken bringt.«

Edda lächelte. Die Freundin hatte schon recht. Sie musste die Augen offen halten ...

Allerdings sah Edda während der nächsten Jahre die Seebrücke nicht von der anderen Seite. Sie arbeitete noch mehr als ohnehin schon und schlief noch weniger. Für ihre Beziehung zu Oskar war es nicht besonders förderlich – das war für Edda das Schlimmste. Wie oft hatte sie sich gesagt, dass sie mehr Zeit für ihren Sohn haben würde, wenn sie erst einmal ein eigenes Lokal besaß? Und nun? Er war nach wie vor ein stiller Kerl, auch wenn er bald elf werden würde. Da Edda das *Juwel* kaum verließ, brachte Bettina ihn öfter vorbei, und der Kleine durfte dann in der Küche zuschauen oder Edda stahl sich für ein Stündchen nach oben, um dort mit ihm zu spielen.

»Mutti, wo ist denn die Frau mit den Stoffen?«, fragte er, als er mal wieder am Nachmittag zu Besuch im *Juwel* war.

»Die Schneiderin? Die wohnt hier nicht.«

»Aber warum?« Er setzte sich aufs Sofa.

»Schau, sie hat die Vorhänge im Gastraum für mich genäht. Und die Tischdecken. Das ist alles fertig, also arbeitet sie nun für andere Leute und ist nicht mehr hier.«

»Ach soooo ...« Betreten sah er zu Boden.

»Wollen wir Verstecken spielen?«, versuchte Edda ihn zu animieren.

Er zuckte mit den Schultern. »Dafür bin ich zu alt.«

Edda setzte sich neben ihn und nahm ihn in den Arm. »Aber umarmen darf ich dich noch?«

Er protestierte nicht und kuschelte sich an sie. Edda lehnte sich an ihn und schloss die Augen. Irgendwann schreckte sie auf, weil sie eingeschlafen war. Aber der Junge kuschelte sich noch immer ganz zufrieden an sie und schien nichts zu vermissen.

»Du fehlst mir«, flüsterte sie.

»Ich weiß, ich weiß.«

»Es kommen bessere Zeiten. Versprochen!«

»Wann?«, wollte Oskar wissen.

»Ich muss noch mehr sparen«, erklärte sie ihm. »Und es müssen immer ganz viele Menschen hierherkommen und ganz viel essen.«

»Und dann?«

»Ja, dann kannst du zu mir ziehen, und ich kann dir eine schöne Ausbildung bezahlen.«

Er nickte begeistert.

»Weißt du denn schon, was du mal werden willst?«, fragte sie ihn. »Ein Koch bei mir im Lokal?«

»Oh nein!«, rief er und verzog das Gesicht. »In der Küche stinkt es.«

Edda musste lachen. Letztens hatte sie ihn bei Leopold gelassen, damit er ihm ein Omelett briet. Natürlich war genau an diesem Nachmittag so viel los gewesen, dass die Pfanne zu lange auf dem Herd stand und das Essen anbrannte. Oskar bekam dann ein großes Bürli mit viel Butter und war ganz begeistert, da er zu Hause nur Brot bekam und das oft trocken essen musste oder mit ganz wenig Belag.

»Möchtest du ein Wirt werden, so wie Otto?«

»Nein!«, rief er. »Bitte nicht!«

Edda stutzte. Ihr Mann hatte schon oft zu ihr gesagt, dass Oskar am besten im *Juwel* ausgebildet werden würde, damit das Lokal in der Familie bliebe. Sie hatte diese Gespräche abgewehrt und betont, dass es dafür noch viel zu früh sei. Aber während ihr Blick auf dem Kleinen ruhte, der trotzig das Auto auf den Boden klopfte, ahnte sie auf einmal etwas. Oskar war anders. Er würde sich seinen eigenen Weg suchen, und vermutlich würde seine Wahl Otto nicht unbedingt behagen.

»Keine Sorge«, wiegelte sie ab. »Du entscheidest das alleine.«

»Wann?«

»In ein paar Jahren, wenn du sechzehn bist.«

»Oh je«, sagte er. »Das dauert noch lange. Aber Hauptsache, ich kann selbst entscheiden, was ich machen will.«

Edda nickte. Obwohl Oskar dafür eigentlich schon zu groß war, nahm sie ihn zum Abschied auf den Arm und trug ihn die Treppe nach unten. Dort stand schon Bettina und beäugte sie kritisch.

»Hat er sich verletzt?«, wollte sie wissen. »Oder warum tragen Sie ihn?«

Edda ging nicht drauf ein. »Bis bald«, sagte sie zu dem Kleinen. Dann ging sie schnell in die Küche, damit sie der Abschiedsschmerz nicht allzu hart traf. Tatsächlich kam dort gleich Luise ganz aufgeregt auf sie zugestürmt.

»Da bist du ja«, rief sie. »Johann hat sich in die Hand geschnitten, und dann ist er in Ohnmacht gefallen, als er das Blut gesehen hat. Ich brauche ganz dringend jemanden, der mir die Gurken in feine Scheiben hobelt und das Fleisch klein schneidet, und die Rösti müssten auch schon längst fertig sein …« Ihre Wangen waren gerötet, und sie schien kurz vor einem Nervenzusammenbruch zu stehen. »Könntest du jemanden rufen?«

Edda krempelte sich die Bluse bis zu den Ellenbogen nach oben. »Gib mir einfach ein Messer!«, sagte sie nur.

»Das geht doch nicht«, protestierte Luise.

»Sagt wer?« Edda sah sie herausfordernd an.

»Wenn der Wirt das erfährt …«

»Wird er aber nicht!«

Luise kicherte und warf ihr einen verschwörerischen Blick zu. »Danke, danke, danke!«, rief sie ihr zu, bevor sie geschwind wieder zum Herd lief.

»Wer kümmert sich denn jetzt um Johann?«, wollte Edda wissen.

»Eines der Serviermädchen. Die kennt sich gut aus, ihre Mutter ist nämlich Krankenschwester.«

Während Edda eine Gurke schälte, rührte Luise die Spätzli im Topf um, hobelte Kartoffeln in feine Raspeln und schmeckte die Soße für das Fleisch ab. Edda beobachtete sie aus den Augenwinkeln und hatte einmal mehr das Gefühl, dass Luise drei oder vier Arme hatte. Sie war einfach eine Wucht! Ihr Essen schmeckte köstlich, und Edda hatte sie noch nie schlecht gelaunt erlebt. Da war es eine Selbstverständlichkeit für Edda, dass sie auch einmal an ungewohnter Stelle einsprang.

»Woher stammt eigentlich dein Rezept für die köstlichen Rösti?«, wollte Edda wissen, als Luise eine fertige Portion abholte und auf einen Servierwagen stellte. Erst am Tisch des Gastes würde ein Teil der Rösti auf den Teller kommen, während der Rest noch warm gehalten wurde und erst später serviert werden würde. Es waren Feinheiten wie diese, die für Edda einen guten Service ausmachten und von den Gästen sehr geschätzt wurden.

»Das ist ein uraltes Familienrezept. Ich habe die Zubereitung von meiner Großmutter gelernt und dann so lange verfeinert, bis ich voll und ganz zufrieden war.«

»Wie lange hat das gedauert?«

»Vier Jahre!«

»Wirklich wahr? So lange?«

»Ich bin eine ziemliche Perfektionistin.«

»Gut für uns und das *Juwel*, würde ich sagen.«

»Wenn du magst, zeige ich dir mal, wie die Rösti gemacht werden.«

»Gerne!«, freute sich Edda.

»Dann machen wir das mal, wenn etwas weniger los ist.«

Luise wischte sich die Schweißtropfen von der Stirn, wusch sich kurz die Hände, und dann ging es mit Volldampf weiter. Als kurz darauf der Koch zurückkam und mit einem um die Hand gewickelten Verband wieder arbeiten konnte, war Edda fast traurig, dass sie in der Küche nicht mehr gebraucht wurde. Es war eine willkommene Abwechslung gewesen!

Während Edda zurück in den großen Raum ging, den sie die Brasserie nannten, um dort wieder nach dem Rechten zu sehen, musste sie erneut an Otto denken. Ob es wirklich stimmte, dass er für das *Juwel* unterwegs war? Er hatte zwar versprochen, öfter im Lokal auszuhelfen und weniger zu trinken, aber daran hatte er sich nicht lange gehalten. Danach erfand er dringende Verpflichtungen und vorgeschobene Erledigungen, um beispielsweise in der spanischen Weinhandlung den Abend zu verbringen und die Plackerei zu vergessen. Er schien zu glauben, dass seine Frau davon nichts mitbekam, aber zwischendurch kamen Gäste ins *Juwel*, die Otto anderswo gesehen hatten und Edda davon erzählten, ohne zu wissen, dass es ein Geheimnis war. Literweise floss der gute Wein in fremden Lokalen seine Kehle hinunter, weil er dort seine Kumpane hatte, die ihn immer einluden und sich mit ihm das Leben schöntranken. Auch wenn Otto selbst dies niemals zugegeben hätte und seine Abwesenheiten als wichtige Unterredungen mit noch wichtigeren Persönlichkeiten Zürichs bezeichnete. Kurz hatte Edda überlegt, ob sie ihn zur Rede stellen sollte. Doch was hatte sie davon? Solange er nicht ihre Ersparnisse verpulverte und ständig eingeladen wurde, weil er so ein wichtiger Mann war, war alles in Ordnung. Während er sich verlustierte, blieb sie tagein und tagaus im *Juwel*. Sie wohnte im zweiten Stock, wo sie die kurzen Nächte verbrachte. Und sie arbeitete im Erdgeschoss. An die frische Luft kam sie kaum. Wenn sie wissen wollte, was in der Welt vor sich ging, musste sie ihre Gäste fragen. Und das tat sie auch. Es entwickelte sich zunehmend dazu, dass sie von Tisch zu Tisch ging und für ein Gespräch stehen blieb. Sie bemühte sich, die Namen der Gäste zu lernen, um diese persönlich begrüßen zu können. Das kam außerordentlich gut an, und oft wiederholte sie abends vor dem Einschlafen, wer an diesem Tag im *Juwel* gewesen war. Der Maler Giovanni Giacometti war mit seinem Sohn Bruno gekommen, der seit Kurzem an der Eidgenössischen Technischen Hochschule Architektur studierte und vor Ideen nur so sprühte. Edda beobachtete den Austausch zwischen Vater und Sohn gerne, die beiden waren unter den ersten Gästen gewesen und kamen seitdem regelmäßig. Kurz nach den Giacomettis hatte der Komponist Othmar Schoeck im edlen schwarzen Anzug mit seiner Gattin, der deutschen Sängerin Hilde Bartscher, direkt am Fenster Platz genommen. Und auch ihre liebsten Nachbarn Emmie und Emil Oprecht waren auf ein Glas Wein vorbeigekommen, und Edda hatte sich eine Weile zu ihnen setzen können, um eine Pause einzulegen. Die beiden hatten kurz nach der Eröffnung des *Juwels* ihre Buchhandlung gegründet und waren seitdem eng mit ihr verbunden. Das belesene, kluge Paar hatte immer viel zu erzählen. Und Edda freute es, dass die beiden so gerne zu ihr ins *Juwel* kamen und daraus bereits eine kleine Tradition entstanden war. Das Beisammensitzen mit den Gästen gönnte sich die Wirtin nun immer öfter.

Manchmal musste sie sich zwingen, sich nicht mehr wie eine Serviertochter zu fühlen und ständig zu überlegen, wem es an etwas mangelte und wo sie am besten behilflich sein konnte. »Nein, nein«, musste sie sich sagen, wenn sie in alte Muster zu fallen drohte. »Du bist eine Wirtin, und in deiner neuen Rolle kannst du viel öfter mit deinen Gästen sprechen und dir ihre Gedanken und Gefühle anhören als jemals zuvor.«

Nur ins städtische Leben außerhalb ihres Lokals tauchte sie nach wie vor nicht oft ein. Lina nahm sich dafür eher Zeit, denn sie wollte die ganzen Veränderungen in Zürich immer selbst miterleben. Hin und wieder fragte die Freundin nach, ob sie nicht an einem Samstag zusammen in die neue Erfrischungsstube im *Jelmoli* gehen wollten? Im ehemaligen Areal der Seidenhöfe hatte das italienische Ehepaar Jelmoli dieses Kaufhaus eröffnet – und die ganze Stadt war fasziniert. Edda hatte schon von den Gästen gehört, wie es die Frauen magisch dorthin zog. Vor allem die Erfrischungsstube hatte es ihnen angetan! In den Lokalen ließen sich unverheiratete Frauen nur selten blicken, aber in den Stuben konnten sie in aller Seelenruhe einen Kaffee oder Tee genießen und dazu ein Stück Kuchen essen. Und während sie den neuesten Tratsch austauschten, beobachteten sie die anderen Städter, die an den Waren vorbeiflanierten. Lina war vor Kurzem von ihrer Mutter eingeladen worden und hatte es geliebt, sie schwärmte noch Tage später davon.

»Der Kuchen war ein Traum«, erzählte sie fasziniert. »Aber was sage ich – das ganze Kaufhaus ist einfach herrlich. Stell dir vor, dort gibt es Lifte und Rolltreppen, um von einem Stockwerk ins andere zu fahren. Ein unvergleichlicher Luxus, ich wäre am liebsten einen halben Tag nur von unten nach oben gefahren und wieder nach unten. Immer wieder und wieder, weil es solchen Spaß machte.«

»Die Schaufenster habe ich auch schon von der Seidengasse aus bewundert«, gab Edda zu. »Das sieht alles sehr vornehm und bildschön aus.«

»Bist du denn nicht hineingegangen und hast etwas anprobiert?«

»Dafür habe ich keine Zeit, Liebes.«

Lina seufzte. »Du bist unverbesserlich. Ich möchte aber unbedingt diese schönen Momente mit dir teilen und bei einer Tasse Kaffee mit dir den schönen Kaufhaustrubel genießen … Und wollten wir dir nicht einen hübschen Kerl suchen, der dich von deinem griesgrämigen Ehemann ablenkt?«

»Ein andermal«, wimmelte Edda sie ab. Denn sie wusste nicht so recht, wann sie sich Zeit für Abenteuer wie diese nehmen sollte. Und von welchem Geld? Edda war furchtbar streng mit sich, wenn sie nicht Reste aus dem *Juwel* essen würde, gäbe es wahrscheinlich nur Brote und Suppen bei ihr. Sie vertröstete die Freundin wieder und wieder.

»Ist es das wirklich wert?«, fragte Lina.

Sie standen im schmalen Flur, wo die Gäste empfangen wurden, bevor sie in den großen Saal geführt und ihren Plätzen zugewiesen wurden. Dort war auch ein kleines Waschbecken mit einem Spiegel, und Lina holte ihren knallroten Lippenstift, der neu sein musste, und zog sich die vollen Lippen nach.

»Ich kann nicht glauben, dass du das fragst«, presste Edda enttäuscht hervor.

Das *Juwel* war der größte Traum ihres Lebens! Natürlich gehörten da auch harte Zeiten dazu. Und natürlich ertrug Edda diese stoisch, da sie schließlich wusste, dass sie eines Tages für ihre Hartnäckigkeit belohnt werden würde.

»Versteh mich nicht falsch«, versuchte Lina zu schlichten. »Das *Juwel* ist den Aufwand selbstverständlich wert. Aber musst du so enthaltsam leben? Kannst du nicht mit halbierter Geschwindigkeit sparen und dir zwischendurch etwas Schönes gönnen? Du musst doch auch ins richtige Leben eintauchen.«

»Das Lokal ist mein Leben, Punkt.«

Lina schüttelte ratlos den Kopf und kontrollierte ihr Aussehen im Spiegel an der Wand.

»Woher hast du eigentlich diese teure Kosmetik? Kaufst du dir so etwas von deinem Gehalt?«

»Ach was«, winkte Lina ab. »Das ist natürlich ein Geschenk. Ein Opernsänger hat ihn mir gegeben, aber ich habe ihn trotzdem abserviert.«

»Weil dir die Lippenstiftfarbe nicht gefallen hat?«, bemerkte Edda trocken.

»Sehr witzig, ich kann mich nicht mehr halten vor Lachen …«

Lina sah zu Boden und fuhr nachdenklich mit der Schuhspitze über den Boden, ohne noch etwas zu sagen.

»Entschuldige bitte, ich wollte dich nicht kränken.«

»Der Sänger war einfach nicht mein Fall«, erzählte die Freundin nun doch. »Sehr still, sehr ernst. Ich denke, er hat in erster Linie eine Frau zum Heiraten gesucht.«

»Und was ist daran so verkehrt, Liebes?«

»Ich bin nicht gemacht für diese Angelegenheiten. Ich will erst noch viel mehr erleben, bevor ich mich für immer an einen Mann binde.«

Edda schüttelte den Kopf. Sie war beeindruckt von der unvergleichlichen Energie und von diesem Lebenshunger, der aus jeder Pore strömte.

Damit war das Gespräch für diesen Tag beendet. Lina kam in den folgenden Monaten mit immer neuen Vorschlägen an, um Edda nach draußen zu locken. Sie zeigte ihr Karten für die Oper, schlug einen Ausflug auf den Uetliberg vor oder hatte Badeanzüge besorgt, um ins Frauenbadi zu gehen. Aber Edda hatte jedes Mal eine andere Ausrede, und irgendwann verlor selbst Lina die Geduld und hörte auf zu fragen. Auch sie schien Eddas Entscheidung für ein Jahr der Genügsamkeit endlich akzeptiert zu haben.

Nach einem Mann hielt Edda allerdings dennoch Ausschau. Sie hatte einfach solche Sehnsucht nach diesen Schmetterlingen im Bauch. Sie wollte so gerne einmal wieder umworben und mit Komplimenten umgarnt werden. Am liebsten auch ein wenig küssen ... Wenn jemand ohne Begleitung kam und ihr gefiel, ruhte der Blick der Wirtin etwas länger auf ihm. Sie wartete darauf, dass derjenige den Blickkontakt erwiderte und sie anlächelte ... Doch das war gar nicht so leicht. Für die meisten schien sie die verheiratete Wirtin zu sein, der man sicherlich nicht den Hof machen durfte. Aber sie gab die Hoffnung nicht auf!

Aus dem einen Jahr der Sparsamkeit wurden sogar zwei. Denn so einfach, wie sich Edda das gedacht hatte, war es nicht. Sie gab zwar so wenig wie möglich aus, aber hin und wieder ging Geschirr kaputt oder der Herd streikte. Und dann waren da die Abende, an denen sich das Lokal nicht füllte wie sonst und sie nicht genügend verdienten.

»Mit so einem Lokal ist man immer himmelhoch jauchzend, zu Tode betrübt«, stellte Edda fest, als sie mit Ottos Schwester Agathe in der Küche stand. »Es gibt keine Langeweile – entweder läuft alles formidabel und macht einen unsagbar glücklich, oder man schlittert in eine Krise und möchte einmal am Tag alles an den Nagel hängen!«

»Ihr schafft das schon!«, machte Agathe ihr Mut.

»Wir!«, verbesserte Edda sie. »Du gehörst doch dazu.«

»Das ist lieb von dir.«

Agathe tätschelte ihre Schulter. Seit Kurzem war sie täglich an Ort und Stelle, um ihnen unter die Arme zu greifen und dort zu helfen, wo noch Unterstützung gebraucht wurde. Sie hatte ihren Mann verloren, und Otto hatte sie deshalb ins *Juwel* geholt. Er war drei Jahre älter als sie, doch es wirkte genau umgekehrt. Sie war stämmig und stand mit beiden Füßen auf dem Boden, ihr machte wirklich niemand ein X für ein U vor. Edda schätzte sie, da sie sich nie in den Vordergrund drängte, sondern fleißig mit anpackte und immer ein Auge dafür hatte, wo es gerade hektisch zuging. Innerhalb kürzester Zeit war sie dann zur Stelle, faltete Servietten, bügelte Tischdecken und polierte das Besteck, besorgte auf Wunsch der Köche Lebensmittel, die schneller als geplant ausgegangen waren, kümmerte sich darum, dass der tropfende Wasserhahn repariert wurde, und flickte sogar einem Gast den Mantel, der auf dem Weg ins *Juwel* eingerissen war. Darüber hinaus hatte sie ein ganz besonderes Talent: Sie konnte Otto zu Dingen überreden, die er eigentlich nicht wollte. Wie sie das anstellte, verriet sie nicht. Aber das Ergebnis zählte!

»Wollen wir?«, fragte Agathe und zeigte auf die Schranktür, die sich aus dem Scharnier gelöst hatte und in einer Ecke abgestellt worden war. Edda nickte, und sie versuchten, die schwere Holztür gemeinsam wieder einzuhängen.

»Wollt ihr das nicht einen Mann machen lassen?«, protestierte Leopold und legte das Küchenmesser zur Seite, mit dem er gerade Pilze klein schnitt.

»Schon vergessen? Bei uns sind Frauen und Männer gleichgestellt«, entgegnete Edda und zwinkerte ihm zu. »Und wir sind stärker, als du denkst.«

Agathe lachte, und kurz darauf saß auch die Schranktür wieder an Ort und Stelle.

»Ihr seid wirklich unglaublich!«, bewunderte Leopold sie und machte sich dann wieder an die Arbeit. Es gab schließlich genügend hungrige Gäste, die sehnlichst auf ihre Bestellungen warteten.

Als Agathe in den ersten Stock gegangen war, wo sie mit Otto das Kassenbuch durchgehen wollte, lief Edda langsam in die Brasserie, sog den köstlichen Duft des Essens ein und schloss die Augen. Was sie wohl sehen würde, wenn sie ihr altes Spiel spielte? Seit der Eröffnung hatte sie es nicht mehr probiert. Warum auch? Sie hatte ja alles, was sie immer gewollt hatte. Oder etwa nicht? Edda schloss die Augen. Aber auch wenn sie für einen Moment gefürchtet hatte, nun ein ganz anderes Szenario zu sehen, war alles wie immer. Sie sah die dunkel getäfelten Wände des *Juwels*, die Wappen der Zünfte, die Blumenbouquets von Frau Binder. Einen Unterschied gab es natürlich schon: Es war voller. An den Tischen saßen die Schriftsteller und Schauspieler, Musiker und Maler, Direktoren und Fabrikbesitzer. Und was wurde serviert? Zwischen den bekannten Gerichten wie den Mistkratzerli oder der Kalbsleber gab es exotisch duftende Eintöpfe und neuartige Zusammenstellungen, die Edda noch nie gesehen hatte. Auch die Desserts sahen verführerisch aus: Da gab es nicht nur die bekannten Grießköpfli, sondern feine Cremes mit Beerensoßen und kleine Schokotörtchen, kunstvolle Schichttorten und fruchtige Sorbets.

»Das ist es!«, dachte Edda. Ihre Fantasie war einmal mehr weiter als die Realität. »Es ist schon richtig, dass wir darauf sparen: Wir brauchen dringend jemanden, der uns diese exquisiten Köstlichkeiten zubereitet. Ein weltgewandter Franzose oder Italiener muss doch zu finden sein …«

Sie hatten nun lange genug gespart, fand sie. Am Abend musste sie unbedingt mit Otto und Agathe sprechen und sie dazu drängen, dass sie endlich den dritten Koch anstellten. Leopold und Luise waren zauberhaft, keine Frage. Aber es zeichnete sich immer deutlicher ab, dass es auf Dauer so nicht funktionieren würde. Die zwei hatten vorbildliche Arbeit geleistet und ihr Küchenwissen an alle Untergebenen weitergegeben. Das Geheimrezept für die Rösti, die hohe Kunst des Spätzlischabens und die Besonderheiten des Gurkensalats waren Luises Spezialität. Leopold hingegen war für das geschnetzelte Kalbsfleisch, die gebratenen Mistkratzerli und das zarte Bündnerfleisch zuständig und führte allen vor, wie er die deliziösen Klassiker des *Juwels* zubereitete. Es ging immer auch darum, wie sich bestimmte Zutaten ersetzen ließen, denn es war nie sicher, welche Lebensmittel es gerade zu erwerben gab und welche eben nicht. Nur wer sich selbst zu helfen wusste und experimentieren konnte, würde die Gäste nicht enttäuschen. So servierten sie eine Mischung aus den bayrischen und schwäbischen Gerichten, die Leopold und Luise aus ihrer jeweiligen Heimat kannten, sowie den typischen Schweizer Gerichten, mit denen Otto und die Gäste im *Juwel* aufgewachsen waren. Edda sog neugierig alles auf, was sie in der Küche aufschnappte. Sie stellte sich dazu, wenn die beiden Köche einen Einblick in ihre Rezepte gaben, und blätterte in den Kochbüchern, die Luise mitgebracht hatte. Es gab so viele wundervolle Spezialitäten, und Edda brannte darauf, sie alle zu probieren! Nun war es an der Zeit, dass sie die Speisekarte des *Juwels* erweiterten, das sahen längst auch Leopold und Luise ein. Bei den anspruchsvollen Gästen stießen die beiden langsam, aber sicher an ihre Grenzen.

Und so kam es, dass schon drei Monate später ein dunkelhaariger Mann mit Schnauzbart die Tür zum *Juwel* aufstieß.

»Bonjour, bonjour!«, flötete er fröhlich und begrüßte erst Edda und Otto und dann alle anderen Bediensteten, die sich in der Küche versammelt hatten. François strahlte alle an. »Welch eine Freude«, jubelte er. »Ich habe so viel von diesem *Juwel* gehört.«

Die Frauen begrüßte er mit in die Luft gehauchten Küsschen, eins links, eins rechts, eins links. Den Männern schüttelte er die Hand. Edda glaubte förmlich zu spüren, wie ihn alle Bediensteten in Sekundenschnelle in ihr Herz schlossen. Sein charmanter Akzent tat sein Übriges.

»An die Arbeit!«, sagte Otto nüchtern, der am Rand stand und den Trubel in der Küche recht reserviert beobachtete. Er war der Einzige, der sich von dem Charme des neuen Kochs nicht beeindrucken ließ. Der sollte erst einmal zeigen, ob sein Talent am Herd so groß wie angekündigt war, schien der Wirt zu denken.

»Wir stoßen später noch an«, sagte Edda beruhigend und bat Leopold und Luise, dem neuen Koch alles zu zeigen. Viel Zeit zum Einarbeiten blieb nicht, denn in wenigen Stunden würde sich das Lokal wieder mit hungrigen Gästen füllen. Aber François war vorbereitet. Er stellte eine schwere Kiste auf den Tisch, die mit Köstlichkeiten gefüllt war.

»Was soll ich als Erstes kochen?«, fragte er.

»Ich dachte, du möchtest erst alles in Ruhe kennenlernen und den Köchen erst einmal bei der Arbeit zusehen«, sagte Edda überrascht. »Aber wenn du gleich beginnen kannst – umso besser!«

Die anderen stimmten ihr zu.

»Ich dachte an *Navarin de mouton*? Oder möchtet ihr lieber Fisch? Dann könnte ich feinste *Truite meuniere* für euch machen.«

François sah in lauter ratlose Gesichter.

»Wir können alle kein Französisch«, klärte Edda ihn auf. »Du musst uns erklären, was du damit meinst.«

Er lachte. »Ach so, ach so.« Dann zog er ein paar Fischfilets aus seiner Kiste hervor. »Köstliche Truites«, sagte er. »Für euch: Forellen. Die wende ich in Mehl und brate sie in Butter an. Ich bin sicher, ihr werdet es lieben.«

»Und was ist *Navarin de mouton*?«, fragte Leopold interessiert. »Etwas mit Fleisch?«

»Ganz genau. Das ist ein herrlicher Eintopf mit Hammelfleisch.«

»Beides klingt vorzüglich!«, freute sich Luise.

»Et bon!«, sagte François. »Dann machen wir beide die Truites! Und mit dir, Leo, kümmern wir uns um den Hammel!«

Edda winkte Lina zu sich. »Kannst du die zwei neuen Gerichte als besondere Spezialität auf eine Tafel schreiben? Sehen wir es als Test: Die ersten Gäste können die französischen Köstlichkeiten bestellen, und dann warten wir ab, was sie sagen. Sobald uns die Forellen und das Hammelfleisch ausgehen, stellst du das Schild schnell zurück in die Küche und vertröstet alle anderen auf die nächsten Tage.«

»Das mache ich!«, stimmte Lina zu und holte sich ein Stück Kreide. Als sie wieder auf Eddas Höhe war, zupfte sie die Wirtin am Ärmel.

»Sag mal, wo habt ihr diesen unvergleichlichen Koch gefunden?«, flüsterte sie.

»Ansgar hat ihn empfohlen, das ist ein Bekannter von Otto, der oft zu uns in die *Linde* kam. Auf seinen Reisen nach Paris hat er immer bei François gegessen, und vor Kurzem bekam er mit, dass dessen Lokal geschlossen wurde. Wir haben ihm dann erlaubt, François zu fragen, ob er unter Umständen auch in Zürich leben und kochen würde.«

»Und?«

»Er hatte eigentlich überlegt, in seine Heimat im Elsass zurückzugehen. Aber wie du siehst, konnte er die Gelegenheit nicht ziehen lassen und hatte große Lust auf etwas ganz Neues!«, sagte Edda stolz. Dann zwinkerte sie der Freundin zu, die den Koch ungeniert von Kopf bis Fuß musterte. »Verlieb dich nicht in ihn! Er hat eine hübsche Frau und zwei süße Töchter, die nachkommen werden.«

»Jammerschade!«, seufzte Lina. »Aber auf der anderen Seite … mit so einem Mann, der derart köstliche Dinge auf den Tisch zaubert, würde ich viel zu dick werden.«

»Das kann dir mit einem armen Tänzer natürlich nicht geschehen!«

»Ach, Edda. Das ist längst vorbei!«

»Ihr seid kein Paar mehr? Das war doch ganz frisch?«

»Es passte einfach nicht. Und Liebe ist Liebe – da mache ich keine halben Sachen!«

Mit diesem Satz verschwand sie wieder in der Küche.

Edda setzte sich auf einen der Hocker am Tresen, sie wollte das Treiben an diesem Tag besonders genau beobachten. Ihr Herz klopfte schneller als sonst, so aufgeregt war sie, wie die neuen Gerichte ankommen würden. Sie knetete ihre Hände, ließ den Blick schweifen und konnte sich kaum ablenken. Sophie, die an dem Abend neben Lina das zweite

Serviermädchen war, brachte der Wirtin ein Glas Rotwein. Erleichtert nahm Edda einen Schluck. Dann war auf einmal ein lauter Jauchzer zu hören! Edda sah sich schnell um – und die anderen Gäste taten es ihr nach. War das etwa die ältere Dame mit der eleganten Perlenkette, die als Erste die Forellen bestellt hatte? Oder hatte es nichts mit dem Essen zu tun und eines der Paare im Saal hatte einfach etwas zu feiern? Neugierig stand Edda auf und musste sich zwingen, nicht zu dem Tisch zu rennen. Langsam schritt sie durch den Saal und blieb schließlich neben der Frau stehen.

»Ist alles zu Ihrer Zufriedenheit?«, fragte sie lächelnd.

»Die Forelle ist ein Gedicht!«, stieß die Frau glücklich hervor. »Ich werde gleich morgen wiederkommen.«

Ihr Mann sah sie zufrieden an, allerdings schien er es zu bereuen, dass er wie bei jedem Besuch im *Juwel* das Kalbsgeschnetzelte mit Rösti bestellt hatte. Den Klassiker.

»Wunderbar«, entgegnete Edda stolz. Sie plauderte noch ein wenig mit den beiden, dann nickte sie ihnen zum Abschied zu und machte sich wieder auf den Weg zu ihrem Platz am Tresen. Da fiel ihr Blick auf einen großen, schlanken Mann, der alleine an einem der Tische am Fenster saß. Er strahlte eine ungeheure Ruhe aus, wie er ganz versunken in der Zeitung blätterte und seinen Wein genoss. Kurz entschlossen stellte Edda sich zu ihm.

»Guten Abend, sind Sie zum ersten Mal bei uns?«

»Frau Patronin, welch eine Ehre.« Er errötete.

»Ich bin Edda«, sagte sie schnell. Hatte sie richtig gehört? Hatte er sie gerade Patronin genannt? Schon neulich war ihr zu Ohren gekommen, dass die Gäste sie bewundernd so nannten.

»Konstantin«, stellte er sich vor. »Ich spiele am *Pfauen* in einem neuen Stück mit und bin erst seit Kurzem in der Stadt.«

»Wie schön!«

»Ja, ich habe gegen den Willen meiner Eltern meine große Leidenschaft zu meinem Beruf gemacht.«

»Dann haben wir etwas gemeinsam.«

»Warum? Was hätten Sie laut Ihrem Vater werden sollen?«

»Eine Schneiderin auf dem Land.«

»Herrje!«, entfuhr es ihm. »Welch Glück, dass Sie nicht auf ihn gehört haben.«

Edda lachte laut, und er stimmte mit ein. Danach wussten sie beide nicht so recht, was sie sagen sollten. Am liebsten wäre sie mit dem Schauspieler nach draußen gegangen und hätte sich mit ihm in irgendeine Bar gesetzt. Sie sehnte sich so sehr danach, dass ihr jemand das Gefühl gab, eine schöne, begehrenswerte Frau zu sein ... Doch da stand schon Josefine hinter ihr und hüstelte, um sich bemerkbar zu machen.

»Darf ich servieren?«, fragte sie vorsichtig.

»Natürlich«, antwortete Edda. »Ich bin schon weg.« Und zu dem gut aussehenden Schauspieler fügte sie noch hinzu: »Beehren Sie uns bald wieder, das würde mich freuen.«

Er strahlte sie an, und dieser Blick ging Edda durch Mark und Bein. Lächelnd ging sie in die Küche, wo François in ein lebhaftes Gespräch mit Leopold vertieft war. Neben ihnen lagen mehrere Zettel mit Notizen.

»Was macht ihr denn nur?«, fragte Edda belustigt.

»Pläne!«, sagten sie wie aus einem Munde.

»Die Gäste sind glücklich über die neuen Gerichte«, erzählte sie. »Großes Kompliment an euch. Das war erstklassige Arbeit heute!«

Die Bediensteten strahlten.

»So kann es weitergehen!«, freute sich Luise. Eine Strähne hatte sich aus dem sorgsam geflochtenen Zopf gelöst, aber sie schien es nicht einmal zu bemerken, so vertieft war sie, dem neuen Koch zuzuhören.

»Morgen wird es noch besser«, prahlte Leopold.

»Und übermorgen erst!«, lachte François. »Wir brauchen nur noch einige Zutaten, dann kann der Spaß weitergehen.«

Er streckte eine lange Einkaufsliste in die Höhe.

Schmunzelnd ließ Edda sie alleine. Sie war sicher, dass die Gäste am nächsten Tag noch glücklicher sein würden und dass nun alles seinen Gang gehen würde. Über ein langweiliges Angebot an Speisen und Getränken würde sich so schnell niemand mehr beschweren!

Als sie zurück in die Brasserie gehen wollte, stellte ihr sich auf einmal Otto in den Weg. »Beehren Sie uns bald wieder, das würde mich freuen«, äffte er sie wütend nach.

Edda wusste gar nicht, was sie antworten sollte. Wie hatte er sie nur so gut beobachten können? Aber sie hatte ja nichts Verbotenes getan.

Otto roch unangenehm, und seine Wangen waren gerötet. Er packte sie fest am Unterarm. »Untersteh dich, mit einem Gast anzubandeln. Du bist meine Frau!«

Edda versuchte sich aus seinem festen Griff herauszuwinden, aber es gelang ihr nicht.

»Wenn ich dich erwische und du mir untreu bist, dann …«

»Schlägst du mich dann?«, zischte sie ihn an.

»Viel schlimmer«, drohte er. »Dann verlierst du alles. Ohne mich bist du nichts – und das *Juwel* gehört mir dann ganz alleine.«

Das saß. Edda wurde blass und war so schockiert, dass ihr die Worte fehlten. Triumphierend zog Otto sich zurück und stellte sich zu Agathe, die am Ende des Flurs stand. Die beiden steckten sogleich die Köpfe zusammen. Die Schwägerin warf Edda einen bitterbösen Blick zu. Hatte sie sich etwa so in Agathe getäuscht? Sie schien voll und ganz auf Ottos Seite zu stehen und mit ihm etwas auszuhecken. Nur was? Edda entschied, sich den Rest des Abends freizunehmen, und zog sich in ihr Zimmer zurück. Ihr war die Laune gehörig vergangen, und sie wollte niemanden mehr sehen.

Während es mit ihrer Ehe stetig bergab ging, begannen im Lokal mit der Ankunft des Kochs François wieder bessere Zeiten. Die Küche überzeugte alle und lockte immer mehr Gäste an.

»Das *Juwel* hat mittlerweile ganz schön viele Stammgäste«, stellte auch Lina fest.

Edda hatte beschlossen, dass sie fürs Erste ihren Mann aushalten und alle ihre Energie in das Lokal stecken musste, um die schlechten Gedanken zu vertreiben.

»Hörst du mir gar nicht zu?«, hakte Lina nach.

»Doch«, erklärte Edda schnell. »Ja, unsere Gäste sind eine Wucht. Und alle haben ihre besonderen Vorlieben! Die Oprechts von der Buchhandlung ums Eck sitzen am liebsten in der Mitte, hier in dieser Ecke schreibt es sich gut, da platzieren wir immer die Poeten, die alleine kommen. An der Wand unter den Zunftwappen mögen es die Studenten am liebsten, ans Fenster kommen die Frischverliebten.«

»Eines Tages könnt ihr eine Karte vom *Juwel* erstellen und jeden Tisch einem berühmten Gast zuordnen«, malte sich Lina aus.

»Nur keinen Übermut«, entgegnete Edda mit einem Augenzwinkern. »Musst du nicht schon längst wieder jemanden bedienen?«

Lina tätschelte ihr keck den Arm. »Oh ja, werte Frau Patronin. Ich bin schon weg!« Sie tänzelte davon und warf Edda noch einen belustigten Blick über die Schulter zu.

Es hatte sich anscheinend mittlerweile herumgesprochen, dass Edda von den Gästen »Patronin« genannt wurde – nun fing auch noch Lina damit an!

Es waren nicht nur Gourmets, die es in Scharen in die Rämistraße zog. Auch die Studenten kamen, um ein Bier zu trinken. Die meisten Gerichte auf der Karte konnten sie sich nicht leisten, aber auch ihnen gefiel die ganz besondere Atmosphäre im Lokal. Außerdem waren zunehmend Künstler unter den Gästen, was Edda sehr freute. Wenn sie schon keine Zeit hatte, ins Volkstheater oder ins Lichtspieltheater zu gehen, geschweige denn Bücher zu lesen, dann sollte die Kultur eben zu ihr kommen. Als hätte jemand ihre Wünsch gehört, zog das *Juwel* immer mehr Dichter und Journalisten an. Die Schauspieler und Regisseure aus dem *Theater am Pfauen* probten ums Eck und kamen oft vorbei. Allerdings wagte es Edda nicht mehr, sich mit Konstantin zu unterhalten. Es schien ihr zu gefährlich zu sein, da Otto bei ihm besonders wachsam war. Seine Drohung wirkte nach. Das *Juwel* wollte sie auf keinen Fall verlieren! Doch sollte sie wirklich enthaltsam leben und keinen Fremden mehr kennenlernen dürfen? Sie musste einfach nur vorsichtiger sein, dachte Edda und sah sich um. Dieses Spiel würde nicht Otto gewinnen, sondern sie!

Die ersten Jahre im *Juwel* vergingen unglaublich schnell. Nur wenn Edda ihren Sohn traf, bemerkte sie den Unterschied. Er wurde immer größer und unabhängiger.

»Bald bist du ein richtiger Mann«, scherzte sie, als er ohne Bettina vorbeikam und darauf beharrte, dass er ganz allein mit der Trambahn fahren konnte.

»Wie viele Stationen musst du fahren?«, fragte sie prüfend.

Doch nichts leichter als das! Oskar gab jeden einzigen Halt wieder, als würde er das ganze Netz auswendig kennen.

Edda lachte.

»Willst du Trambahnfahrer werden, oder was ist mit dir los?«

Er schüttelte den Kopf und wurde auf einmal ganz ernst.

»Was ist denn nur los?«, hakte Edda nach. »Bald bist du mit der Schule fertig. Schlägt dir das etwa auf die Laune?«

Bei seinem letzten Besuch war Otto zugegen gewesen und hatte eine halbe Stunde auf ihn eingeredet. Es sei seine Pflicht, eine Ausbildung zu machen und einmal im *Juwel* zu arbeiten, fand der Wirt. Er sollte doch eines Tages dieses Lokal übernehmen, und das war das größte Geschenk, das sie ihm machen konnten. War da etwas Dankbarkeit etwa zu viel erwartet? Aber Oskar hatte andere Träume.

»Ich möchte etwas mit Stoffen machen. Ein Schneider werden und dir kostbare Kleider entwerfen oder so …«

Edda hätte es gerne gesehen, wenn ihr Sohn ebenfalls im *Juwel* arbeiten würde. Seite an Seite mit ihm das *Juwel* zu führen – so sahen ihre neusten Träume aus. Aber gleichzeitig hatte sie immer darunter gelitten, dass sich niemand so recht dafür interessiert hatte, was sie hatte werden wollen, und dass sie für ihre Träume ständig ausgelacht worden war. Dass sollte Oskar nicht passieren, schwor sie sich. Er war alt genug, seine eigenen Entscheidungen zu treffen.

»Hast du dir das auch gut überlegt?«

Er nickte eifrig.

»Und wo genau möchtest du die Ausbildung machen? Soll ich mich einmal umhören?«

»Das wäre fein!«

»Unsere Schneiderin hat gute Kontakte, die wird sicher eine Idee haben …«

»Ach, Mutti, du bist die Beste.«

Das ging bei Edda natürlich runter wie Öl. Sie sahen sich so selten, und sie war froh, wenn sie etwas für ihn tun konnte.

»Da fällt mir etwas ein!« Edda schlug sich mit der flachen Hand gegen die Stirn, und Oskar sah sie überrascht an.

»Hast du doch Bedenken?«

»Nein, im Gegenteil. Weißt du, wer gestern mit seiner

Frau im *Juwel* am Fenster saß und sich erst ein Süppchen und dann die Bratwürste mit Rösti hat schmecken lassen?«

Oskar hatte natürlich keine Ahnung, worauf sie hinauswollte, und Edda ließ ihn noch einen Moment zappeln.

»Na, sag schon!«, drängte er sie.

»Herr Adam!«, freute sie sich. »Den kennst du auch, oder?«

»Das ist der feine Herr, der elegante Anzüge mit einem Einstecktuch trägt. Und er hat ein sehr, sehr schönes Seidenhandelshaus …«

Oskar hatte glänzende Augen, als er sprach, und da wusste Edda, dass sie ihn bei seinem Vorhaben um jeden Preis unterstützen musste. Das *Juwel* war ihr Traum. Und bei Oskar waren es die Stoffe. Das würde sie ihm niemals ausreden können, so viel stand fest. Eine gewisse Hartnäckigkeit hatte er schließlich von ihr geerbt.

»Kennst du ihn gut?«, wollte er noch wissen. »Habt ihr euch unterhalten, als er im Lokal war?«

»Wir haben ein wenig geplaudert«, antwortete Edda lächelnd. »Und er hat mir versprochen, am Wochenende wiederzukommen, da seine werte Mutter Geburtstag hat und er ihn bei uns im Lokal feiern möchte. Ich habe ihm versprochen, ein paar Blümchen zu ihren Ehren auf den Tisch zu stellen. Bei der Gelegenheit kann ich ihn sicher aushorchen und nach einem Ausbildungsplatz für dich fragen.«

Oskar jubelte und warf sich ihr vor lauter Freude mit so viel Schwung um den Hals, dass sie fast umfiel.

»Ich bekomme ja keine Luft mehr!«, protestierte Edda scherzhaft.

»Das wäre so schön, wenn es klappt«, sagte Oskar leise.

»Sag mal, magst du eigentlich bei uns einziehen, wenn du die Ausbildung beginnst? Das haben wir uns doch immer so gewünscht.«

»Bei dir wohne ich gerne«, entgegnete ihr Sohn. »Aber zu Otto?«

»Du bekommst das Zimmer neben meinem, dann bekommst du von ihm nicht so viel mit. Einverstanden?«

Er strahlte sie an. »Na schön. Aber nur wenn du mir versprichst, dass ich nur auf dich und nicht auf ihn hören muss.«

Oskar streckte ihr seine Hand hin, und sie schlug schmunzelnd ein. Nun hatten sie einen geheimen Pakt!

Als Oskar gerade gegangen war, kam noch ein ganz besonderer Gast, der zu Besuch in der Stadt war – James Joyce. Edda konnte ihr Glück kaum fassen, dass der bedeutende Schriftsteller auch im *Juwel* einkehrte. Zahlreiche Gäste hatten ihr schon von dem Iren erzählt, der ab 1915 für ein paar Jahre in Zürich gelebt hatte, aber seit Ende des Ersten Weltkriegs in Paris lebte. Es hieß, dass er sein Augenleiden lieber in der Schweiz behandeln lasse und dass er daher bald öfter zu Besuch kommen würde. So wie es aussah, stimmten die Gerüchte also …

»Welch ein Glück, Sie hier zu sehen, Herr Joyce.«

Der große, schlanke Mann mit dem Schnauzbart und den dunklen, nachdenklichen Augen hatte an einem Tisch unweit des Tresens Platz genommen. Von dort hatte er den ganzen Raum im Blick, und gleichzeitig konnte er hinter der Zeitung verschwinden, wenn er seine Ruhe wollte. Seinen Spazierstock hatte er gegen die Wand gelehnt, der typische Seidenhut lag auf dem Stuhl neben ihm. Edda stellte sich neben seinen Tisch, während er in der Speisekarte blätterte.

»Guten Tag, Frau Patronin. Ich habe schon viel von Ihnen gehört.«

Er nannte sie auch so! Edda schmunzelte: »Genau das Gleiche wollte ich auch gerade zu Ihnen sagen. Ich frage mich schon länger, wann wir uns endlich einmal kennenlernen. Wie ist Ihr Befinden? Plagen Sie wieder einmal die Augen?«

Er seufzte. »Deshalb bin ich hier. Morgen werde ich ein weiteres Mal operiert, ich sehe kaum noch etwas.«

»Sind Sie gut untergebracht?«

»Einmal mehr im *Gotthardt* in der Bahnhofstraße.«

»Sehr gute Wahl!«

»Wenn nur der Anlass nicht so bedauerlich wäre!«, klagte er.

»Immerhin führen Sie diese Eingriffe zu uns in die Stadt. Und ich bin sicher, dass die Schweizer Spezialisten Ihnen Ihr Augenlicht zurückbringen.«

»Ja, das ist es, was ich auch jedes Mal zu Nora sage …«

Da brachte Lina ihm schon seine Lieblingssuppe aus der Küche.

»Ach, wie das duftet!«, schwärmte der Schriftsteller. Hungrig beugte er sich über den Teller, und da er in diesem Moment alles um sich herum zu vergessen schien, ließ Edda ihn in Ruhe das Essen genießen.

»Ihr Essen bei uns geht natürlich aufs Haus«, stellte sie fest, und James sah sie dankbar an. Edda wusste ja, dass das Geld bei ihm nicht sonderlich locker saß. Zu seinem Glück hatte er in der ganzen Stadt zahlreiche gut situierte Bekannte und Förderer, und so gelang es ihm bei jedem Besuch, dem Genuss zu frönen, der ihm so wichtig war. Ganz uneigennützig war Eddas Verhalten natürlich nicht: Wenn sie den irischen Gast gut behandelte, würde er sicher bei seinem nächsten Besuch wiederkommen. Und was gab es Besseres fürs Renommee, als jemanden wie James Joyce unter den Stammgästen zu haben?

Nach dieser Begegnung hatte Edda tagelang gute Laune. Endlich bekam sie etwas zurück, endlich standen die Zeichen auf Erfolg. Welche bedeutenden Persönlichkeiten könnte sie noch kennenlernen? So war sie immerhin von ihrer Ehe abgelenkt. Auch Oskar sah sie viel öfter. Seit sie über seine Zukunftspläne gesprochen hatten, kam er alle paar Tage vorbei, da er hoffte, dass Edda gute Nachrichten für ihn hatte. Langsam wurde ihre Beziehung besser und inniger. Lina hatte schon recht gehabt: Eines Tages würde er verstehen, warum er seine Mutter während seiner Kindheit so selten gesehen hatte. Denn eines Tages würde er sich seine eigenen Träume erfüllen können, und Edda würde ihn dabei unterstützen.

»Hast du schon etwas in Erfahrung gebracht?«, fragte Oskar, als er einmal mehr vorbeikam.

Edda überlegte kurz, ob sie ihn noch länger auf die Folter spannen sollte … Doch er merkte gleich, dass sie sich anders benahm als sonst.

»Ist das ein Ja? Sag schon – wie sieht es aus?«

»Ich habe mich mit Herrn Adam unterhalten und ihm eine Flasche Champagner spendiert. Er freut sich schon darauf, dass du nächsten Monat deine Ausbildung dort beginnst.«

Oskar machte einen Luftsprung und fiel Edda um den Hals.

»Du bist großartig«, jubelte er. »Ach, was sage ich. Du bist phänomenal!«

Sie sahen sich erleichtert an. Doch auf einmal stand Otto im Zimmer, und die beiden erstarrten. Was wollte er von ihnen? Edda hatte erst später am Abend mit ihm gerechnet.

»Na?«, sagte er betont freundlich und klopfte Oskar forsch auf die Schulter. Dann drückte er Edda sogar einen Kuss auf die Wange. Das hatte er lange nicht getan, was steckte bloß dahinter?

»Ich geh dann mal«, sagte Oskar schnell, dem die Situation unangenehm zu sein schien.

»Warte kurz«, wandte Otto allerdings ein. »Es gibt da noch etwas Wichtiges, was ich mit euch besprechen muss.«

Edda sah betreten zu Boden und ahnte nichts Gutes. Otto hatte bereits eingewilligt, dass ihr Sohn zu ihnen zog. Hatte er es sich etwa anders überlegt? Auch Oskar schwieg.

»Ihr benehmt euch, als würden wir auf ein Begräbnis gehen«, wunderte sich Otto. »Dabei habe ich doch nur gute Neuigkeiten.«

»Und die wären?«, fragte Edda. »Hat es etwas mit dem *Juwel* zu tun? Haben wir mehr Gewinne gemacht als gedacht?«

»Es hat etwas mit uns dreien zu tun«, sagte Otto geheimnisvoll.

»Dann spuck es schon aus!«, drängte sie ihn.

»Edda, wir sind schon länger verheiratet«, setzte er an. »Und Oskar beendet bald die Schule. Danach wartet sicher eine große Laufbahn auf ihn, so gescheit, wie er ist. Aber ihr wisst ja, dass es immer wieder Fragen gibt. Warum heißt der Sohn der Wirtin nicht ebenfalls Wiederkehr? Wer ist sein Vater, und warum hat er sich davongemacht?«

Allein beim Gedanken an Beat zog sich Eddas Brust schmerzhaft zusammen, und ihr Herz schlug sofort schneller. So viele Jahre waren seit seinem Tod vergangen, und dennoch vermisste sie ihn mit einer Wucht, dass es ihr selbst fast unheimlich war.

»Die ganzen Unterstellungen gefallen mir gar nicht«, gab Edda zu.

»Mir auch nicht!«, pflichtete Oskar ihr bei.

»Nun … ich weiß eine Lösung«, stellte Otto fest und reckte den Kopf stolz in die Höhe. Als Edda und Oskar ihn fragend ansahen, fuhr er schnell fort.

»Ich werde Oskar adoptieren. Dann heißen wir alle Wiederkehr, und Oskar hat keine Nachteile mehr, wenn er eine Anstellung sucht.«

»Hmmm«, sagte Edda. War das eine gute Idee? Erst vor

Kurzem hatte Otto sie wüst bedroht, und nun das? Wollte er sie noch stärker an sich binden, um sie auf keinen Fall zu verlieren? Sie traute ihm nicht, aber auf der anderen Seite ging es nicht um sie. Oskars Zukunft musste doch bei ihren Überlegungen im Grunde an erster Stelle stehen … Während sie noch hin und her überlegte, schien Oskar schon einen Schritt weiter zu sein. Er mochte Otto zwar nicht, aber der Vorteil, den Namen Wiederkehr zu tragen, schien für ihn wichtiger zu sein. Das lag wohl auch daran, dass er derzeit an sein berufliches Weiterkommen dachte und offenbar jedem Gerede aus dem Weg gehen wollte.

»Für mich passt es«, sagte Eddas Sohn trocken. »Aber eine wichtige Bedingung habe ich noch.«

»In Ordnung«, antwortete Otto. »Einen Wunsch werde ich dir schon erfüllen können.«

Edda hatte auf einmal so eine Ahnung und starrte ihren Sohn verwundert an. War er wirklich schon so abgebrüht und wusste, wie er die Gunst der Stunde zu nutzen hatte? Er würde doch nicht ernsthaft …

»Ich werde meine Ausbildung nicht im *Juwel* machen«, forderte er. »Sondern ich suche selbst aus, welchen Beruf ich einschlagen möchte. Sonst bleibe ich lieber ein uneheliches Kind.«

Otto schluckte. Sein Blick wanderte von seiner Frau zu seinem zukünftigen Stiefsohn. Oder machte er noch einen Rückzieher? Doch er hatte sich weit aus dem Fenster gelehnt, und es war schwer, nun wieder zurückzurudern. Wie würde er dann vor Edda dastehen?

»Na, schön!«, lenkte er ein und streckte Oskar eine Hand hin. Der Junge schlug nach einem kurzen Moment des Zögerns ein, und Edda legte ihre schmale Hand darauf, um den Bund endgültig zu besiegeln.

»Dann sind wir jetzt eine Familie«, erklärte sie. Ein Teil

von ihr freute sich, ein Teil von ihr sah dem Ganzen etwas bang entgegen. Konnte das alles wirklich gut gehen?

Doch Oskar schien nur noch an seine Zukunft als erfolgreicher Seidenhändler zu denken. Er zog mit seinen Habseligkeiten in den zweiten Stock des *Juwels*, und Edda ließ für ihn ein paar neue Möbel anfertigen, damit er sich auch wirklich wohlfühlte. Auch die Adoption hatten sie dank Ottos guter Beziehungen regeln können, auf dem Papier gehörten sie nun alle zusammen. Oskar begann seine Ausbildung und war in den ersten Wochen so beschäftigt, dass Edda ihn meistens nur kurz zu Gesicht bekam. Oft hörte sie ihn schon morgens pfeifend durch den Flur gehen.

»Du hast ja seit Neuestem immer gute Laune«, wunderte sie sich.

»Ich wohne bei dir, und meine Ausbildung ist ein Traum«, entgegnete er. »Worüber soll ich da klagen?«

Edda lächelte. »Essen wir mal wieder zusammen? Und du erzählst mir, wie es dir bei Adam ergeht?«

»Gerne. Am Sonntag? Um eins?«

»Wunderbar, das machen wir.«

Edda hielt ihnen einen Tisch frei, und als Oskar am Sonntag die Brasserie betrat, ließ sie sich von Lina umgehend eine Flasche Champagner bringen.

»Ich habe dich vermisst«, sagte Edda und drückte ihn fest. »Endlich hast du Zeit für mich.«

»Es war viel los bei Adam. Aber nun bin ich ja da. Ich muss schließlich hier nach dem Rechten sehen und überprüfen, wie es meiner Mutti geht.«

Schnell schob Edda die Ärmel ihrer Bluse bis zu den Handgelenken vor. Aber die abrupten Bewegungen waren so auffällig, dass Oskar sie prüfend ansah.

»Hat er dich wieder angerührt?«, fragte er und musste

sich ganz offensichtlich zwingen, vor den Gästen nicht laut zu werden. »Wenn ich ihn erwische …«

Edda schwieg und sah zu Boden. »Er meint es nicht so.«

»Wie bitte?«

»Der Alkohol und der Druck machen aus ihm einen anderen Menschen.«

»Das ist keine Entschuldigung, und das weißt du genau. Seit der Eröffnung höre ich das von dir.«

»Ich weiß.«

»Wie lange willst du noch warten?«

Edda seufzte. »Komm, setz dich«, versuchte sie ihn abzulenken. »Hast du Zeit mitgebracht?«

Als die Tür zur Küche aufging, hielt Oskar kurz den Atem an. »Wie gut es riecht!«, freute er sich. »Wann habe ich zuletzt die feinen Rösti von Luise gegessen? Und ich bin sicher, Leopolds Kalbsgeschnetzeltes schmeckt auch mit jedem Tag besser.«

»Aber sicher«, pflichtete Edda ihm bei, denn sie war mehr als froh über den Themenwechsel.

Sie ließ ihren Blick durch die Brasserie gleiten. Der erste Schwung Gäste war schon wieder gegangen, und zu ihrem Glück war es nun ab ein Uhr etwas leerer. In etwa vier Stunden würde die nächste Fuhre zum Abendessen kommen. Aber bis dahin konnte sie etwas durchschnaufen und sich zu ihrem Sohn setzen. Schließlich hatte er noch gar nicht viel von Adam erzählen können, ihre letzten Treffen waren viel zu kurz gewesen. Wenn Otto in der Nähe war, verschwand Oskar schneller, als Edda protestieren konnte. Und wenn es im *Juwel* zu voll war und ständig jemand die Aufmerksamkeit der Wirtin beanspruchte, hatten Mutter und Sohn auch kaum etwas voneinander. Edda holte ein Körbchen mit zwei Bürli und stellte etwas Butter dazu. Luise hatte sie vor Kurzem auf die Idee gebracht, dass die Gäste das mögen würden.

»Stell ihnen gleich etwas hin, um den ersten Hunger zu stillen.«

»Denkst du nicht, dass sie dann weniger bestellen werden?«

»Im Gegenteil. Zufriedene Gäste gönnen sich eher noch etwas Gutes!«

Edda war nicht sicher, ob sie recht hatte, aber sie ließ sich überzeugen, das neue Ritual für ein, zwei Wochen auszuprobieren. Und was geschah dann? Die duftenden Brötchen mit der knusprigen Kruste wurden einhellig mit Begeisterung aufgenommen.

»Wie köstlich die sind!«, hieß es überall.

Schon nach einem Tag war klar, dass sie auf die Bürli nie wieder verzichten durften, wenn sie die Gäste nicht verärgern wollten, und Luise lächelte still vor sich hin. Mit der Butter wurde es manchmal knapp, aber jeder verstand, wenn es nur winzige Portionen gab oder sie aufgrund der anhaltenden Engpässe ganz darauf verzichten mussten. Für Oskar hatte Edda noch einen Rest Butter auftreiben können, und er strahlte, als er das Gebäck damit bestrich.

»Welch ein wunderbarer Luxus!«, seufzte er verzückt. »Bei Bettina habe ich nie so feine Butter gesehen. Und das Brot war oft steinhart und trocken.«

Edda freute sich. »Aber jetzt erzähl schon!«, drängte sie ihn. »Wie läuft es bei Adam? Was sind deine Aufgaben, und wie läuft so ein Arbeitstag bei euch ab?«

»Es ist einfach wunderbar«, freute sich Oskar. »Ich muss natürlich viel lernen, und manchmal raucht mir ganz schön der Kopf, aber es bereitet mir außerordentliches Vergnügen. Diese Stoffe!« Er schüttelte begeistert den Kopf. »Das sind einzige Prachtstücke ... Ich freue mich schon darauf, wenn ich meine eigenen Muster entwerfen kann.«

»Für wen stellt ihr die Stoffe her?«

»Herr Adam beliefert die internationalen Modeschöpfer

mit den neuesten Stoffkreationen. Aber wir stellen sie nicht selbst her.«

»Jetzt bin ich vollkommen verwirrt. Was macht ihr denn dann?«

»Adam ist ein Converter, Mutti. Das bedeutet: Wir entwerfen ganz unterschiedliche Stoffmuster, und andere Firmen weben dann die Stoffe.«

»Aber wie funktioniert das?«, hakte Edda nach. So ganz konnte sie sich das noch nicht vorstellen. »Welche Vorlagen bekommen sie zum Weben von euch? Ihr macht ja wohl keine Tuschezeichnungen für sie?«

Oskar lachte. »Das wäre ja etwas! Nein, das funktioniert anders. Aber willst du diese Feinheiten wirklich wissen?«

»Sicher!«, antwortete Edda bestimmt. »Ich muss mir doch vorstellen können, womit du dich tagein, tagaus beschäftigst.«

»Na gut.« Oskar lehnte sich im Stuhl zurück. »Als Erstes fertigen wir einen Handentwurf des Musters an. Dieser Entwurf wird dann von einem Dessinateur auf das Millimeterpapier übertragen.«

»Warum kann es kein normales Papier sein?«

Oskar schmunzelte. »Später beim Weben ist das wichtig. Die vertikalen Linien kennzeichnen die Kettfäden, und die horizontalen Linien stehen für die Schussfäden.«

»Aha. Und was passiert als Nächstes mit diesem Muster?«

»Wir können es mit einem sogenannten Schläger auf eine Lochkarte übertragen. Diese Karte spannen wir dann in den Webstuhl, und so wird dafür gesorgt, dass unser exquisites Muster ganz nach unseren Vorstellungen auf dem Stoff landet.«

»Wahnsinn!«, wunderte sich Edda. »Wozu die Technik in der Lage ist …«

»Da müssen wir uns bei einem französischen Seidenweber

bedanken. Joseph-Marie Jacquard hat im Jahr 1805 die mechanischen Webstühle weiterentwickelt und das Prinzip mit der Lochkarte erfunden. Seitdem können gemusterte Gewebe mühelos hergestellt werden.«

»Ja, du und die Stoffe. Das ist wirklich eine ganz besondere Liebe. Ich kann mich noch erinnern, wie du hier vor der Eröffnung im Lokal saßt und mit den Resten der Schneiderin gespielt hast.«

»Die Stoffe im Korb waren ganz schön«, erinnerte er sich. »Aber jetzt habe ich wirklich mit den modischsten Stoffen zu tun, die er derzeit gibt.«

»Und diese Kostbarkeiten sind wirklich nur für Modeschöpfer? Und was ist mit Frauen wie mir?«

»Eines Tages wirst du natürlich auch so eine Robe tragen. Darauf freue ich mich schon. Du kannst dir gar nicht vorstellen, wie außergewöhnlich diese Kleidungsstücke sind. So etwas Elegantes hast du noch nie gesehen!«

»Dann sei schön fleißig, damit ich nicht mehr lange auf mein neues Kleid warten muss«, neckte Edda ihn. »Da werden die Gäste dann aber Augen machen.«

Oskar nahm sich das letzte Stück Bürli und genoss jeden Bissen.

Edda schlug sich erschrocken gegen die Stirn! »Ich habe das Essen vergessen. Rösti und Geschnetzeltes für dich? Wie immer?«

»Au ja!«

Edda eilte in die Küche. Zu ihrem Glück kannten ihre Köche ihren Sohn genauso gut wie sie, und Luise hatte die Leibspeise längst gekocht. Als sie die Patronin erblickte, stellte sie das Gericht für Oskar auf einen Servierwagen.

»Für dich ist auch eine Portion dabei!«, stellte sie fest. »Lasst es euch schmecken.«

»Du bist und bleibst die Beste!«, jubelte Edda. »Danke!«

Sie strich ihrer fabelhaften Köchin über den Arm und schob dann das Essen selbst an den Tisch, an dem Oskar gedankenversunken saß.

»Das ging aber schnell!«, wunderte er sich, als Edda zurückkam.

»Ich weiß.« Sie sah ihn siegessicher an. »Das beste Personal arbeitet eben im …«

»… *Juwel*!«, beendete er ihren Satz. »Aber jetzt muss ich essen.«

Edda lächelte und sah ihm zu, wie er genussvoll die Rösti in kleine Stücke zerteilte und sie mit der Gabel in die feine Soße tunkte, bevor er sie sich in den Mund schob.

»Die sind ein Gedicht!«, lobte er. Das sagte er jedes Mal. Und jedes Mal benahm er sich so, als hätte er dieses Gericht noch niemals zuvor gegessen. Von diesem Ritual konnte Edda gar nicht genug bekommen.

Als Oskars Teller bis auf den letzten Rest leer war, setzte er jedoch einen ernsteren Gesichtsausdruck auf.

»Was ist denn los mit dir?«, fragte Edda besorgt. »War das Fleisch nicht gut?«

»Das war vorzüglich. Ich musste lediglich gerade an Otto denken.«

Edda stöhnte auf. »Verdirb mir nicht diesen schönen Nachmittag! Mit meinem Mann komme ich schon zurecht.«

»Da bin ich mir nicht so sicher. Er ist stärker und größer. Und wir wissen beide, wozu er in der Lage sein kann.«

»In letzter Zeit hat Otto weniger getrunken«, beruhigte sie Oskar. »Diese Ausfälle werden nicht mehr vorkommen.«

»Das wäre zu schön, um wahr zu sein.«

Er verabschiedete sich, und Edda drückte ihn fest an sich. Die Sorglosigkeit war verschwunden, und sie ärgerte sich, dass Otto selbst, wenn er nicht da war, solch einen Einfluss hatte.

»Bestimmt wird alles bald besser«, sagte sie mit fester Stimme und versuchte sich nicht anmerken zu lassen, dass sie selbst von ihren Worten nicht ganz überzeugt war.

»Hoffentlich!«, antwortete Oskar.

Zwischen den Fronten

1936/37

Es gab so viel zu tun und zu lernen und auszuprobieren! Edda fiel jeden Abend hundemüde ins Bett. Mehr als zehn Jahre waren seit der Eröffnung des *Juwels* vergangen. Zehn Jahre – sie hatte im Jahr zuvor ihren 45. gefeiert, Oskar war 20 geworden und arbeitete als Chefdesigner bei Adam. Wie war die Zeit so schnell dahingerast? Aber nun, wo sich Mutter und Sohn ihre großen Träume erfüllt hatten, waren sie sich nahe wie nie zuvor. Sie spürten, dass sie ganz ähnlich tickten, und hielten zusammen, wenn Otto sich danebenbenahm. Gemeinsam würden sie alles schaffen, dachte Edda. Da ahnte sie noch nicht, dass ihr erneut ein Abschied bevorstand, mit dem sie nicht rechnete. Nichts ahnend sonnte sie sich im Erfolg des *Juwels*.

»Sie sind das Herz des Lokals«, hatte am Vorabend Marianne Rieser zu ihr gesagt. Die Schwester des Schriftstellers Franz Werfel stammte aus einer großbürgerlichen jüdischen Familie aus Prag und war seit über zehn Jahren mit Ferdinand Rieser verheiratet. Gemeinsam leiteten die beiden das *Theater am Pfauen*, wobei Marianne vor allem für die Bearbeitung der Stücke zuständig war. Das Paar war einmal mehr mit der ganzen Truppe nach einer Premiere ins *Juwel* gekommen.

»Ich bewundere dich so, Edda. Wirklich, wie ihr euch das alles aufgebaut habt. Es ist ein Traum!«

Ja, war Edda versucht zu sagen, aber sie genoss das alles lieber im Stillen. Sie hatte es nicht nötig, sich selbst auf die Schulter zu klopfen. Solange alle Tische besetzt waren und die Stimmung gelöst war, war sie in ihrem Element und sog alle Eindrücke auf wie ein Schwamm, damit sie später noch davon würde zehren können. Edda stieß mit allen an und ließ sich von dem Theaterabend und den Reaktionen des Publikums erzählen. Diese heiteren, leicht überdrehten Treffen mochte Edda ohnehin fast am liebsten. Es wurde mehr getrunken als gegessen, aber die fröhliche Stimmung steckte oft auch die anderen Gäste an und animierte diese, länger zu bleiben. Über alle Tische hinweg machte sich eine wunderbare Albernheit breit, Witze wurden gerissen, und alle lachten, selbst wenn die Pointe vergessen wurde. Edda ließ sich vom Burgunder nachschenken und ging mit dem Weinglas in der Hand in langsamen Schritten vom Tresen in Richtung Fenster. Sie schüttelte Hände, sah sich immer wieder um, um zu überprüfen, ob es auch wirklich allen Gästen gut ging, und genoss ansonsten dieses ungeheuer gute Gefühl, am richtigen Fleck zu sein. Aus dem Augenwinkel sah sie Lina, die von einem groß gewachsenen schlanken Tänzer etwas ins Ohr geflüstert bekam.

Die schüchterne Tilla mit den großen Rehaugen und der glockenhellen Stimme und die resolute Betty mit dem kräftigen Händedruck und den kernigen Sprüchen hatten vor einigen Tagen neu als Serviermädchen angefangen. Sie waren mitunter noch etwas unsicher, verwechselten die Tische und hatten ihre Mühe, die Namen der berühmten Gäste so schnell zu lernen. Aber das würde schon werden … es waren schließlich genügend erfahrene Kräfte da, die aushelfen konnten und rechtzeitig eingriffen, wenn etwas schiefging.

Die Mannschaft im *Juwel* wuchs und wuchs. Edda hatte gezögert, ob sie sich tatsächlich erlauben konnten, so viele neue Mitarbeiter einzustellen. Doch was sein musste, musste eben sein! Sie scheute immer noch die Ausgaben, wachte nachts manchmal auf und rechnete wirre Dinge aus. Aber sie hatte die Bücher schließlich geprüft ... Von den Zahlen her waren sie im grünen Bereich, Höhenflüge waren selbstverständlich nicht möglich, aber ihr Wachstum war solide.

Die drei Köche hatten sie dazu bekniet, auch in der Küche für Nachschub zu sorgen.

»Unsere Gerichte sind deliziös«, lobte Leopold sich selbst und grinste schelmisch. »Aber das wird auf Dauer nicht reichen, Edda. Wir müssen vorbereitet sein und uns rechtzeitig besser aufstellen.«

»Was schlagt ihr vor?«, hakte Edda nach. »Brauchen wir einen vierten Koch?«

»Nein, das glaube ich nicht«, wiegelte Luise ab.

»Fällst du uns in den Rücken?«, wunderte sich Leopold.

»Das wundert mich jetzt aber auch«, beschwerte sich François.

»Versteht mich nicht falsch, wir brauchen vier, wenn nicht sogar fünf in der Küche. Aber ich denke, wir sollten es anders organisieren.«

»Erzähl weiter!«, drängte Leopold.

»Wir drei sind voll und ganz mit den Hauptgerichten beschäftigt. Jeder von uns hat seine besondere Stärke, Leopold beherrscht die Klassiker wie kein anderer, François ist der Meister der ungewöhnlichen Gerichte, und ich zaubere euch die besten Rösti und die anderen Beilagen dazu. Das wisst ihr ja bereits ...«

Alle nickten.

»Stellt euch vor, wir hätten noch einen Patissier wie die Spitzenlokale von Welt. Dein Apfelstrudel ist ein Gedicht,

Leopold. Aber unsere Gäste kommen von immer weiter her, ihre Wünsche werden wir bald nicht mehr erfüllen können. Kommen wir ihnen lieber zuvor und bieten ihnen schon jetzt viel mehr.«

Edda seufzte. »Das kostet wieder eine schöne Stange Geld. Und ich dachte, wir können endlich einmal mehr Franken zurücklegen.«

»Die Zeit wird kommen«, versuchte Leopold, sie zu beruhigen.

»Aber wann?«, fragte Edda, halb im Scherz, halb aufgrund ernsthafter Bedenken.

»Es geht aber nicht nur um die Desserts«, fügte François noch hinzu.

»Was fehlt uns denn noch?«, wollte Edda mit gespieltem Entsetzen wissen.

»In meiner Heimat ist es gang und gäbe, dass es einen Rotisseur und manchmal auch noch einen Saucier gibt. Das hebt die Küche nochmals auf ein viel höheres Niveau.«

»Daran habe ich auch gedacht. Nur die Kosten …«

»Es läuft aber doch derzeit sehr gut!«, wandte Luise ein.

»Wir dürfen auf keinen Fall die Gäste wieder verlieren, die wir in den letzten Jahren gewinnen konnten«, pflichtete Leopold ihr bei. »Hin und wieder sind Veränderungen gefragt.«

»Nur die Köche darfst du nie wieder wechseln!«, sagte François und lachte so schallend, dass er die anderen umgehend ansteckte.

»Das habe ich nicht vor«, sagte Edda. »Ihr habt schon recht. Ich rede später mit Otto, und dann werdet ihr vermutlich schon bald ein oder zwei zusätzliche Gesichter in der Küche sehen. Es wäre doch gelacht, wenn wir nun wie die Hasenfüße nichts mehr riskieren.«

»Das ist die Edda, wie wir sie kennen und mögen!«, jubelten die Köche. Die drei waren so eingeschworen wie Geschwister, sie schienen sich blind zu verstehen. Jeder hatte ein besonderes Talent, und sie wussten, dass sie gemeinsam noch viel stärker waren als alleine. Statt sich misstrauisch zu beäugen und die anderen überholen zu wollen, halfen sie sich gegenseitig und berieten sich, wenn jemand eine Frage hatte oder von einem Rezept nicht vollends überzeugt war.

Nun musste Edda nur noch ihren Mann davon überzeugen, dass sie noch mehr Geld in die Hand nehmen mussten.

»Da mache ich nicht mit!«, war seine erste Reaktion. »Du wirfst unser Geld zum Fenster hinaus.«

»An deiner Stelle wäre ich ganz still. Ich will nicht wissen, was uns deine Trinkerei kostet.«

Otto schwieg ertappt. Ihm fiel kein Gegenargument mehr ein, und Edda beschloss, ihm das Messer auf die Brust zu setzen.

»Ich sage niemandem, wie schlecht es um dich bestellt ist, und du lässt mich die zusätzliche Arbeitskraft einstellen. In Ordnung?«

Er brummte etwas vor sich hin, was die Patronin als Einverständnis wertete.

Der neue Patissier war zum Glück schneller gefunden als gedacht. Das lag einzig und allein an François, der einen Bekannten empfahl, der aus dem gleichen kleinen Ort im Elsass stammte. Er hieß René, und obwohl er täglich mit Zucker und Sahne zu tun hatte, hatte er kein Kilo zu viel auf den Hüften. Er war groß gewachsen und gertenschlank, hatte dunkle Haare und einen dünnen Schnurrbart. Edda mochte ihn gleich, als er verlegen durch das Lokal lief und alles bewunderte. Er strich über die edlen Samtbezüge der Sitzbänke und Stühle, lobte das schöne Porzellan und die üppigen Blumensträuße, bewunderte die Wappen der Zünfte an den Wänden und den gemütlichen und gleichzeitig eleganten Charakter der Brasserie. Bevor er mit der Arbeit begann, brachte er lauter Köstlichkeiten mit, um die Wiederkehrs und die Köche von seinem unvergleichlichen Talent zu überzeugen. René reihte die Köstlichkeiten auf dem Tisch neben dem Tresen auf, es waren schließlich noch keine Gäste da, die es stören oder die vielmehr neidisch werden konnten. Edda überzeugte allein der Anblick, aber sie nahm sich insgeheim vor, eine strenge Patronin zu sein und ihn ein wenig auf die Folter zu spannen.

»Ahh!«, machte Luise.

»Ohh!«, ertönte es fast zeitgleich aus François' und Leopolds Kehlen.

Edda musste schmunzeln. Ihre Mitarbeiter machten große Augen, und ihnen schien das Wasser schon im Munde zusammenzulaufen. Bei ihnen hatte René bereits gewonnen, so schien es. Aber was waren das auch für Delikatessen, die er für sie zubereitet hatte! Kleine fruchtige Törtchen standen neben feinen Cremes, die mit Schokoflöckchen garniert waren. Die geschichteten Desserts sahen so exquisit aus, dass Edda kaum wagte, mit der Gabel hineinzugehen. Dazu gab es mehrere Kuchen, zartes Schokomousse und diverse Sorbets.

»Was ist das hier genau?«, fragte Luise und zeigte auf eine runde Torte, die mit einer Zuckerglasur und kandierten Früchten verziert war. »Die sieht einfach vorzüglich aus.«

Mit stolzgeschwellter Brust schnitt der talentierte Patissier für sie ein Stück ab. Wieder war umgehend ein »Ahhh!« und »Ohhh!« zu hören.

»Das ist eine sizilianische Schichttorte«, erklärte René. »Eine Cassata. Sie wurde ursprünglich nur zu Ostern oder bei Hochzeiten serviert, aber ich finde, so streng sollten wir hier nicht sein.«

»Auf keinen Fall!«, pflichtete ihm Luise mit vollem Mund

bei. Dann reichte sie ihren Teller an Leopold weiter, der auch probieren durfte.

»Welch vorzügliche Creme!«, lobte er. »Und dieser Biskuitteig – einfach köstlich.«

Edda probierte ebenfalls, und obwohl sie die Torte vorzüglich fand, bemühte sie sich, nicht so verzückt wie ihre Köche zu sein. Ein wenig wollte sie den Neuen schon noch auf die Probe stellen. Ob er auch die Schweizer Klassiker beherrschte? Es sollte zwar neuer Wind ins *Juwel* einziehen, aber ohne ein paar bekannte Desserts auf der Karte würden die Gäste sicher auch enttäuscht sein.

»Wie sieht es mit den Klassikern aus?«, fragte sie streng. »Sind Ihre Vermicelles so köstlich wie diese Angebertorte?«

»Edda!«, zischte Luise ihr leise zu. »Das kannst du doch nicht sagen!«

Die Patronin zwinkerte ihrer Köchin zu. Und ob sie das konnte! Der Patissier schien kurz aus der Fassung geraten zu sein, aber er fing sich schnell wieder und lachte.

»Aber selbstverständlich! Am liebsten serviere ich Vermicelles mit einer Kugel Vanilleglace, Schlagrahm und Meringues.«

»Sie meinen als Coupe Nesselrode?«, hakte Edda interessiert nach. »Wieso heißt dieses Dessert eigentlich so?«

»Nun, man geht davon aus, dass der angesehene Diplomat Karl Robert Graf von Nesselrode dieses Gericht vor mehr als hundert Jahren beim Wiener Kongress aufgetischt bekam und es selbstbewusst nach sich selbst benannt hat. Es wird zudem gemunkelt, dass kein anderer als Marie-Antoine Carême, einer der berühmtesten Köche seiner Zeit damals, für die Verköstigung der Delegationen zuständig war.«

Nun war Eddas Widerstand gebrochen. Sie hatte ihn genügend auf die Probe gestellt, fand sie. Und was sollte sie auch bemängeln? Sein Handwerk beherrschte er offenbar wie kein anderer, und auf den Mund gefallen war er zum Glück auch nicht. Er schien gut zu den anderen drei zu passen.

»Was soll ich sagen? Sie sind mindestens so gut wie Carême«, lobte Edda. »Wenn Sie mögen, begrüße ich Sie herzlich als Teil des *Juwels*. Einverstanden?«

René strahlte und schüttelte reihum allen die Hände. »Gerne«, antwortete er aufgeregt. »Nichts lieber als das!«

»Gut«, freute sich Edda. »Dann bin ich ab sofort nicht mehr Frau Wiederkehr, sondern Edda. Wir halten es hier nicht so förmlich, wir sind eher wie eine große Familie.«

Und so kam es, dass die Gäste beim Anblick der neuen Dessertkarte in Verzückung gerieten. Manch einer konnte sich nicht entscheiden und bestellte statt einer eben kurzerhand zwei Köstlichkeiten. Die Begeisterung war groß, und Edda genoss es, von Tisch zu Tisch zu gehen, hier und da noch etwas Wein nachzuschenken und mit den satten, zufriedenen Leuten ins Gespräch zu kommen.

Das war es, wovon sie immer geträumt hatte, sinnierte sie. Das Leben zumindest für den Moment ein Stückchen besser zu machen und mit köstlichem Essen und feinsten Getränken von dem tristen Grau des Alltags abzulenken.

Die politische Lage konnte sie so natürlich nicht verändern. Die Zahl der Arbeitslosen stieg mehr und mehr – mehr als 120000 waren es in der Schweiz, und im *Juwel* war es ein großes Thema, wie dies verbessert werden konnte. Einige Meinungsführer hatten eine Abwertung des Frankens ins Gespräch gebracht, wie es Großbritannien und die USA schon vorgemacht hatten, denn die wirtschaftliche Lage im Land verschlechterte sich zunehmend. Seit der großen Krise war auch Gold als Währung nicht mehr so gefragt. Und so kam es, dass der Franken um ganze 30 Prozent abgewertet wurde. »Ein Franken bleibt ein Franken« – dieser Satz des

Bundespräsidenten Meyer wurde halb belustigt, halb beunruhigt in den folgenden Tagen von den Gästen immer wieder zitiert. Wie würde es nun weitergehen? Würde nun tatsächlich eine Erholung der Wirtschaft folgen?

Den Lauf der Dinge konnten sie im *Juwel* nicht ändern. Aber wenn Edda den Blick durch den Raum schweifen ließ, dann gaben ihr die zufriedenen Gesichter recht. Sie schienen zumindest an diesem Abend den Ernst des Lebens vor der Tür gelassen zu haben. Zu später Stunde war die Stimmung ohnehin am ausgelassensten. Da wurde mehr getrunken, mehr bestellt, mehr gelacht. Hin und wieder fiel auch jemand vom Stuhl, der etwas zu tief ins Weinglas gesehen hatte, aber dann half eines der Serviermädchen ihm diskret wieder hoch, und alle taten so, als wäre nichts geschehen. Doch es ging nicht nur darum, die Welt zu vergessen und sich alles schönzutrinken. Neben der Flucht gab es auch den Diskurs um die Entwicklungen im Rest der Welt. Tagsüber drehten sich die Gespräche oft um die Politik, wenn die Studenten kamen, diskutierten sie besonders hitzig, und auch die Journalisten und die Schriftsteller tauschten sich über die Entwicklungen aus.

Da Edda das Lokal kaum verließ, war sie abgeschnitten von dem Geschehen in der Stadt. Sie traute sich nicht so recht, alleine auszugehen. Otto wiederholte in regelmäßigem Abstand seine Drohung, dass sie alles verlieren würde, wenn er sie mit einem Mann erwischte. Auch wenn es sie ärgerte, machte er ihr damit tatsächlich ordentlich Angst. Ein Leben ohne das *Juwel* war unvorstellbar für sie … Gleichzeitig wuchs die Sehnsucht nach einem Mann, nach Berührungen, nach Nähe. Sollte dafür in ihrem Alter etwa keine Zeit mehr sein? Im Stillen verliebte sich Edda immer wieder. In einen Pianisten, der so schöne Hände hatte. In einen Schriftsteller, bei dessen Lachen ihr das Herz aufging. In einen Regisseur, der immer so verloren wirkte und den sie gerne auf andere Gedanken gebracht hätte. Aber die Patronin hielt sich zurück, beobachtete die Männer aus der Ferne und genoss die Liebe in Gedanken. Eines Tages würde sie noch jemanden erobern, und dann würde sie das auch vor Otto verbergen können. Sie würde es nur ausgesprochen geschickt anstellen müssen.

Edda mischte sich unter die Gäste und war gespannt, was sie zu berichten hatten. Denn die wichtigsten Veränderungen und Ereignisse wurden immer ins Lokal getragen, und obwohl Edda weder Zeitung las noch in der Stadt unterwegs war, bekam die Patronin auf diese Weise genug vom Weltgeschehen mit.

»Wir sind eine Insel«, hatte letztens ein Dichter gesagt, und im ersten Moment dachte Edda, er beschrieb das *Juwel*. Das kam ihr auch oft wie eine Insel vor. Aber der Gast spielte auf die ungewöhnliche Stellung des Landes an. Während sich um sie herum die Länder verfeindeten und sich ein neuer Krieg zusammenbraute, enthielt sich die Schweiz und war eingekesselt von anderen Nationen. Wie lange konnte das noch gut gehen? Und war es wirklich erstrebenswert, sich auf Dauer aus allem herauszuhalten? Lautstark wurde im *Juwel* besprochen, wie lange die Schweiz wohl noch zu den Neutralen gehören wurde. Seit Kurzem ging die Angst um, dass das Land von rechtsextremen Kräften besetzt werden könnte. Denn auch in Zürich waren sie vor dieser Gesinnung nicht geschützt! Die Nationale Front gewann immer mehr Mitglieder und residierte mitten in der Stadt, am Limmatquai 36. Edda schauderte es, wenn sie deren Gedanken hörte. So viele Menschen waren in Gefahr und auf der Flucht. Und sie sollten minderwertig sein? Seit sie sich als armes junges Serviermädchen alleine durchgeschlagen hatte, hielt sie bedingungslos zu allen, denen es nicht so gut ging.

An diesem Tag schnappte sie besonders häufig den Namen Thomas Mann auf. Der deutsche Dichter lebte nun schon seit drei Jahren mit seiner Familie im Exil in Zürich. Ein paarmal hatte er bereits im *Juwel* gespeist, und Edda war stolz gewesen, dass so ein berühmter Mann sich bei ihr Geschnetzeltes mit Rösti bestellte und seine Frau Katja verwöhnte, die als Vorspeise eine Bouillon mit Leberknödel probierte und sich danach ein Steak mit Morchelsoße schmecken ließ.

Während Edda ihre Runde durch das Juwel machte, von Tisch zu Tisch lief und überall nach dem Rechten sah, blieb sie immer wieder in der Nähe einiger Studenten stehen. Die Gruppe kam regelmäßig, sie bestellten jeweils ein Bier und schienen sich sehr wohl im *Juwel* zu fühlen, auch wenn sie nie ein Essen bestellten. Seit Kurzem kam mehrmals in der Woche Jakob. Neben seinem Studium schrieb er für die Neue Zürcher Zeitung. Er wurde von den Serviermädchen nur der Denker genannt, da er immer ein paar Bücher in seiner Aktentasche bei sich hatte und meistens als Erster kam. Dann saß er alleine da, machte sich Notizen zu seiner Lektüre und sah oft mit versunkenem Blick durch die Gegend. Beim Aufnehmen seiner Bestellung war es schon oft vorgekommen, dass man ihn zwei- oder dreimal ansprechen musste, bis er aus seinen Gedanken auftauchte und wieder im Hier und Jetzt landete. Gerade erzählte er den anderen von den aktuellsten Gesprächen aus der Redaktion, und alle hingen gebannt an seinen Lippen. Auch Edda konnte sich gar nicht mehr losreißen …

»Alles begann damit, dass der in Paris lebende Leopold Schwarzschild sich erlaubt hat, ein Grundsatzurteil über die deutsche Literatur zu fällen.«

»Warte, wer war das noch mal?«, fragte Arne. Er war der Jüngste der Runde und hatte einen nervösen Tick. Immer wieder schob er sich die Brille auf der Nase zurecht.

Jakob sah ihn strafend an.

»Na, der in Paris lebende Herausgeber des Neuen Tagebuchs natürlich.«

»Stimmt«, entgegnete Arne. »Dann erzähl weiter!«

»Herr Schwarzschild hat festgestellt, dass mittlerweile das gesamte Vermögen der deutschen Literatur ins Ausland verschoben worden sei, und damit hat er Empörung ausgelöst.«

Da schaltete sich der große schlaksige Rudi ein.

»Den Widerspruch von Dr. Korrodi in der Neuen Zürcher Zeitung habe ich gelesen. Nicht schlecht! Er wehrt sich vehement gegen die Gleichsetzung von Emigrantenliteratur und deutscher Literatur. Es sei vor allem die Romanindustrie geflüchtet, schimpft er, aber nicht die großen deutschen Lyriker.«

»Und wer von beiden hat nun recht?«, wollte Arne wissen.

»Was glaubst du?«, fragt Jakob zurück.

»Zu 80 Prozent Leopold Schwarzschild.«

»Warum nur zu 80?«

»Nun, es ist sicher etwas dran, dass die großen Poeten auch zur Literatur gehören, aber ich finde schon, dass die wichtigsten Stimmen und Denker ins Exil gegangen sind.«

»Nicht schlecht«, lobte Rudi ihn. »Das klingt ein wenig nach der Meinung von Thomas Mann!«

Vor lauter Freude vergaß Arne, sich die Brille zurechtzurücken, und strahlte über das ganze Gesicht.

»Habt ihr alle seinen Leserbrief an Herrn Korrodi gelesen?«, fragte Jakob prüfend.

Edda musste schmunzeln. Was wohl aus diesem emsigen, belesenen Studenten einmal werden würde? Würde er ganz zur Zeitung gehen oder gar Professor werden? Alle in der Gruppe schienen auf ihn zu hören. Auch die Zwillinge Bert und Robert, die sich noch gar nicht geäußert hatten, lauschten ihm gebannt. Sie nippten dermaßen langsam an ihrem

Bier, als würden sie glauben, es auf diese Weise endlos lange trinken zu können. Ihr Verhalten erinnerte Edda daran, wie sie früher gegen Ende des Monats kaum noch Geld übrig hatte und sich zu langsamem Essen zwang, um die Mahlzeiten in die Länge zu ziehen. In Zeitlupe hatte sie damals auf trockenem Brot herumgekaut und bei jedem Bissen bis 30 gezählt. Spaß hatte das nicht gemacht, aber sie hatte sich eingebildet, auf diese Weise besser satt zu werden.

Als Lina an ihr vorbeilief, hielt die Patronin diese am Blusenärmel fest.

»Meine Liebe«, raunte sie ihr zu. »Haben wir noch Reste in der Küche, die wir heute voraussichtlich nicht mehr verbrauchen werden?«

»Luise erwähnte vorhin, dass kaum jemand eine Suppe zum Hauptgericht bestellt. Der Topf ist also noch recht voll …«

»Das trifft sich gut. Bringst du mir eine große Schüssel für die Studenten? Und dazu fünf Teller und etwas Brot?«

»Können die jungen Leute sich das leisten?«

»Das ist ein Geschenk des Hauses.«

Sie fand, dass die jungen Leute satt sein sollten, wenn sie ihr Lokal verließen. Otto musste davon ja nichts mitbekommen, der dachte nur an seine Bilanzen und an seine Gewinnziele. Aber manchmal musste man auch andere Prioritäten setzen, fand Edda. Lina lächelte sie an und eilte in die Küche. In der Zwischenzeit nippte Edda an ihrem Rotwein und lauschte noch ein wenig der interessanten Unterredung über die Lage der Literatur. Jakob fasste gerade die Worte von Thomas Mann zusammen.

»Warum hat er sich seit seiner Ankunft im Schweizer Exil eigentlich nicht zu politischen Sachverhalten geäußert?«, fragte Robert.

»Vermutlich will er es sich mit dem deutschen Publikum nicht verscherzen. Und die Nazis haben sein Vermögen konfisziert. Er wird womöglich noch eine leise Hoffnung haben, es zurückzubekommen.«

»Und nun ist er mit seiner Geduld aber am Ende?«

»Ich könnte mir vorstellen, dass der Begriff ›Romanindustrie‹ ihn ausgesprochen empört hat!«, erklärte Jakob. »Auch wenn nicht sicher ist, ob Herr Korrodi wirklich auf Thomas Mann angespielt hat.«

»Aber was hat er genau gesagt?«, fragte Arne, und vor lauter Aufregung fiel ihm die Brille nun ganz von der Nase.

»Aus der gegenwärtigen deutschen Herrschaft könne nichts Gutes kommen, und diese Überzeugung habe ihn das Land meiden lassen. Dort gäbe es längst eine unheilschwangere Entfremdung zwischen dem Lande Goethes und der übrigen Welt!«

»Wo er recht hat …«, antworteten Robert und Bert fast gleichzeitig.

In diesem Moment blieb Lina mit der Suppe neben dem Tisch stehen, und alle Gespräche verstummten augenblicklich. Mindestens ein Magen knurrte lautstark, und den Studenten lief offensichtlich das Wasser nur so im Munde zusammen. Kein Wunder, angesichts des verführerischen Duftes nach Kartoffeln und Muskat.

»Das muss ein Fehler sein, wir haben nichts bestellt«, sagte Jakob schweren Herzens.

Da schaltete sich die Patronin ein. »Das hat schon seine Richtigkeit«, erklärte sie und zwinkerte der Runde zu. »Ihr klugen Köpfe braucht zwischendurch eine Stärkung!«

»Danke!«, erschallte es reihum, und nachdem Lina allen einen Teller Suppe und eine dicke Scheibe Brot gegeben hatte, senkten sich alle Köpfe, und außer einem leisen Schmatzen war nichts mehr zu hören. Lächelnd ging Edda weiter. Kurz darauf ging ein Raunen durch den Raum.

»Ist er das etwa?«, hörte sie die Studenten flüstern.

Auch die anderen Gäste hatten wohl das Gefühl, dass eine Berühmtheit angekommen war, und achteten nicht mehr auf ihre Begleitung oder das Essen. Arne konnte es nicht lassen. Schnell stand er auf, um sich unauffällig zu nähern und den Neuankömmling etwas genauer zu mustern können. Doch kurz darauf schüttelte er den Kopf und ging enttäuscht zu seinem Tisch zurück.

»Es wäre auch ein viel zu großer Zufall gewesen«, seufzte er enttäuscht.

»Hast du wirklich geglaubt, Thomas Mann spaziert herein? Fünf Minuten nachdem wir über ihn gesprochen haben?«, fragte Jakob belustigt. Aber auch er hatte für einen kurzen Moment gehofft, den Schriftsteller persönlich zu erleben.

»Der Gast sieht ihm ganz schön ähnlich, das musst du zugeben!«

Kopfschüttelnd löffelte Arne den Rest Suppe.

Edda ging nochmals zum Tisch der Studenten zurück. »Kleiner Tipp von mir«, steckte sie ihnen. »Unter der Woche ist der Herr Mann so mit Schreiben beschäftigt, dass er in Küsnacht bleibt. Aber samstags taucht er hin und wieder auf und gönnt sich ein feines Essen.«

Jakob strahlte sie an. »Danke, Frau Patronin. Gut zu wissen ...«

»Von mir habt ihr das nicht ...«, antwortete sie ihm schelmisch.

Die jungen Leute belebten die Stimmung, fand sie. Sie wunderte sich zwar ein wenig, mit welcher Leidenschaft sie aktuelle Entwicklungen bis ins letzte Detail verfolgten und wie verbissen sie bisweilen diskutierten. Aber es gefiel ihr, dass sie dank ihnen immer das Gefühl hatte, auf dem neusten Stand zu sein. Die genaue Definition der deutschen Literatur interessierte Edda weniger. Sie fand es in erster Linie wichtig, dass die Schweiz zu einer Zuflucht für alle wurde, die sich in den Nachbarländern nicht mehr zu Hause fühlten. Es musste doch einen halbwegs sicheren Platz für diese klugen Denker geben! Auch das *Juwel* betrachtete die Patronin als einen Fluchtpunkt. Das Lokal war wie ein Schiff, auf dem man kurz Zuflucht nahm, sich mit Gleichgesinnten austauschte und sich stärkte. Jeder war willkommen, auch die, die sich nicht viel mehr als ein Bier leisten konnten. Diese Mischung an unterschiedlichen Charakteren und Vorlieben gefiel Edda besonders. Ein Lokal nur für Champagnertrinker hatte sie nie haben wollen – und das war ihr gelungen. Natürlich kamen zahlreiche angesehene Gäste in ihr *Juwel*, aber eben nicht nur. Edda unterstützte diese Entwicklung auch, denn sie hatte ein feines Gespür für die Menschen. Wenn jemand knapp bei Kasse war, merkte sie es, und dann versuchte sie, für Unterstützung zu sorgen. Es ging ja nicht immer nur ums Geld. Eine besonders große Portion war das eine, aber auch ein offenes Ohr konnte helfen oder ein Ratschlag einer erfahrenen Wirtin. Und manchmal kannte sie auch einfach die richtigen Leute, die dann eine Arbeitsstelle besorgen konnten oder eine Wohnung zu vermieten hatten oder Ähnliches.

Der Gast, der wie der Schriftsteller aussah, hatte Platz genommen und sich in die Karte vertieft. Die Ähnlichkeit war schon sehr groß, und die schick gekleideten Gäste in ihren Anzügen waren tatsächlich manchmal schwer zu unterscheiden. Die Leute kamen im Übrigen nicht nur wegen der ausgesprochen guten Küche. Die hatte selbstverständlich einen großen Anteil am guten Ruf des Lokals, aber da gab es noch etwas anderes, worüber sich immer mehr Gäste freuten. Erst letztens hatte Edda ein Ehepaar belauscht. Die beiden standen im Flur, hatten bereits gezahlt, und der Mann half seiner Frau in den Mantel. Sie war drei Köpfe kleiner als er und ganz schmal.

»Besonders gut gefällt mir, welch bekannte Persönlichkeiten hier jedes Mal am Nebentisch sitzen«, freute er sich.

»Das stimmt«, pflichtete sie ihm bei. »All diese Künstler und Geschäftsmänner, dazwischen die aufstrebenden jungen Leute. Ich muss mich zusammenreißen, nicht die ganze Zeit die anderen zu beobachten.«

»Wir müssen bald wiederkommen.«

»Das freut mich zu hören«, erklärte Edda, die näher gekommen war. Das Paar drehte sich überrascht um.

»Frau Patronin, welch eine Ehre«, antwortete die Frau und schüttelte ihr begeistert die Hand. Edda hatte das Paar zuvor noch nicht im Lokal gesehen und bedankte sich für deren Besuch. Zwei Stammgäste mehr, so hoffte sie.

Ihre Angewohnheit, mit allen zu reden und alle ein wenig kennenzulernen, kam nach wie vor gut an. Sie war zur Vertrauten geworden, die für die Gäste fast schon zur Familie gehörte. Was ihr alles erzählt wurde! Und zu welchen Themen sie mittlerweile um Rat gefragt wurde. Edda konnte es selbst kaum glauben. Sie war eine Beraterin bei Eheproblemen, hörte sich die Sorgen und Nöte der Künstler an, die sie bei Schaffenskrisen um Tipps baten, aber sie half auch dabei, zerstrittene Freunde zu versöhnen oder Söhne vom guten Willen ihrer Mutter zu überzeugen. Meistens reichte es, genau zuzuhören und einige Zwischenfragen zu stellen. Ausgeklügelte Ratschläge musste sie gar nicht geben, die meisten kamen nach den Unterredungen mit der Patronin selbst zu einer Erkenntnis, für die sie sich dann überschwänglich bei Edda bedankten.

Ihr eigenes Privatleben versuchte Edda in den Gesprächen mit den Gästen auszuklammern. Selbst bei den Riesers und den Oprechts, die sie sehr gut kannte, gab sie sich bedeckt. Aber was hätte sie auch über ihre Ehe berichten sollen? Seit Jahren herrschte nun schon eine derartige Eiszeit zwischen ihnen, dass sie jede Berührung vermieden und nur noch auf dem Papier Mann und Frau waren. Edda war froh, dass sie ein eigenes Schlafzimmer hatte, und hatte sich sogar angewöhnt, die Tür abzuschließen, wenn sie zu Bett ging. Sie wollte verhindern, dass Otto sich gegen ihren Willen hineinschleichen und sie bedrängen konnte. Sie hatte alle Bediensteten gebeten, sie zu warnen, wenn Otto zu tief ins Glas geschaut hatte. Und sie redete nur noch mit ihm, wenn er bei klarem Verstand war.

Im Lokal lief es glücklicherweise besser als in ihrer Ehe. An den Abenden standen die Gäste oft Schlange bis auf die Straße hinaus und warteten sich voller Rösti-Vorfreude die Beine in den Bauch. Edda beschloss daher, dass sie sich endlich einmal einen freien Abend gönnen musste und mit Lina ausgehen würde. Die Freundin war selig!

»Dass ich das noch erleben darf«, neckte sie die Patronin, als sie gemeinsam durch die Altstadt flanierten. »Wollen wir uns Pralinen bei Sprüngli gönnen, oder was machen wir?«

»Ich brauche als Erstes ein Schlückchen Sekt«, forderte Edda. »Es ist zwar noch hell, aber heute ist mir das egal.«

Lina kicherte. »So gefällst du mir am besten! Dann lass uns ins *Odeon* gehen, da treffen wir vielleicht einen schönen intellektuellen Mann für dich. Und Artur geht auch gerne dorthin …«

»Wer ist das schon wieder? Dein Neuer?«

Edda hakte sich bei ihr unter, und während sie Richtung *Bellevue* liefen, erzählte Lina von dem 35-jährigen Poeten, den sie seit zwei Wochen kannte und der ihr dadaistische Lautgedichte geschrieben hatte. Seit der Auflösung der Bewegung hing er etwas in der Luft, hatte sich aber vor Kurzem den Surrealisten angeschlossen und verspürte nun neuen Schaffensdrang. Die beiden hatten sich bei einer Lesung kennengelernt und sich so lange unterhalten, bis außer ihnen alle gegangen waren. Lina hatte es erwischt wie nie.

»So kenne ich dich gar nicht«, wunderte sich Edda. »Seit wann vergisst du dich selbst so dermaßen?«

»Das ist die Liebe«, entgegnete Lina. »Weißt du etwa schon gar nicht mehr, wie sich das anfühlt?« Lina biss sich auf die Lippen, als sie Eddas Gesichtsausdruck sah. »Entschuldige«, sagte sie schnell. »Ich wollte nicht …«

Aber da war es schon zu spät. Edda verabschiedete sich, denn sie war so blass wie das Porzellan im *Juwel* geworden und hatte schlagartig die Freude am Ausgehen verloren. Lina hatte den wunden Punkt getroffen, und auch wenn es die Wahrheit war, schmerzte es. Edda lief Richtung Seebrücke und wollte noch ein paar Schritte alleine gehen. Die Liebe … Natürlich konnte sie sich an das Herzklopfen und an das Bauchkribbeln erinnern. Sie erinnerte sich an die wohlig warme Zufriedenheit, die sich in ihr ausgebreitet hatte, wenn Beat sie in den Arm genommen hatte. Edda seufzte. Wie lange das her war! Und dennoch schien sie keine Sekunde mit ihm vergessen zu haben!

Als sie zurückkehrte, den Schlüssel im Schloss umdrehte und den Flur betrat, blieb sie noch für einen Moment stehen. Sie versuchte, die Gedanken an Beat zu verscheuchen, die sie ganz melancholisch stimmten. Es hatte noch nie etwas gebracht, in der Vergangenheit zu leben. Das hatte sie von ihrem Vater gelernt, der nach dem Tod der Mutter immer darauf beharrt hatte, nach vorne zu schauen. Und das wollte Edda auch wieder schaffen. Die große Liebe vergessen und hinter sich lassen, um im Hier und Jetzt nicht unglücklich zu werden. So ein Ehemann, der einem ein eigenes Lokal ermöglichte, war auch nicht verkehrt, sinnierte Edda. Es war eben eine vernünftige Sache zwischen Otto und ihr, kein waghalsiges Abenteuer und kein Kopfverdrehen. Eine sachliche Geschichte, bestens durchdacht. Beiden erging es besser, wenn sie Seite an Seite durchs Leben gingen. Oder etwa nicht? Ein Poltern im ersten Stock riss sie aus den Gedanken. Erst da fiel ihr auf, dass oben Licht brannte. War Otto etwa zu Hause? Mit leisen Schritten lief sie die Treppe hoch, in der Hoffnung, still und heimlich in ihrem Zimmer verschwinden zu können. Nichts wollte sie weniger als eine Begegnung zu später Stunde mit Otto. Doch als sie die letzte Stufe erklommen hatte, fuhr sie zusammen. Mit zerzausten Haaren und hochroten Wangen saß ihr Mann auf dem Boden, er lehnte sich gegen Eddas Zimmertür und lallte unverständliche Wörter vor sich hin.

»Oh nein«, seufzte sie. Ein Rückfall! Womit hatte sie das verdient? Nicht einmal Agathe schien in der Nähe zu sein.

»Du solltest in dein Bett gehen und schlafen«, stellte Edda fest.

Otto zog sich am Türrahmen nach oben, bis er schwankend im Flur stand. »Willsu mit mir …«

»Nein!«, entfuhr es Edda entsetzt. Sie schlief schon lange nicht mehr mit ihm, weil sie sich viel zu sehr voneinander entfernt hatten. Bisher hatte er dies stillschweigend akzeptiert und sich ihr nicht genähert. Aber nun würde er doch nicht …

Doch da war es schon geschehen. Er packte sie mit der einen Hand und öffnete mit der anderen Hand die Zimmertür. Edda wollte sich losreißen, doch seine Finger umschlossen ihren Arm so fest, dass es ihr nicht gelang. Sie würde doch stärker sein als dieser betrunkene, widerliche Kerl, dachte sie. Aber die dreißig Kilo, die Otto mehr auf die Waage brachte, waren nicht so einfach fortzuschieben. Und seine Triebe schienen ihm ungeahnte Kräfte zu verleihen. Edda versuchte fluchend, um sich zu schlagen und zu treten, da sie das Schlimmste befürchtete. Mehrmals schrie sie um Hilfe, aber im Lokal konnte man sie nicht hören, und die Fenster waren alle geschlossen. Dieser Trunkenbold hatte mit dem Mann, den sie geheiratet hatte, ganz und gar nichts mehr gemeinsam. Otto schob sie grob vor sich her und beschimpfte sie, weil sie sich wehrte.

»Du bist meine Frau!«, grölte er und musste rülpsen. Sein Atem stank nach Schnaps und Fisch. Auf dem Hemd hatten sich Schweißflecken an den Achseln gebildet.

»Und du bist ein Schwein!«, schrie sie ihn an und versuchte, ihm zwischen die Beine zu treten.

Da presste er ihr eine Hand auf den Mund, damit sie ihn nicht weiter beschimpfen konnte, und warf sie aufs Bett. Sie schloss die Augen, als er ihren Rock hoch und die Strumpfhose nach unten schob. Edda nahm nochmals alle Kraft und allen Mut zusammen. Damit würde er nicht durchkommen, sagte sie sich, niemals.

»Hilfe!«, rief sie, so laut sie konnte. Immer wieder und wieder. Vielleicht hörte sie ja doch jemand? Dann bohrte sie Otto ihre Fingernägel in die Arme und versuchte, ihn von sich zu schieben. Er fluchte und lockerte seinen Griff. Edda bemerkte es sofort und sah ihre Chance gekommen. Mit einem beherzten Tritt mit beiden Beinen warf sie ihn vom Bett, und er knallte mit dem Kopf auf den Boden.

»Du elender Mistkerl!«, fuhr sie ihn an. »Was ist bloß in dich gefahren?«

Otto lag lallend auf dem Boden. Er war vollkommen von Sinnen. Doch das war auch keine Entschuldigung für sein Benehmen! Edda war fassungslos und wütend gleichzeitig. Die Szene hatte sie an ihre Anfänge erinnert, an die zudringlichen Gäste in der *Schmiede*, die Hände, die wie zufällig über ihren Hintern und ihre Oberschenkel glitten. Aber das war ihr Mann! Angeekelt spuckte sie ihm ins Gesicht. Da kam Otto wieder zu sich und erschrak über sich selbst.

»Ich wollte nicht …«, stotterte er. »Verflucht … der Wein …«

»Und du willst ein Wirt sein?«

Er versuchte aufzustehen, aber dabei sackte er zusammen. Als Edda sich gerade fragte, wie sie den stinkenden, viel zu schweren Kerl aus ihrem Zimmer bekommen sollte, hörte sie Schritte im Treppenhaus. Es war Oskar, der vom Lärm wach geworden war und nach dem Rechten sehen wollte. Er rannte zu Otto und wollte ihm gerade einen heftigen Faustschlag verpassen, als Agathe dazukam.

»Stopp«, schrie sie. »Lass meinen Bruder in Ruhe!«

Oskar ließ von ihm ab. »Dann schau dir mal an, was er mit meiner Mutter gemacht hat …«, stellte er empört fest.

Erst da fiel Edda auf, dass sie halb angezogen vor der Schwägerin und Oskar stand. Schnell schloss sie die Knöpfe der Bluse wieder und zog den Rock nach unten.

»Er hat es nicht geschafft!«, antwortete sie, nicht ohne etwas Stolz. Es war knapp gewesen, aber sie hatte sich ihm und seinen animalischen Trieben widersetzt. Immerhin.

In der Zwischenzeit war Otto schwankend aufgestanden.

»Geh mir aus den Augen!«, fuhr Edda ihn an.

»Du bringst ihn besser so schnell wie möglich in sein Zimmer«, sagte Oskar zu Agathe, und sie widersprach nicht.

Als die Geschwister gegangen waren, sah Oskar seine Mutter traurig an. »Bist du verletzt?«, fragte er besorgt.

Edda schüttelte den Kopf. »Er ist nicht weit gekommen, keine Sorge.«

»So ein widerlicher Mistkerl«, schimpfte Oskar. »Suchen wir uns eine andere Wohnung? Das ist doch kein Zustand hier …«

»Ich muss jetzt erst einmal schlafen«, entgegnete sie müde. »Danke für deine Hilfe! Den Rest besprechen wir ein andermal.«

Edda schloss die Tür und ließ sich erschöpft auf ihr Bett fallen. Einmal war es noch gut gegangen, aber was war beim nächsten Mal? Wie konnte ein und derselbe Mann nur so unterschiedliche Gesichter zeigen, und wieso in aller Welt war sie auf ihn hereingefallen? Sie schloss die Augen und wusste schon, wovon sie träumen würde: von einem Leben ohne Otto.

Einer kommt, einer geht

1940/41

Die winterliche Kälte kroch durch die Stadt, und die dunklen Tage machten Edda zu schaffen. Das wenige Tageslicht schlug ihr zunehmend aufs Gemüt. Es fröstelte sie rund um die Uhr, und sie wünschte sich einmal mehr ein Ende des Krieges herbei. Hitler hatte zwar versprochen, keinen Angriff gegen die Eidgenossenschaft durchzuführen, aber die Lage war dennoch misslich. Edda hatte genug von all den Krisen und schlechten Nachrichten. Wann war es endlich vorbei mit der Angst vor der Zukunft des Landes, der trüben Stimmung und der Rationierung von Lebensmitteln?

»Wir kochen es uns schön«, tröstete Luise sie. »Es kommen bessere Zeiten.«

»Nur wann?«, fragte Edda ernüchtert.

»Ich bin keine Hellseherin, aber lange kann es doch nicht mehr dauern.«

»Das sehe ich anders«, schaltete Leopold sich ein. »Die Frontisten prahlen damit, dass die Schweiz bald ihre Neutralität aufgeben wird.«

François stellte sich auch zu ihnen. Er spendierte eine Runde Madeleines, die zu dunkel zum Servieren geworden waren, und Edda griff dankbar zu … Sie konnte eine Aufhellung ihrer Stimmung so dringend gebrauchen!

»Die Deutschen haben nun auch Frankreich erobert. Wir sind umzingelt von Faschisten, das ist beunruhigend.«

»Werden wir demnächst etwa auch besetzt?«, wollte Luise besorgt wissen. »Was meint ihr?«

»In ihrem Parteiblatt haben die Frontisten diese Woche geschrieben, dass ihre Bewegung durch den Ablauf der Ereignisse gerechtfertigt wird«, erzählte Leopold. »Sie drohen und drohen – aber ich glaube, sie werden ihr Ziel trotzdem nicht erreichen.«

»Ich kann es mir auch nicht vorstellen«, pflichtete François ihm bei. »Aber wer weiß – die Frontisten gehen natürlich davon aus.«

»Von der Politik bekomme ich Kopfschmerzen«, stöhnte Edda. »Gibt es auch weniger betrübliche Neuigkeiten?«

Die anderen sahen sich betroffen an.

»Mit den Lebensmitteln wird es nicht besser«, stellte Luise fest. »Das ist leider auch keine frohe Botschaft. Ich habe gehört, dass alle Schweizer demnächst zwei fleischlose Tage pro Woche einlegen sollen.«

»Keine schlechte Idee«, entgegnete Edda. »Dann reicht das Fleisch länger, und es wird weniger gemeckert.«

»Aber was bedeutet das für das *Juwel*?«, hakte Leopold nach.

»Haben wir genügend Attraktionen ohne Fleisch auf der Karte, oder können wir uns da noch mehr einfallen lassen? Denkt bitte darüber nach, was einen besonderen Eindruck hinterlässt …«

»Wir kümmern uns später darum«, versprach Luise.

Edda nickte allen zu und verzog sich dann wieder in die Brasserie, die sich langsam mit den ersten Gästen füllte. Alle Tische waren vorbildlich eingedeckt, die Zeitungen hingen an den hölzernen Haltern an der Wand, und durch die Fenster fiel das trübe Licht von draußen, das den Raum nur unmerklich aufhellte. Lina stolzierte auf ihren hohen Schuhen durch den Raum. Sie verteilte Speisekarten und nahm die ersten Bestellungen auf. Als sie Edda bemerkte, knipste sie wie auf Knopfdruck ein noch strahlenderes Lächeln an.

»Hast du schon gehört?«, flüsterte Lina ihr aufgeregt zu, als sie an der Patronin vorbeilief. Sie blieb stehen und stellte das Tablett auf dem Tresen ab, um nicht die Balance zu verlieren.

Edda sah sie überrascht an.

»Was meinst du? Gibt es neue Entwicklungen im Krieg? In der Küche hatten sie vorhin kein anderes Thema!«

»Nein, darum geht es mir nicht. Ich rede von einem Gast. Einem ganz besonderen Gast.«

»Du sprichst in Rätseln, nun erzähl schon!«, drängte Edda sie ungeduldig. »Bei den Reservierungen war kein ungewöhnlicher Name dabei.«

Lina lächelte geheimnisvoll. »Er hat nicht reserviert. Er weiß, dass wir für ihn immer einen Platz finden.«

Da fiel bei Edda der Groschen. »James Joyce ist wieder in der Stadt? Na, endlich.«

»Das Beste ist: Diesmal ist er nicht nur zu Besuch da.«

»Wundervoll!«

Edda umarmte Lina und drückte sie fest an sich, so erleichtert war sie. Was war das für ein elend langes Hin und Her gewesen. Das Gerücht hatte sie sogar schon vernommen, aber so richtig daran glauben hatte sie noch nicht gewollt. Die Einreiseerlaubnis in die Schweiz hatte so lange auf sich warten lassen, dass ein Scheitern des Vorhabens wahrscheinlicher klang als ein Gelingen. Die Behörden hatten dem Schriftsteller und seiner Frau unzählige Steine in den Weg gelegt, zuletzt hatten sie eine Kaution von sage und schreibe 20000 Franken verlangt. Erst wenn diese vorläge, dürften James und Nora ihren Wohnsitz wieder nach Zürich verlegen, hieß es. Doch die biederen Herren an ihren großen Schreibtischen hatten nicht mit den einflussreichen und durchaus wohlhabenden Freunden des Paars gerechnet. Es dauerte eine Weile, bis alle Beiträge gesammelt waren und die hohe Summe erreicht wurde. Aber – und das war das Wichtigste – es gelang.

Auch Lina war ganz aufgeregt deswegen.

»Ich habe vorhin Nora vor dem *Jelmoli* getroffen«, erzählte sie. »Sie und James sind gestern angekommen und noch müde von der langen Reise.«

»Haben sie ihre Tochter eigentlich auch mitgenommen?«

»Nein, Lucia ist in der Klinik in Südfrankreich geblieben. Da ist sie mit ihrer Schizophrenie am besten aufgehoben. Es geht ihr wohl immer noch nicht so gut.«

»Ach, wie ich mich freue, wenn die beiden wieder ins *Juwel* kommen.«

»Du brauchst nicht mehr lange zu warten«, erklärte Lina und zwinkerte ihr zu.

»Hast du etwa schon etwas ausgemacht?«

»Sicher, ich weiß doch, wie dich das freut. Nora kann nicht kommen, sie muss sich noch von der Reise erholen. Aber James will sich heute Abend mit seinem Bekannten Othmar Schoeck treffen. Seit er einen Liederzyklus des Komponisten gehört hat, den das Tonhalle-Orchester gespielt hat, ist James vollkommen angetan von ihm.«

»Herrlich!«, jubelte Edda. »Dann haben sich die Anstrengungen gelohnt. Wir werden ihm zur Begrüßung ein wahres Festessen zubereiten – für das er selbstverständlich nichts bezahlen muss, hörst du?«

»Das weiß ich doch.« Mit diesen Worten verschwand Lina in der Küche.

Edda überlegte, wie lange sie James nicht gesehen hatte. Es war eine ganze Weile her, seit er zu Besuch vorbeigekommen war und sie sich mit ihm unterhalten hatte. Er hatte niedergeschlagen gewirkt, da ihm seine kranke Tochter Sorgen bereitete. Aber sobald er von seinen literarischen Vorhaben gesprochen hatte, war er wieder aufgeblüht. Edda konnte es kaum erwarten, ihn wiederzusehen und ihn mit seinen Lieblingsgerichten zu verwöhnen. Er trank zwar immer viel zu viel, und man musste aufpassen, ihn rechtzeitig nach Hause zu schicken, damit es nicht eskalierte. Aber er war eben exzentrisch, und niemand konnte ihm lange böse sein, es war fast egal, was er sich erlaubte. Über Schriftstellerkollegen, deren Texte er nicht sonderlich mochte, zog er hemmungslos her. Die kreativsten Beleidigungen stammten von ihm, das musste man ihm lassen. Edda war froh, dass er beim Essen weniger kritisch und bisher immer äußerst zufrieden gewesen war.

Nach dieser Ankündigung vergingen die Stunden wie im Flug. Edda besprach sich mit den Köchen und kümmerte sich um eine Vertretung für Tilla, die unter hohem Fieber litt. Auch die Toilette musste dringend repariert werden, ein Wasserhahn tropfte. Und dann hörte sie die bekannten Stimmen des Schriftstellers und des Komponisten im Flur. Ein leises Gemurmel, als sie begrüßt und ihnen die Mäntel abgenommen wurden. Edda beobachtete die beiden erst vom Tresen aus. James trug eine gepunktete Fliege zum gestreiften Hemd. Bei ihm sah das gut aus. Im Grunde achtete niemand groß auf seine Kleidung, die Blicke blieben am Hut hängen und am markanten Gesicht. Er kam ihr um einiges dünner vor, sonst hatte er sich kaum verändert. Die ganze Stadt sprach von den Eskapaden, die sich James leistete, und Edda bekam ja mit, welche Unmengen von Alkohol er trinken konnte. Sicher war es für seine Frau Nora nicht ganz leicht, das alles auszuhalten.

Mit einer Flasche Champagner in der Hand kam Edda näher und gratulierte James zur Einreise.

»Willkommen zu Hause!«, freute sie sich. »Ich habe kaum zu glauben gewagt, dass ich das noch erleben darf.«

»Wir auch nicht«, stellte James fest. »Es hat Ewigkeiten gedauert. Und ohne die Unterstützung aus Zürich würden wir immer noch in Frankreich sitzen.«

Dann wurde schon das Essen gebracht, denn Luise hatte auf Befehl der Patronin lauter Köstlichkeiten für James zubereitet, damit er sogleich den sicherlich hungrigen Magen füllen konnte. Die Freude war groß, und er aß mit größtem Genuss. Allerdings war James etwas stiller als früher. Die meiste Zeit redete der Komponist auf ihn ein, und James schien weniger zotige Witze und Beleidigungen als früher von sich zu geben.

»Ist auch wirklich alles in Ordnung?«, hakte Edda leise nach, als das Dessert gebracht wurde.

»Sicher«, antwortete er. »Mir ist die Aufregung der Reise wohl auf den Magen geschlagen, so ganz wohl fühle ich mich nicht. Aber was soll's – trinken wir noch ein Gläschen zusammen?«

So saßen sie noch ein Weilchen beisammen, tauschten sich über all dic Dinge aus, die seit ihrer letzten Begegnung geschehen waren, und stießen immer wieder an.

»Wir werden jede Woche einen Abend im *Juwel* verbringen, das verspreche ich Ihnen«, erklärte James beschwingt zum Abschied, aber mit einem leichten Lallen. Ohne den Komponisten hätte er es wohl nicht mehr nach draußen geschafft … Dann stiegen die beiden in eine Droschke, denn James fehlte noch die Kraft für lange Spaziergänge.

Doch der Dezember verging, und James kam nicht erneut vorbei, er hatte wohl doch mehr zu tun als gedacht oder sich wieder im Schreiben verloren. Auch Edda hatte viel zu tun. Das Lokal war voll, und da sie fast alle Gäste kannte, lief sie in einem Zickzackkurs von Tisch zu Tisch und ließ sich versichern, dass alle zufrieden waren. Zwischendurch nippte sie am Rotwein, ihr Glas füllte sich auf magische Weise wie von selbst auf, denn wenn sie nicht hinsah, schenkte einer der Kellner nach. Das neue Jahr brach an, und die Patronin fragte sich, wann der Schriftsteller endlich wie versprochen wiederkehren würde. Da riss Emmie Oprecht sie aus ihren Gedanken.

»Alles in Ordnung, Edda?«, fragte sie.

Die Buchhändlerin und Verlegerin hatte gerade ihren Mantel an der Garderobe aufgehängt und sich eine Tageszeitung am hölzernen Halter von der Wand genommen.

»Ich schwelge in Erinnerungen«, erklärte Edda. »Kann ich dir einen Wein bringen lassen?«

»Nur zu gerne.«

Einige Minuten später setzte Edda sich zu der Freundin. Sie ließ ihren Blick durch den Raum wandern und lächelte dann zufrieden.

»Endlich habe ich eine Beschreibung für dein Kleinod gefunden«, stellte sie fest.

»Da bin ich aber gespannt.«

»Ich finde, das *Juwel* ist das Wohnzimmer der besonderen Menschen.«

Edda dachte kurz über die Worte nach und wusste sogleich, dass Emmie ins Schwarze getroffen hatte. Das war fast das Schönste, was ein Gast je zu ihr gesagt hatte. Mit diesem einen Satz hatte sie alles, wovon Edda immer geträumt hatte, so genau getroffen, dass ihr ein Schauer den Rücken herunterlief. Das Lokal war ein Kleinod für sie.

Ihr Lebensinhalt. Konnte sie sich ein Leben ohne das *Juwel* überhaupt noch vorstellen? Es war eine schier unmögliche Vorstellung. Der erste Gedanke am Morgen und der letzte am Abend drehten sich immer um ihr Lokal, um ihre Gäste, um die Anforderungen der nächsten Tage. Nach wie vor hatte sie keinen Urlaub genommen, war höchstens mal einen Nachmittag durchs Städtchen flaniert, um bei Problemen auf andere Gedanken zu kommen. Aber sonst? Sie wusste gar nicht so recht, was sie anderswo mit ihrer Zeit anfangen sollte. Es war doch alles wunderbar im *Juwel.* Warum sollte sie sich woanders aufhalten? Nirgendwo sonst roch es so unvergleichlich gut, durch die Küchentür wehte immer eine Vorahnung von den Köstlichkeiten, die ihre Köche gerade kredenzten, darunter mischten sich die süßlichen Düfte der Blumen in den Bouquets und die lieblichen Parfüms der Gäste. Nirgendwo sonst war die Atmosphäre so angenehm, es war nicht furchtbar still und auch nicht lärmend laut. Die einen unterhielten sich angeregt an ihren Tischen, manche säuselten sich leise und verliebt Koseworte in die Ohren, andere kauten auf den Bleistiften und schrieben einige Seiten an ihrem neuen Werk. Es war ein friedliches Nebeneinander der unterschiedlichsten Charaktere, eine angenehme Stimmung, und jeder kam gemäß seinem Naturell voll und ganz auf seine Kosten. Nur zwischendurch war ein lautes Lachen oder ein Ausruf der Freude zu hören, der alle aufhorchen ließ. Die ganzen besonderen Menschen hatte Edda ohnehin in ihr Herz geschlossen. Nach und nach lernte sie alle kennen, mit ihren Sorgen und Nöten, ihren Vorlieben und Träumen, aber auch mit ihren Ratschlägen und Ideen. All diese Leute wurden zu Eddas Ersatzfamilie, und es war für sie ein herrliches Gefühl: Diese Gäste trugen den Rest der Welt in das Lokal an der Rämistraße, sie brachten ihre Erlebnisse von nah und fern mit, sie hatten immer so viel zu erzählen, und sie freuten sich darüber, dass Edda sich einen Moment Zeit nahm und zuhörte. Und für die Patronin war es ein Fest, dass sie an deren Leben kurz teilhaben durfte.

Emmie bestellte sich Mistkratzerli zum Essen und einen Gurkensalat dazu, der zwar nicht auf der Karte stand, aber für besondere Gäste gerne aufgetischt wurde. Später setzte sich Edda wieder zu ihr, da sie sich so gerne mit der klugen, warmherzigen Frau unterhielt. Sie ließ sich das Neuste aus dem Leben der Oprechts erzählen. Sie waren seit Jahren eine Anlaufstelle für die Emigranten geworden. Sowohl in persönlichen Gesprächen als auch durch kleine Finanzspritzen unterstützten sie die Künstler, die ihren Platz in der Welt verloren hatten. Von Else Lasker-Schüler bis Golo Mann veröffentlichten sie Werke, die in Deutschland nicht mehr erscheinen konnten.

»Die Leute sprechen mich immer noch auf unser Scheiterhaufen-Schaufenster an«, sagte Emmie kopfschüttelnd. »Obwohl es doch schon Jahre her ist …«

»Ich finde es aber auch sehr mutig, dass ihr alle Bücher, die in Deutschland verbrannt wurden, in eurem Schaufenster aufgetürmt habt. Da habt ihr doch ein wichtiges Zeichen gegen diese schändliche Bücherverbrennung der Nationalsozialisten gesetzt.«

»Viele Schweizer haben das anders gesehen. Einige meiden bis heute unser Geschäft oder wechseln sogar die Straßenseite, damit sie Emil und mich nicht grüßen müssen.«

»Das habe ich schon gehört, ja. Und wie macht ihr weiter?«

»Wir lassen uns von nichts und niemandem abschrecken. Seit die Schweizer Behörden ihre Flüchtlingspolitik verschärft haben, ist Emil noch mehr unterwegs.«

»Und kümmert sich um Visa?«

»Ja, er versucht, amerikanische Bürgschaftserklärungen zu bekommen, und will noch mehr Emigranten dazu verhelfen, dass sie von Marseille aus ein Schiff nehmen können.«

»Habt ihr von den Riesers gehört, seit sie ausgewandert sind? Ich bin immer noch traurig, dass sie nicht mehr wie eh und je das Theater leiten und die Premieren im *Juwel* feiern.«

»Leider haben wir nur wenig Kontakt, aber es geht ihnen gut.«

»Und das Theater ist weiter in guten Händen …«

»Ja, seit die Riesers das Gebäude an die Neue Schauspiel AG verpachtet haben, konnte man die finanzielle Schieflage überwinden. Emil ist froh, dass er dort miteinsteigen konnte. Nun dreht es sich wieder um die Kunst!«

»Ein Glück!«, entgegnete Edda. »Das Gefühl kenne ich, in den ersten Jahren nach dem Kauf des *Juwels* habe ich auch furchtbar schlecht geschlafen.«

»Und wie geht es dir momentan?«

»Schau dich doch um«, schmunzelte Edda. »Ich habe hier alles, was ich brauche.«

»Deshalb mag ich dein Wohnzimmer wohl auch so«, wurde Emmie in diesem Moment klar. »Du strahlst so eine Zufriedenheit als Patronin aus, und egal, wie düster die Welt da draußen auch ist – bei dir kann man immer für einen kurzen Moment aufatmen.«

Edda lächelte. Auf knappe Kassen konnte sie ein für alle Mal verzichten. Nur der Krieg musste noch endlich zu Ende gehen, ohne dass Hitler auch noch die Schweiz besetzte …

»Ich weiß ja, dass du das *Juwel* kaum verlässt, Edda!«, unterbrach Emmie ihre Gedanken. »Aber die nächste Uraufführung im *Pfauen* darfst du dir auf keinen Fall entgehen lassen.«

»Nun machst du mich neugierig. Erzähl, was spielt ihr bald?«

»Bertolt Brecht wird in Deutschland nicht mehr aufgeführt, das hast du sicher mitbekommen. Daher wird sein neuestes Drama zuerst bei uns zu sehen sein. Ihm ist wieder eine Meisterleistung geglückt. Das Stück heißt ›Mutter Courage‹ und dreht sich um eine Marketenderin mit drei Kindern. Sie versucht, vom Krieg zu profitieren und ihre Geschäfte zu machen – was nicht gut gehen wird. Aber mehr verrate ich nicht, sonst kommst du es dir am Ende nicht ansehen. Die Hauptrolle spielt bei uns Therese Giehse – und es scheint mir die Rolle ihres Lebens zu sein. Sie ist unfassbar gut!«

»Das darf ich mir wirklich nicht entgehen lassen. Wann ist denn die Premiere?«

»Am 19. April ist es so weit. Wir reservieren dir einen Platz in der allerersten Reihe. Möchte Oskar auch mitkommen? Er interessiert sich doch auch für die schönen Künste, hast du gesagt.«

»Ich werde ihn fragen, aber wohl eher nicht. Er zieht demnächst nach Paris, um von dort das französische Geschäft von Adam zu leiten.«

»Ach, wirklich? Der Junge ist außerordentlich erfolgreich. Aber was sage ich da, er ist mittlerweile wohl eher ein Mann als ein Junge.«

»Ja, er ist kaum wiederzuerkennen, seit er bei Adam angefangen hat. Seine Leidenschaft für Seide hat ihn beflügelt, seitdem wächst er über sich hinaus.«

Emmie freute sich und bat Edda, ihrem Sohn die herzlichsten Grüße auszurichten.

Auf einmal kam einer der Studenten, die immer zum Debattieren ins *Juwel* kamen, außer Atem in die Brasserie. Es war Jakob, der gebildetste von ihnen, der gerne das Wort führte. Ohne seine Schritte zu verlangsamen und seine Jacke auszuziehen, eilte er zu Edda und kümmerte sich nicht darum, dass sie sich gerade mit Emmie unterhielt.

»Etwas Schreckliches ist geschehen, Frau Patronin«, keuchte er. »Ich dachte, Sie sollten es als Erste erfahren. Schließlich war Joyce noch vor Kurzem Ihr Gast.«

»Was ist mit ihm?«, fragte Edda erschrocken. »Hat er zu viel getrunken? Oder ist wieder etwas mit seinen Augen? Hat seine Tochter Lucia …?«

Der Student legte beruhigend einen Arm auf ihre Schulter. »Ich muss Ihnen leider mitteilen, dass der große irische Schriftsteller ganz plötzlich nach einer Darmoperation gestorben ist.«

Edda stand abrupt auf. Die anderen Gespräche im *Juwel* waren verstummt, und alle Blicke richteten sich auf den jungen Mann, der mit dieser schrecklichen Nachricht ins Lokal gekommen war. Eddas Beine schienen aus Pudding zu sein, sie schwankte und musste sich an der Tischplatte festhalten, um nicht umzufallen. Niedergeschlagen setzte sie sich auf den freien Stuhl neben einem Ehepaar und konnte nur mit dem Kopf schütteln.

»Das ist nicht wahr, das ist nicht wahr!«, wiederholte Edda immer und immer wieder. Wie ungerecht war diese Welt? Es war einfach nicht zu fassen. Da waren James und seine Frau voller Hoffnung nach Zürich zurückgekehrt, hatten Pläne geschmiedet und nach all den Entbehrungen wieder mit frohem Mut in die Zukunft geblickt – und dann riss sie so ein jähes Ende auseinander. Nur einen Monat hatten sie nach der Rückkehr aus Frankreich in der Schweiz verbracht … dabei hatten sie doch mit viel mehr Jahren gerechnet. Was wurde nun aus Nora? Würde sie genug Geld haben, um sich alleine über Wasser zu halten? Edda nahm sich vor, eines der Serviermädchen mit einem Korb Essen zu Nora zu schicken und sich nach deren Befinden zu erkundigen. Sie musste sich unbedingt um die Frau kümmern, auf die nun mit Sicherheit harte Zeiten zukamen. Wovon würde sie leben ohne James? Er hatte doch immer für ihr Wohl gesorgt. Viel hatten sie nicht gehabt, da sie nicht fürs Sparen gemacht waren und es sich gerne gut gehen ließen. Ob die Förderer des Schriftstellers, die ihm versprochen hatten, ihn in Zürich zu unterstützen, nun auch für seine Witwe da sein würden? Betroffen ging sie in die Küche, wo Lina gerade den Servierwagen mit Rösti und Geschnetzeltem belud. Edda hielt nach dem restlichen Personal Ausschau und winkte dann Sophie zu sich.

»Kannst du eben übernehmen?«, fragte sie und schob ihr den Wagen zu, bevor diese antworten konnte.

Dann zog sie Lina in eine Ecke und überbrachte ihr die schlechte Nachricht. Betroffen standen sie noch eine Weile beisammen, aber es half ja alles nichts. Das Lokal war voll, und die Gäste waren hungrig.

»Die Arbeit ruft!«, sagte Lina da auch schon.

»Könntest du nach Nora sehen?«, bat Edda sie. »Ich kann gerade nicht weg.«

Lina willigte ein.

»Du kannst ihr sagen, dass sie bei uns auf Lebzeiten kostenlos essen kann«, stellte Edda fest.

»Wie großzügig von dir!«

»Nein, das ist selbstverständlich. Die arme Frau ...« Edda schüttelte den Kopf. »Seit einem Monat sind sie erst hier, ich kann das einfach nicht glauben. Was sie für Pläne hatten! Sie haben doch so lange darauf gewartet, wieder in Zürich leben zu können.«

»Das Schicksal ist manchmal vollkommen unverständlich.«

Auch Lina hatte Tränen in den Augen, und die beiden

Frauen versuchten, sich dadurch abzulenken, gutes Essen in der Küche zusammenzutragen. Sie packten einen Laib Brot und etwas Butter und Käse in den Korb für Nora, dazu ein Stück Schinken, einige Kartoffeln und Möhren. Zum Schluss steckte Edda noch zwei Stücke Kuchen und ein paar Äpfel dazu.

»Puh, ist der schwer!«, sagte Lina, als sie den Korb in die Hand nahm. »Aber besser so, dann freut sich Nora hoffentlich.«

Edda hielt ihr die Tür am Hinterausgang auf und sah Lina hinterher, wie sie den Hang nach unten lief bis zum *Bellevue*. Dort würde sie mit der Trambahn ein paar Stationen fahren, Nora wohnte glücklicherweise nicht weit entfernt. Die Patronin stand noch einen Moment regungslos in der Rämistraße, die Passanten eilten mit schnellen Schritten an ihr vorbei, und die Absätze der Frauen klackerten. Auch ein paar Automobile fuhren die Straße entlang, die Reifen quietschten, und in der Ferne war ein lautes Hupen zu hören, da vermutlich wieder einmal jemand zu schnell und ohne zu schauen auf eine Tram zurannte und noch schnell einsteigen wollte.

Seit der Verkehr in der Stadt zugenommen hatte, war es auch zu mehr und mehr Unfällen gekommen. Edda war ganz froh, dass sie die meisten Wege zu Fuß zurücklegen konnte und abends nur die Treppen nach oben gehen musste, bis sie in ihr Bett fallen konnte. Nachdenklich atmete sie die kalte Luft ein. Der Winter hatte die Temperaturen sinken lassen, und bald würde noch mehr Schnee fallen, vermutete sie. Was würde nur werden, fragte sie sich. Mit der armen Nora – aber auch mit ihr? In die Trauer um den Verlust von James mischten sich auf einmal auch ihre eigenen Sorgen, und sie fühlte sich so alleine wie schon lange nicht mehr. Wo war der Mann, der ihr in diesen eisigen Zeiten die Hände wärmte und an den sie sich nach getaner Arbeit schmiegen konnte? Warum war da niemand, mit dem sie ihre Gedanken teilen konnte, wenn die Gäste gegangen waren? Ihr Herz wurde schwerer und schwerer. Sie hatte alles richtig und gleichzeitig alles falsch gemacht. Ihren allergrößten Traum hatte sie sich mit dem *Juwel* erfüllt, und sie genoss es sehr, sich fast rund um die Uhr dort aufzuhalten. Es war wahrlich ein Wohnzimmer der besonderen Menschen, so wie Emmie es beschrieben hatte. Aber wo hatte sich die Liebe versteckt?

Die Monate vergingen. Es wurde Frühling, und wie verabredet sah Edda sich die Uraufführung der »Mutter Courage« im *Pfauentheater* an, der Emmie und Emil so entgegengefiebert hatten. Nach einigen schweren Jahren mit halb leeren Zuschauersälen ging es nun zunehmend aufwärts mit dem Haus. Edda hatte andächtig auf ihrem mit rotem Samt gepolsterten Platz gesessen und die ehrwürdige Atmosphäre bewundert. Sie hatte sich kaum auf das Stück konzentrieren können, so eindrucksvoll fand sie alles. Aber als die Giehse auf der Bühne stand, war ihr ein Schauder über den Rücken gefahren. Jedes Wort nahm sie ihr ab, jede Geste stimmte. Sie fieberte und litt mit ihr, fühlte ihren Schmerz und das Elend und war ganz außer Atem, als sich der Vorhang senkte. Der Schlussapplaus war noch nicht verebbt, da eilte die Patronin schon wieder ins *Juwel* zurück. Zur Feier des Tages wollte der Regisseur alle zum Essen einladen, und Edda wollte überprüfen, ob alles vorbereitet war. Sie eilte in die Küche, nur um festzustellen, dass alles bereitstand. Auf ihre Mannschaft konnte sie sich verlassen, die war durch fast nichts mehr aus der Ruhe zu bringen.

Edda gönnte sich ein Glas Rotwein und nahm an ihrem Lieblingsplatz unweit des Tresens Platz. Sie war müde, da sie den Weg vom Theater zum Lokal viel zu schnell zurückgelegt hatte und sie solche Anstrengungen nicht mehr gewohnt war. Lina setzte sich kurz zu ihr.

»Ich soll Grüße von Nora ausrichten«, erzählte sie. »Vorhin habe ich ihr wieder einmal Essen vorbeigebracht, denn sie geht gerade nicht so gerne aus dem Haus.«

»Kommt sie halbwegs zurecht?«

»Es ist nicht leicht. Aber sie schlägt sich so durch …«

»Hat sie dir erzählt, ob sie weiterhin Unterstützung bekommt? Ihr Mann hatte schließlich so viele Förderer, wie seine wohlhabende Verlegerin und all die anderen einflussreichen Freunde, die so viel von ihm hielten.«

»Nora wollte nicht viel dazu sagen, aber sie hat angedeutet, dass wir die Einzigen sind, die um ihr Wohl besorgt sind.«

Edda war fassungslos. »Dann schicken wir eben noch mehr Köstlichkeiten zu ihr. Ich muss sie auch demnächst besuchen. Das kann doch alles nicht wahr sein!«

Lina eilte weiter, da sich schon einige Gäste ungeduldig nach dem Personal umsahen. Die Theaterleute waren immer noch nicht da, und Edda ließ den Blick schweifen, wer sonst alles gekommen war. Da entdeckte sie an einem Ecktisch ein Gesicht, das sie länger nicht gesehen hatte. Erfreut stand sie auf und machte sich auf den Weg zu ihm. Max Frisch war kurz davor, sein Studium als Architekt mit dem Diplom abzuschließen. Edda war immer noch nicht so recht darüber hinweg, dass er all seine Manuskripte verbrannt hatte. Aber er wirkte recht zufrieden, wie er da alleine an seinem kleinen Tisch saß und seine Suppe löffelte.

»Schönen guten Abend«, begrüßte sie ihn, und erst da bemerkte er die Patronin. »Ist alles recht, sind Sie zufrieden?«

»Das Essen ist wie immer ein Fest«, lobte er und strahlte sie an.

»Das freut mich. Und wie geht es Ihnen? Was macht die Liebe?«

»Ach, nicht viel.«

Bedrückt sah er auf seinen leeren Teller und sagte eine Weile gar nichts mehr. Er versuchte einen Fleck aus seiner ausgebeulten Hose zu reiben und wirkte auf einmal ganz fahrig. Damit hatte Edda gar nicht gerechnet – sie konnte sich noch erinnern, wie er beglückt mit Käte Rubensohn im Lokal gesessen hatte. Die Tochter eines jüdischen Architekten hatte es ihm damals sehr angetan, aber als diese seinen Heiratsantrag überraschend ablehnte, geriet seine Welt aus den Fugen. Seitdem hatte er keine Frau mehr ins *Juwel* gebracht und hielt sich bedeckt, obwohl Edda überzeugt war, dass er hin und wieder mit einer Frau das Bett teilte.

»Die Herzen der Frauen müssen Ihnen doch nur so zufliegen!«, versuchte Edda ihm zu schmeicheln, um ihn etwas aufzuheitern.

»Ich konzentriere mich lieber auf die Seminare«, entgegnete er kurz angebunden. Da er seinen Beruf als Schriftsteller an den Nagel gehängt hatte, hatte er kein Einkommen mehr. Vorher hatte er Feuilletonbeiträge für unterschiedliche Zeitungen geschrieben und war viel unterwegs gewesen, was er mit Reiseberichten finanzierte. Sein Freund Werner Coninx finanzierte ihm das Studium, und ihm hatte er also zu verdanken, dass er sich nun mit ganz anderen Themen beschäftigte. Edda fand es schade. Er hatte ihr nur kurze Auszüge vorgelesen, und dies auch nur sehr widerwillig, aber ihr hatten die Texte gefallen. Auf der anderen Seite – glaubte sie wirklich, dass sie das Können eines Dichters besser einschätzen konnte als dieser selbst? Er würde schon wissen, was er tat.

»Wie lange dauert es noch bis zum Abschluss?«

Auf dieses Stichwort hin setzte er zu einem Monolog an. Er schien froh über den Themenwechsel zu sein und berichtete von den bevorstehenden Prüfungen. Tag für Tag fuhr er mit dem kleinen Polybähnle zu der leicht erhöht gelegenen Universität.

»Sind Sie mittlerweile auch einmal nach oben gefahren und haben die Aussicht von der Terrasse auf die Stadt bewundert?«, wollte er wissen. Von der Standseilbahn, die das Central mit dem Hauptgebäude der Universität verband, hatte er schließlich schon mehrmals geschwärmt.

»Noch nicht, nein. Ich komme zu kaum etwas, mein Leben spielt hier«, erklärte sie und zeigte auf das gut gefüllte Lokal.

»Es wird wirklich Zeit, Frau Patronin, dass Sie etwas mehr von der Welt in Ihr Leben lassen«, sagte er geheimnisvoll.

»Was meinen Sie damit?«

»Nun ... da sitzt ein gut aussehender Mann nur wenige Tische von Ihnen entfernt. Er beobachtet Sie schon eine ganze Weile, und ich habe die leise Vermutung, dass Sie davon überhaupt nichts mitbekommen.«

Überrascht drehte sich Edda um.

»Sehr unauffällig, Frau Patronin«, schmunzelte Max Frisch. »Setzen Sie sich doch zu mir, und wir trinken noch einen Cognac, dann können Sie den Fremden noch ein Weilchen aus nächster Nähe begutachten.«

Edda errötete und fühlte sich auf einen Schlag wieder wie ein Schulmädchen. Den Mann am anderen Tisch kannte sie vom Hörensagen. Das war doch dieser wohlhabende Reto von Abensberg, von dem ihr Sohn letztens erzählt hatte. Er war ein bedeutender Maler und hatte zahlreiche Preise bekommen. Retos Frau Lore war angeblich bildhübsch und sehr reich, gemeinsam mit ihrer Tochter wohnten sie in einer großen Villa, hieß es. Doch diesmal war er ohne Familie gekommen und saß alleine an einem zu großen Tisch, als wäre er in letzter Minute versetzt worden.

»Warum gehen Sie nicht zu ihm und fragen ihn, wie ihm

das Essen schmeckt?«, raunte Max Frisch ihr zu. »Das machen Sie doch sonst auch immer.«

Edda gab sich einen Ruck, und beim Aufstehen hätte sie fast den Cognac verschüttet, doch Max Frisch zog das Glas geistesgegenwärtig zu sich und ersparte ihr diese Peinlichkeit. Langsam näherte sie sich dem Fremden, und nach einer kurzen Begrüßung kamen sie schnell ins Gespräch.

»Wollen Sie sich nicht kurz zu mir setzen, Frau Patronin?«

»Bitte nicht so förmlich«, wiegelte Edda schnell ab. »Mein Name ist Edda.«

»Und ich bin Reto.«

Edda musste schmunzeln, denn nach Beats Tod hatte sie manchmal von einem geheimnisvollen Fremden namens Reto geträumt. Und nun traf sie tatsächlich einen Reto im echten Leben. War das ein Zeichen? Sie war sich nicht sicher, ob es schicklich war, ihn mit dem Vornamen anzusprechen, aber auf ein förmliches Sie hatte sie keine Lust.

»Ich komme so gerne in das *Juwel*«, erzählte er. »Es ist eine Oase, in der für mich für einen kurzen Moment die Zeit stillsteht. Der ganze Alltag – vergessen.«

»Das freut mich sehr. So habe ich mir das immer gewünscht! Ich möchte, dass die Gäste gerne kommen und hier ein zweites Zuhause finden.«

Während sie sprach, sah der Maler sie aufmerksam an, und sein Blick ging tief unter die Haut.

»Sie haben alles richtig gemacht«, stellte er fest. »Aber es war sicher nicht leicht, ein derart besonderes und ungewöhnliches Lokal aufzubauen …«

»Ach, wenn es leicht ist, dann wäre es doch langweilig«, entgegnete Edda lachend. »Ihre Bilder – die sind doch auch alles andere als leicht gemalt.«

»Der Punkt geht an Sie. Ich muss sagen, ich habe mich immer nur mit etwas beschäftigen können, wenn mein Herz daran hängt. Und wenn ich male, kann ich alles vergessen. Manchmal bin ich hinterher selbst erstaunt, was ich alles zustande gebracht habe.«

Seine tiefe, volle Stimme zog Edda in ihren Bann. Er hätte auch irgendwelche schnöden Zahlen aufsagen können – und trotzdem hätte sie an seinen Lippen gehangen. Auf der linken Hand hatte er eine sichelförmige Narbe, die wie ein Neumond aussah, und Edda musste sich zwingen, nicht darüberzustreichen. Es machte nicht nur ungeheuer großen Spaß, sich mit ihm zu unterhalten, er sah auch unglaublich gut aus. Und er strahlte so eine große Zuversicht aus. Lina räusperte sich hinter ihr und stellte dann den Korb mit dem Bürli und den Unterteller mit der Butter auf den Tisch.

»Nun lasse ich Sie aber essen«, sagte Edda, obwohl sie das Gegenteil wollte.

»Es ist wirklich ein großes Glück, Sie persönlich kennenzulernen«, sagte er da auch noch. »Oder wollen wir besser gleich zum Du übergehen?«

Sie stimmte zu und sah sich schnell um, ob sie schon beobachtet wurde. Saß sie zu lange an diesem Tisch, und die Leute fingen langsam an zu reden, womöglich gar zu tuscheln? Sie fing einen verschwörerischen Blick von Max Frisch auf, aber sonst schienen alle mit sich selbst und ihrem Essen beschäftigt zu sein. Zum Glück.

Reto prostete ihr zu, und dann ging Edda in die Küche. Sie hatte dort nichts zu tun, aber sie wollte sich kurz zurückziehen und ihre Gedanken ordnen. Sie begann das Geschirr in den Regalen umzustellen und die Vorräte durchzugehen, obwohl es dafür keine Notwendigkeit gab. Sie zählte Mehlpackungen, sah sich die einzelnen Gewürzdosen an und prüfte, ob die Kartoffeln alle noch gut waren oder schon keimten. Es waren viele Jahre vergangen, seit Edda zuletzt so viele Schmetterlinge im Bauch herumgeflattert waren. Du bist verheiratet, und das führt zu nichts, ermahnte sie sich selbst. Aber das half überhaupt nicht, denn es war längst um sie geschehen. Und bestand die Ehe nicht seit sehr langer Zeit nur auf dem Papier? Zu allem Überfluss hielt sie es auch gar nicht lange in der Küche aus, unsichtbare Schnüre schienen sie zurück in die Brasserie zu ziehen, als wäre sie eine Marionette, die jemand anders in den Händen hielt. Sie unterhielt sich geistesabwesend mit anderen Gästen, ohne dass deren Worte wirklich zu ihr durchdrangen, und setzte sich auch nochmals zu Max Frisch an den Tisch. Aber nicht einmal der Schriftsteller konnte sie ablenken. Als sie mitbekam, dass der Maler den Hauptgang beendet hatte, stand sie schnell auf. Kurz darauf brachte sie Reto noch ein kleines Dessert und einen kleinen schwarzen Kaffee, obwohl er beides nicht bestellt hatte.

»Das geht aufs Haus«, sagte sie.

»Danke schön«, sagte er und streifte sie kurz am Arm. Die Berührung ging ihr durch Mark und Bein. Es kribbelte im ganzen Körper, als hätte sie einen leichten Stromschlag bekommen. Auf einmal schien das ganze Lokal zu verschwinden, sie war keine Patronin mehr und verlor den Boden unter den Füßen. Wenn er jetzt zu ihr gesagt hätte, dass sie umgehend von hier verschwinden sollten, um anderswo ein neues Leben anzufangen – sie hätte, ohne mit der Wimper zu zucken, eingewilligt, und diese Erkenntnis erschreckte sie etwas. Langsam, langsam, ermahnte sie sich selbst. Wie lange kennst du diesen Maler? Wer wird denn da sein Herz so schnell verlieren?

Doch bevor Edda weiter mit ihm reden konnte, entstand ein kleiner Tumult an der Garderobe, weil ein Mantel offenbar vertauscht worden war.

»Kommst du kurz und beruhigst die Gemüter?«, bat Josefine sie, und da konnte Edda natürlich nicht ablehnen. Sie sprach kurz mit den Gästen und sah aus den Augenwinkeln, wie Reto ihr noch zuwinkte, mit den Lippen ein »Bis bald!« formte und dann nach draußen auf die Straße verschwand. Er ließ sie vollkommen ratlos zurück. Auch als er schon lange fort war, sah sie sein Gesicht noch vor sich, roch sein dezentes Parfüm und fragte sich, wieso in aller Welt ihr dieser Mann so vertraut vorkam und sie sich in seiner Gegenwart so wohlfühlte. Sie war erleichtert, als endlich die Sperrstunde anbrach und alle Gäste gingen. Mit einem leichten Lächeln auf den Lippen zog sie sich in ihr Zimmer zurück. Noch nie war sie so dankbar gewesen, in ihr Bett fallen zu können. Denn sie hatte nur ein Ziel – sie wollte von Reto träumen und ihm zumindest in ihren Träumen erneut begegnen.

Am nächsten Tag machte Edda einen Spaziergang durch die Stadt. Sie ließ die Oper hinter sich und lief über das alte Tonhallenareal. Sie war noch immer ganz verwirrt von dieser Begegnung und konnte nicht recht einordnen, was es für sie bedeutete. Wenn sie die Augen schloss, sah sie umgehend Retos Gesicht vor sich, und ihr Herz schlug schneller. War das nicht verrückt? Bis vor Kurzem hatte sie noch nichts von seiner Existenz geahnt, und nun schien ihr jeder Tag, an dem sie sich nicht sahen, vollkommen sinnlos. Auf einer Bank unter den Straßenlaternen saß ein junges Paar und hielt sich schüchtern an den Händen. Ihnen war fürchterlich kalt, und dennoch bewegten sie sich nicht, sie saßen einfach da und sahen sich an. Edda beobachtete sie aus den Augenwinkeln und merkte, wie es ihrem Herzen einen Stich versetzte. Da müsste sie jetzt mit Reto sitzen … Aber natürlich ging das nicht, denn abgesehen davon, dass sie nicht wusste, wo er wohnte, durfte sie natürlich von niemandem mit einem anderen Mann gesehen werden. Nachdenklich ging Edda weiter. Vor dem *Hotel Bellevue* hielten Droschken, die Trambahnen schlängelten sich durch die Straßen, und dazwischen bemühten sich die Fußgänger, im richtigen Moment über den Platz zu gehen. Immer umtriebiger war es in den letzten Jahren geworden, als würde das ganze Leben der Stadt einen kurzen Zwischenhalt einlegen und von hier aus weiterziehen. Die Passanten rückten ihre Hüte zurecht, dachten an die Aufgaben des Tages, und bei manch einem knurrte der Magen, weil das Frühstück nicht besonders üppig ausgefallen war.

Mit langsamen Schritten überquerte die Patronin die Seebrücke. Am Nachmittag musste sie sich von Oskar verabschieden, der nach Paris aufbrach. Sie wollten noch einen Kaffee im *Juwel* trinken, und Edda war so aufgelöst, dass sie gar nicht wusste, wie sie die Zeit bis dahin überstehen sollte. Ziellos spazierte sie hin und her, nur um ihre Nerven ein wenig zu beruhigen. Sie konnte sich nicht daran erinnern, schon einmal so durch den Wind gewesen zu sein. In einer Droschke am Straßenrand hob ein Chauffeur seine Mütze und nickte Edda zu, als würde er sie erkennen. Konnte das wirklich sein?

Unentschlossen sah sie sich um und wusste nicht, wohin sie nun gehen sollte. Die kalte Luft tat Edda tatsächlich gut, aber sie hatte keinerlei Lust, sich irgendwo hineinzusetzen. Dann würde sie sich noch einsamer fühlen! Was war das nur für eine Zeit? Ein einziges Auf und Ab, das sie vollkommen verwirrte. Den plötzlichen Tod von James Joyce hatte sie gerade halbwegs verarbeitet. Dann platzte mitten in die Niedergeschlagenheit dieser gut aussehende Fremde und weckte in ihr den Wunsch, mit ihm durchzubrennen. Aber sie wusste ja gar nicht, wie und wann sie ihn wiedersehen konnte. Würde er bald ins Lokal kommen? Sie wusste auch gar nicht, wo sie ihm zufällig über den Weg laufen könnte. Er wohnte ja nicht in einer der engen Gassen der Stadt, sondern in einer der idyllisch am Hang gelegenen Villen mit Blick auf den

Zürisee. Diese Gegend kannte Edda nur vom Hörensagen, sie selbst hatte dort noch nie etwas zu tun gehabt.

Nach ihrem ziellosen Spaziergang kehrte sie mittags ins Lokal zurück. Sie spürte die bohrenden Blicke von Agathe in ihrem Rücken, als wäre der Schwägerin gleich aufgefallen, dass Edda verwirrter war als sonst.

»Das bildest du dir ein!«, sagte Lina, als Edda ihr kurz erzählte, dass sie sich so beobachtet fühlte.

»Und wenn nicht?«

»Wenn das Wörtchen wenn nicht wäre …«, lachte die Freundin.

»Ach, du hast recht. Ich lasse mir von Agathe und Otto nicht die Tage vermiesen.«

»So gefällst du mir viel besser!«, freute sich Lina und machte sich wieder an die Arbeit.

Auch Edda versuchte, eine Beschäftigung zu finden, aber ausgerechnet an diesem Tag war weniger los als sonst. Wenn ein Gast das gleiche Gericht wie Reto bestellte, dachte sie sofort wehmütig an ihn. Und als kurz darauf jemand mit ähnlicher Statur ins Lokal kam, war sie erneut aufgeschreckt, nur um kurz darauf ganz enttäuscht die Arbeit wiederaufzunehmen. So vieles wollte sie ihm erzählen und zeigen und mit ihm teilen!

Auf einmal stand Oskar neben ihr.

»Müssen wir nun wirklich Abschied nehmen?«, fragte Edda bedrückt.

»Es ist ja nicht für immer!«

»Das stimmt. Ich bin gespannt, wie dir Paris gefällt … die Stadt der Liebe!«

»Also, für mich ist es die Stadt der Mode. Sonst würde ich nicht dorthin ziehen.«

»Ich weiß, du wirst dort groß herauskommen! Ich bin trotzdem ein wenig traurig.«

»Du wirst jede Woche einen Brief von mir bekommen, damit du immer auf dem Laufenden bist.«

»Das wäre schön. Ich will alles wissen!«

Die schüchterne Tilly stellte zwei kleine Kaffeetassen vor ihnen auf den Tisch. Hoffentlich vergaß ihr Sohn sie nicht, wenn er so weit fort wohnte. Sie gönnte es ihm ja, dass er bei Adam sein Glück und seine Bestimmung gefunden hatte. Natürlich sollte er sich weiterentwickeln und in Paris noch mehr lernen. Aber schwer fiel es ihr trotzdem. Er war schließlich ihre wichtigste Stütze.

Sei nicht so egoistisch, ermahnte sie sich selbst in Gedanken. Er ist eben wie du – er hat große Träume und gibt erst Ruhe, wenn er sie erfüllt hat. Der Gedanke, dass sie sich so ähnlich waren, beruhigte sie tatsächlich.

»Alles wird gut«, murmelte sie vor sich hin.

»Redest du etwa mit dir selbst?«, fragte Oskar lachend. »Du wirst ja richtig wunderlich, Mutti.«

»Ach, du!«, antwortete Edda und drückte ihn fest an sich.

Dann gingen sie Hand in Hand zum *Bellevue*, wo Oskar abgeholt wurde. Einen Moment standen sie schweigend da, ratlos, was man sich so kurz vor einem Abschied überhaupt noch erzählen sollte. Um sie herum lärmte der Verkehr. Für die anderen schien alles wie immer zu sein und seinen gewohnten Gang zu gehen. Aber nicht für Edda! Bei ihr saßen die Tränen locker, und sie musste sich zusammenreißen, damit sie sich vor ihrem Sohn nicht die Blöße gab. Stark musste sie bleiben!

»Paris ist nicht aus der Welt«, beruhigte er sie. »Sei froh, dass es mich nicht nach New York zieht.«

»Das wäre ja noch schöner.«

Edda schüttelte den Kopf. Fast konnte man meinen, dass Frankreich für ihn so weit weg wie Winterthur wäre. Wie war er mit Mitte 20 nur schon so abgebrüht?

»Ich weiß«, erklärte sie, um nicht als übervorsichtige und ängstliche Mutter in seiner Erinnerung zu bleiben. »Du wirst sicherlich sehr erfolgreich und für Adam in Paris von großem Nutzen sein. Aber gib gut auf dich acht, schreib mir regelmäßig, wie es dir ergeht, und lass dich noch ein letztes Mal drücken.«

Oskar war größer als sie, und sie musste sich auf die Zehenspitzen stellen, um ihn in den Arm zu nehmen. Es fühlte sich seltsam an – er war so groß geworden. Seit er die Ausbildung absolviert hatte und bei Adam arbeitete, drückte er sich viel gewählter aus, kleidete sich eleganter und war von Kopf bis Fuß ein Gentleman geworden. Ihr Sohn hatte mehr Einstecktücher als sie Kleider, vermutete Edda und schmunzelte, als sie beobachtete, wie er mit dem Lederkoffer in den Zug stieg und ihr noch ein letztes Mal zuwinkte. Sie war stolz auf ihn, dass er so selbstbewusst durchs Leben ging und sich seine Träume erfüllte. Da war er wohl wie sie – für kleine Taten waren sie nicht geboren. Es musste schon ein eigenes Lokal oder eben Paris sein. Oskar sagte zwar, dass er sich weiterbilden und von den französischen Couturiers mehr über das Seidenhandwerk lernen wollte. Aber als seine Mutter ahnte sie schon, dass da noch mehr dahintersteckte.

»Ich gebe dir noch ein paar Jahre«, sagte sie zu Oskar. »Und dann leitest du die Pariser Tochterfirma von Adam.«

»A bientôt, Maman!«, erklärte Oskar, und weil er wusste, dass Edda kein Französisch sprach, zumindest noch nicht, wiederholte er seine Worte erneut auf Deutsch. »Bis bald, Mutti.«

Sie umarmte ihn erneut, und dann liefen ihr doch ein paar Tränen die Wangen herunter. Oskar wischte sie ihr behutsam ab. Dann fuhr er davon, und Wehmut breitete sich in ihr aus. Betrübt sah sie zu Boden, musterte ihre Stiefelspitzen und die großen Pfützen auf dem Asphalt. Am liebsten wäre sie aus Protest wie ein Kind hineingesprungen, hätte mit Wasser um sich gespritzt und eine riesige Sauerei veranstaltet. Aber das ging ja nicht … sie war eine Patronin. An die Etikette musste sie sich schon halten, wenn sie nicht zum Stadtgespräch werden wollte.

Langsam ging sie zurück Richtung Rämistraße. Es war nicht weit, aber jeder einzelne Meter kam ihr vor wie ein Kilometer. Sie hatte Kopfschmerzen, und zum ersten Mal, seit ihr das *Juwel* gehörte, wollte sie sich im Bett verkriechen und bis zum nächsten Tag nicht herauskommen. Würde ihr das Loslassen leichterfallen, wenn sie mehr Zeit mit Oskar verbracht hätte, als er klein war? Immer wieder kehrten diese Gedanken zurück, sie konnte es selbst kaum glauben. Langsam setzte sie einen Fuß vor den anderen und versuchte, sich in bessere Laune zu versetzen. Was stand heute auf dem Programm? Wer hatte einen Tisch reserviert, wer würde sie mit seinen Anekdoten auf andere Gedanken bringen?

Wehmütig betrat Edda durch den Hintereingang das *Juwel.* Da waren die vertrauten Geräusche – die angeregt plaudernden Gäste, das Geklapper von Besteck und das Klirren der Gläser beim Zuprosten. Einen Moment stand Edda am Rand der Brasserie und beobachtete das Geschehen. Die einzelnen Handgriffe des Personals funktionierten wie am Schnürchen, und es kam ihr so vor, als ob sie einer Maschine in einer Fabrik bei der Arbeit zusah. Erst bewegte sich das eine Rädchen, das wiederum ein Laufband in Gang setzte, welches ein paar wichtige Teile von hier nach dort transportierte, wo sie von jemandem in Empfang genommen wurden. Nach den anfänglichen Schwierigkeiten hatten sie alles ins Laufen gebracht. Das *Juwel* war kein Experiment mehr und kein Wagnis. Sie hatten sich etabliert, gehörten zur Stadt wie das *Bellevue* und das *Theater zum Pfauen.*

»Frau Patronin!«, ertönte es da, und die Anwesenden drehten sich zu ihr um.

Vorbei war ihre kurze Auszeit. Edda setzte ihre Brille auf und ging an den Tischen vorbei Richtung Küche. Sie schüttelte ein paar Hände, begrüßte den ein oder anderen Gast und freute sich über die Komplimente für das Essen. Doch wo in aller Welt versteckte sich der Maler?

Endlich Frieden!

1942–46

Zunächst hatte Edda jeden Tag Ausschau nach Reto gehalten und konnte nichts erledigen, ohne dass sich Gedanken an ihn dazwischenschlichen. Ihr fiel ständig etwas auf den Boden, sie verlegte ihre Brille einmal pro Stunde, und wenn sie jemand ansprach, brauchte sie einen Moment, um sich zu sammeln. Seltsamerweise hatten sich auch ihre Geschmacksnerven verändert. Den Rotwein, den sie sonst immer so gerne getrunken hatte, mochte sie auf einmal nicht mehr. Es war gleichzeitig schön und beunruhigend. So leicht konnte sie ein Mann aus der Fassung bringen? Sie war überzeugt, den charmanten, gut aussehenden Maler bald wiederzusehen, und fast genoss sie das leichte Sehnen. Wie lange hatte sie so etwas nicht mehr gespürt! So fühlte sich also ihr Körper an, den sie zuletzt kaum noch wahrgenommen hatte. Beschwingt stand sie morgens auf, voller freudiger Erwartung. Immer wieder spielte sie die Begegnung mit Reto vor ihrem inneren Auge ab. An alles wollte sie sich erinnern, jedes Detail seines Aussehens und jeden Satz, den sie miteinander gewechselt hatten. Den anderen im *Juwel* fiel Eddas veränderte Ausstrahlung auf, aber niemand wusste es so recht einzuordnen.

»Hast du eine neue Frisur?«, wollte Luise wissen. »Du siehst viel jünger und frischer aus.«

»Der Lippenstift ist neu, oder?«, fragte Lina sie und sah sie bewundernd an.

»Wie schlank du bist, hast du etwa abgenommen?«, wunderte sich Agathe.

Lächelnd winkte Edda jedes Mal ab, und wenn sie am Spiegel am Flur vorbeikam, musterte sie sich von Kopf bis Fuß. Sie fand sich selbst auch viel schöner und hatte mehr Energie als sonst. Das war schon verrückt. Hatte ein einziges Treffen sie tatsächlich so verändert?

Nach einer Woche ohne eine erneute Begegnung mit Reto mischte sich in Eddas Vorfreude ein banges Gefühl. Hatte sie die Zeichen falsch verstanden? Er hatte versichert, dass sie sich schnell wiedersehen würden und dass er bald wieder ins *Juwel* kommen würde. Aber was hieß denn »bald« für ihn – hatte sie da etwas missverstanden? Es irritierte sie, dass sie so lange auf die Folter gespannt wurde. So langsam konnte er sich wirklich blicken lassen … Sie hatte abwechselnd Bauchschmerzen und Kopfschmerzen. Aber sie gab die Hoffnung nicht auf! Es gab mit Sicherheit einen Grund. Womöglich war er nur krank geworden, oder es war ihm etwas anderes dazwischengekommen. Er war eben ein viel beschäftigter Mann und würde sicher schon bald alles möglich machen, um sie wiederzusehen. Oder etwa nicht?

Agathe tauchte immer öfter in der Brasserie auf, statt wie sonst im oberen Stockwerk die Büroarbeit zu erledigen. Sie monierte dann viel und war daher nicht besonders beliebt.

»Mit so einem krummen Rücken trägst du das Tablett?«, beschwerte sie sich bei Josefine. »Da vergeht den Gästen ja umgehend der Appetit.«

Vor Schreck hätte das Serviermädchen fast alles fallen gelassen, aber Edda stellte sich schnell zwischen die beiden.

»Herr Schnyder sitzt wie immer am Fenster und möchte zum Dessert noch eine Mousse«, sagte die Patronin zu Josefine. »Und er möchte es ausdrücklich von dir gebracht bekommen, da du letztens so einfühlsam nach seiner kranken Frau gefragt hast.«

Da lächelte das Serviermädchen wieder und machte sich an die Arbeit.

»Dich wollte ich sowieso noch etwas fragen, Edda«, stellte Agathe fest. »Wartest du eigentlich auf jemand Bestimmten?«

»Wieso sollte ich?« Edda fühlte sich langsam von der Schwägerin verfolgt. Ihre bohrenden Blicke schienen überall zu sein.

»Du wirkst so unruhig«, erklärte Agathe. »Und du siehst ständig nach draußen, als wäre es wichtig, was auf der Rämistraße passiert ...«

»Ach, wirklich? Das ist mir gar nicht aufgefallen. Ich überlege ständig, wie wir das *Juwel* verbessern können. Vielleicht kommt daher meine Unruhe.«

»Das wird es sein«, stellte Agathe fest, ohne besonders überzeugt zu klingen, und zog dabei eine Augenbraue hoch.

Als Edda sich entfernte, schlug ihr Herz schneller. Es ist noch nichts geschehen, ermahnte sie sich in Gedanken. Also brauchst du auch kein schlechtes Gewissen zu haben. Entspann dich, denk an etwas anderes, und dann wird der Maler schon wiederauftauchen.

So verging zu Eddas großem Entsetzen immer mehr Zeit. Aus Wochen wurden Monate, und schließlich war ein halbes Jahr vergangen. Sie war fast am Verzweifeln. Wo steckte er nur? In ihrer Not beschloss sie, eine andere Taktik einzuschlagen. Wenn er nicht zu ihr kam, dann musste sie eben öfter als sonst durch die Stadt flanieren und die Augen aufhalten. Sie tarnte ihre Spaziergänge als Erkundungen, um sich andere Lokale anzusehen.

»Wir sind ungeheuer erfolgreich – aber es geht immer noch ein Stückchen besser«, erklärte sie ihrem Personal. »Wir dürfen niemals stillstehen, und deshalb werde ich mich genau umschauen, wie die anderen in der Stadt die Gäste an die Tische locken und was wir uns womöglich abschauen können.«

Ihr verändertes Verhalten sorgte zwar für eine leichte Verwunderung, aber von der Patronin waren alle schon viel gewöhnt. Dass sie unersättlich nach neuen Möglichkeiten suchte, das *Juwel* zur besten Adresse Zürichs zu machen, war schon bekannt. Und so schien es allen nur folgerichtig, dass Edda durch die Straßen flanierte und sich nach neuen Inspirationen umsah. Eine Begleitung wollte sie nie haben.

»Dafür gibt es viel zu viel zu tun!«, erklärte sie resolut, und damit war die Sache klar.

Hin und wieder glaubte Edda wirklich, den Maler in der Stadt zu erkennen. Sie beschleunigte ihre Schritte, da sie ihn in einer Menschentraube am *Bellevue* zu sehen glaubte oder in der Schlange vor dem *Pfauentheater.* Doch wenn sie ein paar Meter an den jeweiligen Mann herankam, entpuppte sich der vermeintliche Reto als Fremder. Es war wie verhext! Reto war nicht im *Juwel* und offenbar auch nicht in anderen Lokalen. Er schien nicht einkaufen zu gehen und nicht die Limmat entlangzuspazieren. Er schien auch kein Vergnügen im Theater oder Lichtspielhaus zu suchen. In den Kaufhäusern oder Buchhandlungen ließ er sich ebenfalls nicht blicken. Hielt er sich etwa den ganzen langen Tag in seiner Villa auf, genoss den Blick von der Terrasse auf den Zürisee und die lieblichen Hügel? Ließ sich Essen und Getränke bringen, um keinen Meter zu viel zurückzulegen?

Nein, das konnte sie sich einfach nicht vorstellen. Edda verstand die Welt nicht mehr. Hatte sie sich diesen magischen Moment zwischen ihnen etwa nur eingebildet? Sie drehte und wendete ihre Erinnerungen an die Begegnung, versuchte sich jedes noch so winzige Detail ins Gedächtnis zu rufen – und hielt es kaum aus, dass sie sich Retos Aussehen mit jedem Tag etwas weniger lebhaft vorstellen konnte. Da traf sie jahrelang keinen Mann, der ihr gefiel. Und dann begegnete sie einem ganz besonderen Menschen – doch statt sich etwas kennenlernen zu können, geschah einfach nichts. Wäre er wenigstens aufgetaucht und hätte ihr erklärt, warum er sich nicht die Bohne für sie interessierte! Dann hätte sie Gewissheit und könnte sich wieder etwas anderem zuwenden. Aber so? Wer brauchte schon einen Mann, der einem solche Rätsel aufgab.

Wenn Künstler unter den Gästen waren, begab sich Edda besonders oft in deren Nähe. Reto war schließlich kein Unbekannter in der Stadt, und wenn etwas geschehen war, dann müsste es sich doch herumsprechen? Doch er war einfach kein Gesprächsthema. Das war schon seltsam. Es kam Edda fast so vor, als ob sie das Treffen nur geträumt hatte. Als es sie vor Ungeduld fast zerriss, beschloss sie, das Gespräch selbst auf den Maler zu bringen. Mit vornehmer Zurückhaltung schien sie schließlich keinen Schritt weiterzukommen … Und solange Agathe und Otto nichts mitbekamen, würde das schon alles seine Ordnung haben. Doch mit wem konnte sie ein Gespräch führen und ein paar Details über Reto erfragen, ohne zu viel zu verraten?

Lange fand sie keinen geeigneten Gast. Doch schließlich saß Teo Otto alleine an einem der Tische. Er galt als einer der bedeutendsten Bühnenbildner und arbeitete viel für das *Pfauentheater*. Lange hatte er in Berlin gelebt, doch nach der

Entlassung durch die Nationalsozialisten musste er emigrieren und war in die Schweiz gekommen. Edda hatte hin und wieder ein paar Worte mit ihm gewechselt. Daher wusste sie, dass er sich sehr für Kunst interessierte. Max Frisch hielt ebenfalls große Stücke auf ihn.

»Grüezi«, begrüßte Edda ihn. »Einen Kaffee mit Kuchen? Wie sonst auch?«

Der Bühnenbildner wirkte unschlüssig. »Ich komme gerade von einer Ausstellung und bin recht hungrig«, erzählte er.

»Was halten Sie dann von einem Balleronsalat? Und dazu ein kühles Bier?«

»Gerne. Aber ersetzen Sie das Bier doch durch ein Tafelwasser.«

Edda gab die Bestellung weiter, und als Luise die Mahlzeit zubereitet hatte, ließ es sich die Patronin nicht nehmen, sich noch für einen Moment zu dem Gast zu setzen.

»Darf ich Ihnen etwas Gesellschaft leisten?«, fragte sie, und glücklicherweise hatte Teo Otto nichts dagegen.

Er begann gleich zu essen, und es schmeckte ihm sichtlich gut, denn er wollte kaum die Gabel absetzen.

»Das sieht nicht nur vorzüglich aus, das ist auch der beste Salat, den ich lange bekommen habe!«, lobte er.

Luise hatte die Kalbfleischwurst in dünne Scheiben geschnitten, einmal gefaltet und dann dachziegelartig auf dem Teller angerichtet. Darüber kamen noch einige Blätter Petersilie, feine Zwiebelringe sowie eine köstliche Senfsoße, an deren Rezept die Köchin sorgsam gefeilt hatte. Vor Kurzem hatte sie entdeckt, dass ein Schuss Worcestersoße für das gewisse Etwas sorgte, und in der Tat schienen die Gäste seitdem noch begeisterter von dem Gericht zu sein.

»Haben Sie etwas auf dem Herzen?«, fragte der Bühnenbildner auf einmal.

»Wie kommen Sie …«, setzte Edda an.

»Erzählen Sie einfach.«

»Nun ich wollte mich in erster Linie erkundigen, wie es Ihnen geht. Unter Umständen würde mich zusätzlich interessieren, ob Sie etwas über den Verbleib von Reto von Abensberg wissen. Seit Monaten ist er nicht mehr im *Juwel* aufgetaucht.«

Edda war ganz erleichtert, dass sie es endlich geschafft hatte, diese Frage auszusprechen. Doch der Bühnenbildner sah ernsthaft auf seinen leeren Teller.

»Ist ihm etwas zugestoßen?«, wollte Edda besorgt wissen.

»Das weiß ich nicht, aber leider kann ich Ihnen zu dem Maler auch nicht viel sagen«, stellte Teo Otto fest. »Es haben sich schon einige gewundert, wo er sich aufhält, und man hört derzeit nichts von ihm. Die meisten vermuten, dass er sich an einen einsamen Ort zurückgezogen hat, um sich komplett auf die Kunst zu fokussieren. Anders kann sich das eigentlich niemand erklären. Aber seine Frau scheint auch abgereist zu sein, die Villa steht zumindest seit geraumer Zeit leer.«

»Und wird verkauft?«

»Davon weiß ich nichts. Ich gehe eher davon aus, dass sie zurückkehren. Dann wird Reto unzählige Gemälde aus dem Ärmel schütteln, schätze ich, und so tun, als wäre er nicht fort gewesen.«

»Verstehe«, entgegnete Edda. Aber so recht wusste sie nicht, was sie mit den neuen Einsichten anfangen sollte. Was bedeutete das alles nur? Hatte er wegen ihr so fluchtartig die Stadt verlassen? Das konnte ja kaum sein. Nach ein paar Wortwechseln über die Lage am *Pfauentheater* und die nächsten Inszenierungen verabschiedete Edda sich vom Bühnenbildner und ging nachdenklich Richtung Küche. Gedankenverloren ließ sie sich etwas Wein nachschenken, aber sie nippte daran, ohne etwas zu schmecken.

Während der nächsten Tage und Wochen beschloss Edda, dass sie den Maler vergessen musste. Sie wollte nicht ewig warten und dabei den Verstand verlieren.

»Auf Wiedersehen, Schmetterlinge!«, sagte sie leise.

In der Zwischenzeit lag Reto in einer Klinik, unfähig, sich zu rühren. In seiner Manteltasche steckte ein Brief, dessen Inhalt die Patronin selbstverständlich brennend interessiert hätte. Aber er war nicht mehr dazu gekommen, ihn ihr zu geben. Da standen all die Antworten auf Eddas Fragen auf einem Blatt Papier, doch sie ahnte nichts davon.

Mit gebrochenem Herzen versuchte Edda, den Maler zu vergessen und sich auf die täglichen Erledigungen zu konzentrieren. Sie musste die Freude an der Arbeit wiederfinden und sich besser um ihr *Juwel* kümmern, so viel stand fest. Die Rösti mussten ihr wieder schmecken, den Wein wollte sie wieder genießen können, und für ihr Personal musste sie auch wieder mehr Zeit haben.

»Die Zeit der Seufzer ist vorbei!«, befahl sie sich selbst und rückte die Blumenbouquets vor dem Tresen zurecht. »Niemand sollte die Macht haben, dich in ein derartiges Unglück zu stürzen.«

In diesem Moment kam Lina um die Ecke und ertappte sie beim Selbstgespräch.

»Redest du etwa schon mit den Blumen?«, fragte sie besorgt. »Da kann nur ein Mann dahinterstecken …«

Edda fühlte sich ertappt und wich Linas Blick aus.

»Verstehe«, sagte das Serviermädchen. »Es ist also ein Liebeskummer der schlimmen Sorte.«

Die Patronin nickte. »Aber da der werte Herr offenbar vergessen hat, wer ich bin, will ich nicht mehr an ihn denken.«

Lina strich ihr über den Arm. »Komm mal mit, ich habe etwas für dich!«

Mit diesen Worten holte sie Edda in die Küche, wo Luise gerade ein Blech mit frischen Florentinern aus dem Ofen zog.

»Es ist eine wichtige Bestellung hereingekommen«, sagte Lina, nahm sich zwei Gebäckstücke und zwinkerte Luise zu.

Edda biss dankbar in das knusprige Mandelplätzchen, auch wenn sie sich sonst kaum etwas Süßes gönnte. Vor allem nicht, wenn es eigentlich für die Gäste bestimmt war ... Aber an einem Tag wie diesem musste das sein!

»Vielleicht hat der Mann gute Gründe für sein Schweigen?«

»Mit Sicherheit. Nur weiß er genau, wo er mich finden kann – und warum kann er nicht ein einziges Mal vorbeikommen und mir erklären, was in ihn gefahren ist?«

»Warte ab, Edda. Das wird sich bestimmt noch aufklären. Und in der Zwischenzeit lassen wir es uns gut gehen und feiern.«

»Haben wir einen Anlass?«

Lina sah sie mit großen Augen an. »Hast du noch nichts mitbekommen? Die ganze Stadt redet nur davon.«

Da hörte Edda, wie es in der Brasserie lauter wurde. Die ersten Gäste waren gekommen, und die Tische füllten sich. Normalerweise geschah das recht still und sittsam, aber offenbar gab es tatsächlich Redebedarf. Als die Patronin zusammen mit Lina in den Saal kam, umarmten sich dort alle.

»Champagner für alle!«, rief ein Gast, als er Edda erblickte. »Der Krieg ist vorbei!«

Konnte das denn die Möglichkeit sein? Edda ließ sich vom Jubel und von der Heiterkeit anstecken. Auch auf neutralem Boden war das eine Erleichterung für alle. Es hatte sich bereits seit Wochen angedeutet, dass sich die Kampfhandlungen dem Ende zuneigten. Die meisten Gebiete der Deutschen waren seit dem letzten Herbst besetzt, es wurde zuletzt nur noch in Berlin und im Zentrum Deutschlands gekämpft. Ende April hatte sich dann der Reichskanzler Adolf Hitler das Leben genommen, und die ersten Teilkapitulationen waren unterzeichnet worden. Aber freuen konnte man sich eben erst, wenn es auch auf dem Papier vorbei war. Edda schnappte in den Gesprächen auf, dass der Generaloberst Jodl im Hauptquartier der Westalliierten in Reims am 7. Mai eine offizielle Erklärung unterschrieben hatte, die für alle deutschen Streitkräfte galt. Die entbehrungsreichen Zeiten waren also endlich Geschichte. Für die Patronin hieß das vor allem: Sie konnten aufatmen und mussten nicht mehr befürchten, dass die Frontisten noch mächtiger wurden. Würde sich nun endlich wieder diese Leichtigkeit breitmachen, die sie so lange vermisst hatte? Auch die Gäste freuten sich auf die neuen Zeiten.

»Nun geht es wieder aufwärts!«, rief ein Schauspieler.

Am *Pfauentheater* hatten sie die Proben unterbrochen, um den historischen Einschnitt gebührend zu feiern.

Auch die Oprechts waren gekommen und herzten Edda, als diese mit einem Tablett voll gefüllter Gläser bei ihnen vorbeikam. Das *Juwel* füllte sich mit mehr und mehr Gästen, Lina und die anderen Serviermädchen wirbelten emsig durch die Brasserie und versuchten, Wünsche von den Lippen zu lesen. Die Getränke flossen an diesem Tag reichlicher als jemals zuvor, niemand wollte sparen, und die Zeichen standen auf Genuss. Edda gefiel es, wie unbeschwert die Gäste beisammensaßen, wie viele ins Gespräch kamen, die sich vorher nicht kannten, und wie sich alle zuprosteten und das Essen lobten.

Und das Beste daran: Es blieb so. Die Stimmung in den folgenden Monaten war luftig leicht, als würde ein kollektives Aufatmen durch die ganze Stadt gehen. Auch Edda ging wieder hoffnungsvoller durch die Tage. Als dann auch noch Oskar ankündigte, sich auf den Weg nach Zürich zu machen, war sie endgültig selig. Endlich! Sie hatten sich viel zu lange nicht gesehen, da der Neuanfang in Paris so viel Energie beanspruchte. In seinen Briefen wirkte Oskar gleichzeitig grenzenlos glücklich und unsagbar müde. Mehrmals hatte er kommen wollen, mehrmals hatte er es verschoben. Aber diesmal nicht – das hatte er ihr fest versprochen.

Sollte Reto doch bleiben, wo er war. Sie würde es sich nun wieder gut gehen lassen – so wie Lina es ihr aufgetragen hatte. Zumindest hatte Edda wieder eine Ablenkung, die diesen Namen verdiente. Sie fieberte dem Besuch von Oskar entgegen und malte sich das Wiedersehen schon vorher in allen Facetten aus. Eine ganze Woche wollte er bleiben, da er geschäftliche Dinge mit Adam besprechen wollte. Allerdings hatte er sich ein Hotelzimmer reserviert, da er sich einfach nicht mehr vorstellen konnte, mit Otto unter einem Dach zu schlafen. Edda war ein wenig enttäuscht, dass er nicht in sein altes Zimmer zog, aber sie verstand ihn auch. Es wurde nicht leichter mit ihrem Mann, eher mit jedem Tag schlimmer.

»Ich werde aber jeden Tag im *Juwel* essen«, versicherte Oskar ihr. »Darauf freue ich mich am meisten!«

Und selbstverständlich freute sich auch Edda darauf am allermeisten. So viele Stunden würden sie beieinandersitzen können und sich endlich alles erzählen können. Es war so viel passiert …

Die Tage bis zum Wiedersehen schlichen in einem Schneckentempo vorbei. Edda konnte sich kaum auf das Tagesgeschäft konzentrieren und wirkte in den Gesprächen viel abwesender als sonst. Oft saß sie an ihrem Lieblingstisch. Er stand direkt an der dunkel getäfelten Seitenwand des Lokals, unter einem der großen Kronleuchter und neben dem Gang, der von der Garderobe in der Mitte der Brasserie in den Flur führte. Von dort hatte die Patronin alles im Blick: die beliebten Tische an der Fensterfront, die neu anrückenden Leute, die von draußen ankamen, sowie den Hinterausgang nur wenige Meter hinter ihrem Tisch. Sie genoss es, das Geschehen zu beobachten, alle freundlich zu grüßen und hin und wieder aufzustehen und sich zu besonders interessanten Gästen dazuzugesellen.

Mit dem Ende des Kriegs hatten sich zahlreiche Heimkehrer unter die Gäste gemischt. Ihr langjähriger Bekannter und *Juwel*-Freund der ersten Stunde Giovanni Giacometti war vor mehr als zehn Jahren gestorben, aber der Rest der Familie blieb dem Lokal treu. So feierte Edda mit seinen Söhnen Alberto und Diego recht ausgelassen und mit viel Champagner den Geburtstag von Giovannis Cousin Augusto. Und als einer ihrer treuesten Gäste überhaupt saß Max Frisch fast jeden Tag an einem der Tische an der Fensterfront. Die kurze Phase als Architekt hatte er hinter sich gelassen, er schrieb vermehrt und hatte sich als erfolgreicher Schriftsteller etabliert. Am *Pfauentheater* stand nun die Uraufführung seines neuesten Stücks »Santa Cruz« kurz bevor, und er traf sich mit dem Regisseur Heinz Hilpert, um letzte Details zu besprechen. Edda genoss es, ihnen zuzuhören, kurz in ihre Welt einzutauchen und dann weiterzugehen. Vorbei an dem Tisch mit den Männern, die an der Börse arbeiteten und sich über die Vereinheitlichung der Bankgebühren unterhielten.

Dann war die Wartezeit endlich überstanden. Als Oskar schließlich im *Juwel* ankam, herzten sie sich ausgiebig, und Edda konnte den Blick gar nicht von ihm abwenden. Sie hatte schon geahnt, dass er sich in Frankreich verändern würde. Aber so sehr? Seine Kleidung war noch vornehmer, am Handgelenk trug er eine teure Uhr, und die frisch polierten Schuhe glänzten. Doch nicht nur äußerlich war vieles anders. Er machte einen viel selbstbewussteren Eindruck auf sie, so souverän hatte sie ihn noch nie gesehen. Dem macht niemand etwas vor, dachte sie und war richtig stolz.

»Du siehst wie ein vornehmer Geschäftsmann aus, der die Taschen voll Geld hat«, stellte Edda verwundert fest.

Oskar tat so, als würde er im Mantel nachsehen, ob er dort ein paar Scheine hatte. Dann lachte er. »Das täuscht, aber schlecht geht es mir nicht.«

»Du genießt das französische Leben sehr, nicht wahr?«

»Ahhhhhh, oui!«, entfuhr es ihm. »Die Mode, die Kunst, das Essen – es ist alles so aufregend. Ich habe so viele interessante Menschen kennengelernt. Und natürlich erzähle ich ihnen allen, dass sie bei einem Besuch in Zürich im *Juwel* essen müssen. Dort – und nirgendwo sonst!«

»Ach, deshalb haben wir so viele Gäste!«

Oskar lachte.

»Die bezaubernde Jeanne Lanvin und den Couturier Lucien Lelong habe ich schon kennengelernt«, erzählte die Patronin.

»Es werden noch viel mehr Modeschöpfer kommen. Auch Coco Chanel und Yves Saint-Laurent werden in Bälde ihre Aufwartung machen«, kündigte Eddas Sohn an.

»Wundervoll«, freute sich Edda.

»Es läuft außerordentlich gut mit dem *Juwel*, kann das sein?«

»Ich kann nicht klagen …«

»Von Bekannten habe ich gehört, dass es abends immer schwerer wird, überhaupt noch einen Platz in der Brasserie zu bekommen. Und in den Nebenräumen sitzt niemand gerne.«

»Dabei sind die sehr schön. Oben in der Galerie ist es schön ruhig, da kann man doch wunderbar das Essen genießen.«

»Anscheinend kommen die Leute eher, um die Atmosphäre zu genießen.«

Edda schmunzelte. »Ich weiß. Und es ist eine Auszeichnung, wenn sie einen Tisch direkt am Fenster bekommen haben oder zufällig neben einem berühmten Schauspieler oder Autor gesessen haben. Manchmal kommt es mir wie ein Wettstreit vor: Wer hat die beste Sicht auf das Geschehen oder zumindest das bekannteste Gesicht am Nachbartisch?«

»Tja, solange sie alle genug bestellen und nicht nur zum Kaffee kommen.«

»Da können wir uns wahrlich nicht beschweren.«

Oskar sah sich um und musterte die dunkel getäfelten Wände, als hätte er sie vorher noch nie wahrgenommen.

»Was hast du denn?«, fragte Edda verwundert.

Er lächelte still vor sich hin, als wüsste er nicht, ob er sie bereits in seine Pläne einweihen sollte oder besser nicht.

»Nun sag schon ...«, bat Edda. »Du weißt doch, dass ich Geheimnisse so ganz und gar nicht mag!«

In dem Moment stand Lina neben ihr und räusperte sich. »Entschuldigt, dass ich euch unterbreche«, sagte sie leise.

»Was ist denn los?«

»Die Gäste bestellen heute wie verrückt Rösti. Und nun sind uns die Kartoffeln schon am Nachmittag ausgegangen ...«

»Seltsam. Hat das Gericht jemand empfohlen, oder sind alle Röstiliebhaber der Stadt heute hier?«

»Ja, wenn man das immer wüsste. Ich gehe schnell Nachschub einkaufen, bevor die Läden geschlossen haben. Ja?«

»Sicher, Lina, danke.«

»Übrigens siehst du ganz hervorragend aus«, sagte sie bewundernd zu Oskar.

Er lächelte und wusste offenbar nicht so recht, was er antworten sollte. »Du auch, liebe Lina.«

»Danke. Kann ich dir eigentlich noch etwas bringen?«

»Ein Kaffee wäre nicht verkehrt.«

»Sehr gerne.«

Mit beschwingtem Schritt verschwand sie in der Küche und kam kurz darauf mit einem Tablett zurück. Sie stellte Oskar die dampfende Tasse Kaffee hin, daneben einen flachen Teller mit zwei Täfelchen feinster Schokolade sowie ein Körbchen mit Keksen, die die Form von Zigarillos hatten und leicht nach Zimt schmeckten.

Oskar sah Edda und Lina erstaunt an. »Ich habe doch gar nichts Süßes bestellt«, wunderte er sich.

Die beiden Frauen sahen sich verschwörerisch an.

»Freust du dich dennoch darüber?«

»Aber sicher«, antwortete er strahlend. »Das ist eine ganz und gar herrliche Sache!«

»Das hatten wir gehofft«, erklärte Edda. »Es ist eine neue Idee, die wir vor wenigen Tagen eingeführt haben. Ein kleines Geschenk aus der Küche, das den Gast erfreuen soll.«

»Und er muss dafür nichts zahlen?«

»Genau«, antwortete die Patronin. »Die meisten geben dann besonders viel Trinkgeld, also hat es sich auch in dieser Hinsicht bisher gelohnt.«

Oskar probierte einen der Kekse.

»Ich möchte, dass alle mit einem Lächeln auf den Lippen das *Juwel* verlassen«, führte Edda noch näher aus. »Und bald und gerne wiederkommen.«

»Ich bin begeistert«, stellte Oskar fest. »Dir fällt einfach ständig etwas Neues ein.«

Lina hatte sich in der Zwischenzeit ihre Einkaufstasche

geholt. Sie verabschiedete sich von den Wiederkehrs und verschwand nach draußen auf die Rämistraße.

»Du wolltest mir noch etwas erzählen«, erinnerte Edda ihren Sohn.

»Stimmt.« Er rührte mit dem kleinen Silberlöffel etwas Zucker in den Kaffee. »Nicht nur meine Arbeit hat sich verändert«, erklärte er schließlich. »Ich habe in Paris auch eine neue Lieblingsbeschäftigung gewonnen.«

»Und was genau?«

»Ich hatte das Glück, nicht nur allerhand Modeschöpfer kennenzulernen, sondern auch zahlreiche Künstler. Mir war gar nicht klar, welche Freude es sein kann, sich Gemälde anzusehen. Nach einer Weile reichte es mir nicht mehr, die Bilder nur bei anderen zu sehen …«

»Und dann hast du zu malen begonnen?«, unterbrach Edda ihn.

»Nein, das ist nichts für mich. Ich habe begonnen, Bilder zu kaufen, und mir eine kleine Sammlung zusammengestellt.«

»Herrlich!«, freute sich Edda.

»So langsam geht mir allerdings der Platz aus. Ich weiß nicht mehr, wo ich all die Gemälde und Zeichnungen aufhängen kann.« Er lächelte verschwörerisch, aber Edda verstand nicht gleich, worauf er hinauswollte.

»Du benimmst dich so, als hätte ich etwas mit deiner Kunst zu tun.«

»Nicht direkt du, eher das *Juwel.*« Oskar zeigte auf die Wände. »Findest du nicht, dass hier etwas hängen könnte? Die Wappen unter der Decke sind wirklich schön, aber der Rest ist recht kahl. Meine Bilder würden für eine noch ehrwürdigere Atmosphäre sorgen, findest du nicht?«

Die Patronin sah ihren Sohn begeistert an. »Mit Sicherheit!«, freute sie sich. »Aber sind die Bilder nicht zu wertvoll für das Lokal?«

»Ach, was!«, winkte Oskar ab. »Ihr habt sie doch immer im Blick.«

»Dann ist es abgemacht?«

Edda streckte ihm eine Hand hin, und er schlug ein, als würden sie einen wichtigen Pakt besiegeln.

»Beim nächsten Besuch bringe ich die ersten Bilder mit«, freute sich Oskar. »Du wirst Augen machen!«

Auf einmal hatte Edda eine Idee. Ihr Sohn war unter die Sammler gegangen, kannte sich also bestens aus. Was wäre, wenn er … Nein, das konnte nicht sein. Oder doch? Sie rang mit sich, aber schließlich war die Neugierde zu groß.

»Zum Thema Maler hätte ich auch noch eine Frage«, setzte sie an. Sie musste sich wirklich überwinden, das Thema anzusprechen. Aber wenn sie es nicht tat, würde sie es immer bereuen. Und wem sollte sie ihr großes Geheimnis anvertrauen, wenn nicht ihrem Sohn?

Er sah sie verwundert an, weil ihre Stimme so belegt klang.

»Kennst du auch in Zürich viele Künstler?«, fragte sie.

»Sicher. Über wen möchtest du etwas wissen?«

»Sagt dir der Name Reto von Abensberg etwas?« Ihr Herz schlug schneller, sobald sie nur den Namen aussprach. Das war wirklich verrückt!

»Das ist ein talentierter Künstler, ich kenne ihn flüchtig. Ich hatte das Vergnügen, ihn auf einem Empfang kennenzulernen, und habe auch einige seiner Bilder gesehen. Schade nur, dass er derzeit eine Zwangspause einlegen muss.«

Edda zuckte erschrocken zusammen. Was hatte das wieder zu bedeuten? »Was meinst du damit? Geht es ihm nicht gut?«, wollte sie wissen.

»Er hatte einen Unfall. Anscheinend ist er eines Abends in Gedanken gewesen und hat eine näher kommende Trambahn am *Bellevue* übersehen, als er Richtung Seebrücke lief. Dabei hat er sich beide Beine gebrochen und musste länger im Krankenhaus liegen. So wurde es mir zumindest erzählt.«

»Wie bitte? Das klingt fürchterlich.« Edda konnte ihre Gedanken kaum ordnen, die wie wild hin- und hersprangen.

»Nun, es ist nichts Lebensbedrohliches. Aber die Heilung zieht sich in die Länge. Seine Frau hat ihn gegen seinen Willen in ein teures Sanatorium gebracht. Das erzählte mir zumindest vor einigen Tagen ein guter Freund, der mit den Abensbergs über viele Ecken verwandt ist.«

»Wieso habe ich davon im *Juwel* nichts mitbekommen?«

»Retos Frau möchte anscheinend nicht, dass ihr Mann zum Stadtgespräch wird. Manche munkeln sogar, dass Reto sich verliebt habe und dass sie davon Wind bekommen habe. Aber niemand weiß etwas Genaues. Ich finde, sie reagiert nicht ganz angemessen – Künstler trinken nun mal zu viel und leben extravaganter. Das hätte meiner Meinung nach niemanden überrascht. Aber anscheinend neigt sie zu einer leichten Hysterie.«

»Das klingt anstrengend. Doch an Geld mangelt es ihnen offenbar nicht?«

»So ist es. Seine Frau handelt mit Antiquitäten und hat ein kleines Vermögen von ihren Eltern geerbt. Retos Bilder bringen zwar auch einiges ein, wenn er sie verkauft, aber letztlich kommt es darauf wohl nicht an. Er kann also ziemlich sorglos in den Tag leben. Zumindest war es so, als er gesund war.«

Edda musste sich erst einmal sammeln. Zum Glück hatte sie das Thema angesprochen … Ob dem Maler der Unfall am Tag ihres Kennenlernens geschehen war? Am Ende hatte er noch an sie gedacht und deshalb die Trambahn nicht gesehen? Nein, so etwas durfte sie nicht denken. Das führt zu nichts, ermahnte sie sich selbst.

»Sag mal«, hakte Oskar nach und sah sie misstrauisch

an. »Warum interessiert dich denn dieser Maler so brennend?«

Edda zuckte zusammen. Sie fühlte sich ertappt. »Das muss unter uns bleiben, aber er hat es mir wirklich angetan ...«

Oskar nahm ihre Hand und drückte sie. »Du glaubst gar nicht, wie mich das freut. Endlich strahlst du wieder, endlich lässt du das Leben hinein.«

»Aber das muss unbedingt unter uns bleiben. Ich weiß ja auch gar nicht, ob ich ihn jemals wiedersehen werde. Und seine Frau klingt wie ein schrecklicher Drachen!«

»Das passt doch«, platzte es aus Oskar heraus. »Otto ist auch ein schrecklicher Drachen!«

»Sag doch so etwas nicht ...« Edda sah ihn betroffen an. Er hatte zwar nicht unrecht, aber sie wollte den Unfrieden zwischen Vater und Stiefsohn auch nicht weiter anheizen. Außerdem war sie so gut darin geworden, neben ihrem Mann her zu leben, ohne dass sich ihre Wege allzu oft kreuzten.

»Na schön«, lenkte Oskar ein. »Bei mir ist das Geheimnis gut aufgehoben. Ich schweige!« Er verschloss seine Lippen mit einem imaginären Schlüssel. »Aber nun muss ich leider zu meiner Besprechung mit Adam. Ich habe einige interessante Ideen und Entwürfe aus Paris mitgebracht, die muss ich ihm unbedingt zeigen.«

»Vor lauter Männergeschichten haben wir nicht genug über deine Arbeit gesprochen«, seufzte Edda.

»Schon gut, wir sehen uns doch noch einige Male, solange ich in der Stadt bin«, entgegnete Oskar gelassen.

»Stimmt – und das ist auch gut so.« Edda stand zufrieden auf und ging mit ihrem Sohn noch in den Flur.

»Ich werde etwas arrangieren, damit du diesen Reto wiedersiehst«, sagte er zum Abschied noch.

Bevor Edda fragen konnte, was er damit meinte und wie er das anstellen wollte, war Oskar durch die Tür verschwunden. Sein Parfüm hing noch im Raum, und sie blieb einen Moment stehen, um die neuen Erkenntnisse zu verarbeiten.

Doch die Patronin blieb selbstverständlich nicht lange unbeobachtet. Es fiel gleich auf, dass der Sohn gegangen war und sie wieder ansprechbar war. Alle Fragen, die sich während der letzten Stunde niemand zu fragen getraut hatte, wurden nun an sie herangetragen. Veränderungen am Menü wurden besprochen, neue Weine verköstigt, Fragen der Gäste beantwortet. Geschirr war zu Bruch gegangen und musste nachgeordert werden. Ein Stuhl musste repariert werden, eine Tür quietschte in den Angeln. Dann war François schon seit Tagen krank, und so langsam konnten Leopold und Luise seine Abwesenheit nicht mehr auffangen. Eine schlimme Grippe hatte ihn erwischt, die Genesung zog sich in die Länge.

»Ich kümmere mich um einen Ersatz«, erklärte Edda. »Ich höre mich bei meinen Bekannten um.«

Sie ging zur Garderobe, um sich eine leichte Strickjacke über das Kleid zu ziehen, und dann war sie schneller draußen, als jemand protestieren konnte. Ein kleiner Spaziergang konnte nicht schaden, und dabei konnte sie wunderbar in ein paar Lokalen in der Nachbarschaft vorbeigehen und sich erkundigen, ob irgendwo ein Koch für ein paar Stunden am Tag abkömmlich war. Während sie die Rämistraße entlanglief, sog sie die warme Luft ein.

»Jetzt wird alles gut«, sagte sie leise. »Alles wird gut.«

Und wo sie recht hatte, hatte sie recht. Edda lachte wieder öfter, ihre Gedanken kreisten nicht mehr um ihre enttäuschte Liebe, und die Arbeit im Lokal machte ihr endlich wieder richtige Freude. Otto zog sich immer mehr zurück, als würde er einen ausgeklügelten Plan aushecken. Er schien sich nur noch mit Agathe auszutauschen und saß viel an seinem

Schreibtisch in der Wohnung, manchmal sah sie ihn tagelang gar nicht. Ansonsten schien seine einzige Beschäftigung darin zu bestehen, den Weinkeller im Blick zu behalten und neue Sorten zu ordern. Edda war selbstverständlich klar, dass diese Dinge niemals so lange dauerten, wie er behauptete. Aber sie war froh, wenn er außer Sichtweite war. Sollte er doch tun, was immer er wollte! Sie war so beliebt als Patronin – er würde sie nicht so einfach loswerden können. Er hatte zwar beste Kontakte, aber durch seine Trinkerei hatte er sich auch Feinde gemacht … Denn selbst wenn er es zwischendurch schaffte, für ein paar Wochen dem Alkohol zu entsagen, und in dieser Zeit tatsächlich viel ruhiger und angenehmer im Umgang war – bisher hatte er jedes Mal einen Rückfall erlitten. Dann war es besonders schlimm: Als würde er es selbst kaum aushalten, dass er sich nicht besser unter Kontrolle hatte, schlug er nach den enthaltsamen Phasen vollkommen über die Stränge, musste sich dann tagsüber von seinem Rausch erholen und war nur nachts wach. Agathe kümmerte sich dann um ihn, bereitete ihm seine Lieblingsspeisen zu, stellte ihm Wasser hin, wusch seine Wäsche. Zum Glück für Edda, der diese Tätigkeiten daher erspart blieben. Wie lange sollte das so weitergehen?

Seufzend rückte Edda das Silberbesteck an einem der Tische zurecht. Da hörte sie aus dem Flur das Gelächter junger Leute und ahnte schon, wer gleich um die Ecke biegen würde. Sie sah sich um. Das Lokal war bis zum Bersten gefüllt, aber in der Galerie im ersten Stock war noch Platz. Die ehemaligen Studenten waren enttäuscht, dass sie unten keinen Platz mehr fanden.

»Wie machen Sie das?«, fragte Jakob. »Es scheint mit jedem Tag schwieriger zu werden, hier einen Tisch zu ergattern.«

»Ihr müsst eben reservieren …«

Die ehemaligen Studenten kamen immer noch als Gruppe ins *Juwel*, auch wenn sie mittlerweile ganz unterschiedliche Anstellungen hatten.

»Dafür sind wir zu jung«, antworteten sie lachend.

»Dann nach oben mit euch!«

Die Patronin wies sie in den Nebenraum, von dort führte eine Treppe in den kleinen Raum über der Brasserie.

»Worüber debattiert ihr heute?«, fragte sie die Gruppe. Denn nach wie vor besprach die Gruppe im *Juwel* wie zu Studienzeiten meistens ein ganz konkretes Thema.

»Die Liste natürlich!«

Edda sah sie fragend an.

»Darauf stehen die Namen von 200 Schweizern, die den Nationalsozialismus unterstützt haben. Die Hetzjagd auf diese Leute hat bereits begonnen!«, erklärte Anton.

»Aber das Land ist doch viel tiefer in diesen braunen Sumpf verstrickt gewesen. Das wollen sie nur nicht zugeben! Es scheint ganz so, als ob das tatsächliche Ausmaß vertuscht werden soll. Von den Frontisten sind viele abgetaucht, und nun hat es wohl einige Sündenböcke gebraucht!«

Laut diskutierend gingen die jungen Männer nach oben. Es ging darum, was sie tun konnten, um für eine bessere Aufdeckung zu sorgen, und welche Möglichkeiten das Volk überhaupt noch hatte. Vor lauter Aufregung schienen sie gar nicht zu bemerken, dass Edda ihnen nicht gefolgt war, sondern Berta nach oben geschickt hatte, um eine Runde Bier zu verteilen.

Das Jahr neigte sich langsam dem Ende zu … Wann Reto wohl wieder gesund sein würde? Oder ließ seine Frau ihn absichtlich länger im Sanatorium bleiben, als eigentlich notwendig war? Edda ließ den Blick durch die Brasserie schweifen und stellte sich vor, wie Reto unweit des Fensters gesessen und wie für einen Moment ihre ganze Welt stillgestanden hatte.

»Komm wieder«, flüsterte sie. »Bitte komm ganz bald wieder.«

Kurz vor Weihnachten war Oskar wieder in der Stadt. Er kam zum Essen vorbei, war aber ansonsten sehr beschäftigt. Lauter Verabredungen hatte er, führte Modeschöpfer durch die Stadt, traf sich bei Adam mit Geschäftspartnern und ging Bücher mit Stoffbeispielen durch. Wenn er seiner Mutter davon erzählte, verstand sie nur noch die Hälfte.

»Ich habe die Bilder dabei!«, sagte er. »Du wirst Augen machen, nach den Feiertagen hängen wir sie auf. Dann steht das neue Jahr ganz im Zeichen der Kunst!«

»Wunderbar!«, freute sich Edda.

»War der Künstler schon hier?«, fragte ihr Sohn.

»Welcher?«

Er lachte. »Das weißt du ganz genau.«

»Ach so, DER. Nein, Reto hat sich nicht blicken lassen.«

Bevor sie fragen konnte, ob er Neuigkeiten von den Abensbergs gehört hatte, lief er schon Richtung Tür.

»Wir sehen uns, ich muss los!«, rief er ihr noch zu.

Kopfschüttelnd blieb sie alleine zurück. Das Pariser Leben veränderte Oskar immer mehr. Sie hatte gehofft, dass er beizeiten eine französische Frau mitbrachte und ihr vorstellte. Aber er schien keinerlei Interesse zu zeigen. Nun hatte sie über Lina gehört, dass in der Stadt das Gerücht herumging, dass ihr Sohn stattdessen die Gesellschaft von Männern suchte. Immer dieses Gerede! Edda gefiel es gar nicht, wie die Leute herumfantasierten, nur weil mal jemand nicht gleich heiraten wollte. Ob es stimmte oder nicht, wollte sie gar nicht so genau wissen. Liebe war Liebe! Und solange er glücklich war … Eines Tages würde er sie schon einweihen.

Edda hielt weiterhin jeden Tag Ausschau nach ihrem Künstler. Ihr Gefühl sagte ihr, dass er bald entlassen werden würde. Woher diese Gewissheit kam, konnte sie nicht sagen. Aber sie wachte mit einem Ziehen im Bauch auf, und eine leichte Aufregung begleitete sie durch die Tage. Sie feierten den Jahreswechsel ausgelassen wie lange nicht, stießen auf neue Zeiten an, und dann saß im Januar auf einmal ein großer Mann mit dunklen Locken an dem kleinen Tisch in der Ecke, an dem sonst oft Max Frisch saß, sein Notizbuch ausbreitete und sich durch den Nachmittag schrieb. Von hinten sah der Gast aus wie der Maler. Aber wie oft war Edda das schon so gegangen? Langsam kam sie näher, und mit jedem Meter wuchs die Gewissheit, dass sie diesmal nicht enttäuscht werden würde. Ihr Herz schlug schneller und schneller, und sie war froh, dass sie nichts in der Hand hielt, was ihr hätte herunterfallen können.

»Einmal Bündnerfleisch mit Rösti?«, fragte Edda betont unbekümmert, als er sich zu ihr umdrehte. Er sollte nicht gleich merken, wie schrecklich er ihr gefehlt hatte.

»Du weißt noch, was ich letztes Mal bestellt habe?«, fragte er überrascht. »Obwohl es so lange her ist?«

Reto sah sie so durchdringend an, dass Edda nicht mehr antworten konnte. Er war schmaler, als sie ihn in Erinnerung hatte, und hatte keine vollen Wangen mehr. Auch seine Augen kamen ihr noch dunkler und geheimnisvoller vor, auch wenn das kaum sein konnte. Sein Blick ruhte auf ihr, und dann sagten sie eine Weile gar nichts mehr. Minutenlang. Nichts drang zu ihnen durch, alles um sie herum schien sich in Luft aufzulösen. Wie schön er war! Edda hatte keine Ahnung, was sie als Nächstes tun sollte.

»Ich bin heute nur kurz da und hätte gerne eine Tasse Kaffee«, sagte er schließlich.

Edda nickte. War das etwa alles, was er zu ihr sagte?

Reto strich nervös mit den Fingern über die Tischdecke. »Ich muss mich noch bei dir entschuldigen«, fügte er kleinlaut hinzu. »Ich hatte einen schlimmen Unfall, aber das ist natürlich keine angemessene Entschuldigung für mein klägliches Fernbleiben.«

Edda zuckte nicht mit der Miene, und Reto redete schnell weiter.

»Es ist kein Tag vergangen, an dem ich nicht an dich gedacht habe. Aber ich konnte es dir nicht sagen ... Ach, wirst du mir das jemals verzeihen können?«

»Das ist in der Tat eine gute Frage«, entgegnete Edda und bemühte sich, möglichst streng auszusehen. Doch sie war viel zu besorgt um ihn und konnte ihm gar nicht länger böse sein. Als er sie ganz geknickt ansah, huschte ein Lächeln über ihr Gesicht.

»Wie geht es dir mittlerweile? Hast du dich wieder ganz erholt, oder hast du noch Schmerzen?«

»Es war eine langwierige Geschichte. Aber mittlerweile ist alles gut verheilt, und ich bin wieder bei Kräften.«

»Zum Glück. Aber warum hast du mir denn nicht geschrieben?«, wollte sie wissen. »Stift und Papier gibt es überall, oder etwa nicht?«

»Ich weiß«, seufzte er. »Aber was hätte ich schreiben sollen? Ich bin auf unbestimmte Zeit in einem Sanatorium gefangen, meine Frau wacht über mich wie ein Drache, und ich kann nicht sagen, wann ich dich jemals wiedersehen kann? Es kam mir feige vor, wenn ich nicht persönlich mit dir spreche.«

»Und dann hast du lieber gar nicht mit mir geredet?«

»Du hast schon recht, das war nicht gut. Es ging mir so schlecht, ich war wohl nicht ganz bei Trost.«

Sie schwiegen und sahen sich lange in die Augen, bis es Edda zu viel wurde. Wurden sie womöglich schon beobachtet? Aber die anderen Gäste schienen alle mit sich selbst beschäftigt zu sein. Agathe und Otto waren zu ihrem großen Glück irgendwo in den oberen Stockwerken. Als Edda sich Richtung Tresen umdrehte, sah sie, dass Luise aus der Küche gekommen war und nach ihr winkte.

»Ich muss los«, sagte sie zu Reto und war froh, dass sie gebraucht wurde. Das kurze Gespräch hatte sie derart verwirrt, dass sie sich liebend gerne um etwas anderes kümmerte. Sie bat Lina, dem Maler einen Kaffee zu bringen, da sie beschäftigt war. In Wahrheit hatte Luise nur eine kurze Frage gehabt, und Edda hätte mühelos erneut zu Reto gehen können. Doch sie musste sich kurz fangen. In ihrem Inneren war alles in Aufruhr. Wo sollte das bloß hinführen? Sie versuchte, von ihrem Platz an der Bar einen Blick auf den Maler zu erhaschen und ihn heimlich zu beobachten. Er trank den Kaffee schnell aus und hatte die Kekse bisher noch nicht angerührt. Dann beugte er sich nach vorne und schien etwas zu notieren. Als Edda gerade wieder zu ihm gehen wollte, stand er auf und holte sich den Mantel von der Garderobe. Sie erstarrte. Und nun? Würde er gehen und wieder eine halbe Ewigkeit nicht mehr auftauchen? Der Maler gab ihr ein Zeichen, dass sie ihm in den Flur folgen sollte. Dort schob er ihr wortlos einen Zettel zu.

»Das ist meine Adresse!«, flüsterte er ihr zu. »Willst du morgen in mein Atelier auf dem Uetliberg kommen? Dein Sohn hat mich gefragt, ob ich ein Porträt von dir für das *Juwel* anfertige. Und ich denke, das ist eine hervorragende Idee. Was meinst du?«

Edda musste schmunzeln. Wie geschickt Oskar das eingefädelt hatte! »Aber was ist mit deiner Frau? Und den Kindern? Stört es nicht den Familienfrieden, wenn ich so lange bei dir sitze?«

»Meine Gattin ist mit den Zwillingen zu ihren Eltern in die

Berge gereist. Unsere Tochter ist etwas schwächlich zurzeit, Lore will die Kleine in der Natur etwas aufpäppeln lassen. Mit viel frischer Luft und so!«

»Verstehe. Dann komme ich gerne!«

»Ich hole dich ab. Morgen um 15 Uhr – am *Bellevue*? Kann man im Lokal einen Nachmittag auf die Patronin verzichten?«

»Das wird schon gehen. Dann warte ich vor dem Hotel auf dich, wunderbar.«

Er hob die Hand zum Abschied, und Edda sah ihm noch einen Moment hinterher, wie er mit schwungvollen Schritten davonging. Sie fuhr sich durch die Haare und wusste für einen Moment nicht, was sie als Nächstes tun sollte. Hatte Reto tatsächlich gefragt, ob er sie malen durfte?

So ein Bild war der perfekte Anlass, um allen Nachfragen aus dem Weg zu gehen. Es würde sicher einige Sitzungen in Anspruch nehmen, bis so ein Gemälde fertig war. Oder etwa nicht? Ein ganz warmes Gefühl zog von ihren Fußspitzen bis zum Scheitel. Wie sie sich freute! Die letzten Jahre hatten an Eddas Kräften gezehrt. Abgesehen von all den aufregenden Gästen und dem Erfolg ihres Lokals, kamen Edda die Tage oft blass vor. Es gab für sie nur Arbeit, Arbeit und nochmals Arbeit. Endlich war etwas Ablenkung in Sicht. Auch wenn sie nicht genau wusste, worauf sie sich da einließ und was die Zukunft bringen würde … Hauptsache, es war wieder Bewegung in ihrem Leben!

In der Nacht machte sie kaum ein Auge zu. Zum Glück hatte Lina ihr vor Kurzem Puder und einen neuen Lippenstift aus dem Kaufhaus mitgebracht. Damit konnte sie die Müdigkeit überdecken. Die Stunden bis zum Nachmittag vergingen quälend langsam … Edda beobachtete den Minutenzeiger, wie er über das Zifferblatt kroch. Hatte dieser Tag etwa 48 statt 24 Stunden? Sie polierte Suppenschüsseln, um sich abzulenken. Rückte die Blumen in den Vasen zurecht, zupfte an den Vorhängen und las die Speisekarte, als hätte sie von all den Gerichten noch nie gehört. Wenn jemand sie nach ihrem Befinden fragte, antwortete sie einsilbig. Jedes Wort, das sie an einen anderen richtete, kam ihr verschwendet vor. So fühlte sich also die Liebe an? Wie hatte sie das nur vergessen können!

Sie verließ das *Juwel* bereits um halb drei, obwohl sie für den Weg zum Treffpunkt nur wenige Minuten brauchen würde. Als sie viel zu früh am *Bellevue* ankam, bog gerade ein schickes Auto um den Platz. War er das etwa schon? Reto parkte seinen Wagen und kam ihr freudig entgegen. Er trug einen langen Mantel, hatte sich einen bunt gemusterten Schal locker um den Hals gewickelt und winkte ihr zu.

»Wir sind beide viel zu früh«, sagte er lachend und küsste ihre Hand. »Das ist doch herrlich!«

Sie errötete umgehend und wandte den Blick ab. Aber er tat so, als ob er nichts bemerkte, und zog sie beschwingt zum Wagen. Dort öffnete er die Beifahrertür für sie und half ihr hinein. Dann fuhren sie los. Erst ging es ein Stück die Limmat entlang, bis sie abbogen und sich auf der schmalen Straße den Hang nach oben schlängelten.

»Wie schön es hier ist«, stellte Edda fest. Sie konnte den Blick kaum von den Gärten abwenden, die hinter den hohen Zäunen der Villen begannen. Sie konnte nur erahnen, wie herrlich es sein musste, auf den liebevoll angelegten Wegen zu flanieren, während die Blätter im leichten Wind raschelten.

Reto hielt in einer Einfahrt. Er stieg kurz aus, um das Tor zu öffnen, und fuhr dann nicht zu seinem großen Wohnhaus, sondern zu einem zugewachsenen kleinen Schuppen, der versteckt in einer Ecke des weitläufigen Gartens lag.

»Das ist mein Reich«, erklärte Reto stolz, als sie ausgestiegen waren und Edda sich umsah. »Hier entstehen alle meine Bilder, hier darf mich sonst niemand stören. Aber für dich mache ich natürlich eine Ausnahme.«

»Ich fühle mich geehrt«, antwortete sie. »Wie viele Sitzungen brauchen wir eigentlich für dein Gemälde?«

Er sah ihr lange in die Augen. »Sehr, sehr viele!«

Edda lächelte. Dann zog sie die Flasche Champagner hervor, die sie aus dem *Juwel* mitgebracht hatte. »Trinken wir vorher noch ein Schlückchen?«

»Nichts lieber als das!«

Reto brachte zwei Gläser, und als sie sich zuprosteten, schüttelte er kurz den Kopf.

»Was hast du?«, fragte Edda.

»Es ist schon seltsam. Wir kennen uns erst seit Kurzem, aber da ist so eine unglaublich starke Anziehungskraft zwischen uns. Bitte sag, dass ich mir das nicht einbilde und dass es dir ähnlich geht …«

»Sonst wäre ich nicht hier …«, antwortete Edda und lächelte. Reto beugte sich nach vorne, und sein Gesicht kam näher und näher, aber das ging Edda dann doch zu schnell.

»Wir sind beide verheiratet«, flüsterte sie ihm zu. »Sollten wir uns nicht lieber auf das Bild konzentrieren?«

Er sah verlegen zu Boden.

»Du hast recht.«

Reto holte einen bequemen Sessel für Edda und baute gegenüber einen Platz für sich mit einem kleinen Tisch auf. Edda setzte sich und knetete aufgeregt ihre Hände.

»Entspann dich einfach«, beruhigte der Maler sie. »Erst einmal mache ich nur ein paar Skizzen von deinem Gesicht.«

Edda lehnte sich zurück, und Reto begann mit der Arbeit. Er studierte sie ganz genau, und seine Blicke schienen sich unter ihre Haut zu brennen. Wann hatte sie zuletzt jemand so genau angesehen? Das Interesse schmeichelte ihr – und gleichzeitig fühlte sie sich so verletzlich und unsicher wie nie zuvor. Er lächelte still vor sich hin. Den Bleistift hielt er zwar in der Hand, mit dem er erste Skizzen anfertigen wollte, aber noch war das Papier unberührt.

»Worauf wartest du?«, neckte Edda ihn. »Willst du doch eine andere Frau malen?«

Er warf seinen Schal nach ihr. »Im Gegenteil«, sagte er. »Du bist so schön, dass ich es kaum wage, den ersten Strich zu setzen.«

Edda schloss glücklich die Augen. Selbst wenn es unvernünftig war und sie beide vergeben waren … zumindest für eine Weile wollte sie nur an Reto denken und die Schmetterlinge in ihrem Bauch genießen, um davon zehren zu können, wenn sie alleine war. Sie wollte nicht vergessen, wie es sich angefühlt hatte, als sie sich selbst wieder voll und ganz spürte. Und dann begann Reto zu zeichnen. Edda hörte, wie er mit dem Bleistift leise über das Papier fuhr. Es kam ihr so vor, als ob mit diesem Bild von ihr, das nun nach und nach entstehen würde, für sie ein zweites Leben begann.

Liebe auf Leinwand

1947–48

Edda hatte eine neue Zeitrechnung eingeführt, die ihr selbst größtes Vergnügen bereitete. Sie zählte die Tage von Sitzung zu Sitzung in Retos Atelier. Wochentage spielten keinerlei Rolle mehr für sie, es ging nur noch darum, dass nach einem Treffen am Züriberg nicht zu viel Zeit bis zum nächsten Wiedersehen vergehen durfte. Die Sehnsucht war eine einzige Zerreißprobe – alles in ihr wollte zum Maler, aber nach außen musste sie so tun, als wäre alles wie immer, und sie spielte die freundliche und zuvorkommende Patronin. Manchmal war sie ganz neidisch, wenn sie die verliebten Pärchen an den Tischen im *Juwel* sah. Dieses Versteckspiel war schwer auszuhalten, auch wenn sie die intensiven Gefühle genoss und sich wünschte, dass dieser Zustand der grenzenlosen Verliebtheit niemals aufhören würde. Zwischendurch kamen die Gewissensbisse. War das wirklich richtig, was sie da tat? War es nicht viel zu gefährlich, sich so oft mit dem Maler zu treffen? Noch war nicht viel passiert, aber sie hatte dennoch Angst, dass Otto ihnen auf die Schliche kommen würde. Seine Drohungen waren schließlich deutlich gewesen – ein Fehltritt von ihr und sie würde ihr geliebtes *Juwel* verlieren. Doch wenn sie dann von Otto mit seiner ruppigen

Stimme wieder einmal ermahnt wurde, besser hauszuhalten und nicht so vielen Gästen etwas auf Kosten des Hauses abzugeben, schüttelte sie die Zweifel ab. Das Risiko, entdeckt zu werden, musste sie wohl oder übel eingehen. Sie würde einfach sehr, sehr vorsichtig sein. Denn seit sie Reto kannte, fühlte sie sich so lebendig. Sie genoss die Vorfreude auf ihre Treffen und sprühte nur so vor Energie. Das konnte und wollte sie nicht mehr aufgeben – sie lebte schließlich nur einmal. Sie hatte viel zu lange nicht mehr etwas nur für sich selbst getan. Immer hatten die Gäste und das Lokal im Vordergrund gestanden.

Lina lief an ihr vorbei und legte kurz den Arm um sie. »Du strahlst wie ein Diamant«, flüsterte sie Edda zu. »Endlich lässt du die Liebe in dein Leben …«

»Ach, Lina. Und du denkst, das wird ein gutes Ende nehmen?«

»Vergiss doch die ganzen Grübeleien über die Zukunft. Der Moment ist das, was zählt.«

»Bin ich mit meinen 57 Jahren für so etwas nicht zu alt?«

»Niemals, Edda, niemals. Wir könnten heute von einer Trambahn überfahren werden oder auf der Stelle tot umfallen, weil wir einen Herzinfarkt bekommen – was nützt es uns dann, wenn wir fürs Alter gespart und uns alles Schöne aufgehoben haben?«

»Das stimmt, genießen wir lieber das Leben.«

Lina reichte ihr ein Glas mit Champagner, das eigentlich für einen Gast gedacht war. »Den hast du dir verdient«, lachte die Kellnerin, bevor sie sich umdrehte und Nachschub holte.

Die Patronin sah sich in ihrem Lokal um. Das ehrwürdige Mobiliar hatten sie nie ausgetauscht, die Kronleuchter strahlten wie eh und je, und durch die eleganten Vorhänge an den Fenstern zur Rämistraße fiel das Licht von draußen herein. Die Tische waren mit blütenweißen Decken bezogen, das Porzellan glänzte, und die Gläser waren frisch poliert. Nichts wurde dem Zufall überlassen, alles folgte einer genau durchdachten Choreografie. Es galt, die Gäste immer genau im Auge zu behalten und ihnen die Wünsche möglichst von den Lippen abzulesen. Die Serviermädchen hatten gelernt, rechtzeitig Wein nachzuschenken oder eine neue Flasche Wasser zu bringen, aber natürlich wussten sie auch, welchen Lieblingswein die Stammgäste hatten, wer immer einen Kaffee nach dem Hauptgang wollte und wer das Bürli so gerne und schnell aß, dass sie ihm gleich von vorneherein zwei in den Brotkorb legten.

Edda schritt durch den Hauptgang der Brasserie, der vom Tresen zur Fensterfront führte. Obwohl sie den ganzen Tag auf den Beinen stehen musste und viel hin und her lief, trug sie hohe Schuhe. Es gefiel ihr einfach, sich herauszuputzen und sich selbst unwiderstehlich zu finden. Seit sie den Maler kannte, stand sie morgens sogar noch länger vor dem Spiegel und hatte sich von Lina beraten lassen, wie sie ihren Teint am besten zum Strahlen brachte und welche Lippenstiftfarbe ihr besonders stand. Es war ein herrliches Gefühl, die bewundernden Blicke im Rücken zu spüren, und sie fühlte sich so jung wie lange nicht mehr. Die tiefen Gefühle zu Reto beflügelten sie, ständig entdeckte sie neue Seiten an sich, und obwohl sie viel zu wenig schlief, sprühte sie nur so vor Energie. Das blieb kaum jemandem verborgen, und sie bekam ständig Komplimente.

Die Patronin sah sich um und saugte die Atmosphäre nur so auf. Würde sie sich je daran gewöhnen, wie unvergleichlich dieses *Juwel* war? Der Saal war bis auf den letzten Platz gefüllt, und das erfüllte Edda mit großem Stolz. Denn diese ganzen schick gekleideten Menschen waren in IHR Lokal gekommen. Hinzu kam noch, dass dieses Kleinod an der Rämistraße immer schöner und schöner wurde. Nicht nur Edda hatte nach den Sternen gegriffen und war eine einflussreiche Patronin geworden, obwohl ihr das lange niemand zugetraut hatte. Auch ihr Sohn hatte sich nicht mit dem Herkömmlichen zufriedengegeben. Er hätte sich im *Juwel* ausbilden lassen können, aber tief im Inneren hatte er gespürt, dass sein Herz an etwas anderem hing. Und nun war er einer der gefragtesten Designer und hatte allerhand Seidenstoffe entworfen, die von Modeschöpfern gefeiert wurden. In Paris war er noch erfolgreicher geworden, und dennoch war er vor anderthalb Jahren zurück nach Zürich gezogen. Edda hatte ihr Glück kaum glauben können und war selig, dass sie sich endlich viel öfter sehen konnten. Nur ein Zimmer im gleichen Haus hatte er nicht erneut haben wollen, er wohnte einige Straßen weiter.

»Es liegt nicht an dir«, hatte er gesagt. »Das weißt du ja, ich möchte einfach nicht nochmals mit Otto unter einem Dach leben.«

»Ich weiß«, entgegnete Edda. Sie fand es schade, aber konnte es auch verstehen.

Sie trafen sich mehrmals pro Woche, denn er kam oft zum Essen mit Bekannten und Künstlerfreunden vorbei. Halb Paris hatte ihn schon besucht – so kam es zumindest Edda vor, angesichts der Vielzahl an Leuten, die er ihr vorstellte. Oskar genoss es, immer mehr Gemälde zu besitzen und die schönsten im *Juwel* an die Wände zu hängen. Was brachte es, wenn er die Kunst zu Hause hortete und niemand sie sah? Viel schöner war es, die Liebe zu diesen bedeutsamen Werken mit anderen zu teilen. Die überschwängliche Freude der Gäste gab ihm mehr als nur recht. Weder er noch Edda hatten geahnt, wie gut die kleine Kunstsammlung ankommen würde. Je mehr Bilder hingen, desto begeisterter reagierten die Leute.

»Gehe ich ins Museum oder zum Essen? Endlich muss ich mich nicht mehr entscheiden, was ich mit der raren Zeit anfange, denn im *Juwel* kann ich beide Leidenschaften kombinieren«, erklärte einer der Stammgäste, der an der Börse arbeitete und meistens alleine kam.

Edda gefiel es besonders gut, dass die Gäste anfingen, bei der Reservierung der Tische die Gemälde in der Nähe anzugeben.

»Könnte ich morgen unter dem Miró sitzen?«, hieß es immer wieder. Aber auch das Stillleben von Soutine und das Bild der zwei Mädchen von Kandinsky waren besonders beliebt.

Neben diesen bedeutsamen Gemälden würde eines Tages auch ihr Porträt hängen. Edda konnte es kaum erwarten und war stolz auf die Ehre, die ihr zuteilwurde, aber andererseits wollte sie die Fertigstellung auch so lange wie möglich hinauszögern. Schließlich war das Gemälde das perfekte Alibi. Während sie zum nächsten Treffen mit dem Maler aufbrach und langsam die Rämistraße Richtung Limmat entlanglief, überlegte sie, wie lange sie noch so tun konnten, als würde Reto an dem Bild arbeiten. In Wahrheit waren natürlich nicht so viele Begegnungen notwendig. Aber das musste ja niemand wissen! So genau konnten sich die Leute nicht vorstellen, wie lange es dauerte, bis so ein Bild fertig war. Das schenkte Reto und Edda Zeit. Viel Zeit. Für die Patronin war es ein ganz neues Gefühl, so lange dem Lokal fernbleiben zu können. Es war ein Luxus, den sie sich seit der Eröffnung nicht gegönnt hatte und für den sie erst seit Kurzem bereit war. Aber warum auch nicht? Mit dem *Juwel* lief es so gut wie niemals zuvor. Die Tische waren mittags und abends voll besetzt, und man musste reservieren, um auf jeden Fall einen Platz zu finden. Nachmittags war es nicht ganz so turbulent, da kamen weniger Gäste, und das Personal konnte kurz durchschnaufen. Meistens nutzten sie die Ruhe vor dem Sturm, um schon das Wichtigste für den Abend vorzubereiten. Zur Kaffeezeit konnte die Patronin gut verschwinden, meistens schlich sie sich unauffällig nach draußen und gab nur in der Küche Bescheid, dass sie abends zurück sein würde. Ihre Angestellten stellten keine Fragen, sie schienen fast erleichtert zu sein, dass sie für eine Weile schalten und walten konnten, wie sie wollten.

Auf der anderen Seite der Seebrücke wartete der Maler auf sie, gut versteckt in einer Seitengasse, damit nicht halb Zürich sah, wie die Patronin in ein fremdes Auto stieg. Wie immer fuhren sie gleich los, denn sie wollten so schnell wie möglich das belebte Zürich mit all den neugierigen Passanten hinter sich lassen und sich im abgelegenen Atelier ganz und gar auf sich konzentrieren. An der Villa angekommen, parkte Reto den Wagen, ging schnell auf Eddas Seite und half ihr beim Aussteigen. Aus einer spontanen Laune heraus, hob er sie in die Luft und trug sie ins Atelier.

»Was machst du?«, lachte sie. »Ich bin viel zu schwer.«

»Du bist ein Leichtgewicht, ich könnte dich durch die ganze Stadt tragen«, prahlte er.

Aber als er sie vor der Ateliertür absetzte, war er doch ins Schwitzen gekommen und wischte sich die Stirn mit einem Stofftaschentuch ab, in das seine Initialen gestickt waren. Hatte er es von seiner Frau geschenkt bekommen? Und wie schaffte er es eigentlich, ihre Begegnungen vor seiner Frau und den Zwillingen so gut zu verbergen? Edda seufzte. Warum mussten sich mitten ins größte Glück auf einmal diese Gedanken schleichen. Sie hatten eine Abmachung geschlossen, dass sie sich über ihr Eheleben nicht ausfragten. Sie sprach nicht über Otto, er sprach nicht über Lore. Das war auch besser so. Sie wollten sich schließlich nicht in Gewissensbissen und schlechten Gefühlen verlieren, sondern lieber den Moment genießen, ohne zu viele Gedanken an die Zukunft zu verschwenden. Wie lange das gut gehen würde? Das wussten wohl nur die Sterne …

»Du hast mir gefehlt, schöne Frau«, sagte Reto und nahm ihre Hand.

»Habe ich das?«, neckte sie ihn.

»Da war die ganze Zeit ein Ziehen in meinem ganzen Körper, alles wollte zu dir …«

Edda zog ihre Strickjacke aus. Darunter trug sie eine neue Seidenbluse mit floralem Muster, die Oskar für sie hatte entwerfen lassen.

»Wie wunder-, wunderschön du bist«, entfuhr es Reto.

Ehe sich Edda versah, hatte der Maler sie zu sich gezogen. Er strich ihr eine widerspenstige Haarsträhne aus der Stirn, und dann spürte sie seine rauen Lippen auf den ihren, und in ihrem Inneren ging alles drunter und drüber. Sie konnte keinen klaren Gedanken mehr fassen und hatte das Gefühl, dass ihr das pochende Herz aus der Brust sprang.

Langsam zog Reto ihr die Bluse aus, bedeckte ihren Hals mit Küssen, wanderte weiter nach unten, und als sie verschämt ihre Brüste bedeckte, hielt er inne.

»Ich liebe dich«, flüsterte er.

»Und ich dich erst«, antwortete sie, und ihr Widerstand schwand.

Reto küsste sie erneut und zog sie zu einem großen Samtsofa, das in einer Ecke neben lauter Leinwänden stand. Edda ließ sich auf das weiche Polster sinken, während der Maler erst ihr und dann sich selbst die Kleidung auszog. Das ist aber nicht erlaubt, war einer ihrer letzten Gedanken, bevor sie sich ihm voll und ganz hingab und beschloss, dass ihr der Rest der Welt an diesem Nachmittag egal war. Am Ende ging es doch nur ums eins: War sie glücklich mit ihm? Und die Antwort darauf fiel ihr leicht. Ja, ja und nochmals ja!

Als sie später erschöpft nebeneinanderlagen, fehlten ihnen lange die Worte. Sie schmiegten sich aneinander, und außer ihrem Atem war nichts zu hören, als würde jeder von ihnen warten, dass der andere das Schweigen brach.

»Es ist so schön mit dir«, sagte Edda schließlich.

»Und mit dir erst.« Reto stand langsam auf und entkorkte die Champagnerflasche, die Edda wie immer mitgebracht hatte. Er schenkte ihnen ein und reichte ihr ein Kristallglas. Es war ihr altes Ritual, und normalerweise hatte er danach begonnen, Skizzen anzufertigen. Aber an diesem Tag hatten sie es nicht sonderlich eilig.

»Wenn wir uns nur oft genug sehen, präge ich mir jedes Detail deines Körpers ein«, sagte er und prostete ihr zu. »Dann male ich dich aus der Erinnerung, und du brauchst mir nicht lange Modell zu sitzen. Davon bekommst du doch nur Rückenschmerzen!«

»Na, wenn es besser für meinen Rücken ist, handhaben wir das besser so«, antwortete Edda ihm lachend und fiel ihm um den Hals. »Mehr Champagner können wir auf diese Weise auch trinken …«

Er küsste sie, und sie liebten sich erneut, bis Edda vollkommen erschöpft war.

»Bei dir sind alle Probleme weit weg, und ich fühle mich wieder wie ein junges Mädchen. Das ist vollkommen verrückt!«

»Du BIST ein junges Mädchen«, antwortete er lachend. »Und warum sollten wir irgendwelche Probleme haben? Uns gehört die Welt.«

Sie setzte sich auf und begann, ihre auf dem Boden liegende Kleidung einzusammeln. »Du bist so ein Träumer«, sagte sie kopfschüttelnd.

»Die anderen sind alle ernst genug, irgendjemand muss das Leben doch auf die leichte Schulter nehmen.«

»Aber irgendwann werden wir uns entscheiden müssen …«, gab Edda zu bedenken.

»Ich weiß. Aber erst male ich das Bild von dir zu Ende, haben wir gesagt. Danach überlegen wir, wie es weitergeht. Oder etwa nicht?«

»Das wird das Beste sein, ja.«

Gedankenverloren zog sie erst die Strumpfhose und dann ihren engen Rock an, den Lina zusammen mit ihr im Kaufhaus *Jelmoli* gekauft hatte.

»Bleib doch noch …«, bat Reto sie und hätte sie wohl am liebsten gleich wieder ausgezogen. Er versteckte ihre Seidenbluse hinter seinem Rücken.

»Das *Juwel* ruft«, antwortete Edda und streckte eine Hand aus.

Doch er lächelte schelmisch wie ein kleiner Junge und weigerte sich, das Kleidungsstück herauszurücken.

»Das kostet zehn Küsse!«, sagte er.

Sie begann ihn zu küssen und zählte genau mit.

»Vielleicht kostet es auch zwanzig Küsse«, erklärte er schließlich.

Eine Viertelstunde später trug Edda immer noch keine Bluse.

»Wollen wir uns einfach bald wieder verabreden?«, fragte sie verliebt. »Uns fällt schon eine gute Ausrede ein. Oder wir fahren ein paar Tage gemeinsam fort, und ich sage, dass ich meine Schwester besuche?«

»Das wäre schön.« Auf einmal wurde Reto ganz ernst und gab ihr auch kleinlaut die Bluse zurück. »Da ist sowieso noch etwas, was ich dir sagen wollte«, gab er zu. »Meine Frau hat mich zu einem Erholungsurlaub mit guter Bergluft verdonnert.«

»Aber du bist doch überhaupt nicht mehr krank?« Edda merkte richtig, wie ihr die Farbe aus dem Gesicht entwich, so sehr beunruhigte sie die Andeutung. Würde der Maler wieder auf unbestimmte Zeit verschwinden wie kurz nach ihrer ersten Begegnung?

»Es geht wieder um eine unserer Töchter. Evi hat sich einen schlimmen Husten eingefangen, der nicht verschwinden will. Nach der letzten Auszeit in den Bergen ging es ihr besser, also sollen wir das öfter machen. Aber das Ganze hat auch eine gute Seite.«

»Das kann ich mir kaum vorstellen.«

»Lore und die Mädchen werden drei Monate in den Bergen bleiben. Aber ich komme nach zwei Monaten wieder. Und das bedeutet, wir können uns ebenfalls eine Auszeit nehmen, wenn du magst.«

Edda lächelte und wartete gespannt, wie der Vorschlag weiterging …

»Nach meiner Rückkehr werde ich vier Wochen alleine in der Villa leben … wir können uns hier verstecken, dank der hohen Hecken unseres Gartens kann man hier schließlich tun und lassen, was man möchte.«

»Und was soll ich meinem Mann sagen? Und im *Juwel*?«

»Könntest du nicht wirklich so tun, als würdest du zu deiner Schwester fahren? So wie du es vorhin vorgeschlagen hast?«

»Hmm …«, überlegte Edda. Die Vorstellung, zum ersten Mal in ihrem Leben so viel Zeit am Stück mit dem Maler zu verbringen, war ungeheuer verführerisch. Aber sie musste aufpassen. Ein paar Tage konnte sie sicher abtauchen, aber ganze zwei Wochen? Wenn die misstrauische Agathe oder der jähzornige Otto Verdacht schöpften, würde sie alles verlieren, was sie sich während der letzten 25 Jahre aufgebaut hatte. Die beiden warteten nur auf die richtige Gelegenheit, um sie ein für alle Mal loszuwerden.

»Also, was sagst du?«, wollte Reto ungeduldig wissen und zog sie eng an sich.

»Mir fällt schon etwas ein«, lenkte Edda ein. »Ich kann dir nicht versprechen, wie lange ich fortbleiben kann, aber zumindest eine Woche sollten wir hinbekommen.«

»Oder zwei?«

»Wir werden sehen ... Aber alles ist besser als diese kurzen Stelldicheins im Atelier.«

»Eben«, freute sich Reto. »Dann fahre ich dich nun zurück, träume in den Bergen ununterbrochen von dir, und wenn ich wieder da bin, machen wir es uns unendlich schön.«

Als Edda zurück ins *Juwel* kam, war es dort bereits brechend voll. Von Agathe und Otto war nichts zu sehen, und die Patronin hängte schnell ihren Mantel an der Garderobe auf. Bereits im Wagen hatte sie sich die Haare gekämmt, etwas Puder aufgetragen und den Lippenstift nachgezogen. Den aufregenden Nachmittag im Atelier des Malers sollte man ihr schließlich nicht ansehen! Edda ging von Tisch zu Tisch, begrüßte ihre Stammgäste und freute sich über die neuen Gesichter, die sich wieder unter die Menge gemischt hatten. Dann beschloss sie, auch in der Küche kurz nach dem Rechten zu sehen. François und Leopold standen am Herd und fachsimpelten, sie bemerkten die Patronin zwar, aber grüßten sie nur kurz. Luise hingegen schien sie bereits erwartet zu haben. Sie raspelte gerade Kartoffeln klein, aber als sie Edda sah, wusch sie sich die Hände und zog die Patronin zur Seite.

»Alles in Ordnung?«, fragte Edda verwundert.

»Ja, ich würde dich nur gerne kurz etwas fragen. Im Vertrauen.«

»Natürlich, Liebes. Du kannst mit mir über alles sprechen.«

Luise seufzte. »Zum Glück. Also, was ich gerne wissen würde ...« Dann schien sie nach den richtigen Worten zu suchen und sagte erst einmal nichts mehr.

»Egal, was es ist, bei mir ist jedes Geheimnis gut aufgehoben.«

»Es geht nicht um mich, sondern um Agathe.«

»Oh weh«, stöhnte Edda. »Was hat sie getan?«

»Die Frage ist: Wie sehr müssen wir uns an ihre Anweisungen halten, wenn du gerade nicht da bist?«

»Warum fragst du das? Was ist genau geschehen?«

»Agathe spielt sich in deiner Abwesenheit hin und wieder etwas auf … Es kommt mir fast so vor, als wäre sie gerne deine Nachfolgerin. Aber das bleibt unter uns, ja?«

Edda stutzte. Das waren interessante Neuigkeiten! Dann hatte sie mit ihren Vorahnungen also doch recht gehabt? Und war nicht kurz davor durchzudrehen, so wie Otto das oft hinstellte … Was hatte die Schwägerin nur vor? Wartete sie wirklich nur darauf, selbst die Patronin des *Juwels* zu werden? Dann würde Edda in Zukunft wohl noch vorsichtiger sein müssen, denn wenn die Affäre ans Licht kam, würde Agathe dies sicher für sich zu nutzen wissen.

»Ich bin froh, dass du dich mir anvertraust«, erklärte sie Luise. »Wenn es um unwichtige Kleinigkeiten geht, kannst du das Spiel ruhig mitspielen und auf sie hören. Sollte es sich allerdings um größere Entscheidungen handeln …«

Die Patronin überlegte kurz, wie offen sie gegenüber der Köchin sein konnte.

»… dann lasse ich mir nichts anmerken«, beendete Luise da schon den Satz, als könnte sie Eddas Gedanken lesen. »Ich warte aber, bis du zurück bist, und bespreche diese Dinge dann nochmals mit dir.«

»Perfekter Plan«, entgegnete Edda lächelnd. »Auf dich ist Verlass!«

»Ich weiß doch, was wir an dir haben«, schmeichelte die Köchin ihr. »Und du bist für mich unersetzlich hier. Wenn du eines Tages gehen würdest, dann gehe ich auch!«

Edda war ganz gerührt und strich ihr über den Arm. Es war immer klar gewesen, dass sie sich auf die Köchin verlassen konnte und dass diese Edda sehr schätzte. Aber so offen hatte sie das noch nie angesprochen.

»Das ist reizend von dir, danke. Aber mach dir keine Sorgen: Das *Juwel* und ich sind miteinander verwachsen. Wir sind unzertrennlich!«

»Dann ist ja gut. Oh nein … Was riecht denn da so streng?«

Mit diesen Worten verschwand sie in die Küche, nahm eine Pfanne vom Herd und versuchte zu retten, was noch zu retten war.

Edda blieb noch eine Weile nachdenklich alleine stehen. Was galt es zu tun? Wie konnte sie sich vor Otto und seiner Schwester besser in Acht nehmen? Noch hatte sie mit dem entstehenden Gemälde einen guten Grund, um zwischendurch im Atelier zu sein. Aber danach? Da würden längere Ausflüge schnell auffallen. Doch wie sagte Reto immer so schön? Der Moment zählt. Und genau das machte das Zusammensein mit ihm so besonders. Er hing nicht in nostalgischen Erinnerungen fest und fürchtete sich nicht vor Entbehrungen in der Zukunft. Das Hier und Jetzt wollte er genießen, von Zweifeln oder Grübeleien hielt er nicht viel. Nun musste Edda nur noch die zwei Monate ohne den Maler überstehen. So lange waren sie nicht mehr getrennt gewesen, seit Reto aus dem Sanatorium zurück war. Aber wenn es ihr gelang, ein hieb- und stichfestes Alibi zu erfinden, dann würde sie danach so viel Zeit mit dem Maler verbringen können. Sie musste unbedingt mit Lina einen Plan aushecken …

So vergingen die Wochen, und es wurde langsam Frühling. Das war ohnehin Eddas liebste Jahreszeit. Wenn die Tage heller wurden, fiel das Sonnenlicht von der Rämistraße so wundervoll auf die Tische an der Fensterfront. Die Plätze dort waren dann besonders begehrt und immer reserviert, selbst am Nachmittag war mehr los als sonst. Sie genoss es, Zeit im Lokal zu verbringen und die Atmosphäre auf sich wirken zu lassen. Vor allem auch, weil Oskar seit seiner Rückkehr aus Paris so oft vorbeikam. Er legte geschäftliche Treffen ins Lokal, lud befreundete Künstler ein oder kam spontan nach der Arbeit vorbei, einfach um zu sehen, welche Gäste gekommen waren und ob er welche von ihnen kannte. Während die Patronin ein Ehepaar begrüßte, das zum ersten Mal vorbeischaute, ging auf einmal ein Raunen durch die Brasserie. Im ersten Moment achtete Edda nicht darauf, da sie diese Aufregungen schon gewöhnt war und vermutete, dass wieder ein bekannter Maler oder Schriftsteller seine Aufwartung machte. Doch dann fiel ihr auf, dass alle zu den Fenstern drängten und es diesmal nicht um einen Neuankömmling ging. Da wurde auch sie neugierig … Edda näherte sich ebenfalls dem Fenster und sah ihren Sohn auf der anderen Straßenseite aus einem schwarzen, äußerst teuer wirkenden Wagen steigen. Wo hatte er den denn auf einmal her? Konnte er sich tatsächlich solche Anschaffungen leisten, oder hatte er sich den bei einem seiner berühmten Freunde geliehen, um Eindruck zu schinden? Auch unter den Gästen begann das Gerede. Die Patronin schnappte einige Sätze auf, ohne gleich zuordnen zu können, von wem sie kamen.

»Der Seidenkönig besucht seine Mutter.«

»Seit wann hat er so ein elegantes Automobil?«

»Seit er aus Frankreich zurück ist, ist er kaum wiederzuerkennen.«

»Ein gemachter Mann!«

»Warum ist er nicht verheiratet?«

»Das weiß der Himmel!«

»Hat er das ganze Geld wirklich mit Stoffen verdient?«

»Ich habe gehört, dass die führenden Modeschöpfer auf seine Stoffe setzen. An ihm kommt niemand vorbei!«

»Er ist ein Genie … Dabei ist er so ein stiller, zurückhaltender Mensch.«

»Vielleicht liegt es daran, dass er aus einfachen Verhältnissen kommt. Der Erfolg ist für ihn nicht selbstverständlich, sondern hart erarbeitet.«

»Ihm fliegt gerade alles zu … jeder will mit ihm zusammenarbeiten.«

»Ich glaube, das ist erst der Anfang. Das wird ein beispielloser Aufstieg werden.«

Edda musste schmunzeln, als sie sich klarmachte, dass diese Sätze alle ihrem Oskar galten. Sie wollte ihn als Erstes in die Arme schließen und ging durch den Hinterausgang nach draußen. Ihr Sohn steckte gerade die Schlüssel ein, als er sie entdeckte.

»Mutti«, freute er sich. »Hast du Lust auf eine kleine Erkundungsfahrt?«

Sie schüttelte den Kopf. »Mitten am Tag? Träum weiter.«

»Aber bald machen wir das, ja? Diesen Wunsch kannst du mir nicht ausschlagen … Vor allem, weil es auch dein Wagen sein wird.«

Edda stutzte. »Wie meinst du das?«

»Na, ich habe das Auto in erster Linie für dich gekauft. Damit du öfter rauskommst und mehr von der Welt siehst. Du hast dich lange genug von früh bis spät um dein Lokal gekümmert. Du musst viel mehr erleben …«

»Hast du dich mit Lina abgesprochen? Das sagt sie auch immer.«

»Dann haben wir wohl recht.«

»Ach, Oskar. Auf was für verrückte Ideen du immer kommst. Und wer fährt mich?«

»Mein Chauffeur natürlich.«

Edda musste schmunzeln. »Das ist vollkommen verrückt. Seit wann brauchen wir so einen teuren Wagen?«

»Brauchen ist das falsche Wort. Aber wenn ich eins in Frankreich gelernt habe, dann das: Man muss das Leben genießen, denn wer sagt dir, dass wir uralt werden? Jeder Tag zählt.«

»Sicher, aber hast du wirklich so viel Geld? Ich will nicht, dass du dich übernimmst.«

»Mach dir da mal keine Sorgen. Das Geschäft läuft immer besser, in Paris habe ich viel zurücklegen können. Meine Entwürfe werden von den gefragtesten Modeschöpfern verwendet. So schnell werden wir keinen Hunger mehr leiden.«

»Im Lokal sagen sie, dass du ein gemachter Mann wärst. Da kann ich ihnen nur recht geben … Die Sache ist nur die: Du wärst der geborene Patron.«

Oskar wiegelte lachend ab. »Ich genieße es im *Juwel* nur so sehr, weil es nicht mein Tagesgeschäft ist … Und ohne meine Stoffe und meine Entwürfe bin ich ein unglücklicher Mensch.«

»Hast du bei all dem Erfolg denn gar keine Zeit für die Liebe? Ich bin eigentlich davon ausgegangen, dass du mit einer charmanten Französin aus Paris zurückkehrst …«

»Ach, lass das.«

Oskar schien es sehr unangenehm zu sein, dass Edda das Thema anschnitt. Hatte er etwas zu verbergen? So ganz wurde sie nicht schlau aus ihm. Er war oft sehr schweigsam und verschlossen – nur wenn das Thema auf seine Leidenschaften Kunst oder Mode fiel, sprudelten die Worte aus ihm heraus. Meist schien er sich schützen zu wollen. Bei Fremden, die er nicht einschätzen konnte, war er besonders wortkarg. Schon als Kind war er ausgesprochen sensibel gewesen und konnte sich gut in andere hineinversetzen und ihre Stimmungen erahnen. Über die Jahre war diese Fähigkeit immer stärker geworden, vermutete Edda. Vielleicht lag es daran, dass er sich nach einer Weile immer aus dem Trubel zurückzog und wieder für sich sein musste.

»Gehen wir rein und essen noch was?«, fragte sie.

Er stimmte zu, wirkte aber immer noch recht abwesend. In der Brasserie wurde er umgehend von Gästen angesprochen, denn seit seine Gemälde an den Wänden hingen, kamen immer mehr Kunstinteressierte und wollten sich mit dem Sammler austauschen. Sie hatten unzählige Fragen, auf die Oskar kurz und bündig antwortete, bis am Ende doch nur die Gäste redeten und ihm von ihren Lieblingsmalern erzählten.

Nach einer Weile versuchte Edda, die Aufmerksamkeit ihres Sohns auf sich zu ziehen, und winkte ihm. Er wirkte recht erleichtert, dass er einen Grund hatte, die Gespräche zu beenden. Lina brachte ihnen eine Flasche Rotwein an den Tisch und stieß mit ihnen an.

»Auf das Leben!«, sagte sie und zwinkerte der Patronin zu. Die beiden sahen sich verschwörerisch an und kicherten.

»Habe ich etwas verpasst?«, wollte Oskar überrascht wissen. »Gibt es Neuigkeiten vom Maler?«

Edda sah sich schnell um, wer in ihrer Nähe stand. In letzter Zeit fühlte sie sich nirgendwo mehr richtig sicher und fürchtete ständig, entdeckt zu werden.

»Agathe und Otto sind nicht da«, flüsterte Lina.

»Mit Reto ist es wundervoll«, seufzte die Patronin. »Aber bald ist das Gemälde fertig, und dann naht eine Entscheidung.«

»Kannst du diese Affäre überhaupt noch beenden?«, fragte Oskar mit einem Lächeln.

»Das ist die Frage … die Vernunft sagt mir, dass das Ganze keinerlei Zukunft hat.«

»Vielleicht findet sich noch eine Möglichkeit …«, warf Oskar ein.

»Aber wie? Du weißt doch, wie Otto ist. Wenn ich mich für den Maler entscheide, verliere ich das alles hier.«

»Das müssen wir natürlich verhindern«, erklärte er. »Lina, wir müssen uns einen Plan für die Patronin überlegen.«

»Das machen wir!«, antwortete Lina wie aus der Pistole geschossen, und Edda musste lachen.

»Ach, wenn ihr weiter an meiner Seite seid, dann kann mir nichts geschehen«, sagte Edda.

»Lasst uns keine Trübsal mehr blasen«, fand Oskar. »Nun lassen wir es uns gut gehen.«

Edda sah sich um. Das gedämpfte Licht der Kronleuchter sorgte für eine gemütliche und gleichzeitig elegante Atmosphäre. An diesem Abend war die Stimmung besonders gelöst. Einige Schauspieler waren nach einer Probe im *Pfauentheater* gekommen, um nach einem langen Tag auf andere Gedanken zu kommen. Sie waren bei der dritten Runde angekommen, redeten immer lauter und hatten sichtlich Spaß. Die Gäste an den Nebentischen hatten angesichts dieser Geräuschkulisse ihre Mühe, sich noch weiter gepflegt zu unterhalten.

»Weißt du eigentlich, was hier noch fehlt?«, fragte Oskar.

»Keine Ahnung, sag du es mir.«

»Du könntest noch eine Bar eröffnen«

»Und wo sollen wir die hinstellen?« Edda sah sich in dem überfüllten Lokal um.

»Kein weiterer Tresen für den Gastraum!«, entgegnete Oskar lachend. »Ich meine, eine Bar mit einem eigenen Eingang – und zwar am besten im Nebengebäude. Schau dich doch mal um – der Andrang nimmt immer mehr zu, ohne Reservierung bekommt man kaum noch einen Tisch.«

»Ich weiß nicht …«

»Du würdest dann ein jüngeres Publikum anziehen, das sich lieber auf einen Rum oder Grappa trifft, als eine große Mahlzeit zu bestellen.«

»Ich möchte nicht an Umbaumaßnahmen denken«, wandte Edda ein.

»Das stellst du dir schlimmer vor, als es ist. Wenn der Raum abgetrennt ist, wirst du hier nicht sonderlich viel mitbekommen. Und das Geld ist vorhanden! Ich finanziere das Vorhaben gerne mit.«

»Na gut, ich lass mir das Ganze mal durch den Kopf gehen.«

»Aber nicht zu lange!«, lachte Oskar. »Ich muss los, aber wir sehen uns in ein paar Tagen beim Sechseläuten, nicht wahr?«

»Unbedingt. Kommst du danach ins *Juwel*?«

Oskar nickte.

»Und willst du nicht deine Freundin mitbringen?«

»Meine ...?«

»Entschuldige, aber im Lokal war zuletzt immer wieder das Gerücht zu hören, dass du dich verliebt hast.«

»Verliebt schon, aber ...« Er hielt inne und schien nicht mehr zu wissen, wie er weitermachen sollte.

»Was gibt es für ein Aber?«

»Ach, es ist einfach alles anders, als du denkst. Das erklär ich dir noch, aber nicht heute.« Mit diesen geheimnisvollen Abschiedsworten verschwand er nach draußen.

Auf das Frühlingsfest freute sich die ganze Belegschaft im *Juwel* seit Wochen. Sobald der offizielle Teil vorbei war, strömten die Leute ins Lokal und ließen den Abend dort ausklingen. So voll wie an diesem Abend war es das ganze Jahr nicht, aber auch nie so lustig. Edda war dementsprechend heiter gestimmt und summte schon seit Stunden Lieder vor sich hin.

»Du hast heute aber ungeheuer gute Laune«, wunderte sich Luise, als die Patronin in der Küche vorbeikam, um dort nach dem Rechten zu sehen. »Liegt das wirklich nur am Fest?«

»Wer weiß, wer weiß«, entgegnete Edda, ohne auch nur ein Wörtchen mehr zu verraten, und zuckte lächelnd mit den Schultern.

»Haben sich besondere Gäste für den heutigen Abend angekündigt, von denen ich noch nichts weiß?«, wollte die Köchin wissen. »Soll ich etwas vorbereiten, was nicht auf der Karte steht?«

»Nicht nötig, du hast doch genug zu tun. Aber lieb, dass du fragst. Das weiß ich sehr zu schätzen. Ich habe drei zusätzliche Gehilfen für die Küche bestellt, sie kommen gleich und helfen beim Kartoffelschälen – und bei allem anderen, wo ihr Unterstützung gebrauchen könnt. Würdest du sie einweisen?«

»Natürlich, das mache ich.« Luise wirkte ganz erleichtert. »Das sind hervorragende Neuigkeiten! Letztes Jahr hatten wir alle Schwielen an den Händen von der Akkordarbeit.«

Der Andrang beim Sechseläuten würde wieder enorm sein – für den Umzug und den brennenden Böögg kamen die Leute aus allen Teilen der Stadt zusammen. Auch Edda wollte diese Tradition nicht mehr missen. Im Grunde waren es sogar mehrere Bräuche, die mit der Zeit zusammengelegt worden waren. Seit Jahrhunderten wurden am ersten Montag nach der Tagundnachtgleiche abends um sechs Uhr feierlich die Glocken des Großmünsters geläutet. Es war das Zeichen, dass von nun an nicht mehr nur bis fünf, sondern bis sechs gearbeitet wurde, und die Zünfte veranstalteten an diesem Abend ein großes feierliches Essen. Anfang des 19. Jahrhunderts begannen die Zünfte zusätzlich kleinere Umzüge zu später Stunde zu veranstalten, die immer größer wurden.

Mit dem Böögg hatte das ursprünglich nichts zu tun gehabt … Darunter verstand man eine Strohpuppe, die seit dem 18. Jahrhundert im Kratzquartier zwischen See und Fraumünster angezündet wurde. Er war ein heidnischer Brauch, um den Winter zu verabschieden. Nach und nach kamen immer mehr Gruppierungen zu dieser Verbrennung hinzu, und die Tradition wurde immer bekannter und beliebter. Auch der Böögg hatte sich im Laufe der Jahre verändert. Er war keine einfache Puppe mehr, sondern wurde aus unzähligen Holzscheiten zusammengesetzt. Mittlerweile sah er aus wie ein Schneemann, galt als Symbol für den Winter, und sein Kopf war mit Knallkörpern gefüllt. Er wurde angezündet, und dann zählte man die Zeit, bis er zusammenfiel. Je schneller es ging, desto schöner wurde der Sommer. Erst im 19. Jahrhundert wurden der Umzug der Zünfte, das Läuten der Glocken und das Feuer mit dem Böögg zu einem Fest vereint. Während das Feuer brannte, umrundeten Reitergruppen der Zünfte den Scheiterhaufen, und der Sechseläuten-Marsch wurde gespielt. Ein einmaliges Großereignis, dem die ganze Stadt entgegenfieberte.

Edda hatte anfangs damit nicht so viel anfangen können und sich immer gewundert, warum alle dem Ganzen so entgegenfieberten. Aber in letzter Zeit hatte es sie auch gepackt. Die Begeisterung ihrer Belegschaft und der Gäste hatte sie auch angesteckt. Ihr Blick fiel auf Lina, die ihr in ihren hochhackigen Pumps entgegenkam und zur Feier des Tages unter der Schürze ein neues Kleid trug.

»Gut siehst du wieder aus«, sagte die Patronin bewundernd. Lina konnte einfach alles tragen – ihre gertenschlanke Figur hatte sich über die Jahre nicht verändert. »Erwartest du jemand Bestimmten?«

»Ich habe mir sagen lassen, dass der Schneemann die schönsten Männer ins Lokal spült …«

»Wie groß ist der Schneemann noch mal? Du weißt doch so was immer.«

»Ich muss ja auch den Gästen, die nicht aus Zürich kommen, ständig mehr über das Fest erzählen. Am liebsten würde ich ein Tonband abspielen, sie wollen ja doch alle das Gleiche wissen.«

»Jetzt sag schon: Welche Größe hat der Böögg?«

»Drei Meter und vierzig Zentimeter«, antwortete sie wie aus der Pistole geschossen. »Er wiegt sage und schreibe 80 Kilo. Und sein Kopf hat einen Umfang von einem Meter und achtzig Zentimetern. Der Holzhaufen, auf dem er thront, ist an die zehn Meter hoch.«

»Unglaublich! Ich sollte mir das auch für die Gäste merken.«

»Ich bin gespannt, wie langes es dieses Jahr dauert, bis der Schneemann zusammenfällt, wenn er pünktlich um sechs Uhr angezündet wird.«

»Ich auch!«

»Aber warum wirkst du dann so abwesend? Wo bist du mit deinen Gedanken wirklich?«

Edda zuckte zusammen.

»Du merkst auch wirklich alles«, entgegnete sie kopfschüttelnd.

»Also?«

»Ich frage mich, ob Reto tatsächlich wie angekündigt am Abend zurückkehrt und sich abends unter die Menge im *Juwel* mischen wird … Ich kann es kaum erwarten, ihn wiederzusehen. Aber ob er wirklich seiner Frau entwischen kann?«

Lina zwinkerte ihr zu.

»Wenn ich der Maler wäre, würde ich dich sicher nicht warten lassen!«

Mit diesen Worten stolzierte die Freundin in ihren neuen Schuhen davon.

Am Abend schlug Eddas Herz so schnell, dass sie sich zwingen musste, ihre Gäste in aller Ruhe zu begrüßen. Am liebsten wäre sie die ganze Zeit neben der Tür stehen geblieben, um keinen Neuankömmling zu verpassen und Reto sofort begrüßen zu können. Aber das ging natürlich nicht … Man durfte ihr auch nicht anmerken, wie sehnlich sie auf die Ankunft dieses einen Mannes wartete. Die Brasserie füllte sich zunehmend, der Geräuschpegel stieg, und die Gläser klirrten. Alle hatten ausgesprochen gute Laune, jeder prostete jedem zu, Fremde unterhielten sich, als würden sie sich seit Jahren kennen. Der Trubel erinnerte Edda an den Tag der Eröffnung – mehr als 20 Jahre war das nun schon her. Was hatte sie seitdem alles erlebt! Und welch kostbare Menschen waren in ihr Leben getreten! Niemals hätte sie sich erträumt, dass so viele Künstler und wichtige Persönlichkeiten bei ihr ein und aus gehen würden und dass sie von ihnen wie eine Gleichgesinnte behandelt werden würde. In diese Freude hinein fiel ihr Blick auf den Ecktisch neben dem Tresen. Dort saßen Otto und Agathe und beäugten das Ganze misstrauisch. Sie waren die Einzigen, die keinerlei gute Laune ausstrahlten.

»Grübel nicht so viel«, raunte ihr Lina zu. »Schmeiß dich ins Getümmel, lass es dir gut gehen. Schon vergessen? Du lebst nur einmal.«

Sie drückte der Patronin ein Glas Champagner in die Hand und ging zum nächsten Tisch. Edda tat, wie ihr geheißen wurde, und schob sich vorsichtig durch die Menge. Oskar war gekommen, aber leider ohne Begleitung. Er redete mit lauter Künstlerfreunden und war so beschäftigt, dass Edda kaum mit ihm sprechen konnte. Viele Gäste waren verkleidet gekommen, und sie erkannte nicht jeden sofort. Ein Mann mit Maske kam ihr vertraut vor, er stand im Flur, und sein Blick irrte umher, als würde er jemanden suchen. Seine Körperhaltung erinnerte sie an den Maler. Konnte er das schon sein? Je näher sie kam, desto sicherer war sie sich. Er schob ganz kurz die Maske von seinem Gesicht, als er sie entdeckte, und lächelte ihr zu. Edda stellte sich neben ihn und tat so, als wäre ihr Champagnerglas für ihn bestimmt gewesen. Er nahm es dankend ab.

»Du bist zurück!«, flüsterte sie glücklich.

»Es kommt mir vor, als ob wir uns eine halbe Ewigkeit nicht gesehen haben.«

»Mir auch!«

»Hier und heute können wir nicht reden, nicht wahr?«

»Ich fürchte, unsere Verliebtheit sieht man uns auf zehn Meter Entfernung an.«

»Die Villa steht leer. Wann kommst du?«

»Am Wochenende könnte ich so tun, als ob ich zu meiner Schwester fahre.«

»Wunderbar! Dann bin ich dein Chauffeur und erwarte dich an unserem Treffpunkt auf der anderen Seite der Limmat. Vielleicht gleich morgens um zehn?«

Edda konnte gerade noch zustimmend nicken, da wurden sie von der feiernden Meute auseinandergerissen, die eine Polonaise begann. Sie suchte den Maler zwischen den Gästen, doch sie wurde in die andere Richtung geschoben, und als sie sich endlich befreien konnte, war er spurlos verschwunden. Aber sie hatten ja glücklicherweise im letzten Moment eine Abmachung getroffen. Nun musste sie es nur noch schaffen, ihren Plan durchzuziehen. Sie hoffte, dass niemand Verdacht schöpfte, wenn sie vorgab, zu ihrer Familie nach Winterthur zu fahren. Aber sie war länger nicht dort gewesen und würde einfach erzählen, dass ihre Schwester krank war und Hilfe benötigte. Dagegen konnten nicht einmal Otto und Agathe etwas einwenden, ohne vollkommen herzlos zu wirken, fand sie.

Auf einmal stand die Schwägerin neben ihr, als hätte sie ihre Gedanken erraten. Hatte sie wirklich etwas bemerkt?

»Was wird das eigentlich für ein Gemälde, für das du seit Ewigkeiten bei diesem Maler sitzt?«, fragte Agathe.

»Ein Porträt von mir. Das weißt du doch.«

»Interessant. Bei dem Aufwand, den ihr mit diesen ganzen Treffen betreibt, könnte man meinen, dass es eine ganze Reihe von Bildern wird.«

Edda sah sie fragend an, da sie nicht ganz verstand, worauf Ottos Schwester hinauswollte. Ahnte Agathe etwas? Hatte ihr jemand ein Gerücht zugetragen, oder war es die Patronin selbst, die sich verdächtig verhalten hatte? So neugierig und aufgewühlt sie auch war, sie versuchte sich nichts anmerken zu lassen.

»Gute Kunst braucht eben ihre Zeit. Aber davon verstehst du wohl nichts.«

Agathe schnaufte beleidigt, hatte aber nichts mehr zu erwidern und zog sich zurück. Die Uhr tickte, das spürte Edda ganz genau. Ihr stockte der Atem. Sie würde diese Affäre nicht mehr lange verbergen können, sie würde über kurz oder lang eine Entscheidung treffen müssen, bevor jemand anders für sie entscheiden würde.

Die Entscheidung

1948–50

Eine Woche lang genoss Edda das Hier und Jetzt. Sie musste sich nicht um ihre Gäste kümmern, hatte nichts zu planen und keine Probleme zu lösen. Während ihrer Auszeit mit dem Maler gab es nur sie und Reto, und sie lebten vollkommen im Moment. Edda wollte nicht zu weit in das Zuhause des Malers eindringen, das wäre ihr nicht schicklich vorgekommen. Also bezogen sie eine kleine Gästewohnung, die einen separaten Eingang hatte, und zwischendurch gingen sie aus alter Gewohnheit ins Atelier, da sie sich dort so wohlfühlten. Aber die meiste Zeit verbrachten sie ohnehin auf dem großen gemütlichen Bett. Meistens liebten sie sich gleich nach dem Aufwachen und hörten so schnell nicht mehr damit auf. Sie standen zwischendurch nur kurz auf, um etwas zu essen oder zu trinken zu holen, aber ansonsten blieben sie liegen, bis die Sonne unterging.

»Warum fühlt sich ein Tag im *Juwel* eigentlich viermal so lange an wie ein Tag mit dir hier im Atelier?«, fragte Edda.

»Diese Woche rast vorbei«, seufzte Reto. »Ich möchte sie so gerne verlängern.«

»Aber wie soll das gehen?«

»Wenn ich das wüsste …«

Da sie ohnehin keine Lösung hatten, blieben sie liegen und genossen es, keine Verpflichtungen oder Termine zu haben und nie auf die Uhr schauen zu müssen. Edda trug oft nachmittags noch ihr Nachthemd aus Seide, während sich Reto in seinem Schlafanzug neben ihr rekelte. Nachts schliefen sie nur wenige Stunden, da sie zu aufgeregt waren, um die Augen lange zu schließen.

Wenn das Wetter schön war, zogen sie sich etwas an und gingen nach draußen. Dann spazierten sie eine Weile durch den weitläufigen Garten, Hand in Hand. Es fühlte sich dann so an, als wären sie ein glückliches Ehepaar, das die eigenen Besitztümer begutachtete und nach dem Rechten sah.

»Niemand kann uns trennen!«, stellte Edda fest, obwohl sie natürlich genau wusste, dass das Gegenteil der Fall war.

»Niemand!«, bestärkte Reto sie, und dann sahen sie sich an, und in ihren Blicken lag schon der Abschiedsschmerz.

Eine Woche nur für sie zwei – was sich anfangs wie eine halbe Ewigkeit angefühlt hatte, ging in Wahrheit viel zu schnell vorbei. Die Zeit zerrann ihnen förmlich zwischen den Fingern.

»Mit dir fühle ich mich wieder wie ein Backfisch«, wunderte sich Edda, als sie nach einem Spaziergang wieder im Bett lagen.

»Mir geht es ähnlich«, stellte Reto fest. »Aber zum Glück sind wir schon erwachsen und können nicht von unseren Eltern gestört werden.«

»Höchstens von unseren Ehepartnern …«

»Hatten wir uns nicht geeinigt, dass wir Otto und Lore nicht erwähnen und eine Woche so tun, als würden sie nicht existieren?«

»Ich weiß«, seufzte Edda. »Aber gelingt dir das?«

Reto schüttelte den Kopf.

»Siehst du?«

Der Maler stand auf, holte eine Flasche Champagner aus dem Kühlschrank und schenkte ihnen ein.

»Wir müssen uns entscheiden, habe ich recht?«, fragte er. »Morgen früh bringe ich dich zurück ins *Juwel* und in dein gewohntes Umfeld. Und dann brauchen wir schleunigst einen Plan, wie es mit uns weitergeht.«

»Ich fürchte, ja. Nach dieser Woche können wir nicht mehr so einfach in unseren gewohnten Alltag zurückkehren.«

Eddas Blick fiel auf das Gemälde von ihr. Es war so viel schöner geworden, als sie es sich in ihren kühnsten Träumen vorgestellt hatte. Reto hatte sie perfekt eingefangen – er hatte nicht nur ihr Aussehen getroffen, er hatte auch dieses unvergleichliche Glück eingefangen, dass sie sich mit dem *Juwel* ihren allergrößten Traum erfüllt hatte.

»Das bin zu 100 Prozent ich«, sagte sie. »Wie hast du das nur gemacht?«

»Du bist mir seit unserer ersten Begegnung nicht aus dem Kopf gegangen, und ich musste nur diese Gefühle, die ich für dich empfinde, irgendwie auf der Leinwand festhalten. Wenn ich ehrlich bin, hättest du mir nicht Modell sitzen müssen.«

Edda lachte. »Damit rückst du ja früh heraus …«

»Ach, ich wünschte, das Gemälde wäre niemals fertig geworden, und wir könnten ewig mit unseren Treffen im Atelier weitermachen …«

»Das geht mir ähnlich!«

Nachdenklich saßen sie da, begutachteten das Porträt und hielten sich eng umschlungen.

»Dieses ganze Versteckspiel geht mir gehörig auf die Nerven. Ich möchte am liebsten mit dir durchbrennen«, gab Reto zu.

»Wohin denn?«

»Paris vielleicht? Dann können die Freunde deines Sohns uns eine Wohnung suchen.«

»Und das *Juwel*?«, wollte Edda wissen.

»Wir machen einfach ein zweites *Juwel* in Frankreich auf.«

»Wenn das so einfach wäre …«

Reto küsste sie, bis ihre Sorgenfalten auf der Stirn verschwanden.

»Aber mal ganz im Ernst: Würdest du dich wirklich von Lore trennen?«, fragte Edda schließlich.

Reto war blass geworden und sah zu Boden. Aber dann nickte er. »Das muss ich wohl«, sagte er mit zittriger Stimme. »Und du? Trennst du dich dann auch von Otto?«

»Das muss ich wohl«, sagte auch Edda und küsste ihn.

»Ich denke, wir haben keine andere Wahl«, stellte Reto fest. »Lass uns von hier verschwinden und anderswo ganz neu anfangen.«

Edda fuhr ihm zärtlich durch die Haare. Ging das so einfach? Ihre Gedanken rasten hin und her, und sie wusste nicht, was sie zu ihm sagen sollte. Sie schienen füreinander bestimmt zu sein, und sie war noch nie so glücklich wie mit dem Maler gewesen.

»Wenn ich aufwache, möchte ich auch in Zukunft dein Gesicht sehen«, seufzte sie.

»Und das Lokal?«

»Es hilft ja nichts. Ich muss es wohl hinter mir lassen …« Ein stechender Schmerz fuhr ihr durch die Brust, aber sie beschloss, ihn zu ignorieren, und atmete tief ein und aus.

»Dann ist es entschieden?«

»Ja«, sagte Edda, auch wenn sich innerlich noch ein leichter Widerstand regte. Warum musste es für sie bloß eine Entscheidung zwischen dem *Juwel* und Reto sein? Gab es keine Möglichkeit, beides zu behalten?

Sie liebten sich noch ein letztes Mal in der Villa. So innig wie nie zuvor. Dann schliefen sie im Morgengrauen kurz ein, nur um kurz darauf aufzustehen und sich anzuziehen. Ohne viele Worte zu verlieren, fuhr Reto seine Geliebte in die Stadt, und auch Edda war schweigsam. Es schien alles gesagt zu sein, und sie wollten die Magie ihrer Vereinbarung nicht durch nichtssagendes Geplänkel zerstören.

Als die Limmat in Sichtweite war, räusperte sich Reto. »Wie machen wir das alles? Wann brechen wir gemeinsam auf?«

Edda überlegte. Sie konnte sich nicht vorstellen, wie lange sie brauchen würde, alles hinter sich zu lassen. Das ganze Vorhaben war noch so abstrakt.

»Lass uns nächste Woche feierlich das Gemälde enthüllen und im *Juwel* aufhängen, so wie wir das ohnehin geplant hatten«, schlug Reto vor.

»In Ordnung«, stimmte Edda zu. »Aber es wird schwer, dich zu sehen und dich nicht vor allen Leuten zu küssen.«

»Das kommt mir auch seltsam vor, aber vielleicht geht es, wenn wir dabei an unseren Plan denken.«

»Und danach?«

»Im Anschluss packen wir unsere Sachen zusammen, regeln die wichtigsten Dinge, und ich suche uns eine Wohnung in Paris. Und in genau einem Monat brechen wir zusammen auf.«

»In unser neues Leben?«

Reto nickte und hielt ihre Hand ganz fest. Dann küssten sie sich zum Abschied, bevor Reto alleine den Züriberg hochfuhr, wo in Kürze seine Frau und die Töchter aus den Bergen zurückkehrten, und bevor Edda zurück ins *Juwel* lief.

Lächelnd spazierte Edda in die Brasserie und wollte gerade ihren Mantel an die Garderobe hängen, als sie Lina am Tresen entdeckte. Strahlend winkte sie der Freundin zu, doch diese zuckte bestürzt zusammen. Dann machte sie eine seltsame Handbewegung, als wollte sie der Patronin zu verstehen geben, dass sie schleunigst das Lokal verlassen sollte. Was war nur geschehen? Aber da war es schon zu spät. Ein fester Handgriff umklammerte ihren Arm, sie roch den Schweiß ihres Ehemanns hinter sich und das viel zu süßliche Parfüm der Schwägerin.

»Wir müssen reden«, zischte Otto ihr zu und zog sie erst Richtung Flur und dann in den ersten Stock, wo er sie im Büro auf einen Stuhl drückte und grimmig ansah. Agathe schloss die Tür hinter ihnen und setzte sich Edda gegenüber.

»Wie war es bei dir in Winterthur?«, fragte die Schwägerin und verzog dabei das Gesicht.

Edda ahnte bei diesem Anblick schon, dass die beiden ihr auf die Schliche gekommen waren, und beschloss, einfach nicht zu antworten. Sie konnte es nur noch schlimmer machen, oder etwa nicht?

»Hattest du eine gute Zeit mit deinem werten Herrn Papa, der ja schon etwas in die Jahre gekommen ist ... Und mit deiner ach so kranken Schwester, konntest du nach ihr sehen und dich um sie kümmern?«

Edda hatte wenig Lust auf diese Unterredung. Sie nickte einfach und wartete darauf, dass die beiden mit der Sprache herausrückten und ihr erzählten, was sie herausgefunden hatten. Die ganze Zeit hatte sie sich vor diesem Moment gefürchtet, aber auf einmal war sie ganz ruhig. Dann wussten sie es eben! Zumindest hatte das elende Versteckspiel dann ein Ende ...

»Schlecht für dich, dass deine Schwester einen Tag nach deiner vermeintlichen Abreise ein Telegramm geschickt hat.«

Edda wurde blass. Wie konnte das sein?

»Darin hat deine Schwester darum gebeten, dass du schnell

nach Winterthur kommen mögest. Dein Vater sei krank, meinte sie. Da haben wir uns natürlich sehr gewundert … Du sagst, du fährst nach Winterthur, und als du schon längst dort angekommen sein musst, fragt deine Familie nach dir. Erklärst du uns das vielleicht einmal?«

Edda war unendlich müde und gleichzeitig besorgt um ihren Vater. Wie schlecht stand es um ihn? Otto würde es ihr sicher nicht sagen. Sie wollte einfach nur aufstehen, ihre Familie besuchen und herausfinden, was passiert war. Sie stand auf, und als sie gehen wollte, hielt Otto sie am Handgelenk fest.

»Du verlierst alles«, zischte er ihr zu. »Das *Juwel* führe ich schon bald ganz alleine mit Agathe. Dann kannst du sehen, wo du bleibst.«

Edda reagierte nicht. Sie hatte schlichtweg die Lust verloren, mit diesem niederträchtigen Kerl zu reden. Und auch Agathe war keinen Deut besser. Langsam ging sie die Treppe nach unten und dachte nach.

Agathe und Otto wussten also Bescheid, dass Edda einen anderen hatte. Aber offenbar hatten sie keinen Beweis dafür und hatten auch nicht herausgefunden, um wen es sich handelte. War das nicht seltsam? Die ganze Zeit hatte sie gefürchtet, die Affäre würde auffliegen und Otto würde ihr das Lokal wegnehmen. Doch auf einmal wurde ihr klar, dass sie in einer viel besseren und stärkeren Position war als gedacht. Die beiden konnten drohen und drohen und drohen – aber Taten würden womöglich gar keine folgen. Die beiden wussten, dass Edda untreu war. Und sicher lechzten sie danach, die Patronin zu diskreditieren, der ganzen Stadt davon zu erzählen und das *Juwel* alleine zu führen. Aber ihre Drohungen klangen hohl, und sie schienen nichts tun zu können, obwohl sie alles wussten.

Aber nun musste Edda herausfinden, wie es ihrem Vater

ging und was zu Hause in Winterthur vorgefallen war. Sie schlüpfte in den Mantel, gab Lina Bescheid, dass sie noch einmal kurz fortmusste, und machte sich dann auf den Weg zum Postamt. Dort gab sie ein Telegramm auf, indem sie nach dem Zustand ihres Vaters fragte und versprach, sich bei Bedarf umgehend in einen Zug zu setzen.

Erikas Antwort ließ einige Tage auf sich warten. Sie schrieb einen kurzen Brief, in dem sie Edda Vorwürfe machte, dass sie sich erst so spät gemeldet hatte. »Diesmal ist es noch gut gegangen und Vater hat seine Lungenentzündung überwunden. Aber wir sind alle sehr enttäuscht von Dir und hätten Deine Hilfe wirklich gut gebrauchen können …«

Edda seufzte. Sie musste sich bald bei der Familie blicken lassen und sich persönlich entschuldigen. Sie war heilfroh, dass dem Vater nichts Schlimmeres zugestoßen und er wieder gesund geworden war. Sie hätte es sich sonst niemals verzeihen können, dass sie sich in der Zwischenzeit in der Villa des Malers aufgehalten hatte.

»Schluss mit den Grübeleien«, riss Lina sie aus den Gedanken. »Musst du nicht deine Vernissage vorbereiten?«

Wie so oft hatte die Freundin recht, und Edda machte sich an die Arbeit. Zur feierlichen Enthüllung des Porträts von Reto wollten viele langjährige Freunde kommen, sie würden das Lokal deshalb an diesem Abend schließen und nur geladenen Gästen Zugang gewähren. Das ganze Küchenteam und das restliche Personal waren eifrig dabei, alle Programmpunkte durchzugehen und zu besprechen, wie sie einen reibungslosen Ablauf garantieren konnten. Es sollte schließlich jeder seinen Hunger und seinen Durst stillen können, auch wenn es noch voller als sonst sein würde. Diesen emsigen Trubel mochte Edda besonders. Wenn alle herumwirbelten und die Aufregung mit jeder Minute zu steigen schien. Wenn alle so beschäftigt waren, dass sie sich gegenseitig daran erinnern mussten, auch etwas zu trinken und zu essen. Nach und nach wurden die Tische eingedeckt, es roch nach feinstem Braten und zartem Gemüse aus der Küche, und das stimmungsvolle Licht wurde eingeschaltet. Oskar saß bereits in einer Ecke, er wollte nichts verpassen und hatte zahlreiche Bekannte eingeladen, die er persönlich begrüßen wollte. Kurz nach ihm betrat schließlich Reto das *Juwel.*

»Schönen guten Abend«, begrüßte die Patronin ihn. Sie hatten sich schließlich vorgenommen, die Etikette zu wahren und sich als gute Bekannte auszugeben.

Er gab ihr einen Handkuss, und sie sah ihm an, dass ihm das ganze Gehabe genauso unangenehm wie ihr war. Edda warf Oskar einen hilflosen Blick zu, und er verstand sofort. Er begrüßte den Maler und tauschte sich mit ihm darüber aus, was er noch benötigte. Dann überprüften sie nochmals die Stelle, wo das Gemälde hängen sollte, und Edda konnte sich zurückziehen. Während die ersten Gäste auftauchten und an ihren Tischen Platz nahmen, konnte Edda sich in die Küche zurückziehen. Das Lokal füllte sich, die Gespräche wurden lauter, und die Spannung stieg. So viele liebe Menschen waren gekommen – die Oprechts natürlich, zahlreiche Schauspieler, Sänger und Regisseure, einige Schriftsteller und Journalisten, Retos Künstlerfreunde und weitere Galeristen und Kunsthändler, Oskars Bekannte und Kollegen sowie viele weitere Stammgäste, die dem *Juwel* seit Jahren die Treue hielten.

Schließlich war es endlich so weit. Edda hatte ihren Lippenstift nochmals nachgezogen, die Frisur gerichtet und sich ihr allerschönstes Kleid angezogen. Eine dunkle Robe aus feinster Seide, die ihr Sohn nur für sie hatte entwerfen lassen. Der edle Stoff umspielte ihre Figur, und sie genoss es, darin durch die Brasserie zu schreiten. Die Gespräche verstummten, als sie neben dem Gemälde stehen blieb, das noch an der

Wand lehnte und verhüllt war. Doch gleich würde Oskar es aufhängen, und dann würde ein Raunen durch die Brasserie gehen, und alle würden Reto ausgiebig feiern. Eddas Blick fiel auf Otto, der sich im Hintergrund hielt, aber es sich nicht hatte nehmen lassen, den Abend mitzuerleben. Aber warum stand Agathe nicht wie sonst neben ihm? Da entdeckte Edda sie einige Meter weiter, sie drängte sich etwas weiter nach vorne, obwohl das eigentlich nicht zu ihr passte. Was hatte sie bloß vor?

»Ich freue mich wahnsinnig, dass wir heute einen der talentiertesten Maler in unserer Mitte begrüßen dürfen«, begann Edda ihre Rede. »Hoch die Gläser – heute trinken wir auf das Wohl von Reto von Abensberg.«

Alle prosteten Reto zu, der schüchtern ein Stück nach vorne kam. Auch Oskar stellte sich zu ihnen, und nun war also der große Moment gekommen. Doch als ihr Sohn gerade nach dem Gemälde griff, fiel eine Frau mit einem lauten Aufschrei zu Boden. Ein Tumult brach aus, und Reto stellte sich schützend vor sein Bild, da er befürchtete, dass es in der Aufregung beschädigt wurde.

»Ist hier ein Arzt?«, rief jemand.

»Vielleicht ist es das Herz«, rief ein anderer. »Sie braucht schnell Hilfe.«

»Das scheint etwas sehr Ernstes zu sein.«

»Wir tragen sie am besten nach draußen.«

»Aus dem Weg, aus dem Weg!«

Edda hatte den Vorfall nicht gesehen, aber sie wusste genau, dass es sich bei der Frau, die zu Boden gegangen war, um Agathe handelte. Ihre Ahnung wurde kurz darauf bestätigt, als die scheinbar bewusstlose Schwägerin vor das Lokal gebracht wurde. Otto brachte sie in ein Krankenhaus und bekam von den Gästen noch allerhand Tipps auf den Weg.

»Was für ein Zufall, ausgerechnet heute passiert so etwas«, wunderte sich einer der Gäste.

Doch Edda ahnte, dass es sich vermutlich um eine kleine Inszenierung gehandelt hatte. Sie hatte Agathes triumphierenden Blick gesehen, den sie Otto zugeworfen hatte, kurz bevor sie theatralisch zu Boden sank. Das war ein abgekartetes Spiel, mit dem einzigen Ziel, der Patronin den Abend zu ruinieren, vermutete sie. Dieser Plan war tatsächlich gelungen – niemand sprach über das Gemälde, das schließlich ohne viel Aufheben einfach an die Wand gehängt und enthüllt wurde. Es sah wunderschön aus, und sie war mächtig stolz darauf, aber sie musste es sich ganz alleine ansehen.

»Nun gut«, seufzte die Patronin. »Wie ihr wollt … Der Punkt geht an euch, aber ich gebe mich nicht so schnell geschlagen.«

Als Reto sich seinen Mantel anzog und gehen wollte, folgte die Patronin ihm in den Flur. Zumindest einen kurzen unbeobachteten Moment wollte sie mit ihm verbringen.

»Das hatte ich mir anders vorgestellt«, flüsterte er ihr zu.

»Bist du sehr enttäuscht?«

»Ein rauschendes Fest wäre mir lieber gewesen, aber was soll's. Hauptsache, das Bild hängt, und Hauptsache, wir verschwinden bald von hier.«

Edda drückte seine Hand, da sie ihn mitten im *Juwel* natürlich nicht küssen konnte.

»Unser Plan steht doch noch?«, fragte er.

»Ja«, antwortete Edda. »In vier Wochen gehen wir von hier weg.«

»Sehr gut«, raunte er ihr noch zu. »Dann wird alles gut.«

Bevor sie sich weiter über ihr Vorhaben austauschen konnten, näherten sich weitere Gäste, die sich verabschieden wollten und Eddas Aufmerksamkeit beanspruchten. Der Maler zwinkerte ihr noch einmal kurz zu, bevor er ging. Dann verschwand er durch den Ausgang, und nur ein Hauch seines Parfüms blieb noch im Flur hängen.

Später, als alle gegangen waren, verzog auch Edda sich kurz nach draußen. Sie brauchte dringend frische Luft und wollte sich kurz die Beine vertreten. Ihr Kopf war voller Eindrücke und Gedanken, sie war vollkommen überfordert. Dieser Abend im *Juwel* hatte ihren Blick auf die Dinge nochmals verändert. Reto hing ihr sehr am Herzen, aber das Lokal eben auch. Gleichzeitig war ihre Wut auf Otto und Agathe ins Unermessliche gestiegen. Konnte sie sich wirklich geschlagen geben und Otto und Agathe das Feld überlassen? Alleine der Gedanke, wie die beiden das Lokal ohne sie führen würden! Sicher würden sie alle Gemälde abnehmen, einen Sparkurs verordnen, zahlreichen Bediensteten kündigen und nach und nach dafür sorgen, dass der ganze Charme des Hauses flöten ging. Ihr schauderte, wenn sie sich dieses Szenario vorstellte!

Statt die Rämistraße nach unten zu gehen, lief Edda diesmal aus einer spontanen Laune heraus in die andere Richtung. Sie kam am Laden der Oprechts vorbei, bog um die Kurve und setzte die Füße betont langsam voreinander. Kurz bevor sie das *Theater am Pfauen* erreichte, sah sie auf einmal Oskar in einen Wagen steigen. Was machte er nur hier? Vor über einer Stunde hatte er doch eigentlich zu Bett gehen wollen … Sie beschleunigte ihre Schritte und wollte gerade an die Fensterscheibe klopfen, als ihr Blick ins Innere des Autos fiel. Oskar war nicht mit seinem Chauffeur unterwegs, sondern mit einem jungen Mann. Eng umschlungen küssten sie sich und waren so mit sich selbst beschäftigt, dass sie die Patronin nicht bemerkten.

»Ich störe euer Glück besser nicht«, sagte Edda leise vor sich hin und musste schmunzeln.

Das hatte er also mit seiner geheimnisvollen Bemerkung vor dem Frühlingsfest gemeint. Die ganze Zeit hatte er sich nicht getraut, ihr den Auserwählten vorzustellen. Da hatten die Gerüchte doch gestimmt, die sie seit einigen Wochen zwischendurch aufgeschnappt hatte. Der Sohn der Patronin sei womöglich vom anderen Ufer, hieß es. Aber sie verstand nicht so recht, warum die Leute so ein Aufheben um diese Dinge machen mussten. War die Liebe nicht Privatsache? Ihr war es ganz und gar egal, für welches Geschlecht Oskars Herz schlug. Hauptsache, er war glücklich!

Edda zog sich wieder zurück und beschloss, ihren Spaziergang zu beenden. Nach diesem turbulenten Tag brauchte sie dringend etwas Schlaf.

Die folgenden Tage und Wochen vergingen schnell. Die Gäste im *Juwel* bewunderten das neue Gemälde, und Edda war stolz, dass es so gut ankam. Nun wurde es langsam ernst, und auch wenn sie eigentlich ihre Sachen packen musste und einige Dinge klären sollte, war sie unfähig, aus ihrem gewohnten Trott auszuscheren.

»Das mache ich morgen«, sagte sie sich immer wieder, bis der Monat fast vorbei war.

Mit Otto und Agathe hatte sie seit dem missglückten Fest kein Wörtchen mehr geredet. Die Eiszeit war angebrochen, und die Patronin zeigte ihnen ganz deutlich, was sie von ihnen hielt. Nämlich nichts. Die beiden wollten sie wohl davonekeln, aber sie war immer mehr davon überzeugt, dass sie ihnen nicht die Regentschaft überlassen durfte. Doch wie sollte sie das mit ihren ursprünglichen Plänen vereinbaren? Was in aller Welt sollte sie Reto sagen?

Der Maler hatte längst seine wichtigsten Habseligkeiten gepackt und verließ wie vereinbart seine Frau. Er nahm nur zwei große Koffer mit und lud sie in seinen Wagen. Die Sachen zum Malen wollte er sich nachliefern lassen. Dann fuhr er zum vereinbarten Treffpunkt, wo die Patronin schon auf ihn wartete. Aber sie hatte nichts dabei, sie stand in einem langen Mantel am Straßenrand, hielt mit einer Hand den Hut fest, damit er nicht vom Wind fortgeweht wurde, und war ganz blass. Er kam langsam näher und ahnte schon, dass sie keine guten Nachrichten für ihn haben würde.

»Es tut mir leid«, presste sie hervor.

Resigniert nahm der Maler sie in den Arm.

»Es tut mir leid«, wiederholte Edda wieder und wieder.

»Schon gut«, entgegnete Reto. »Du kannst nicht mit mir kommen? Liegt es an mir? Oder am *Juwel*?«

Edda sah zu Boden. Sie brachte es nicht übers Herz, ihm in die Augen zu sehen. »Nur am Lokal und an sonst gar nichts. Ich dachte, ich kann es hinter mir lassen. Aber ich bringe es nicht übers Herz, dass Otto und Agathe hier alleine ihr Unwesen treiben.«

»Es stimmt mich traurig, aber ich verstehe das«, gab er zu. »Ich mache dir keine Vorwürfe.«

Edda sah ihn überrascht an. Mit allem hatte sie gerechnet – mit Wut, Enttäuschung, Entsetzen. Aber dass er trotz der offensichtlichen Verletzung so einsichtig war? Reto nahm sie in den Arm, und sie blieben lange so stehen, ohne sich darum zu scheren, ob sie jemand beobachtete. Das schien jetzt auch schon egal zu sein.

»Wir gehören zusammen – und dennoch kann ich nicht fort. Noch nicht!«, brach es aus ihr heraus. »Ich würde es mir niemals verzeihen können, wenn ich das Lokal aufgebe. Es ist mein Leben!«

Sie schniefte und schluchzte, Reto strich ihr sanft über den Rücken. »Liebes, wir finden schon eine Lösung.«

»Aber wie? Und wo?«

»Im Moment weiß ich es auch nicht, aber wir überlegen uns etwas.«

»Gehst du nun zurück zu deiner Frau?«

»Auf keinen Fall. Ich werde wie geplant ein neues Heim für mich suchen. Und wer weiß – vielleicht kommst du eines Tages nach? Ich kann warten.«

»Meinst du das wirklich ernst? Bist du nicht böse?«

»Nein, nur enttäuscht. Aber ich kann warten. Meine Pinsel und meine Farben und meine Leinwände leisten mir Gesellschaft. So bin ich niemals alleine.«

Edda schmiegte sich eng an ihn.

»Du hast mir so oft Porträt gesessen«, ergänzte er noch. »Das ist ein großes Glück, denn nun kann ich noch unendlich viele Zeichnungen und Gemälde von dir anfertigen – auch wenn wir uns eine Weile nicht sehen.«

Da musste sie endlich wieder schmunzeln. »Und wenn ich dich im neuen Atelier besuche, komme ich in eine Edda-Ausstellung?«

»So wird es sein …« Er küsste sie ein letztes Mal. So lange und innig wie niemals zuvor. »Ich kann warten!«, wiederholte er.

Dann ging er alleine zum Auto zurück, und auch wenn es Edda fast das Herz brach, blieb sie stehen und sah ihm noch lange hinterher, wie er die Straße entlangfuhr und schließlich um die Kurve bog und aus ihrem Sichtfeld verschwand.

All die besonderen Momente der letzten zwanzig Jahre zogen noch einmal an ihrem inneren Auge vorbei. Wie sie und Otto den Kaufvertrag unterschrieben und stolz durch die Räume liefen, obwohl einiges baufällig war. Wie sie ihre Visionen in die Tat umsetzten und das *Juwel* zu neuem Glanz führten. Wie sich die harte Arbeit auszahlte und sie zu einer der namhaftesten Adressen in Zürich wurden. Wie auch Oskar seine Leidenschaft entdeckte und nach und nach zum Seidenkönig wurde. Und wie er zudem zum Kunstsammler avancierte und sich dank ihm neben den Modeschöpfern auch die namhaftesten Künstler unter die Gäste mischten. Wie ihr Mann zum cholerischen Trinker wurde und ihre Ehe in eine Krise schlitterte, aus der sie bis heute nicht herausgekommen waren. Wie er wütete und fluchte und sie bedrohte – und ihr trotzdem nichts anhaben konnte. Wie sie sich Hals über Kopf in den Maler verliebte und eine neue Zeitrechnung begann. Wie sie stundenlang von den Stelldicheins mit Reto träumte und sich kaum noch auf das Tagesgeschäft konzentrieren konnte ... Und wie sie sich entscheiden musste. Es war das Schwerste, was sie jemals hatte tun müssen. Es brach ihr das Herz, und gleichzeitig wusste sie, dass es anders nicht ging. Sie musste bleiben. Das *Juwel* und sie waren eins. Wenn sie das Lokal ihrem Ehemann und ihrer Schwägerin überließ, würde sie nirgendwo mehr glücklich sein können.

Zwei Jahre später war Edda noch immer die Patronin im *Juwel*. Es brach ihr fast das Herz, nicht bei Reto sein zu können, aber tief in ihrem Inneren wusste sie, dass es fürs Erste die richtige Entscheidung war, ihr Lokal nicht aufzugeben. Sie war hier noch nicht fertig ... Nachdem der Maler fortgezogen war, hatte Edda ein paar Dinge verändert. Sie war aus ihrem Zimmer gezogen und hatte sich eine eigene Wohnung gesucht, um zumindest die Nächte nicht mehr so nahe bei Otto und Agathe zu verbringen. Sie ertrug es nicht mehr, ständig die bohrenden Blicke in ihrem Rücken zu spüren, und das eigene Reich half ihr, sich unabhängiger zu fühlen. Auf dem Papier war sie noch mit Otto verheiratet, aber mehr auch nicht. Es verging kein Tag, an dem sie nicht an Reto dachte und sich fragte, wann sie wieder bei ihm sein könnte. Ihr einziger Trost war das Gemälde, denn immer, wenn sie es ansah, ging es ihr ein Stück besser.

Während wenige Tische weiter Max Frisch und Friedrich Dürrenmatt debattierten, setzte Edda sich alleine an ihren Stammplatz. Sie trank einen Kaffee und musste schmunzeln, wie verbissen die beiden Autoren wieder im Austausch waren. Sie schienen sich gleichzeitig anzuziehen und abzustoßen, es war eine komische Freundschaft. Mal waren sie sich nahe, mal verletzten sie sich mit ihren Urteilen so sehr, dass einer von ihnen aufsprang und fluchtartig das Lokal verließ. Die Patronin hätte ihnen stundenlang zuhören können.

»Trinken Sie einen Cognac mit uns?«, fragte Max Frisch, als sich ihre Blicke begegneten.

»Gerne«, entgegnete Edda.

Sie stand auf und warf erneut einen Blick auf Retos Gemälde. Sie hatte das Porträt schon unzählige Male angesehen, aber nun musterte sie es nochmals ganz genau. Da stand sie, die selbstbewusste, zufriedene Patronin. Sie trug ihr elegantes Lieblingskleid, das Oskar für sie hatte entwerfen lassen und nach dessen Preis sie nie gefragt hatte. Während ihre linke Hand auf dem Tisch ruhte, schien sie mit der rechten Hand den Gästen zu winken. Freundlich und stolz wachte sie über das Geschehen. Sie war die Frau, die alles zusammenhielt, die immer ein offenes Ohr für alle Sorgen und Nöte hatte und die besten Ratschläge geben konnte. Sie sah die Gäste kommen und gehen, lachen und lieben, leiden und weinen. Sie sah sie langsam älter werden, Kinder bekommen und Krankheiten überwinden. Sie war da, wenn man sie brauchte, und konnte fast unsichtbar werden, wenn jemand alleine sein wollte. Sie war Gastgeberin, Freundin und Mutter zugleich, für jeden etwas anderes. Sie war die Patronin, die nach den Sternen gegriffen hatte. Die Frau, die den Maler liebte und ihm doch nicht folgen konnte.

Auf einmal nahm sie ein winziges Detail wahr, das sie die ganze Zeit übersehen hatte. Erstarrt blieb sie stehen und begutachtete die Stelle wieder und wieder. Konnte das wirklich sein? Und warum war es ihr zuvor nicht aufgefallen? Aber es stimmte. Ihr ganzer Körper bebte, als ihr klar wurde, dass auch Reto abgebildet war und sich als dunkle Silhouette in den Hintergrund gemalt hatte. Bisher hatte sie es für ihren Schatten gehalten. Aber das stimmte nicht, das war er. Er stand ganz ruhig am Rand, und sie spürte seine bewundernden Blicke in ihrem Rücken. Edda lächelte. In dem Moment wusste sie, dass alles gut werden würde. Reto war noch da. Und es war noch nicht vorbei. Auf dieser Leinwand waren sie noch vereint und würden es für immer bleiben – der Maler, die Patronin und das *Juwel.* Edda wusste nicht, was die Zukunft bringen würde und wann sie die Kraft haben würde, das Lokal hinter sich zu lassen. Aber vielleicht war das auch in Ordnung. Vielleicht ging es nicht darum, sofort ein gemeinsames Leben zu führen.

»Ich liebe dich, Reto«, flüsterte sie vor sich hin.

Edda ging langsam den Gang entlang, und eine tiefe Ruhe breitete sich in ihr aus. Sie würde weiterhin als Patronin ihr *Juwel* führen und es mit jedem Tag noch ein Stückchen besser und schöner machen. Vielleicht würde sie nebenan noch eine Bar eröffnen, so wie Oskar sich das wünschte. Und sie würde Reto jeden Tag sehen, zwar nicht in echt, aber zumindest auf seinem Bild. Sie nahm sich vor, sich jeden Tag mit ihrem Wein nur noch in die Nähe des Gemäldes zu setzen und dann immer eine Weile innezuhalten und sich an die kostbaren Momente mit Reto zu erinnern. Denn sie gehörten einfach zusammen und waren unzertrennlich. Der Maler, das *Juwel* und sie. Und eines Tages würden sie nicht nur auf dem Gemälde ihre Zeit miteinander verbringen. Eines Tages würden sie nebeneinander aufwachen und einschlafen, sie würden gemeinsam in einem Haus leben, wo auch immer das dann stand. Sie würden sich ganz fest an den Händen halten und nicht mehr loslassen. So musste es einfach kommen. Oder etwa nicht?

Nachwort

Fantasie und Wirklichkeit

Als Kind lebte ich einige Jahre im Kanton Bern, und die Schweiz hat mich seitdem nie wieder losgelassen. Dort bin ich in den Kindergarten und in die Grundschule gegangen, habe mich zum ersten Mal unsterblich verliebt und machte mit meinen Freundinnen die Umgebung unsicher. Ich war untröstlich, als mein Vater eine neue Stelle angeboten bekam und wir nach Deutschland zogen. Doch zum Glück fuhren meine Eltern regelmäßig mit meinen Geschwistern und mir zurück ins Alpenland, um dort Freunde zu besuchen und Urlaub zu machen.

Wenn ich an die Zeit in der Schweiz zurückdenke, breitet sich umgehend ein wohlig warmes Gefühl in mir aus. Höre ich zufällig jemanden Schwyzerdütsch sprechen, geht es mir gleich besser, und an schlechten Tagen kaufe ich mir Ovomaltine, weil ich die früher so gerne getrunken habe. Manchmal schalte ich sogar das Schweizer Fernsehen an, denn der vertraute Klang weckt die schönsten Kindheitserinnerungen.

Auch als Erwachsene bin ich natürlich in die Schweiz gereist. In Zürich zog es mich magisch in die *Kronenhalle*, von der ich schon so viel gehört hatte und deren Atmosphäre ich endlich selbst erleben wollte. Während mich das ganz besondere Flair in dem dunkel getäfelten Gastraum umgehend in seinen Bann zog, genoss ich mein Essen in der lebhaften Brasserie mit Blick auf das berühmte Gemälde von Miró. Ich hatte den absoluten Klassiker bestellt – geschnetzeltes Kalbfleisch mit Rösti. Doch ich konnte mich kaum auf das köstliche Gericht konzentrieren, da ich die vielfältigen Eindrücke auf mich wirken lassen musste. Die zuvorkommende Bedienung, die mir jeden Wunsch von den Lippen abzulesen schien, die herrlichen Gemälde an den Wänden, den betörenden Duft der riesigen Blumenbouquets sowie das leise Geplauder der anderen Gäste an den Nachbartischen. Es war faszinierend, an einem Ort zu sitzen, den vor mir schon so viele begnadete Künstler und bedeutende Persönlichkeiten aufgesucht hatten. Es hatte zwar von außen den Anschein, dass ich in einem Restaurant saß – doch es fühlte sich nach so viel mehr an. War es nicht auch ein Kunstmuseum und ein Stück Zeitgeschichte? Und vor allem: eine Kulisse, die mich in vergangene Zeiten katapultieren konnte? Wenn ich die Augen schloss, sah ich Hulda Zumsteg als Patronin an ihrem Tisch neben dem Tresen sitzen und nach und nach die berühmten Gäste hereinspazieren – von James Joyce über Max Frisch bis hin zu Coco Chanel.

Zurück in München, wirkte dieses Erlebnis lange nach. Ich wollte unbedingt tiefer in die Vergangenheit eintauchen und begann zu recherchieren, um mehr über die Geschichte dieses einzigartigen Lokals und ihrer legendären Wirtin zu erfahren. Nach und nach entstand dann, inspiriert von dem wahren Schauplatz und zahlreichen realen Begebenheiten, dieser Roman. Ich habe mich beim Schreiben an den Eckdaten der Lebensgeschichten von Hulda Zumsteg, ihrem Mann Gottlieb Zumsteg und ihrem Sohn Gustav Zumsteg orientiert und habe die wichtigsten Stationen in ihrem Leben berücksichtigt. Auch zahlreiche berühmte Gäste der

Kronenhalle tauchen natürlich auf! Doch damit meine Leser voll und ganz in diese Geschichte eintauchen können, habe ich an vielen Stellen auf meine Fantasie vertraut, Details ausgeschmückt und Begebenheiten, Orte und Personen verfremdet. Deshalb habe ich auch die Namen der Protagonisten und des Lokals verändert und erzähle so meine eigene Variante rund um dieses faszinierende Restaurant, das für so viele ein zweites Zuhause wurde.

Von Anfang an hat mich die Lebensgeschichte der Patronin ungeheuer beeindruckt. Welch mutige und starke Frau, die ihrer Zeit in so vielen Dingen voraus war! Statt sich anzupassen, vertraute sie auf ihre eigene Einschätzung und gab allen Widerständen zum Trotz ihre Träume niemals auf – und der Erfolg gab der Tochter eines Schuhmachers schließlich recht. Die Kindheit in einfachen Verhältnissen, die Anstellungen in unterschiedlichen Gasthöfen und schließlich die Heirat mit einem Wirt, mit dem sie einige Jahre später die *Kronenhalle* kauft und zu neuem Glanz führt, sind überliefert. In Wirklichkeit hatte die Patronin zwei uneheliche Kinder, in diesem Roman habe ich mich nur auf den Sohn konzentriert. Auch die enge Freundschaft zu Lina habe ich erfunden. Wahr ist jedoch, dass die Patronin als äußerst großherzig beschrieben wird und immer einen engen Kontakt zu ihren Angestellten hatte, für die sie tatsächlich wie eine Mutter war. Die Ehe mit ihrem Mann wird als eher nüchtern und schwierig bezeichnet, da der Wirt zu cholerischen Ausfällen neigte. Doch die heftigen Drohungen, dass sie das Lokal verlieren werde, sind fiktiv. Das Gemälde der Patronin hängt noch immer in der *Kronenhalle* – es entstand allerdings in Wirklichkeit erst 1967 und wurde von Varlin gemalt. Im Roman habe ich das Porträt aus dramaturgischen Gründen früher malen lassen und die Figur des Malers Reto von Abensberg erfunden.

Auch die Liebesgeschichte zwischen der Patronin und dem Maler ist nicht überliefert.

Der Roman endet im Jahr 1950 – doch damit ist die Geschichte des Lokals natürlich noch nicht zu Ende. Bis ins hohe Alter drehte sich für die Patronin alles um ihre geliebte *Kronenhalle*. Nach dem Tod ihres Mannes im Jahr 1957 leitete sie das Restaurant gemeinsam mit ihrem Sohn, und als sie schließlich 1984 im Alter von fast vierundneunzig Jahren starb, führte der Sohn das Haus als Eigentümer in ihrem Sinne weiter. Seit 2005 wird das Lokal von der Hulda-und-Gustav-Zumsteg-Stiftung im gleichen stilvollen Ambiente weitergeführt. Damals wie heute zieht es die unterschiedlichsten Gäste an und begeistert mit der außergewöhnlichen Atmosphäre. Denn eins haben Fantasie und Wirklichkeit gemeinsam: Die *Kronenhalle* und das *Juwel*, Hulda und Edda, Gustav und Oskar – sie sind einfach unvergleichlich!

Tom Saller

Wenn Martha tanzt

Roman.
Taschenbuch.
Auch als E-Book erhältlich.
www.ullstein-buchverlage.de

Eine magische Kindheit in Pommern und eine wilde Zeit am Bauhaus!

Ein junger Mann reist nach New York, um das Notizbuch seiner Urgroßmutter Martha bei Sotheby's versteigern zu lassen. Es enthält bislang unbekannte Skizzen und Zeichnungen von Feininger, Klee, Kandinsky und anderen Bauhaus-Künstlern. Martha wird 1900 als Tochter des Kapellmeisters eines kleinen Dorfes in Pommern geboren. Von dort geht sie ans Bauhaus in Weimar – ein gewagter Schritt. Walter Gropius wird auf sie aufmerksam, Martha entdeckt das Tanzen für sich und erringt so die Bewunderung und den Respekt der Bauhaus-Mitglieder. Bis die Nazis die Kunstschule schließen und Martha in ihre Heimat zurückkehrt. In ihrem Arm ein Kind und im Gepäck ein Notizbuch von immensem Wert – für sie persönlich und für die Nachwelt. Doch am Ende des Zweiten Weltkriegs verliert sich auf der Flucht Marthas Spur …

ullstein